# Der Fürst der Highlander

Hannah Howell

# Der Fürst der Highlander

Deutsch von Andrea Hahn

Weltbild

Originaltitel: *Highland Conqueror*
Originalverlag: Zebra Books, New York

Besuchen Sie uns im Internet:
*www.weltbild.de*



Weltbild Buchverlag
Deutsche Erstausgabe 2006

Dieses Werk wurde vermittelt durch die Literarische Agentur
Thomas Schlück GmbH, 30827 Garbsen.

Projektleitung: Gerald Fiebig
Übersetzung: Andrea Hahn
Redaktion: Ingola Lammers
Umschlag: Hauptmann & Kompanie Werbeagentur GmbH, München–Zürich
Umschlagabbildung: Pino Daeni via Agentur Schlück GmbH
Satz: AVAK Publikationsdesign, München
Druck und Bindung: GGP Media GmbH,
Karl-Marx-Str. 24, 07381 Pößneck

Gedruckt auf chlorfrei gebleichtem Papier

ISBN 3-89897-395-6

# 1

*England – Frühling 1473*

»Hör auf, mich anzustarren!«

Liam Cameron hob als Antwort auf die grollende Aufforderung seines Cousins eine Augenbraue. »Ich habe nur auf deinen Vorschlag gewartet, wie du uns aus diesem Mist herausholen willst.«

Sigimor stöhnte auf und lehnte seinen Kopf gegen die feuchte Steinwand, an die er gekettet war. Er nahm an, Liam wusste, dass er keinen Vorschlag hatte. Er, sein jüngerer Bruder Tait, sein Schwager Nanty MacEnroy sowie seine Cousins Liam, Marcua und David lagen in einem Verlies in Ketten, das sich tief unten im Burgfried eines englischen Lords befand. Sie brauchten mehr als nur einen Plan, um aus diesen Fesseln zu entkommen. Dazu bedurfte es schon eines Wunders. Doch Sigimor glaubte nicht, dass er in der letzten Zeit viel dazu beigetragen hatte, ein solches zu verdienen.

Er beschloss, dies sei das letzte Mal, dass er versuchen würde, eine gute Tat zu vollbringen, und schnitt eine Grimasse. Nicht Wohltätigkeit hatte ihn nach Drumwich geführt, sondern eine Schuld. Er schuldete Lord Peter Gerard sein Leben, und als dieser Mann seine Hilfe erbat, hatte er keine andere Wahl, als sie ihm zu leisten. Unglücklicherweise war die Bitte zu spät gekommen, denn die Schwierigkeiten, von denen Peter geschrieben hatte, hatten ihn zwei Tage, bevor Sigimor seine Leute durch die mächtigen Tore von Drumwich führte, das Leben gekostet. Es war schnell klar geworden, dass Peters Cousin Harold keine Notwendigkeit sah, irgendeinen Eid zu respektieren, den sein eigener, nun toter

Verwandter geleistet hatte. Sigimor fragte sich, ob es eine Ironie des Schicksals war, dass er ausgerechnet im Haus jenes Mannes sterben sollte, der ihm einst das Leben gerettet hatte.

»Du hast keinerlei Plan, nicht wahr?«

»Nein, Liam, ich habe keinen«, antwortete Sigimor. »Wenn ich geahnt hätte, dass Peter sterben könnte, bevor wir hier ankommen, hätte ich mir einen Plan zurechtgelegt, um mit dieser Komplikation fertig zu werden, aber ich habe diese Möglichkeit nie auch nur einen Augenblick in Betracht gezogen.«

»O Gott«, murmelte Nanty, »wenn ich schon in diesem verfluchten Land sterben muss, dann will ich lieber in der Schlacht fallen, als gehängt werden wie ein diebischer Armstrong oder Graham.«

»Zählt nicht deine Gilly ein paar Armstrongs zu ihren Verwandten?«, fragte Sigimor.

»Ach ja, vergiss sie. Die Armstrongs von Aigballa. Cormac, der Laird, heiratete Gillys Cousine Elspeth.«

»Sind sie Schurken?«

»Nein. Na ja, nicht alle von ihnen. Warum?«

»Wenn uns ein Wunder widerfährt und wir aus dieser Falle entkommen, brauchen wir möglicherweise einige Verbündete für die Heimreise.«

»Sigimor, wir befinden uns im verdammten England, im Verlies einer gut befestigten Burg eines verdammten englischen Lairds, angekettet an eine dreifach verdammte Mauer und dazu verurteilt, in zwei Tagen zu hängen. Ich glaube nicht, dass wir uns groß darüber Sorgen machen müssen, was wir für die Heimreise brauchen oder nicht brauchen. Es wird nämlich keine Heimreise geben. Zumindest so lange nicht, bis dieser Bastard Harold beschließt, unsere Leichen unseren Verwandten zur Beerdigung zurückzuschicken.«

»Ich merke schon, wir sollten uns besser nicht an dich wenden, um bessere Laune zu bekommen.« Er ignorierte

Nantys zaghaften Fluch. »Ich würde gerne wissen, warum keine Wache aufgestellt wurde, die auf uns aufpassen soll.«

»Möglicherweise weil wir an die Wand angekettet sind?«, stellte Liam gedehnt fest.

»Ich könnte vielleicht mit meiner geballten männlichen Stärke die Ketten aus der Wand reißen«, murmelte Sigimor.

»Ha, ha! Diese Mauern müssen mindestens zehn Fuß dick sein.«

»Acht Fuß und sechs Zoll, um genau zu sein«, erwiderte eine lebendige weibliche Stimme.

Sigimor starrte die klein gewachsene Frau an, die vor den dicken eisernen Gitterstäben ihres Gefängnisses stand. Er fragte sich, warum er von ihrer Ankunft rein gar nichts mitbekommen hatte. Das Wort »*Mein*« schoss ihm durch den Kopf und erschreckte ihn so sehr, dass er sie fast anstarrte. Die Frau, die da stand, glich in nichts jenen Frauen, die er in seinen ganzen zweiunddreißig Jahren begehrt hatte. Außerdem war sie Engländerin.

Als ob dies nicht schon genug war, kam noch hinzu, dass sie zart gebaut war. Sie war mindestens einen Fuß kleiner als er mit seinen mehr als sechs Fuß und schlank. Er wollte seine Geliebten groß und füllig haben, sah das geradezu als eine Notwendigkeit an für einen Mann von seiner Statur. Ihr Haar war dunkel, fast schwarz. Er aber bevorzugte helles Haar bei seinen Frauen. Sein Körper jedoch schien plötzlich seine gewohnten Vorlieben vergessen zu haben. Er straffte sich vor Anspannung. Die Tatsache, dass er an eine Wand angekettet war, hatte ihn offensichtlich um seinen Verstand gebracht.

»Und die Metallspitzen, die die Ketten an der Wand befestigen, wurden einen Meter und gut neun Zentimeter in die Tiefe getrieben«, fügte sie hinzu.

»Tja, es sieht nicht so aus, als ob Sie hierher gekommen sind, um uns aufzumuntern«, bemerkte Sigimor schleppend.

»Ich weiß nicht, ob es überhaupt etwas gibt, das man sagen könnte, um sechs Männer in gute Stimmung zu versetzen, die an eine Mauer angekettet sind, um auf ihre Hinrichtung zu warten. Sicher nicht, wenn es sich um sechs Highlander handelt, die an die Wände eines englischen Verlieses angekettet sind.«

»Da ist etwas Wahres dran. Wer sind Sie?«

»Ich bin Lady Jolene Gerard.«

Wenn sie glaubte, dass sie imposanter wirken würde, wenn sie ihren Rücken straffte, während sie sich vorstellte, dann hatte sie sich bedauerlicherweise getäuscht, ging es Sigimor durch den Kopf. »Peters Schwester oder seine Gemahlin?«

»Seine Schwester. Peter wurde von Harold ermordet. Sie kamen zu spät, um ihm zu helfen.«

Obwohl nicht die geringste Spur eines Vorwurfs in ihren Worten zu finden war, spürte Sigimor den Stachel der Schuld. »Ich verließ Dubheidland gleich am Morgen, nachdem ich Peters Nachricht erhalten hatte.«

»Ich weiß. Ich fürchte, Harold erriet, dass Peter nach Hilfe geschickt hatte. Harold ließ alle Wege zu unseren Verwandten scharf bewachen, weshalb Peter nach Ihnen sandte. Ich bin mir noch immer nicht sicher, wie Harold entdeckte, was Peter getan hatte.«

»Können Sie beweisen, dass Harold Peter ermordet hat?«

Jolene seufzte und schüttelte den Kopf. »Ich fürchte nein. Ich zweifle trotzdem nicht daran. Harold wollte Drumwich haben, und nun gehört es ihm. Peter war gesund und munter, und nun ist er tot. Er starb schreiend vor Bauchschmerzen. Harold behauptet, der Fisch sei verdorben gewesen. Zwei andere Männer starben ebenfalls.«

»Nun ja, das ist möglich.«

»In der Tat, solche Tragödien sind nicht so selten. Doch bevor der verdorbene Fisch vergraben wurde, fraßen zwei von Harolds Hunden davon. Sie gingen nicht ein, wurden nicht einmal ein bisschen krank. Natürlich weiß Harold nicht, dass ich das gesehen habe. Die Hunde schnappten

Fischbrocken von Peters Teller, als sein plötzliches Unwohlsein Harolds Aufmerksamkeit auf sich zog. Ich beobachtete es, weil ich die Hunde wegdrängen musste, um zu Peter zu kommen.«

»Wer starb außer Peter?«

»Die beiden Männer, die am verlässlichsten zu Peter standen. Der Koch hatte den Fisch als ein besonderes Festessen für die drei Männer zubereitet, da es ihre Lieblingsspeise war. Es wurde behauptet, dass nicht genug Fisch gefangen worden sei, um dieses Mahl für alle zuzubereiten. Es wurde ihnen zudem der Letzte des besten Weines serviert. Ich glaube, dass darin das Gift war, oder der größte Teil des Gifts, aber ich konnte keine Spur davon entdecken. Weder in der Kanne, aus der er ausgeschenkt wurde, noch in den Krügen, in die er gefüllt wurde. Ich konnte sie nicht schnell genug an mich bringen, bevor sie sauber gescheuert wurden.«

»Haben Sie den Koch befragt?«, wollte Liam wissen.

»Er war verschwunden«, antwortete sie.

Sigimor fluchte und schüttelte den Kopf, während er seine Männer hastig vorstellte. »Dann ist zu befürchten, dass Harold ungestraft davonkommt. Sie haben keinen Beweis für seine Schuld, und ich bin nicht in der Situation, Ihnen dabei helfen zu können, einen zu finden. Es wird wohl klug sein, wenn Sie sich einen anderen Aufenthaltsort suchen, jetzt, wo Harold hier der Herr ist.«

»Aber er ist nicht der Lord of Drumwich. Noch nicht. Es gibt da noch ein kleines Hindernis.«

»Welches kleine Hindernis?«

»Peters Sohn.«

»Ehelich?«

»Selbstverständlich. Reynard ist jetzt fast drei Jahre alt. Seine Mutter starb bei der Geburt.«

»Wenn Sie sicher sind, dass Harold Ihren Bruder getötet hat, dann bringen Sie am besten diesen kleinen Kerl aus seiner Reichweite«, sagte Liam.

Sigimor stellte fest, dass Jolene nur für einen kurzen Augenblick zu Liam hinsah, bevor sie ihren Blick wieder auf ihn richtete. Liam mochte nicht in Höchstform sein, verschmutzt und ein klein wenig angeschlagen, aber Sigimor war überrascht, dass die kleine englische Dame Liams hoch gelobte Schönheit zwar zu bemerken und anzuerkennen, dann aber abzulehnen schien. Das geschah selten, und Sigimor war fasziniert.

»Ich habe Reynard versteckt«, sagte sie.

»Und Harold hat nicht versucht, die Wahrheit aus Ihnen herauszubekommen?«, fragte Sigimor.

»Nein. Ich bin mir sicher, dass er das gerne versuchen würde, aber ich habe mich ebenfalls versteckt. Harold kennt nicht alle Geheimnisse von Drumwich.«

»Kluges Mädchen. Aber das kann nur kurze Zeit funktionieren. Liam hat Recht, Sie müssen sich und das Kind von hier fortbringen.«

Jolene starrte den großen Mann an, von dem Peter sich Rettung erhofft hatte. Dass der Highlander eine alte Schuld hoch genug achtete, um nach England zu ziehen, war ein überzeugender Hinweis darauf, dass er ein Mann von Ehre war, einer, dem man glauben konnte, dass er zu seinem Wort stand. Es war gewiss viel versprechend, dass bisher nicht einer der Männer trotz der fürchterlichen Situation, in der sie sich befanden, irgendetwas von ihr erbeten hatte. Stattdessen beeilten sie sich, ihr zu sagen, dass sie sich und Peters Sohn und Erben aus Harolds tödlicher Reichweite entfernen solle. Es waren zudem große, starke Männer, die sich bestimmt, wenn sie befreit wurden, geradewegs auf den Weg zurück in die Highlands machen würden. Harold würde es nicht einfach haben, ihnen dahin zu folgen.

Es beunruhigte sie etwas, dass sie scheinbar nicht aufhören konnte, den großen Mann anzusehen, der Sigimor hieß. Die meisten Frauen würden sich atemlos von jenem Mann namens Liam angezogen fühlen. Trotz des Schmutzes und der blauen Flecken konnte sie leicht Liams Schönheit erkennen, eine männliche Schönheit, die im Moment durch das flackernde Licht der Fackeln an den Wänden noch verstärkt wurde. Gewiss, sie hatte hingesehen, den Zauber des Mannes wahrgenommen und sofort ihren Blick wieder Sigimor zugewandt. Mit dreiundzwanzig, dachte sie, sollte sie aus dem Alter längst heraus sein, sich irgendeiner blödsinnigen Vernarrtheit in einen Mann hinzugeben. Aber sie befürchtete, dass es genau das war, woran sie im Augenblick krankte. Die Tatsache, dass sie den Mann nicht ganz so deutlich sehen konnte, ließ den Zauber, den er auf sie ausübte, noch befremdlicher erscheinen.

Sie rief sich innerlich zur Ordnung. Es gab nur eine Sache, an die sie zu denken hatte, und das war, Reynard in Sicherheit zu bringen. Drei Tage und drei Nächte lang hatte sie Harolds Gebrüll gehört, während er Drumwich absuchte und die Leute befragte. Letzte Nacht waren seine Verhöre brutal geworden, sie füllten die Säle mit den gellenden Schreien jener, die er foltern ließ. Bald würde einer der wenigen, die die Geheimnisse von Drumwich kannten, nicht mehr standhalten und Harold gestehen, wo er sie und Reynard finden konnte. Der Schmerz würde selbst den Treuesten die Zunge lösen. Es war absolut notwendig, dass sie den Jungen weit wegbrachte, und da sie keine Möglichkeit hatte, jemanden ihrer übrigen Familie zu erreichen, waren diese Männer ihre einzige Hoffnung.

»Ja, ich muss den Jungen und mich von hier wegbringen, weit weg, an einen Ort, wo es für Harold zu gefährlich und schwierig wird, uns hinterherzujagen – wenn nicht sogar unmöglich«, sagte sie. An der Art, wie Sigimor sie anstarrte, konnte sie erkennen, dass er zu verstehen begann, warum sie hier war.

Sigimors ganzer Körper spannte sich an, Hoffnung keimte in ihm auf. Sie behauptete, sie halte sich versteckt, doch jetzt stand sie deutlich in Sichtweite, ohne Angst davor, entdeckt zu werden. Es war da auch etwas in der Art, wie sie davon sprach, den Jungen zu einem weit entfernt gelegenen Ort zu bringen, einem Ort, den Harold nur mit großen Schwierigkeiten erreichen könnte. Rechnete man noch den fest auf ihn gerichteten Blick hinzu, war sich Sigimor fast sicher, dass sie seine Hilfe in Anspruch nehmen wollte. Er bemerkte, dass seine Begleiter genauso angespannt waren wie er, ihre Blicke waren fest auf Lady Jolene gerichtet. Er war nicht der Einzige, dessen Hoffnungen plötzlich geweckt worden waren.

»Es gibt in England wahrscheinlich nicht viele Orte, an die Sie reisen können, ohne dass Harold Ihnen folgen könnte«, sagte Sigimor.

»Es gibt in der Tat nur sehr wenige. Keine, um ehrlich zu sein. Der Versuch, meine Verwandten zu erreichen, hat bereits einen Mann das Leben gekostet. Dieser Weg ist für mich versperrt – wie er es auch für Peter war. Deshalb muss ich unbedingt einen anderen finden.«

»Mädchen, es ist nicht nett, einen Mann aufzuziehen, der an eine Mauer gekettet ist und darauf wartet, gehängt zu werden.« Er zog die Luft ein, als sie lächelte, denn dies verlieh ihrem blassen, dreieckigen Gesicht eine Schönheit, die gefährlich anziehend war.

»Vielleicht wollte ich Sie dazu bringen, ein Angebot zu machen, bevor ich gezwungen sein würde, eine Forderung zu stellen. Wenn Sie mir das anbieten, was ich suche, kann ich schnell darüber nachdenken und es annehmen, wobei ich mir alle möglichen Rechtfertigungen für ein solches Handeln zurechtlegen kann. Wenn ich bitten muss, erkläre ich offen meine Niederlage und muss glattweg zugeben, dass ich das nicht allein vollbringen kann. Dies zu schlucken, wäre ziemlich bitter.«

»Schlucken Sie es.«

»Sigimor!« Liam blickte finster auf seinen Cousin und lächelte dann Lady Jolene freundlich an. »Mylady! Wenn Sie uns aus diesem dunklen Ort befreien, schwöre ich Ihnen den heiligen Eid, dass wir Ihnen auf jede uns mögliche Weise helfen werden, das Kind am Leben und in Freiheit zu erhalten.«

»Dies ist ein äußerst großzügiges Angebot, mein Herr«, antwortete Jolene, sah dann allerdings zurück zu Sigimor, »aber erlaubt Ihnen Ihr Herr, einen solchen Eid zu schwören? Hat er womöglich vor, Ihr Gelöbnis zu achten und sich daran zu halten?«

Sigimor knurrte irgendetwas und ignorierte eine ganze Minute lang die Blicke seiner Männer. Dann nickte er. »Ja, er hat es vor. Wir werden den Jungen mitnehmen.«

»Und mich.«

»Warum sollten wir Sie auch mitnehmen? Wenn er Herr dieser Burg ist, stellen Sie keine Gefahr für Harolds Besitz dar.« Sigimor hatte selbstverständlich erwartet, dass sie darauf bestand mitzukommen, aber er wollte ihre Gründe dafür kennen.

»Doch, ich *bin* eine Gefahr für Harold«, sagte sie mit sanfter, kalter Stimme, »und das weiß er ganz genau. Wenn es nicht wegen Reynard wäre, würde ich hier bleiben und ihn teuer für Peters Tod bezahlen lassen. Doch ich habe Peter geschworen, dass ich Reynard mit meinem eigenen Leben bewachen werde. Seit ich diesen Jungen betreue, seit dem Tod seiner Mutter im Kindbett, gab es keine Notwendigkeit für diesen Eid, aber ich habe ihn trotzdem abgelegt.«

Und deshalb mussten sie sie mitnehmen, grübelte Sigimor. Sie hat das Kind zwar nicht zur Welt gebracht, aber sie war mit Herz und Verstand Reynards Mutter, und so empfand es höchstwahrscheinlich auch das Kind. Das gab ihm außerdem die beste Möglichkeit, sie unter Kontrolle zu halten, auch wenn ihm seine Instinkte sagten, dass das nicht einfach sein würde. All das zählte jedoch nicht. Er war nicht fähig gewesen, Peter zu retten, aber nun bekam er die Gelegenheit, Peters Schwester und seinen Sohn zu retten. Und was noch besser war: Damit konnte er die Männer retten, die er mit in diesen tödlichen Sumpf gezogen hatte.

»Dann befreien Sie uns, Mädchen«, sagte Sigimor, »und wir werden uns an der Last dieses Eides beteiligen.«

Ihre Hände zitterten leicht ob der großen Erleichterung, die sie durchströmte, während Jolene herauszufinden versuchte, welcher der vielen Schlüssel in das Schlüsselloch des Verlieses passte. Sie dachte darüber nach, dass Hoffnung eine eigenwillige Sache war. Für einen kurzen Moment hatte sie sich tatsächlich einer Ohnmacht nah gefühlt, und sie dankte im Stillen Gott dafür, dass sie vor diesen Männern nicht solch eine beschämende Schwäche zeigen musste.

»Sie wissen nicht, welchen Schlüssel Sie nehmen müssen?« Sigimor verspürte zu gleichen Teilen Verärgerung und Belustigung, als er ihren Kampf mit den Schlüsseln beobachtete.

»Woher sollte ich?«, murmelte sie. »Ich habe nie jemanden in diesen Zellen eingeschlossen.«

»Haben Sie nicht denjenigen gefragt, von dem Sie sie bekommen haben, welchen Schlüssel man nehmen sollte?«

»Nein, er hat geschlafen.«

»Ich verstehe. Also beten wir, dass keine andere Wache beschließt herunterzuwandern, während Sie herumsuchen.«

»Es gibt keine Wachen, die hier herunterwandern könnten. Sie schlafen.«

»Alle.«

»Ich hoffe es.«

»Die Männer, die unter Waffen stehen, auch?« Sie nickte. »Schläft denn jeder auf Drumwich?«

»Fast. Ich habe ein paar wach bleiben lassen, und zwar diejenigen, die darauf versessen sein könnten, von Drumwich zu fliehen, wenn sie die Chance dazu erhielten.« Jolene schrie triumphierend auf, als sie die Tür entriegelte. Sie öffnete sie und grinste Sigimor an.

Sigimor hob einfach nur eine Augenbraue und schüttelte leicht die Ketten, die ihn noch immer an die Wand fesselten. Der gereizte Blick, den sie ihm zuwarf, während sie auf seine Seite eilte, das gewaltige Rasseln der Schlüssel, die sie laut klirren ließ, all das brachte ihn fast zum Lachen. Er seufzte lang und tief, als sie beim Schloss seiner Ketten erneut anfing, jeden Schlüssel auszuprobieren. Und er hörte sie etwas murmeln, von dem er annahm, dass es ein Fluch war.

Seine Belustigung verschwand schnell, als sie sehr nah bei ihm stand. Trotz ihrer zarten Gestalt wurde sein Körper von ihrem weichen, frischen Duft erregt. Er heftete seinen Blick auf ihre kleinen Hände, ihre schmalen Handgelenke sowie ihre langen schlanken Finger und versuchte seinem Verstand einzuprägen, dass sie zerbrechlich war. Sein Körper aber fuhr fort, dieser Wahrheit keine Beachtung zu schenken. Er ignorierte auch die Tatsache, dass ihr Haar, welches über ihren schmalen Rücken und über ihre schlanken Hüften in einem dicken Zopf hinunterhing, schwarz oder fast schwarz war – eine Farbe, die nie in seiner Gunst gestanden hatte. Und in gleicher Weise verdrängte er die Tatsache, dass ihr Kopf kaum bis zu seinem Brustbein reichte. Alles an ihr war falsch für einen Mann seiner Größe und seiner Vorlieben, aber sein Körper widersprach seinem Verstand aufs Deutlichste. Es war ihm ein Rätsel, und er wusste nicht, ob er es jemals lösen konnte.

»Sind Sie ganz sicher, dass Harolds Männer schlafen?«, fragte er sie in dem Versuch, seinen Verstand auf nahe liegende Probleme zu lenken und den sanften Schwung ihres langen, zierlichen Halses zu übersehen.

»Ja. Ich habe ein paar angestoßen, um sicher zu sein.« Sie fand es sehr viel schwieriger, als es eigentlich sein sollte, sich darauf zu konzentrieren, den richtigen Schlüssel zu finden und den groß gewachsenen Mann, bei dem sie so dicht stand, nicht zu beachten.

»Wie haben Sie das bloß gemacht?«

»Ich habe Gift in das Bier und den Wein gemischt, die zum Abendessen gereicht wurden. Ich befahl außerdem zwei Mägden, den übrigen Männern in eben dem Augenblick von mir vorbereitetes Wasser zu geben, in dem die anderen, die sich zum Essen in der großen Halle niedergelassen hatten, zu trinken begannen. Fast alle von ihnen begannen zur gleichen Zeit einzuschlafen.

»Fast alle? Was geschah mit denen, die nicht eingeschlafen sind?«

»Ihnen wurde schnell ein leichter Schlag auf den Kopf verabreicht. Da!« Sie lachte ihn an, als sie ihn von seinen Ketten befreite, nur um die Stirn zu runzeln, als er den Schlüssel aus ihrer Hand riss. »Ich bin fähig, einen Schlüssel zu benützen.«

»Wenn Sie ihn finden«, gab er gedehnt zurück, während er die anderen befreite. »Wie lange, glauben Sie, wird Ihr Gift auf Harold und seine Männer wirken?«

»Bis zur Dämmerung oder etwas länger«, antwortete sie, wobei sie darüber nachdachte, dass sechs große Männer in Ketten sehr viel weniger einschüchternd wirkten als sechs große Männer ohne Ketten, die dastanden und sie anstarrten.

»Wie viel Zeit haben wir noch bis zur Dämmerung?«

»Höchstens zwei Stunden.«

Sigimor stemmte seine Hände in die Hüften und blickte grimmig auf sie hinunter. »Warum haben Sie so lange gewartet, um zu kommen und uns zu befreien?«

»Ich hatte ein paar Türen aufzusperren, mich um ein paar von Harold zugefügte Wunden zu kümmern und jenen zur Flucht von Drumwich zu verhelfen, die mir freundlicherweise geholfen hatten. Dann hatte ich einige Vorräte zusammenzupacken, die wir mitnehmen können, und die Sachen zusammenzusammeln, die Harolds Männer Ihnen weggenommen haben. Und bedenkt man, dass *ich*, eine kleine Frau, jeden kämpfenden Mann auf Drumwich mit der Hilfe von nur zwei Mägden in den Schlaf versenkt habe, dann glaube ich, dass Ihre unausgesprochene Kritik unangebracht ist.«

»Sie war nicht unausgesprochen.«

»Sigimor«, fuhr ihn Liam an, bevor er Jolene anlächelte. »Sie haben es gut gemacht, Mädchen.«

»Vielen Dank, gütiger Herr.« Jolene erwiderte sein Lächeln.

Sanft, aber bestimmt, schob Sigimor Liam von Jolene weg. Er mochte nicht verstehen, was ihn zu dieser winzigen, dünnen Engländerin hinzog, aber bis er sich von dieser Schwäche erholt hatte, wollte er nicht, dass irgendein anderer Narr ihr zulächelte und umgekehrt. Schon gar nicht Liam, dem die Hälfte aller Frauen von Schottland ohnmächtig zu Füßen lag.

»Wie haben Sie geplant, uns alle hier rauszubringen?«, wollte er von ihr wissen.

»Wenn Sie möchten, können wir einfach durch das Haupttor hinausmarschieren«, antwortete Jolene. »Ich dachte, wir verschwinden so ruhig und geheim wie möglich. Wenn es keine offensichtlichen Anzeichen für unsere Verabschiedung gibt, wird es wohl eine Weile dauern, bis Ihre Flucht entdeckt wird.«

»Irgendwie glaube ich, dass Harold es sofort verdächtig vorkommen wird, wenn er eine ganze Burg voll noch schlafender oder gerade erwachender Männer vorfindet.«

»Ach, natürlich. Sie haben Recht. Und ich nehme an, die fehlenden Pferde und das, was ich in den Ställen gemacht habe, wird sie ebenfalls alarmieren.«

Es klang, als ob sie sich darüber amüsierte, dachte Sigimor und grinste innerlich. »Dann führen Sie uns. Ich möchte so viel Entfernung wie möglich zwischen uns und Harold bringen, bis er aufwacht.«

Als sie aus dem Verlies hinausging und die Männer hinter ihr in ihren Schritt fielen, sagte Jolene: »Je schneller wir Schottland erreichen, desto schneller werden wir Harold los.«

Sigimor bezweifelte, dass es so leicht sein würde, sagte aber nichts, während er ihr einen dunklen, engen Gang entlang folgte, der von den Zellen wegführte. Harold hatte bereits gemordet, um Drumwich zu rauben. Lady Jolene fürchtete eindeutig um ihr Leben und das ihres Neffen. Wenn man nach den nächtlichen Schreien ging, dann wandte Harold brutale Methoden an, um sie und den Knaben ausfindig zu machen. So jemand würde nicht aufhören, sie zu verfolgen, nur weil sie die Grenze zu einem Land überschritten hatte, das ein Engländer nicht sonderlich liebte. Sigimor war davon überzeugt. Harold würde ab sofort für eine ganze Zeit eine Unannehmlichkeit für sie sein. Während er den sanften Schwung ihrer schlanken Hüften beobachtete, fluchte Sigimor innerlich. Harold würde nicht die einzige Unannehmlichkeit sein, die vor ihm lag.

# 2

Die plötzliche Lichtflut ließ Sigimor schnell blinzeln, er bemühte sich, seine Augen an das Brennen zu gewöhnen und zu sehen, wohin die kleine Engländerin sie geführt hatte. Bis sie außerhalb der Mauern von Drumwich waren und Richtung Schottland ritten, würde er vernünftigerweise in ihrer Umgebung Vorsicht walten lassen. Er war sich nicht sicher, was schlimmer sein konnte, als in einem finsteren Verlies angekettet zu sein und auf den Tod zu warten. Er schuldete den fünf Männern, die mit ihm geritten waren, zumindest all seine Stärke, seine Intelligenz und seine Geschicklichkeit, um sie frei und sicher von Drumwich wegzubringen.

Ein leises Geräusch zog seinen Blick auf ein Bett aus Decken und Fellen, das auf dem Boden eines niedrigen Raumes lag. Er kam näher, um auf den kleinen Jungen hinunterzustarren, der dort lag und ihn ebenfalls anstarrte. Volle, rabenschwarze Locken kennzeichneten ihn als Verwandten von Jolene, aber diese großen Augen waren von einem klaren, strahlenden Blau. Als der kleine Junge ihn anlächelte, lächelte Sigimor zurück.

»Wie erstaunlich«, bemerkte Jolene, während sie ihren Neffen hochhob. »Er ängstigt sich kein bisschen vor Ihnen.«

»Warum sollte er vor mir Angst haben?«, fragte Sigimor und sah sie stirnrunzelnd an.

»Ach, warum wohl? Vielleicht, weil Sie ein Fremder sind, der wie ein Berg gebaut ist und wie ein Abtritt stinkt!«

»Ich stinke *nicht* wie ein Abtritt.«

Er ließ sich seine Waffen von einem grinsenden Liam reichen.

»Wo sind die Vorräte?«

Jolene zeigte auf die sieben Säcke, die sie sorgfältig gepackt hatte. »Dort. Für jeden einer. Bevor er geflohen ist, sattelte Old Thomas die Pferde, und die Satteltaschen sind mit all den Dingen bepackt, die Sie mitgebracht haben, und mit all dem, was sonst noch hineinpasste. Weinschläuche, Wasserschläuche und Bettzeug sind bereits an den Sätteln befestigt.« Sie schenkte Liam ein kurzes, dankbares Lächeln, als er ihr zu Hilfe kam und Reynard mit einer Decke sicherte, die um ihren Körper geschlungen war, wodurch der Junge eng an ihrer Brust lag.

In dem Augenblick, als sie alle ihre Umhänge übergeworfen hatten, gab ihr Sigimor einen kleinen Schubs. »Führen Sie uns weiter, Mädchen.«

Sie nickte und ergriff, da Sigimor ihren Sack zusammen mit seinem eigenen hochnahm, eine Fackel, um sie aus ihrem kleinen Versteck wegzubringen. Einer der Männer hinter ihr hatte offensichtlich auch eine Fackel genommen, und sie war froh über das zusätzliche Licht.

Trotz der Sicherheit, die sie in den Gängen unter der Burg gefunden hatte, hasste sie sie und ihre erstickende Finsternis. Nur in dem kleinen Raum hatte sie gewagt, ausreichend Fackeln und Kerzen anzuzünden, um die Dunkelheit zu verdrängen. Das Einzige, das sie in den kalten Eingeweiden der Feste versteckt bleiben ließ, war ihre Angst vor Harold.

Die Tatsache, dass sechs große Männer hinter ihr hermarschierten, trug viel dazu bei, ihre Angst vor Harold und vor den finsteren Orten, an denen sie Schutz gesucht hatte, zu unterdrücken.

Als sie eine dicke Eichentür erreichten, die tief in die Steinmauer eingelassen war, warf sie einen Blick zurück auf Sigimor. »Diese Tür führt zu einem Tunnel, der uns zu den Ställen bringen wird.« Sie runzelte leicht die Stirn. »Er wird ziemlich eng für Männer Ihrer Statur werden.«

»Nicht so eng wie ein Strang«, erwiderte Sigimor gedehnt und bewegte sich, um die Tür zu öffnen.

Jolene verzog das Gesicht bei der modrigen Luft, die aus dem Gang entwich, als Sigimor die schwere Tür aufschob. Nur einmal, kurz nach Harolds Ankunft auf Drumwich, hatte sie den Gang inspiziert, um sich davon zu überzeugen, dass er im Notfall benutzbar war. Er war dunkel, feucht, eng und stellenweise sehr niedrig. Sie hatte gezittert und war derart entsetzt, dass sie nicht durch den Tunnel zurückkehrte, sondern es riskierte, durch die Ställe zum Burgfried zurückzukehren. Sie war sich nicht sicher, ob die Anwesenheit von sechs starken Männern die Reise leichter werden ließ. Um sich selbst zur Ordnung zu rufen, straffte sie ihren Rücken und begann die Männer in den Durchgang hineinzuführen. Sie zitterte jedoch, als sie hinter dem letzten Mann, der hineinging, die Tür ins Schloss fallen hörte.

Der unebene Boden machte es unmöglich, sich schnell zu bewegen, und Jolene bekämpfte ständig den Drang zu laufen, diesem Ort zu entkommen, der sie bis auf die Knochen frieren ließ. Als sie die Tür erreichten, die zu den Ställen führte, bebte sie. Sie fühlte, wie Sigimor sich auf die Tür zubewegte, aber sie konnte nicht auf seine höfliche Hilfeleistung warten. Jolene stieß die Tür auf und torkelte in den hinteren Teil des Stalls, wobei sie fast in die Heuballen und die Werkzeugsammlung fiel, die die Tür vor Blicken schützen sollten. Es dauerte einen Augenblick, bis sie sich weit genug beruhigte, um zu erkennen, dass sie nicht die Einzige war, die dastand und langsam tief Luft holte. Als sie sah, dass Sigimor bereits auf die Pferde zuschritt, ohne ein Anzeichen, dass er eben erst aus einem Ort aufgetaucht war, der stark an eine Gruft erinnerte, verspürte sie den gewaltigen Drang, ihm einen Tritt zu versetzen.

»Verdammt noch mal, Sigimor«, brummte Nanty, der sich ebenfalls zu den Pferden begab, »beunruhigt dich denn nie etwas?«

»Doch, der Gedanke zu hängen«, antwortete Sigimor.

Sigimor warf einen Blick auf die beiden Männer, die an einem Heustoß zusammengesackt waren und heftig atmeten. Obwohl er Jolenes Leistung bei ihrer Flucht bewundern musste, fand er es etwas beunruhigend, dass eine kleine, zierliche Frau fähig gewesen war, alle kämpfenden Männer der Burgfeste auszuschalten. Zudem hegte er den Verdacht, dass es mehr war als nur Harolds Befehl, der diese Männer dazu bringen würde, ihnen nachzusetzen. Viele der Männer würden Rache für diese Demütigung suchen.

Als er sah, dass Liam auf dem Sprung war, Jolene beim Aufsitzen zu helfen, schnitt Sigimor ihm den Weg ab. Er packte sie um ihre schmale Taille und setzte sie auf ihr Pferd. Nachdem er ihre schlanken, bestrumpften Beine bewundert hatte, half er ihr, ihre Röcke hinunterzuziehen, um sie zu bedecken. Aus Gründen, die er jetzt nicht näher hinterfragen mochte, wollte er nicht, dass fünf andere Männer ihre Beine sahen.

Ihr verwirrter Blick und Liams Grinsen irritierten ihn. Er wusste nicht, was er getan hatte, das sie verwirrte, und Liam, beschloss er, sah zu viel zu klar. Sigimor knurrte mürrisch, dass sie Zeit verlieren würden, saß auf und führte sie aus dem großen Stall hinaus. Er griff sofort nach seinem Schwert, als er zwei Männer sah, die in der Nähe der offenen Tore standen.

»Nein!«, schrie Jolene auf und ritt an seine Seite. »Das sind nur Old Thomas und sein Sohn.« Sie ritt Sigimor etwas voraus und schüttelte ihren Kopf über den stämmigen, grauhaarigen Thomas. »Dir wurde befohlen, diesen Ort zu fliehen.«

»Wir verlassen diesen Ort, sobald Sie ihn verlassen, Mylady«, sagte der Mann. »Hab mir gedacht, dass diese Tore fest hinter Ihnen geschlossen werden sollten und dass Sie damit keine Zeit verlieren wollten. Bin mir nicht sicher, ob es Ihnen was bringt, wenn alles so aussieht, wie es sollte. Aber wenigstens werden diese Idioten ein bisschen rumgucken müssen, um sicher zu sein, dass alle geflohen sind, wenn diese Tore fest verschlossen sind, oder?«

»Du bist ein guter Mann, Thomas. Hab meinen Dank. Aber sorg bestimmt dafür, dass du so weit wie irgend möglich und so schnell wie irgend möglich von hier wegkommst.«

»Werden wir, Mylady, sobald ich sicher bin, dass in den Ställen alles so gemacht wurde, wie Sie es befohlen haben. Passen Sie auf sich auf, und machen Sie sich keine Sorgen, der Bastard wird dafür bezahlen.«

»Von deinen Lippen in Gottes Ohren. Lebt wohl, beide.«

Als sie aus den Toren ritten, fragte Sigimor sie: »Was haben Sie in den Ställen veranlasst?«

»Alle Sattelgurte durchzuschneiden und übel riechenden Dung auf die Trensen zu schmieren«, antwortete Nanty und grinste Jolene an.

»Kluges Mädchen«, murmelte Sigimor. »Das kann einen Tag einbringen, vielleicht sogar noch mehr.«

Jolene nickte. »Genau das hofften wir, aber ein tobender Harold kann findig sein.« Sie küsste Reynard auf den Kopf. »Und solange dieser Junge lebt, kann Drumwich nie von Harold beansprucht werden.«

Sigimor nickte langsam, als er darüber nachdachte. »Wut und Habsucht. Beides kann einen Schurken dazu anstacheln, einen großen Vorsprung zu überwinden. Am besten bringen wir zwischen uns und Drumwich so viel Abstand wie möglich, und das so schnell wie möglich.«

Er hatte kaum aufgehört zu reden, als er schon sein Pferd zu einem etwas schnelleren Tempo anhielt. Die anderen folgten sofort seinem Beispiel. Sigimor fluchte auf die Dunkelheit, weil sie ihre Flucht behinderte und sie zwang, ihre Reittiere viel langsamer gehen zu lassen, als er es vorhatte. Ein voller Galopp auf die Grenze zu, das war es, was er sich ersehnte, aber es würde mehrere Stunden dauern, bis er diesem Drang nachgeben konnte. Mit einem Blick auf Jolene und den Jungen erkannte er, dass es noch mehr Augenblicke geben würde, in denen sie rasten oder langsamer reiten mussten, als er es vorhatte. Selbst wenn diese Verzögerungen selten und in großen Abständen erfolgten, konnten sie schnell den Vorsprung einbüßen, mit dem sie gesegnet worden waren. Es konnte ein mühsam gewonnenes Rennen in die Obhut von Dubheidland werden.

Mit Hilfe des gut aussehenden Nanty setzte Jolene den widerspenstigen Reynard sicher in seine Schlinge und bestieg ihr Pferd. Es war erst Mittag, aber sie fühlte jetzt schon den Schmerz von langen, ungewohnten Stunden im Sattel. Keiner der Männer beklagte sich, aber sie wusste, dass sie die Pausen nicht mochten, die wegen ihres Neffen notwendig waren. Dies war erst die zweite, und sie hatte sich wirklich beeilt, aber das Bedürfnis der Männer, sich weiterzubewegen, war so stark, dass sie es fast fühlen konnte. Sie nahm an, dass diese Männer bei ihrem Rennen zur Grenze ohne Reynard und sie nur um ihrer Pferde willen halten würden. Es war schwer, ihr Zusammenzucken zu verbergen, als Sigimor sofort zum Galopp überging. Offensichtlich hatte er entschieden, dass die Pferde lange genug ausgeruht hatten, um einige weitere Stunden harter Reise auszuhalten.

Sie betete, dass Harold nicht folgen würde, hatte aber das beklemmende Gefühl, dass ihr Flehen nicht erhört würde. Harold konnte ihr nicht zutrauen, dass sie ihn in Ruhe lassen würde, dass sie nicht versuchen würde, ihn von Drumwich zu vertreiben, sobald sie Schutz und Verbündete gefunden hatte. Er konnte nicht erlauben, dass Peters Sohn am Leben blieb und gegen ihn benutzt werden konnte, dass er erwachsen wurde und kam, um sein Erbe einzufordern. Jolene bezweifelte, dass Harold es sich zweimal überlegen würde, sich nach Schottland zu schleichen, um sie zur Strecke zu bringen. Das Einzige, das ihr zum Vorteil gereichte, war, dass er einigermaßen vorsichtig sein musste, sobald er Schottland betreten hatte, und dass er sich aus Angst vor der Entdeckung seiner Verbrechen keine Verbündeten suchen konnte.

Aber sie hatte Verbündete gefunden, dachte sie, indem sie einen Blick auf die sechs grimmig dreinschauenden Männer warf, die mit ihr ritten. Obwohl Sir Sigimor Cameron Peter sein Leben schuldete und nun ihr dasselbe schuldig war, begann sich Jolene schuldig zu fühlen, weil sie diese Männer in ihre Probleme hineingezogen hatte, denn Harold war verdorben, verschlagen und tödlich. Sie hatte diese Männer in Lebensgefahr gebracht, und sie fragte sich, ob das anständig oder richtig war. Englisches Land und englische Titel bedeuteten ihnen nichts und würden es auch nie tun. Im Gegenteil, sie nahm an, diese Schotten wären glücklich, wenn der gesamte englische Adel ins Meer gespült würde.

Reynard brabbelte etwas von einem Wild, das er sah, und Jolene seufzte, als sie darauf antwortete. Es war unmöglich, dem Kind viel Aufmerksamkeit zu schenken, während sie tief in ihren eigenen sorgenvollen Gedanken versunken war und direkt auf die Grenze zuritt. Sein kurzes Eindringen in ihre Gedanken erinnerte sie daran, warum sie dies alles machte. Sie mochte vor lauter Sehnsucht danach vergehen, Harold für Peters Tod bezahlen zu lassen, Reynards Sicherheit aber hatte Vorrang. Reynard war ein Teil von Peter, eine lebende Erinnerung an ihren Bruder und der Träger sämtlicher Hoffnungen und Pläne Peters bezüglich der Zukunft von Drumwich. Bis Harold besiegt wurde, galt jeder ihrer Schritte, jede ihrer Handlungen und jeder ihrer Gedanken Reynards Leben und seiner Sicherheit.

Diese Erkenntnis beruhigte trotzdem nicht völlig ihr Gewissen hinsichtlich der Camerons. Sie sagte sich unentwegt, dass Peter es annehmbar gefunden hatte, um ihre Hilfe beim Kampf gegen seinen Feind zu bitten, deshalb sollte sie dies auch tun.

Dann grübelte sie wieder darüber nach, dass Männer keine Schwierigkeit damit hatten, andere Männer zu bitten, mit ihnen zu kämpfen und ihr Leben zu riskieren. Ehre und der Ruhm einer Schlacht für die rechte Sache waren wie Essen und Trinken für einen Mann. Sie nahm an, dass sie nicht lange über die Möglichkeit von Niederlage und Tod nachgedacht hatten. Unglücklicherweise tat sie das aber. In dem Augenblick, in dem sie diese Männer gebeten hatte, ihr zu helfen, in dem Augenblick hatte sie die Verantwortung für deren Leben übernommen, und sie war sich nicht sicher, ob sie solch eine Last tragen konnte. Doch was hatte sie für eine andere Wahl?

Zu der Zeit, als die Sonne fast untergegangen war und sie anhielten, um für die Nacht ein Lager aufzuschlagen, quälte sie sich noch immer mit dieser Frage. Die schmerzvolle Müdigkeit ihres Körpers verdrängte sie aber. Jolene musste sich nach dem Absteigen für einige Minuten an ihrem Sattel festklammern, bevor sie sicher sein konnte, dass ihre Beine sie tragen würden.

Da Reynard unmittelbar nach ihrer kurzen nachmittäglichen Pause eingeschlafen war, hatten sie bis jetzt nicht mehr angehalten. Sie hatten die Pferde kaum langsamer gehen lassen, als der Junge aufgewacht war und sich Erleichterung verschaffen musste. Obwohl Reynard sehr viel Spaß daran hatte, war Jolene immer noch etwas entsetzt darüber, wie Sigimor den Knaben so gehalten hatte, dass er das, was er tun musste, tun konnte, ohne abzusteigen. Er hatte danach den kleinen Jungen bei sich behalten, und Jolene musste widerwillig zugeben, dass sie über diese Gefälligkeit sehr froh war.

Mit einem Blick auf das Feuer, das Liam bereits entfacht hatte, fragte sich Jolene, wie gut ihre Chancen stünden, mit einem Anschein von Grazie dorthin zu gelangen. Nicht gut, beschloss sie nach einem erfolglosen Versuch von ihrem Pferd wegzugehen, bei dem sie gespürt hatte, wie ihre Beine zitterten. Als sie sich gegen ihr Pferd lehnte, überlegte sie, wann und ob die Männer endlich bemerken würden, dass sie bisher nicht zu ihnen gestoßen war und immer noch nicht ihr armes, erschöpftes Pferd versorgt hatte.

»Ich glaube, Sigimor, das Mädchen könnte ein kleines Problem haben«, sagte Nanty, als er sich neben Sigimor an das Feuer setzte.

Sigimor sah zu Lady Jolene hin, die sich nicht einen kleinen Schritt von ihrem Pferd entfernt hatte, seit sie abgestiegen war. »Sie ist nicht an lange Ritte gewöhnt. Ich habe den Verdacht, dass sie noch nie weiter als über die Ländereien ihres Bruders getrottet ist.«

»Himmel, selbst ich fühle mich wund geritten. Hab's noch nie gemocht, den ganzen Tag im Sattel zu verbringen.« Als Nanty Anstalten machte aufzustehen, um offensichtlich Jolene zu helfen, weiteten sich seine Augen leicht, denn Sigimor legte ihm derb die Hand auf die Schulter und drückte ihn nieder. »Ihr Pferd muss versorgt werden, wenn nicht mehr.«

»Ich kümmere mich um sie. Pass auf den kleinen Jungen auf.«

Sigimor betrachtete Lady Jolene eingehend, während er zu ihr ging. Sie wirkte erschöpft, blass und unordentlich. Unglücklicherweise sah sie für ihn immer noch viel zu attraktiv aus. Obwohl es bleich war, war ihr Gesicht nach wie vor schön. Strahlende, von vollen Wimpern umrahmte, silbergraue Augen, eine schmale, gerade Nase und ein Mund, dessen volle, herrlich geformte Lippen einen Heiligen in Versuchung führen konnten. Er sollte sich ärgern wegen ihrer Müdigkeit und ihrer Unfähigkeit, bei ihrem Tempo mitzuhalten. Stattdessen wollte er sie verwöhnen, und er empfand ehrliche Hochachtung dafür, wie sie ihr Bestes gegeben hatte, ohne zu klagen. Nicht gut, dachte er und betrachtete sie mit gerunzelter Stirn.

»Sie gehen besser etwas umher, sonst werden Sie zu steif, um sich zu bewegen«, sagte er und grinste sie an, als sie ihn wütend ansah.

»Haben Sie vielen Dank für Ihren freundlichen Rat«, erwiderte Jolene, die unfähig war, all ihren Sarkasmus aus der Stimme zu verbannen. »Sobald sich meine Beine geneigt fühlen, das zu tun, was sie tun sollen, werde ich ihn sicher befolgen.« Der tiefe Seufzer, den er ausstieß, hatte ihrer Meinung nach einen kräftigen Tritt gegen sein Schienbein verdient, aber sie war nicht fähig, sich dieses Vergnügen zu gönnen.

»Was machen Sie da?«, verlangte sie zu wissen, als er seinen starken Arm um ihre Schultern legte und sie von ihrem Pferd wegzerrte.

»Sie herumführen.« Obwohl sich sein Körper sofort anspannte, als sie strauchelte und ihren Arm um seine Taille legte, damit sie sich abstützen konnte, gab Sigimor vor, nichts zu bemerken. »Liam, kümmere dich um ihr Pferd«, trug er seinem Cousin auf, bevor er Jolene zu der Lichtung brachte, wo sie lagerten.

»Ich dachte, ich sei gut an das Reiten gewöhnt«, murmelte sie, als sich ihre Verlegenheit etwas gelegt hatte.

»Es dauert Jahre, um sich daran zu gewöhnen, tagelang zu reiten.«

»Tagelang?«

»Ja, tagelang. Solange nichts anderes nötig ist, reiten wir direkt nach Dubheidland. Die einzigen Verbündeten, die ich auf diesem Weg habe, sind meine Verwandten, die MacFingals. Wenn Harold uns nicht zu sehr auf den Fersen ist, werden wir dort eine kurze Rast einlegen.«

»Wie weit sind diese MacFingals entfernt?«

»Vier weitere Tage harten Ritts, wenn wir und unsere Reittiere es durchhalten können.«

Noch weitere vier Tage im Sattel wie dieser, und Jolene, da war sie sich sicher, musste zur Burg der MacFingals auf einer Trage transportiert werden. Ihre Beine benahmen sich zwar inzwischen wieder, wie sie es sollten, aber nun spürte sie allzu sehr, wie schlimm ihr Hinterteil schmerzte.

Sie hörte Reynards Kichern und sah, dass Nanty mit dem Kind eine Art Tauziehen spielte. Dieser Anblick linderte zwar nicht ihren Schmerz, doch er brachte ihre Klagen zum

Schweigen. Der Junge war die Zukunft der Gerards of Drumwich. Eine kleine körperliche Beschwerde war ein geringer Preis, den man dafür zu zahlen hatte.

»Besser?«, fragte Sigimor, als sie schließlich beim Feuer stehen blieben.

»Ein wenig. Gibt es hier genug Wasser für mich, um etwas von dem Staub wegzuwaschen?« Es beunruhigte sie, wie widerwillig sie einen Schritt von dem Mann wegging, um etwas Abstand zwischen sich und seinen großen, starken Körper zu bringen.

»Die Engel meinen es gut mit Ihnen, Mylady. Es gibt hier in der Nähe einen kleinen Bach. Sie können ein Bad nehmen, auch wenn es sicherlich etwas kalt sein wird.«

»Selbst wenn er fest zugefroren wäre, würde ich ein Loch in das Eis schlagen, um mich gründlich zu waschen.«

»Holen Sie, was Sie dafür brauchen, und ich bringe Sie hin.«

»Sie brauchen mir nur den Weg zu zeigen und ich …«

»Nein. Sie werden nicht allein hingehen.«

»Aber ich kann nicht vor einem Mann baden!«

»Ich werde Ihnen den Rücken zudrehen. Das ist das einzige Zugeständnis, das ich machen werde. Sie und der Knabe werden so lange nicht allein gelassen, ohne Wache, bis Harold keine Bedrohung mehr für Sie ist.« Er verschränkte die Arme über seiner Brust und forderte sie wortlos auf zu widersprechen.

Jolene öffnete den Mund, um heftig zu protestieren, entdeckte dann aber den Ausdruck in seinen herrlichen grünen Augen. Er würde nicht umschwenken. Anders als manche Männer war er bereit, mit ihr zu diskutieren, aber darauf einzugehen, wäre Zeitverschwendung gewesen. Sie hatte ihn um seine Hilfe und seinen Schutz gebeten, und offensichtlich hatte er sehr feste Vorstellungen davon, was dies beinhaltete. Da er sich schon als ein Mann erwiesen hatte, der sein Wort hielt, beschloss sie, seinem Versprechen, dass er ihr nicht zusehen würde, Vertrauen zu schenken. Sie sammelte schnell die Dinge zusammen, die sie brauchte, um den Reiseschmutz abzuwaschen und auch den anhaltenden Geruch aus den Tagen, die sie in den Eingeweiden von Drumwich verbracht hatte. Nachdem sie nach Reynard gesehen hatte, um sich zu versichern, dass er in der Obhut der Männer zufrieden war, folgte sie Sigimor eilig.

Jolene hatte den Eindruck, dass der Mann sehr lange Beine hatte, sie rannte beinahe, um mit dem, was für ihn zweifelsohne ein lockeres Einherschreiten war, Schritt zu halten. Lange, wohlgeformte Beine, dachte sie. Obwohl sie nie zu denen gehört hatte, die die Formen eines Mannes zu eingehend studierten, musste sie zugeben, dass es angenehm war, Sigimors aufrechten Rücken zu beobachten, während er sich bewegte.

Er war englisch angezogen, zwar nicht sehr kostbar, aber Sigimors eng anliegende Kleidung passte so perfekt, wie sie es noch bei keinem anderen Mann gesehen hatte. Entweder war Sigimor etwas eitel, oder er hatte keine Ahnung davon, wie eng seine Kniehose saß oder wie viel seines wohlgeformten Hinterteils von dem kurzen Wams enthüllt wurde. Jolene war etwas entsetzt darüber, wie gerne sie ihn beobachtete. Es verursachte ihr ein befremdliches Gefühl, seltsam und angenehm zugleich.

Ab dem Augenblick, als die Lichtverhältnisse entsprechend waren, hatte sie ihn bei ihrem Wegritt aus Drumwich studiert. Er besaß nicht Liams Schönheit, aber er war dennoch ein gut aussehender Mann. Sein Haar war voll, fiel bis über seine Schultern und war von einem kräftigen, dunklen Rot. Er hatte zahlreiche Gesichtszüge mit seinem Cousin Liam gemeinsam, aber Sigimors lange, gerade Nase war etwas kühner, sein Kinn etwas kräftiger und sein Gesicht etwas herber. Liam war herzzerreißend schön, und zwar auf eine Art, die einem sofort ins Auge stach, wohingegen Sigimor jene Schönheit besaß, die etwas länger brauchte, um diese aufwühlende Wirkung in einer Frau zu entfalten. Seine Augen waren von einem verblüffend klaren Grün, sie lagen unter schwach gebogenen Brauen und waren von braunen Wimpern umrahmt, die voll und lang genug waren, um eine Frau neidisch werden zu lassen. Sigimor war äußerst anziehend, weder zu klein noch zu groß, und seine Lippen waren voll genug, um Gedanken an Küsse wach werden zu lassen. Jolene war sich sicher, dass dies ein Gesicht war, das sie immer gerne betrachten würde, fühlte sich aber bei diesem Gedanken beunruhigt.

Als sie das Wasser erreichten, deutete Sigimor nur darauf und wendete sich dann um. Jolene legte eilig ihre Kleider ab; das kühle Wasser würde so erfrischend sein, wie es aussah, und sie fühlte sich plötzlich ziemlich erhitzt.

Doch diese Hitze verflüchtigte sich sofort, als sie in das eiskalte Wasser stieg und einen Laut des Erschreckens kaum unterdrücken konnte. Ihr Bad würde sehr kurz sein, dachte sie sich, als sie anfing, sich den Staub von der Reise abzuwaschen.

Sie hatte gescherzt, als sie sagte, sie würde ein Loch ins Eis schlagen, um ein Bad zu nehmen, dieses Wasser fühlte sich jedoch so an, als hätte sie genau das gemacht.

Sigimor sagte sich unablässig, dass es eines Gentleman nicht würdig sei zu versuchen, einen Blick auf die badende Jolene zu erhaschen. Dann aber schob er einen Anflug von Schuldbewusstsein mit einem Achselzucken beiseite.

Er hatte nur gesagt, dass er ihr den Rücken zuwenden würde. Die Versuchung, einen flüchtigen Blick auf den Körper, nach dem er sich sehnte, werfen zu können, war zu groß, um widerstehen zu können.

Immerhin bestand die Möglichkeit, dass ein befriedigender Blick auf ihre schlanken Formen ihn daran erinnerte, warum er vollbusige Frauen bevorzugte, und er sich dadurch von dieser fremdartigen, ungewöhnlichen Begierde befreien konnte.

Gerade als er seinen Kopf weit genug herumgedreht hatte, um sie zu sehen, stand sie im Wasser auf. Sigimor zog so schnell die Luft ein, dass er fast husten musste und sich damit verraten hätte. Der eine Blick hatte ihn nicht geheilt. Stattdessen musste er nun das Bedürfnis bekämpfen, sich seine Kleider vom Leib zu reißen und sich zu ihr zu gesellen. Die Erinnerung daran, dass sie eine Lady von hoher Geburt und wahrscheinlich eine Jungfrau war und dass ein solch plötzlicher Versuch sie zweifellos schreiend in die Berge hätte laufen lassen, zähmte seine Lust nur ein klein wenig. Er fragte sich, warum und wann er der Schönheit einer kleineren Frau gegenüber blind geworden war.

Ihre Haut war wunderbar blass und ohne Narben. Sigimor glaubte nicht, dass er je eine solch schmale Taille gesehen hatte. Und dennoch waren die sanfte Rundung ihrer Hüften und die feste, runde Form ihres Hinterns weiblich genug, um sein Blut zu erhitzen.

Dicke Stränge nassen schwarzen Haares zeichneten die schmale Linie ihres Rückens nach und betonten die vornehme Blässe ihrer zarten Haut. Als sie sich ein wenig umwandte, konnte er die Rundung ihrer Brüste erkennen. Sie waren ein bisschen kleiner als die, an die er gewöhnt war, aber sie waren makellos geformt, fest und an der Spitze mit rosigen Brustwarzen ausgestattet, die im kalten Wasser hart geworden waren. Als sie ihren flachen Bauch wusch, beobachtete er, wie das Wasser hinabrann zu dem zarten kleinen Dreieck aus dunklen Locken, an dem ihre Schenkel zusammentrafen. Er stöhnte beinahe.

Hastig wandte er sich ab. Er musste seine hämmernde Begierde unter Kontrolle bringen. Das modische Gewand, das er für die Reise nach England angelegt hatte, verbarg wenig, und er wollte sie nicht schockieren. Es brauchte einige Zeit, bis er spürte, dass er seine Leidenschaft genug abgekühlt hatte, um sich wieder in der Gesellschaft einer Dame sehen lassen zu können. Er war froh, dass er Kleider zum Wechseln mitgebracht hatte, denn er brauchte einen Sprung in das eiskalte Wasser, um seine Glut gänzlich zu löschen. Da er seine Unfähigkeit bemerkte, den Eindruck ihrer blassen, schlanken Schönheit aus seinem Gedächtnis zu streichen, hätte er einen loseren Sitz seiner Kniehosen und ein längeres, wattiertes Wams begrüßt. Lady Jolene mochte zu unschuldig sein, um all die äußerst deutlichen Zeichen für seine fiebrige Erregung zu bemerken, aber seine Männer waren es nicht. Sigimor hegte nicht den Wunsch, ihnen Grund zur Erheiterung zu sein.

»Das war genau das, was ich brauchte«, sagte Jolene, die das ausgewechselte Hemd benutzte, um ihr Haar zu trocknen. »Ziemlich kalt allerdings, aber das war es wert.«

Die Art, wie sie ihn anlächelte, ließ Sigimors Begehren wieder aufflammen, und er befahl: »Drehen Sie sich um.«

Schon während er zum Wasser schritt, legte er nun auch seine Kleider ab.

Verblüfft über den knurrigen Befehl, staunte Jolene den Mann an. Ihre Augen öffneten sich fast schmerzhaft und sie fühlte Röte ihre Wangen erhitzen, während sie beobachtete, wie er seine Kleider von sich schleuderte. Doch sie konnte sich nicht überwinden, sich von diesem Anblick abzuwenden. Sie biss sich auf die Lippen, um ein Keuchen zu unterdrücken, als er seinen Rumpf entblößte. Seine Schultern waren breit, sein Rücken glatt und gerade und seine Hüften schmal. Seine Haut war nicht so blass, wie sie es bei einem rothaarigen Mann erwartet hatte, sondern von einem schwachen Goldton. Die Muskeln seiner Arme waren deutlich sichtbar, doch glatt und nicht so ungelenk hervorquellend, wie sie es bei einigen anderen Männern gesehen hatte. Zudem waren Streifen mit komplizierten Mustern in die Haut seiner Oberarme geprägt. Dann riss er sich seine Hosen herunter, und ihr wurde fast schwindlig durch die Hitze, die in ihr aufflammte. Die schwache goldene Farbe zog sich über seinen ganzen Körper. Sein Hintern war ebenfalls gut geformt und so fest, wie sie es sich ausgemalt hatte, und seine langen Beine besaßen dieselbe glatte Stärke wie seine Arme.

Plötzlich erkannte sie, wie leicht ihre lustvollen Blicke entdeckt werden konnten. Jolene wandte sich ab und bekämpfte heftig den Drang, einen Blick auf seinen Vorderkörper erhaschen zu wollen. Dieser Mann verwandelte sie in eine schamlose, leichtfertige Person. Noch nie zuvor war sie so ungemein an der Gestalt eines Mannes interessiert und noch nie zuvor so sehr von dem Anblick berührt gewesen. Es war nicht gerade tröstlich zu entdecken, dass irgendein rothaariger Schotte der Erste war, der ihr weibliches Interesse und Begehren weckte. Sie war Tochter, Schwester und Tante von englischen Grafen. Es war reine Unvernunft, zu erlauben, dass sich wegen eines Lairds aus den Highlands ihr Blut erhitzte und ihr Herz hämmerte. Ihre verstorbenen Verwandten drehten sich vermutlich in ihren Gräbern um.

Er bereitete ihr Kopfzerbrechen. Wie konnte sie sich so schnell von einer Frau, die kaum Interesse an Männern hatte, in eine Frau verwandeln, die so heftiges Interesse, ja fast Begierde für einen großen rothaarigen Schotten empfand?

Sie hatte die üblichen mädchenhaften Träume von einem gut aussehenden, heldenhaften Geliebten geträumt, einem, der sie mit einem leichten Kitzeln der Lust zurückließ. Aber dies war nicht einfach ein bloßes Kitzeln, über das man lächeln und das man dann vergessen konnte. Dies war ein starkes Gefühl, heftig und unwillkommen. Es war eine sehr schlechte Zeit, für eine solche Faszination, die vielleicht sogar wahre Lust war.

Dann kam Sigimor an ihre Seite, nahm ihre Hand und führte sie zum Lagerplatz zurück. Die Wärme seines Körpers floss mit jedem ihrer Herzschläge durch Jolenes Körper. Es war solch eine unschuldige Geste, und doch verursachte sie ein leises Zittern in ihrem Inneren. Eine Möglichkeit, diese Gefühle zu begraben, gab es nicht – für keinen von beiden. Er saß während des Essens dicht an ihrer Seite und hielt diese

Gefühle am Leben, verstärkte sie. Als sie ihre raue Decke auf dem Boden auslegte, bereitete Sigimor sein Bett nur wenige Zentimeter von ihrem entfernt hin. Während sie sich mühte, all das anziehende männliche Fleisch, das sich innerhalb ihrer Reichweite befand, zu ignorieren, überlegte sich Jolene, dass sie sich nie von ihrem Interesse für ihn lösen könnte, wenn er weiterhin so nah bei ihr bleiben würde. Es sah so aus, als ob das Unternehmen, Reynard am Leben zu erhalten und in Sicherheit zu bringen, nicht die einzige gefährliche Schlacht sein würde, die sie in den vor ihr liegenden Tagen zu schlagen hatte.

# 3

Jolene stieß einen Fluch aus, als ihre Begleiter plötzlich einen wilden, Ohren betäubenden Schrei von sich gaben und ihre Pferde zum Galopp anspornten. Ihr Reittier wartete nicht auf ihren Befehl, sondern schloss sich dem Rennen an. Sie wagte einen kurzen Blick nach hinten, während sie sich anstrengte, einigermaßen die Kontrolle über ihr Pferd zu behalten. Sie hatten sich den ganzen Tag über schnell vorwärts bewegt, allerdings heimlich und unter Umgehung von Menschen und Orten, in der Hoffnung, Harold ihre Verfolgung so schwer wie möglich zu machen. Dieser plötzliche laute Ausbruch war äußerst befremdlich. Noch eigenartiger war die Art und Weise, wie sich Nanty und Liam aufführten, als die Männer jäh anhielten. Während sie ihr Pferd direkt neben dem Sigimors zügelte, beobachtete Jolene, wie die beiden von ihren Pferden sprangen und den Boden küssten.

»Verrückte Dummköpfe«, sagte Sigimor, aber ein kaum wahrnehmbares Lächeln umspielte seinen Mund.

»Ich vermute, es gibt eine vernünftige Erklärung dafür«, erwiderte Jolene.

»Wir sind nun in Schottland, Mädchen.«

»Oh. Ich verstehe.«

Sie wünschte, sie hätte darüber ebenso erfreut sein können wie jene Männer, aber nun war sie die Fremde, und Jolene wusste, dass keiner, den sie von nun an treffen würden, sie herzlich grüßen würde.

»Machen Sie sich keine Sorgen. Sie werden hier sicher sein.«

»Sicherer als in Drumwich, das ist klar.« Sie seufzte. »Ihr Empfang in England war nicht gerade angenehm. Es überrascht nicht, dass Sie sich nun aufrichtig darüber freuen, wieder in Ihrem eigenen Land zu sein.«

»Wenige Engländer heißen einen Schotten mit Begeisterung willkommen.«

»Und wenige Schotten heißen ihrerseits die Engländer mit einem Lächeln willkommen.«

»Ich glaube nicht, dass Sie viele Probleme haben werden, da Sie ja nur ein kleines Mädchen sind.«

Er atmete tief ein.

»Es ist gut, zurück in Schottland zu sein. Hier wird es viel einfacher sein zu erfahren, wo unser Feind sich aufhält.«

»Wie das?«

»Von dem Moment an, in dem der Bastard Harold diese Grenze überschreitet, wird er beobachtet. Jeder Schotte, der ihn zu Gesicht bekommt, wird die Nachricht verbreiten, wo er ist, in welche Richtung er reist und wer mit ihm reitet. Er, und wer sonst noch mit ihm reist, wird sich für viele als eine arge Versuchung erweisen. Er wird uns hier drüben nicht leicht zur Strecke bringen. Selbst die, die keine Liebe für einen Cameron empfinden, werden ihm Probleme bereiten wollen. Keiner wird ihm helfen. Zumindest keiner, der sich ehrlich ein Schotte nennen kann.«

»Aha, vereint gegen den gemeinsamen Feind.«

Sigimor nickte, während er abstieg, und half anschließend Jolene von ihrem Pferd herunter. »Kümmern Sie sich jetzt um alles, was Sie unbedingt tun müssen. Wir werden hier ein paar Augenblicke verweilen, dann aber eine Zeit lang in hohem Tempo reiten.«

Jolene stöhnte innerlich, klagte aber nicht, als sie wegging, um einen einsamen Ort zu finden, wo sie ihren und Reynards Bedürfnissen nachkommen konnte. Sie konnte noch immer die Wärme von Sigimors großen Händen an ihrer Taille fühlen. Ihre Bemühungen, ihr Hingezogensein zu diesem Mann mit kühlem gesundem Menschenverstand und durch die Notwendigkeit des Überlebens zu untergraben, waren furchtbar misslungen. Das Beste, was sie tun konnte, war, ihre Gefühle zu verbergen, aber auch das konnte sich als unmöglich erweisen, wenn sie derart viel Zeit zusammen verbrachten. Es wäre vielleicht klüger gewesen, die Männer vor ihrer Flucht in die Sicherheit von Schottland zu überreden, sie zu einem ihrer Verwandten in England zu bringen, aber nun war ihr Weg festgelegt. Sie musste weiterhin hoffen, dass Sigimor nicht zu bemerken schien, wie sehr sie sich zu ihm hingezogen fühlte. Auch zeigte er keinerlei Neigung, mit ihr zu tändeln oder sie zu verführen. Als sie sich niedersetzte, um die wenigen Minuten des Alleinseins, die ihr Sigimor gewährt hatte, voll auszunutzen, sagte sie sich streng, dass sie dies als einen Segen betrachten werde.

»Glaubst du, dass uns Harold ins Innere von Schottland folgen wird?«, fragte Liam, als er auf Sigimor zuging und ihm seinen Weinschlauch anbot.

»Allerdings.« Sigimor wendete keinen Blick von der Baumgruppe, in der Jolene verschwunden war, während er einen kräftigen Schluck Wein trank. »Der Mann hat bereits getötet, um seine habgierigen Hände auf Drumwich zu legen. Ich glaube nicht, dass ihn einfache Grenzen davon abhalten können, alles zu tun, um sicher zu sein, dass er es auch behält.«

»Du glaubst also, dass wir diesen englischen Lord töten müssen?«

»Ja. Das wird ein Kampf auf Leben und Tod sein. Lady Jolene weiß das vermutlich.« Er runzelte die Stirn und rieb sich das Kinn. »Er wird nicht daran glauben, dass sie einfach nur verschwunden ist und ihm aus dem Weg geht, weil sie Angst um ihr Leben hat. Unsere Flucht von Drumwich wird ihm sicher klar machen, dass sie mehr als nur ein kleines Mädchen ist, das er fest in der Hand hat. Solange er sie nicht zum Schweigen bringt, wird er immer fürchten müssen, dass sie in England einen Verbündeten findet, einen anderen kleinen

Lord, der die Macht hat, ihn von Drumwich zu verjagen und ihn für seine Verbrechen zahlen zu lassen.«

»Dann muss er auch die Dienerschaft zur Strecke bringen, die geflohen ist. Wird er das?«

»Nein, das glaube ich nicht. Selbst wenn einer von ihnen mit dieser Geschichte an jemanden herantreten würde, gibt es nur wenige Lords, die das Wort eines armen Mannes über das eines anderen Lords stellen würden. Das heißt nicht, dass Harold zögern würde, jedem von ihnen die Kehle durchzuschneiden, wenn er sie findet, aber ich glaube wirklich nicht, dass er sie als Bedrohung ansieht.«

»Seine Überheblichkeit blendet ihn. Es waren genau diese Leute und das kleine Mädchen, die ihn und seine Leute hilflos gemacht haben.«

»Ja, und das wird ihn ganz sicher wütend machen. Er wird *ihr* für diese Demütigung die Schuld geben.« Sigimor nahm einen weiteren Schluck aus dem Weinschlauch, bevor er ihn Liam zurückgab. »Ich kann nicht erklären, warum, aber ich glaube, es gibt da noch mehr, etwas, das uns das Mädchen nicht erzählt hat.«

»Warum? Weil Lord Harold sie nicht tötete, als er ihren Bruder umbrachte?«

»Darüber könnte man nachdenken. Es hätte ihn zum Vormund des Jungen gemacht und ihm den Erben in die Hände gespielt, um ihn zu töten, wann es ihm passt. In der richtigen Weise erledigt, hätte keiner zu dem Tod des Kindes Fragen gestellt. Zu viele Kinder sterben jung. Es wäre einfach gewesen, sie an dem tödlichen Mahl, das Lord Peter serviert wurde, teilnehmen zu lassen. Ich denke außerdem darüber nach, inwiefern es möglich ist, seinen Griff auf Drumwich durch sie, die Schwester des toten Herrn und die geliebte Lady of Drumwich, zu festigen.«

»Eine Ehe?« Liam legte die Stirn in Falten. »Sie sind Cousins, noch dazu nicht allzu entfernte. Da gibt es die Sache der Blutsverwandtschaft.«

»Davon kann es eine Befreiung geben, und die Kisten von Drumwich sind voll genug, um sie sich zu kaufen. Ich nehme an, dass das Mädchen zudem eine sehr feine Mitgift besitzt, die vielleicht nicht Harold erhalten würde, wenn sie stirbt.«

»Und sie ist ein gut aussehendes kleines Mädchen.«

Sigimor sah Liam finster an, als er bemerkte, wie sein Cousin Jolene beobachtete, als sie die Baumgruppe verließ. »Gut aussehend genug, ja, für so ein Mädchen, für so ein dünnes Mädchen.« Er übersah das Grinsen, das ihm sein Cousin als Antwort darauf schenkte.

»Ich bin sicher, der Bastard möchte die kleine Lady tot sehen, und zwar je früher, desto besser, aber ich frage mich, ob er wirklich so sehr darauf versessen ist, das Mädchen gerade jetzt umzubringen.«

»Willst du sie etwa zwingen, einige dieser Fragen zu beantworten?«

»Nein. Noch nicht. Es würde nichts an dem ändern, was wir tun müssen. Und das Mädchen hat den Verstand zu erkennen, dass, selbst wenn der Bastard ihren Tod jetzt nicht will, er sie am Ende töten wird. Sie würde ihn zum Handeln zwingen, falls nicht noch zu mehr, denn sie würde nie aufhören, den Tod ihres Bruders und ihres Neffen rächen zu wollen. Er mag dumm genug sein zu glauben, dass er sie feige und unterwürfig machen könne, aber sie würde ihm schnell zeigen, wie falsch er damit liegt.«

»Und damit würde sie sich selbst töten. Du hast Recht. Was auch immer zwischen den beiden geschehen mag, es spielt keine Rolle. So verschieden die Wege auch sein mögen, sie führen alle zum Grab – zu ihrem und zu dem des Kindes.«

Sigimor grübelte immer noch über diese Angelegenheit nach, als sie sich in gleich bleibendem Tempo wieder auf den Weg machten, um das heimtückische Grenzland so schnell wie möglich zu durchqueren, solange die Pferde noch nicht erschöpft waren.

Schurken regierten das Land, und Nantys Verbindungen

zu den Armstrongs würden sie möglicherweise nicht allzu sehr schützen. Es würde allerdings noch heimtückischer für Harold sein, und das brachte Sigimor fast zum Lächeln. Er zweifelte jedoch daran, so viel Glück zu haben, dass die Diebe und Gauner in dieser Gegend so in der Überzahl waren, dass sie sie von ihrem Feind befreien konnten. Dieser Gedanke brachte all die Fragen wieder hoch, die ihn so sehr beschäftigten, und er sah Jolene an, die an seiner Seite ritt.

»Warum sind Sie weder verheiratet noch verlobt?«, fragte er sie.

Jolene sah ihn stirnrunzelnd an, als sie wegen seiner unerwarteten Frage einen Anflug von Überraschung verspürte. »Ich war einst verlobt, aber der Mann starb, als ich erst sechzehn war.«

»Wurde nichts Neues arrangiert? Sie sind inzwischen wie alt, zwanzig?«

»Dreiundzwanzig«, gab sie zu und missachtete seine gehobenen Augenbrauen. »Papa starb, bevor er etwas anderes arrangieren konnte, das ihm genehm war. Peter hatte vor, etwas zu unternehmen, hat es sogar ein- oder zweimal versucht, es wurde aber nichts daraus. Peter wünschte, dass es ebenso meine wie seine Wahl sein sollte. Dann starb seine Frau, und ich wurde Burgherrin. Peter dachte daran, sich wieder zu verheiraten, deshalb nehme ich an, dass er mit der ernsthaften Suche nach einem Ehemann für mich begonnen hatte.«

»Aber da kam Harold.«

»Ja. Peter mochte den Mann nie und traute ihm auch nicht, aber er ist ein Blutsverwandter, ein Cousin.«

Sie zuckte die Achseln.

»Ohne eindeutigen Beweis für einen Verrat, was sollte Peter da anderes machen, als dieser Viper zu erlauben, sich in die Halle zu schlängeln. Harold redete sich für das ziemlich große bewaffnete Aufgebot, das er bei sich hatte, damit heraus, dass er Räuber verfolge. Es hat nicht lange gedauert, bis wir merkten, dass wir nun Gefangene auf unserem eigenen Besitz waren, aber Peter hatte keine Zeit mehr, einen Plan zu ersinnen, um uns zu befreien. Er wollte keinen offenen Kampf beginnen, da Harold alle Vorteile auf seiner Seite hatte. Es wäre ein Abschlachten geworden.« Sie seufzte und schüttelte ihren Kopf; der Schmerz war ein harter Knoten in ihrer Brust. »Harold schlug schnell zu, seine Männer waren an ihrem Platz, und Peter war tot, während wir alle noch von dem Schock über einen solchen Verrat wie betäubt waren.«

Sigimor nickte. »Klug. Und er benutzte Peters eigenes Ehrgefühl und seinen Familiensinn gegen ihn. Er hat vermutlich gewusst, dass der Mann nie die wahren Tiefen seiner Korruptheit erraten würde, auch wenn er ihn nicht mochte und ihm nicht traute. Ihr Bruder war ein guter Mensch, von scharfem Verstand und stark, aber er war nicht durchtrieben.«

»Sie meinen, es hätte ihm geholfen, durchtrieben zu sein?«

»Ach, ja. Wenn er ein winziges Stück dieser Fähigkeit besessen hätte, hätte er möglicherweise erraten, was Harold alles anstellen könnte, und wäre besser auf solch einen schlimmen Verrat vorbereitet gewesen.«

Er hatte vermutlich Recht, aber Jolene hatte das Bedürfnis, ihren Bruder zu verteidigen. »Er muss etwas geahnt haben, da er nach Ihnen sandte.«

»In der Tat, aber er hatte bereits den Verrat in seine Halle gelassen, oder?«

Zweifellos hatte Peter einen schwer wiegenden Fehler gemacht, einen, der ihn das Leben gekostet hatte, aber sie fühlte sich noch immer gezwungen abzuwenden, was zu sehr nach einer Kritik klang. »Und Sie hätten das nicht getan?«

»Nein, nicht mit einer starken, bewaffneten Truppe an seiner Seite.« Er zwinkerte ihr zu. »Ich bin durchtrieben. Mein erster Gedanke wäre gewesen: Warum muss ein Mann, den ich nicht leiden kann oder dem ich nicht völlig vertraue, so viele gut bewaffnete Männer bei sich haben, nur um einen Verwandten zu besuchen.«

»Peter fragte sich das, aber die Höflichkeit ...«

»Die Höflichkeit erfordert nicht, einen Mann einzuladen, damit er dir ein Messer in den Rücken jagt, oder deinen Erben einer Gefahr auszusetzen«, fügte er ruhig hinzu, während er zu dem fröhlich brabbelnden Reynard hinübersah, der mit Nanty ritt. »Blutsverwandter oder nicht, ich hätte dafür gesorgt, dass die bewaffneten Männer außerhalb meiner Mauern geblieben wären, und sie selbst dann gut beobachtet. Der Mann war nicht höher gestellt als Peter, weswegen die Höflichkeit nicht erforderte, dass er ihnen *allen* erlaubte, sich innerhalb seiner Mauern aufzuhalten.«

Jolene war sich dessen nicht gewiss, wendete aber nichts dagegen ein. Sie hatte Peter gebeten, nicht alle aus dem Gefolge Harolds ins Innere der Mauern zu lassen, aber er hatte darauf bestanden, dass es keinen ehrenwerten Grund gab, ihnen Schutz zu verwehren. Sie hegte keinerlei Zweifel daran, dass Sigimor ein ehrbarer Mann war, aber er war offensichtlich nicht so sehr darum bemüht wie Peter, ein vollkommen höfischer Ritter zu sein. Peter hatte hohe Ideale gehabt. Sigimor hatte gesunden Menschenverstand. Peter hatte darauf geachtet, als ein äußerst perfekter, vornehmer Ritter gerühmt zu werden. Sigimor achtete darauf zu überleben. Sie hatte ihren Bruder innig geliebt, aber sie wünschte, er hätte etwas von Sigimors scharfsichtiger Sachlichkeit gehabt. Er könnte dann vielleicht noch am Leben sein.

»Sie sind durchtrieben«, sagte Sigimor und lächelte sie an.

Sie war durch sein Lächeln derart entwaffnet, dass Jolene einige Minuten brauchte, um zu begreifen, was er da gesagt hatte. Sie blickte ihn stirnrunzelnd an. »Bin ich nicht.«

»Doch, Sie sind es. Die Art und Weise, wie Sie uns alle aus Drumwich weggebracht haben, zeigt einen klaren Sinn für Durchtriebenheit. Das war eine ziemlich kluge, verschlagene List.«

»Ich vermute, Sie glauben, dass Sie mir ein Kompliment machen.«

»Das tue ich, aber da Sie nur ein kleines Mädchen sind, nehme ich an, dass Sie das nicht erkennen.«

Da war ein Blick in seinen wunderbaren grünen Augen, der ihr verriet, dass er sie reizen wollte. »In England hält man Frauen nicht dazu an, danach zu streben, hinterlistig und durchtrieben zu sein.«

»Und wozu hält man sie an?«

»Vornehm zu sein. Eine Frau sollte eine gewinnende Sprache und ein liebliches Wesen besitzen, zu allen freundlich sein, besonders zu jenen, die ihr dienen, geschickt mit Webstuhl und Nadel, bestimmt und wachsam in der Verwaltung ihres Haushalts, bescheiden, gehorsam und eine treue Gefährtin für ihren Gebieter, dem sie Frieden und Behaglichkeit in seinem Zuhause verschafft.« Jolene war sich nicht sicher, ob sie die Art, wie er sie angrinste, mochte.

»Wie viele von diesen Fähigkeiten glauben Sie, dass Sie besitzen?«

»Ziemlich viele«, erwiderte sie und zwang sich, seinem amüsierten Blick zu begegnen, ohne über diese Lüge zu erröten.

Es war da etwas in Jolenes Augen, das Sigimor warnte, klugerweise nicht zu lachen oder sie eine Schwindlerin zu nennen, das ihn aber umso mehr zum Lachen reizte. »Gut, ich habe schon immer geglaubt, dass die Engländer vollkommene Narren sein können. Ha! Sieht man von der Näharbeit, der Verwaltung des Haushalts und der Bescheidenheit ab, scheint es, als ob die englischen Männer ihre Mädchen so haben wollen, wie meine Meggie ist.«

»Wer ist Meggie?«

Jolene war sich nicht sicher, ob sie die plötzlich aufkeimende heftige Eifersucht, die sie empfand, aus ihrer Stimme fern gehalten hatte.

»Meine Jagdhündin. Allerdings nehme ich an, dass die

meisten von Euch wenigstens ein kleines bisschen besser riechen.«

Jolene starrte wütend auf seinen breiten Rücken, als er davonritt. Ihre Verärgerung wurde noch verstärkt durch die Tatsache, dass sie sich nicht sicher sein konnte, ob er sie eben beleidigt hatte, indem er andeutete, sie sei keine wahre Lady, oder ob er ihr genau damit ein Kompliment gemacht hatte. Zugunsten aller englischen Frauen, vor allem derer, die sich heftig darum bemühten, dieses Weiblichkeitsideal zu verwirklichen, nahm sie Anstoß an Sigimors Vergleich mit seiner Hündin. Gelegentlich hatte sie zwar ziemlich dasselbe gedacht, aber das war ihr gutes Recht als Frau, als jemand, der unter solchen Regeln und Einstellungen zu leiden hatte. Sie sagte sich aber, dass bei einem Mann dieser Spott scheinheilig sei, da er ja zu denen zählte, die versuchten Frauen einzuschüchtern, allerdings konnte sie das nicht von ganzem Herzen glauben. Um sich von ihrer eigenen Verwirrung zu befreien, ritt sie zu Nanty und konzentrierte sich darauf, dass Reynard zufrieden blieb.

Sigimor legte eine weitere Decke über die schlafende Jolene und dann über Reynard. Als er hochsah, fing er Liams Grinsen auf. »Es ist kalt, und die beiden sind zu dünn, um das auszuhalten«, murmelte er und entfernte sich Richtung Wald. Als Liam ihm folgte, fluchte er leise.

»Sie *ist* ein kleines, dünnes Mädchen, das ist sicher.« Liam zog die Worte in die Länge.

»Genau, und eine verwöhnte englische Dame.«

»Aber sehr gut aussehend. Sie hat so zarte Haut. Du hast diese zarte milchweiße Haut sicherlich bemerkt, oder etwa nicht?«

»Ich habe sie bemerkt«, erwiderte Sigimor mit zusammengebissenen Zähnen, er wusste, dass er aufgestachelt wurde, war allerdings unfähig, ganz zu verbergen, wie gut das funktionierte.

»Es ist gut zu wissen, dass du vollbusige Mädchen mit blonden Haaren bevorzugst, sonst hätte ich glattweg denken können, dass du an dem kleinen Mädchen interessiert bist.«

»Du denkst zu viel. Das kommt von deinem Aufenthalt bei den Mönchen.«

Liam lachte. »Da du nicht an dem kleinen Mädchen interessiert bist, könnte vielleicht ich ...«

Sigimor drehte sich so ruckartig um, um Liam anzusehen, dass sein Cousin gezwungen war, mit ein paar erfreulich ungraziösen Schritten rückwärts zu taumeln. »Und vielleicht denkst du am besten darüber nach, dass dein gewinnendes Lächeln die Mädchen nicht so sonderlich verlocken würde, wenn es ohne Zähne wäre. Hör auf zu grinsen. Du siehst aus wie ein Idiot.«

Er ging zurück zum Lagerplatz und seufzte tief auf, als Liam mit ihm Schritt hielt.

»Warum so gereizt, Cousin?«, fragte Liam. »Was ist schlimm daran, sich zu solch einem hübschen kleinen Mädchen hingezogen zu fühlen? Sie ist von gleichem Stand wie du, keusch, und sie hat zweifelsohne eine prächtige Mitgift.«

»Das klingt verdächtig nach den Eigenschaften, die man an einer Frau sucht.« Es beunruhigte Sigimor, dass er nicht sofort und heftig den Gedanken an eine Heirat mit Jolene verurteilte.

»Es ist höchste Zeit, dass du dir eine Frau nimmst.«

»Warum? Ich brauche keinen Erben. Der Jahrmarkt von Dubheidland wimmelt davon.«

»Das ist wahr, aber das heißt nicht, dass du nicht eine Frau und eigene Kinder brauchst.«

Sigimor blieb stehen, drehte sich langsam zu Liam um und kreuzte seine Arme über der Brust. Er war sehr versucht, seinen Cousin in den Schlamm zu stoßen, weil er ihm diese Idee in den Kopf gesetzt hatte, und wäre es auch nur gewesen, weil sie ihm als gut erschien, sie rührte an ein Bedürfnis in ihm, das er heftig zu verleugnen suchte. Die Vernunft sagte ihm, das Lady Jolene Gerard die völlig Falsche für ihn war, aber alles andere in ihm sagte weiterhin »*Mein*«.

»Du hast ihre Größe wahrgenommen, oder nicht? Und meine Größe?«

Die Tatsache, dass sein ausgeprägter Sarkasmus keine sichtbare Wirkung auf Liam hatte, verärgerte Sigimor wirklich. »Wenn ich ihr ein Kind mache, würde es sie wahrscheinlich auseinander reißen.«

Liam kreuzte seine Arme über der Brust und schenkte Sigimor einen äußerst angewiderten Blick. »Das ist Unsinn, und du weißt das.«

»Sie ist Engländerin. Es wäre vermutlich nicht rechtens, sie zu heiraten.«

»Vielleicht in England, obwohl das Gesetz dort so oft kommt und geht wie Ebbe und Flut. Ich befürchte, du würdest keinen Anspruch erheben können auf Ländereien, die ihr möglicherweise gehören, aber du würdest sie sowieso nicht haben wollen, oder?«

»Warum bist du so auf sie versessen?«

»Vielleicht weil es das erste Mädchen aus gutem Haus ist, an dem du jemals Interesse gezeigt hast. Versuch nicht, es zu leugnen, auch wenn sie zu unschuldig ist, um es zu merken, wir anderen können sehen, dass du sie begehrst. Du stinkst manchmal geradezu danach. Du bist zweiunddreißig und hast dich bisher nur in gelegentliche Balgereien mit vollbusigen Huren eingelassen. Du hast dir noch nie auch nur eine Geliebte genommen. Du, Cousin, bist ein Mann, der heiraten sollte.«

Sigimor wusste, dass Liam Recht hatte, hätte sich aber lieber die Zunge abgebissen, als das zugegeben. Er besaß einen gesunden Appetit auf fleischliche Genüsse, gab aber diesen Bedürfnissen nicht sehr oft nach. Obwohl er die gelegentlichen Balgereien mit einem kurvenreichen Schankmädchen genoss, befriedigte ihn das nicht ganz. Er war sich immer zu bewusst, dass es seine Münzen waren, die die Frauen in sein

Bett brachten, und dass die Münzen eines anderen Mannes genauso willkommen waren wie seine. Ein paar Mal hatte er versucht, ein Mädchen von besserer Geburt zu umwerben, aber er hatte keinen Erfolg. Solche Frauen fürchteten entweder seine Größe, machten sich herzlos über seinen Charakter lustig oder gaben ihm einfach nur das Gefühl, nicht der *Richtige* zu sein. Letzteres war etwas, zu dem er sich nie offen bekennen würde, denn es schien ihm widerlich romantisch zu sein. Aber ihm gefiel die Vorstellung, eine Frau zu haben, die ganz allein ihm gehörte, eine, mit der er sich unterhalten konnte, eine Kameradin, die die Bürde eines Zuhauses und einer Familie mit ihm teilen würde. Er wollte eine wirkliche Gefährtin haben. Nur einmal, vor zehn Jahren, hatte er gedacht, eine solche gefunden zu haben, bloß um festzustellen, dass er damit glorreich falsch lag. Aus diesem Grund war er nun vorsichtig und wollte lieber nicht all das empfinden, was er ausgerechnet für die zierliche Engländerin empfand.

»Und was bringt dich dazu zu glauben, dass diese Dame ein gute Wahl ist?«, fragte er, während er innerlich seine Neugier, die ihn diese Frage stellen ließ, verwünschte.

»Sie beobachtet dich.«

»Vermutlich will sie aus lauter Angst, ich würde sie dem Erdboden gleichmachen, sichergehen, dass ich nicht stolpere und zufällig auf sie falle.«

»Idiot. Sie *beobachtet* dich. Sie zeigt keinerlei Interesse für einen von uns anderen, ausgenommen als Begleiter auf diesem kleinen Kreuzzug.«

»Nein, nicht einmal für dich«, murmelte Sigimor.

»Nein, nicht einmal für mich. Sie ist weder von deiner Größe noch von deinem Auftreten eingeschüchtert. Urteilt man anhand der Art, wie sie dich vorhin wütend ansah, dann besitzt sie auch den Verstand, um dir entgegenzutreten. Was hast du ihr beim Abschied gesagt?«

Noch immer in den freudigen Gedanken versunken, dass

Jolene ihn beobachtet hatte, machte Sigimor eine wegwerfende Handbewegung. »Sie hat mir von den Eigenschaften erzählt, die Engländer an ihren Frauen mögen, und ich sagte ihr, das klingt, als ob diese Narren denken, dass sie mit einem Hund und nicht mit einer Frau zu tun hätten.«

»Kein Wunder, dass sie so aussah, als sei sie bereit und begierig darauf, dich abzuschlachten. Ich hatte gehofft, du wüsstest, wie man Mädchen umschmeichelt, aber ich fange an zu befürchten, dass du es nicht weißt.«

»Ich habe ihr erzählt, dass ich den Verdacht habe, die meisten Engländerinnen riechen ein kleines bisschen besser als ein Hund.«

»Ein Wunder, dass sie nicht vor Begeisterung in Ohnmacht gefallen ist«, murmelte Liam, dann schüttelte er den Kopf. »Du hast das mit Absicht gemacht, oder? Du musst einfach bei jemandem herumstochern, um zu sehen, was passieren wird.«

»Das ist Teil meines Charmes.« Sigimor blieb am Rand des Lagers stehen und sein Blick erfasste sofort die schlanke Gestalt einer schlafenden Lady Jolene. »Lass es auf sich beruhen, Liam. Es mag schon etwas zwischen uns sein, irgendeine gegenseitige Anziehung, aber ich bin mir nicht sicher, ob es über Blicke und Gedanken hinausgehen sollte oder könnte. Sie ist eine englische Lady, und ich bin ein schottischer Laird. Ein habgieriger Mann will ihren Tod und den Tod des Kindes. Dieser kleine Knabe ist ein englischer Lord, und sie ist beinahe seine Mutter, mit ihm verbunden durch Blut und Liebe. Ja, und ich bin immer noch überzeugt, dass sie uns nicht alles erzählt hat, dass sie an ein oder zwei kleinen Geheimnissen festhält. Das ist auf alle Fälle keine einfache Angelegenheit. Es wird kommen, wie es kommen muss. Man kann nur abwarten.«

»Gut, warte ab und sieh zu. Aber pass auf, dass du beide Augen weit geöffnet lässt. Auch Verstand und Herz.«

Wenn die letzten paar Tage kein Beweis dafür waren, grübelte Sigimor, dann konnte er auch nichts tun. Sein Verstand und sein Herz würden ihn nicht leiten.

Sigimor wachte mit einem Fluch auf, als eine kleine, harte Faust ihn seitlich am Kopf traf. Als er sich beeilte, weitere Schläge abzuwehren, wurde er gewahr, dass sich die Frau an seiner Seite nicht plötzlich in eine Xanthippe verwandelt hatte, die ihn ermorden wollte, sondern tief in einen Albtraum versunken war. Reynard begann zu weinen und Nanty erschien sofort. Sigimor befahl dem Mann, das Kind mit in sein Bett zu nehmen. Danach machte er sich bereit, Jolene aus ihrem Albtraum zu holen, bevor sie ihm eine wirkliche Verletzung zufügte.

Er brauchte länger, als er seinem Gefühl nach dafür brauchen sollte, um ihren Körper, der sich hin und her warf, unter sich festzuhalten, denn er war sehr darauf bedacht, ihr keine Quetschungen zuzufügen.

Er war etwas erstaunt über die Giftigkeit und die Vielfalt der Flüche, die sie hervorstieß, während sie gegen den Feind, der sie in ihren Träumen verfolgte, kämpfte. Die blinde Panik, die kurzfristig ihre zarte Gestalt verkrümmte, als sich ihre Augen schließlich öffneten, traf ihn ins Herz.

Mit der sanften, beruhigenden Stimme, die er in all den Jahren vervollkommnet hatte, in denen er seine Geschwister und viele seiner Cousins und Cousinen aufgezogen hatte, erzählte er ihr mehrmals, wer er war und wo sie war.

In dem Augenblick, in dem sie sich beruhigte, wurde er sich der Intimität ihrer Lage allzu bewusst. Ihre schlanken Beine waren unter seinen festgedrückt, und ihre Leisten waren eng aneinander gepresst. Die Reaktion seines Körpers auf dieses anregende Vergnügen kam unverzüglich und heftig. Sigimor war nicht überrascht, als er sah, wie sich ihre Augen langsam weiteten und eine Spur von Röte ihre Wangen verdunkelte.

Obwohl eine Stimme in seinem Kopf ihm sagte, dass er es

nicht tun sollte, streifte sein Mund den ihren und fand ihre weichen und süßen Lippen.

»Was glauben Sie, was Sie da tun?«, fragte Jolene, die unter dem Eindruck der fremden prickelnden Wärme, die seine Lippen auf ihren hinterlassen hatten, zitterte.

»Küssen, um es besser werden zu lassen?« Sigimor hob seinen Kopf nur etwas an, bis sie Nase an Nase waren.

»Es ist bereits besser, da ich nun wach bin.« Um sich gegen den unheimlich starken Drang zu wappnen, sich an dem harten, langen Etwas, das so unverschämt gegen sie drückte, zu reiben, sandte sie ihm einen, wie sie hoffte, sehr strengen Blick.

»Was jagt Sie in Ihren Träumen, Mylady?« Da er gehört hatte, wie sie Harold in ihrem Traum verflucht hatte, hegte er ein oder zwei Vermutungen, fragte sich aber, ob sie ihm wahrheitsgemäß antworten würde.

Obwohl sie sich wunderte, warum die federleichten Küsse, mit denen er über ihr Gesicht gestrichen hatte, sie innerlich so erschaudern ließen, erwiderte Jolene: »Peters Tod.« Es war nicht ganz gelogen, weil Bruchstücke dieses Grauens sich mit all den anderen Ängsten und schrecklichen Erinnerungen vermischt hatten.

»Ach, das ist es also, warum Sie Harold verflucht haben?«

»Ja.«

»Ich glaube allmählich, dass Sie mir nicht alles erzählen, Mädchen, und habe beschlossen, dass Sie mir dafür ein Pfand geben müssen.«

»Ein Pfand?«

Jolene hatte kaum diese Worte gemurmelt, als er sie küsste. Diesmal war es kein sanft neckender Kuss, sondern einer, der sie bis in die Zehenspitzen durchdrang. Sie versuchte die Gefühle, die in ihr rasten, zu bekämpfen, aber sie verlor diese Schlacht endgültig, als plötzlich seine Zunge das Innere ihres Mundes berührte. Wie sie dorthin kam, wusste sie nicht, aber als sie ihn wieder verließ, wünschte sich Jolene sie sofort zurück. Stattdessen wurde sie unversehens freigegeben. Sigimor lag neben ihr auf seiner Seite und drehte ihr den Rücken zu. Er grummelte etwas von Nanty, der Reynard bei sich habe, dann sagte er nichts mehr. Jolene starrte zu den Sternen hoch, spürte einen unbekannten nagenden Schmerz in sich und hätte gerne gewusst, warum sie den Mann bewusstlos treten wollte. Sie konnte für die nächsten Tage eine ganze Menge Ärger vorhersehen – und zwar nicht nur aufgrund des mörderischen Thronräubers Harold.

# 4

»Harold ist in Schottland.«

Liams Ankündigung verursachte in Jolene ein Frösteln, eine Kälte, die sich in sämtlichen Knochen einnistete. Bis zu diesem Augenblick war sie neben Sigimor geritten und hatte sich der müßigen Überlegung hingegeben, ob sie ihn verachten sollte für seine Dreistigkeit, sie vergangene Nacht zu küssen, oder ob sie versuchen sollte, ihn dazu zu bringen, es nochmals zu tun. Nun wurde sie brutal daran erinnert, warum sie mit Sigimor und seinen Männern unterwegs war, warum sie nach Schottland geflohen war. Unbewusst zog sie die Zügel an und veranlasste so ihr Pferd, nervös und verwirrt herumzutänzeln.

Sigimor griff hinüber und legte ihr seine Hand auf den Oberschenkel, ohne den Blick von Liam zu wenden. Zu Jolenes Verwunderung beruhigte sie die Berührung. Sie verspürte noch immer ein Schuldgefühl, weil sie die Männer in ihre Schwierigkeiten hineingezogen hatte, aber es wurde schwächer. Immerhin waren sie unter Harolds Händen dem Tod sehr nahe gekommen. Jolene zweifelte nicht daran, dass diese Männer niemals zögern würden, einer Frau oder einem Kind, die sich in einer Notlage befanden, zu helfen. Aber sie hatten auch vor, Harold bitter für die Gefangennahme und seinen Plan, sie zu hängen, bezahlen zu lassen.

»Bist du sicher?«, fragte Sigimor. Er nahm seine Hand nur widerwillig von Jolenes schlankem Schenkel, nachdem sie ruhig geworden war.

»Ja. Er geht bei seiner Verfolgung ziemlich frech vor.« Liam lächelte und schüttelte den Kopf. »Er fragt nach uns und erzählt dabei allen, dass er einer untreuen Ehefrau nachjage, dass seine Dame mit dir durchgebrannt sei und ihr gemeinsames Kind mitgenommen habe. Der Narr denkt vermutlich, wegen eines solchen Vergehens könne er die Leute aufbringen, um Hilfe bei unserer Verfolgung zu erhalten.«

»Und hat er es geschafft?«

»Von Angesicht zu Angesicht – ja. Hinter seinem Rücken – nein. Er ist Engländer, und viele denken, das sei Grund genug, ihn zu täuschen. Die Tatsache, dass ein kleiner englischer Lord seine Dame an einen tapferen Schotten verloren hat, freut die meisten von denen, mit denen er gesprochen hat. Ich weiß allerdings nicht, wie lange er der Dumme bleiben wird.«

»Länger als er sollte, aber ich fürchte, nicht lange genug.« Jolene lächelte schwach, als beide Männer sie ansahen. »Harold verachtet alle, die nicht von Adel und keine Engländer sind.« Sie schnitt eine Grimasse. »Er hält alle Schotten für ungebildete Wilde.«

»Ja, er hat seine Auffassung sehr deutlich gezeigt, als er uns in das Verlies werfen ließ«, sagte Sigimor.

»Allerdings ist er kein kompletter Narr. Er wird bald merken, dass man ihn verspottet, und seine Taktik ändern.«

Sigimor dachte einen Augenblick darüber nach und nickte schließlich. »Ja, das wird er. Er wird möglicherweise untertauchen.«

»Meinst du, dass er das schafft?«, fragte Liam.

»Immerhin so weit, dass wir es wohl nicht mehr so leicht erfahren, wo genau er sich befindet. Wenn er etwas Geld mitgebracht hat, kauft er sich vielleicht sogar ein oder zwei Männer, die ihm helfen und auch für ihn sprechen. Manche Männer machen alles für eine volle Börse, sie helfen selbst einem Engländer. Wie viele Männer reiten mit ihm?«

»Ich weiß nicht genau, aber ich schätze nach allem, was ich gehört habe, etwa ein Dutzend.«

»Genug, um eine Bedrohung darzustellen, aber nicht genug, um Unruhe wegen eines gefährlichen Raubzugs oder eines englischen Angriffs zu verursachen. Da er inzwischen weiß, wohin wir reiten, muss er uns auch nicht dicht auf den Fersen bleiben.«

Jolene runzelte die Stirn, als sie darüber nachdachte, wie genau Harold erfahren haben konnte, woher Sigimor kam. »Sind Sie sicher, dass er weiß, wohin wir reisen? Ich kann mir nicht vorstellen, dass Peter das Harold erzählt hat. Als er nach Ihnen sandte, war er bereits zutiefst misstrauisch gegen diesen Mann.«

»Selbst wenn Harold nicht genau weiß, woher wir kommen oder wo Dubheidland liegt, wird er nicht lange brauchen, das herauszufinden«, antwortete Sigimor. »Wir mögen zwar nicht reich und mächtig sein, aber die meisten wissen, wer wir sind und woher wir kommen.«

Sigimor hatte seine Aufmerksamkeit Nanty zugewandt, bevor Jolene fragen konnte, woher oder wieso man so gut darüber informiert sein sollte, wenn sie weder reich noch sehr mächtig waren. Sie konnte sich nicht vorstellen, dass es aufgrund von etwas besonders Schockierendem oder Bösem sein konnte. Männer, die ihre Hilfe einer Frau und einem Kind anboten, noch dazu aus einem Land, das der überwiegende Teil der Schotten vermutlich täglich verfluchte, konnten nicht schlecht sein. Seit sie mit ihnen zusammen war, hatte nicht einer der Männer sie mit weniger als der größten Höflichkeit behandelt, sah man einmal von dem Kuss ab, den Sigimor ihr gestohlen hatte. Wirklich verwerfliche Männer behandelten eine Frau nicht so ritterlich. Dennoch schien Sigimor völlig davon überzeugt zu sein, dass die Camerons von Dubheidland weithin gut bekannt waren. Mit einem Blick auf ihre sechs Wächter fragte sie sich vergeblich, ob die unbeugsame Stattlichkeit der Männer von Dubheidland der Grund für ihren Ruhm war. Ihr selbstvergessenes Grübeln wurde plötzlich durch etwas, was Sigimor zu Nanty sagte, beendet.

»Ich denke, wir sollten verbreiten, dass Harold uns nachjagt und dass wir es bevorzugen, wenn er uns nicht ahnungslos erwischt«, sprach Sigimor zu Nanty. »Wie weit ist es von hier zu den Armstrongs von Aigballa?«

»Aha, ich verstehe.« Nanty lächelte kurz und reichte Jolene den schlafenden Reynard »Nicht weit. Gar nicht weit.«

»Gut. Reite los und berichte ihnen von unseren Schwierigkeiten und dass wir eine engmaschige Überwachung des Bastards benötigen.«

»Du willst ihn nicht vertreiben lassen?«

»Ich würde nichts lieber tun, aber es ist besser, wenn nicht jemand anderer sein Schwert mit dem Blut eines englischen Lords befleckt. Wenn Harold dumm genug ist, auf unserer Fährte zu bleiben, um es zu einer Konfrontation kommen zu lassen, werden wir ihn treffen und beerdigen. Wir haben schließlich das Recht, so zu handeln, wenn auch nur, weil er uns bedroht. Wir wollen diesen Kampf nicht zu weit ausdehnen.«

Nanty nickte zustimmend. »Wenn ich den richtigen Weg nehme, kann ich anderen Bescheid geben, vielleicht den Murrays, und sicher meinem Bruder. Wo soll ich euch wieder treffen?«

»Ich habe vor, eine oder zwei Nächte bei meinen Cousins auf Scarglas zu bleiben und dann nach Dubheidland weiterzureiten.«

»Wenn ich euch nicht auf Scarglas treffe, werde ich auf Dubheidland zu euch stoßen.«

Jolene hatte sich kaum den anderen angeschlossen, um Nanty eine sichere Reise zu wünschen, als Reynard begann, Theater zu machen. Das Kind wimmerte Nantys Namen und heftete seinen Blick fest auf den scheidenden Mann. Kurz schmerzte sie die Eifersucht, doch dann schimpfte sie sich eine Närrin. Reynard mochte all diese Männer, und nach allem, was das Kind seit Harolds Ankunft auf Drumwich durchgemacht hatte, war es nicht verwunderlich, dass es ihn unglücklich machte, wenn sich einer von ihnen entfernte. Es fiel ihr schwerer, diese Eifersucht zu unterdrücken, als Sigimor ihr das Kind aus den Armen nahm und Reynard sich unverzüglich beruhigte.

»Nanty hat einen sehr wichtigen Auftrag zu erledigen«, erzählte Sigimor dem Kind, während er es vor sich auf den Sattel setzte. »Wenn er diese schwierige Aufgabe erledigt hat, werden wir ihn wiedersehen.«

»Nanty ist mein Freund«, erwiderte Reynard.

»Das ist er«, bestätigte Sigimor, während er sein Pferd zu einem langsameren, aber gleichmäßigen Tempo anhielt. »Aber er ist auch ein Mann, der seine Arbeit zu machen hat. Manchmal heißt das, dass er wegen dieser Arbeit für kurze Zeit seine Freunde und Verwandten verlassen muss.«

»Wie Papa.«

»Ja, genau wie dein Papa.«

»Aber Papa ist nicht zurückgekommen.«

»Nein, er arbeitet nun für die Engel.«

»Wann werden ihn die Engel nach Hause gehen lassen?«

»Ach, Jungchen, die Engel können ihn nicht nach Hause schicken.« Sigimor strich über die vollen schwarzen Locken des Kindes. »Ich fürchte, es kommt keiner vom Himmel zurück, aber dein Vater wacht über dich und hört zu. Er wird dich immer beobachten und zuhören, um zu sehen, wie du zu einem vornehmen, starken Mann heranwächst und dich um seine Leute und seine Ländereien kümmerst.«

»Und Cousin Harold in den Hintern trete, weil er Drumwich gestohlen und Papa zu den Engeln geschickt hat.«

Sigimor musste fast über den entsetzten Ausdruck grinsen, der über Jolenes Gesicht huschte. »Ja, Jungchen, genau das werden wir machen.«

Jolene starrte mit leerem Blick in die Ferne, weg von Sigimor und Reynard, um die Tränen hinunterzuschlucken, die ihre Augen überschwemmten und sich zu einem harten Kloß in ihrer Kehle ballten. Reynard begriff mehr, als sie dachte. Er hatte außerdem ein paar weniger feine Bemerkungen aufgeschnappt. Noch bewegender war die Zärtlichkeit, mit der Sigimor dem kleinen Kind den Verlust von Peter erklärt hatte. Er war ein großer, starker Mann ohne vornehme höfische Manieren, der oft genug Empörendes von sich gab, doch nun war er liebenswürdig und einfühlsam zu dem kleinen Jungen, bereit, an der Fürsorge um ihn Anteil zu nehmen, und erstaunlich geduldig mit ihm.

Genau genommen waren alle Männer, die mit ihr ritten, sehr nett zu Reynard. Auch wenn keiner der Männer auf Drumwich wirklich böse oder grausam zu dem Jungen gewesen war, so hatten sich doch nur Peter und die beiden Männer, die zusammen mit ihm ermordet worden waren, Zeit für ihn genommen. Wehmütig musste sie sich eingestehen, dass weder Peter noch seine Freunde die große Geduld oder Einfühlsamkeit dieser Männer gezeigt hatten. Sie dachte darüber nach, warum sie fast mütterlich wirkten, und musste beinahe auflachen, da sie wusste, dass sie vor Entsetzen wohl aus ihren Sätteln kippen würden, wenn sie je so etwas sagte.

Wie Sigimor mit Reynard umging, erstaunte Jolene allerdings am meisten. Dies war der Mann, der die ideale englische Lady mit einem Hund verglichen hatte, nun sprach er mit dem Kind über Engel. Was sie beunruhigte, war das Gefühl, das dadurch in ihr aufkeimte. Es verstärkte all die lästigen Gefühle, die sie für ihn empfand und die sie weich werden ließen, wenn sie eigentlich ihr Herz stählen wollte. Der Mann strich über Reynards Locken und sprach von Engeln, um der heiligen Jungfrau Maria willen. Wie konnte sie sich gegen ihn wappnen?

»Ein paar Stunden von hier gibt es ein Dorf«, sagte Sigimor, als er näher an sie heranritt. »Dort ist ein sauberer Gasthof. Wir werden da übernachten.«

Während sie die Gedanken über Sigimor abschüttelte, legte Jolene die Stirn leicht in Falten. »Hinterlassen wir bei einem Halt in einem Wirtshaus nicht zu deutliche Spuren?«

»Ja, wenn uns Harold zu diesem Dorf folgt, aber ich

glaube, es macht nicht viel aus. Jetzt, wo ich weiß, dass er Dubheidland entdecken kann und wird, sehe ich nicht, was gegen ein kleines bisschen Bequemlichkeit spricht, wenn sie so nahe liegt.«

Er sah zum Himmel.

»Vor allem, wenn sich ein Sturm zusammenbraut.«

Jolene betrachtete den wolkenlosen Himmel, beschloss aber, ihn nicht wegen seiner Vorhersage auszufragen. »Ein sauberes Bett und vielleicht ein heißes Bad?«

»Aha. Verlockt?«

»Mächtig. Dennoch, ich würde nicht wünschen, dass meine Behaglichkeit Harold auf unsere Türschwelle und Reynard in Gefahr bringt.«

»Wie ich sagte, Mädchen, Harold wird bald auf unserer Türschwelle stehen, egal wie klug wir uns verhalten. Wenn er entschlossen ist, uns zu finden, wird er es auch. Und, Himmel, wie kommen Sie auf die Idee, dass ich an *Ihre* Behaglichkeit gedacht habe?«

Sie starrte wütend auf seinen Rücken, als er davonritt, um neben Liam die Führung zu übernehmen. Der Mann war dabei, sie völlig verrückt zu machen. In einem Augenblick hegte sie sanfte, warme Gefühle für ihn, im nächsten wünschte sie, er wäre ein großes ungeschlachtes Scheusal, damit sie ihn in den Schlamm stoßen könnte.

Das Wirtshaus Twa Corbies war tatsächlich sehr sauber und trotz seines ausgefallenen Namens ziemlich fein. Ein sehr verführerischer Duft wehte von der Küche her durch den Gasthof, und Jolenes Magen zog sich vor Freude zusammen. Das Einzige, was ihr nicht gefiel, war, dass jeder sie mit einer Mischung aus Entsetzen und Verwunderung anstarrte. Es wäre wohl besser gewesen, wenn sie still geblieben wäre und Sigimor nach einem Bad für sie hätte fragen lassen.

»Bei allen Heiligen, das is 'ne Engländerin«, murmelte der Wirt, bevor er Sigimor böse anschaute. »Was denken Sie sich dabei, eine verdammte Sächsin in meinen Gasthof zu bringen? Und wie kommen Sie zu ihr, he?«

Sigimor kreuzte seine Arme über der Brust und sah auf den wesentlich kleineren, wesentlich runderen Wirt hinunter. Jolene hätte den Wirt fast bedauert, aber er war übermäßig grob. Mit einem Blick auf die anderen vier großen, starken Männer um sie herum fragte sie sich, wie Master Dunbar derart eigensinnig sein konnte. Die finsteren Blicke hätten Dunbar in einen vor Unterwürfigkeit bebenden Pudel verwandeln sollen. Master Dunbar hatte offensichtlich nicht bemerkt, wie dünn das Eis war, auf dem er sich bewegte. Obwohl die übrigen Leute im Gasthof sie auf eine Weise anstarrten, die zeigte, wie ausgesprochen ungern sie sie willkommen hießen, waren sie vernünftig genug, ruhig zu bleiben. Jolene fühlte sich etwas verletzt von dieser Reaktion auf ihre bloße Anwesenheit und hoffte, Sigimor werde nicht zu viel Zeit damit vertun, Master Dunbar in eine etwas entgegenkommendere Stimmung zu versetzen.

»Ja, sie ist Engländerin«, bemerkte Sigimor gedehnt. »Ein etwas zu dünnes, wimmerndes sächsisches Mädchen.«

Einmal mehr dachte Jolene, dass sie ihn vielleicht gegen das Schienbein treten sollte.

»Mir war nicht bewusst, dass so viele tapfere Jungs wegen ihrer Anwesenheit vor lauter Angst zu zittern anfangen würden.« Sigimor zuckte die Achseln.

»Wie auch immer, nachdem sie euch alle das Fürchten gelehrt hat …«

»Hat sie natürlich nicht«, schnauzte Master Dunbar zurück. Er sprach so laut, dass er das verärgerte Murmeln seiner Gäste übertönen konnte. »Ein kleines Ding wie sie is' keine Bedrohung für einen Mann. Ist sie Ihre?«

»Ja.« Sigimor wurde zerrissen zwischen dem Drang, über Jolenes bitterbösen Blick zu lachen, und dem Verlangen, etwas Höflichkeit in den Wirt hineinzuprügeln. Bei aller Genugtuung, die ihm diese Handlungen verschafft hätten, sie hätten ihm unglücklicherweise weder das weiche Bett noch das heiße Bad gebracht, das er haben wollte.

»Konnten Sie kein nettes schottisches Mädel finden? Sie sehen nach einem mutigen Mann aus.«

»Das bin ich, aber ich war durch eine Blutschuld gebunden. Ihr Bruder hat mein Leben gerettet.«

»Er hat einen hohen Preis gefordert.«

»Ja, das hat er.« Sigimor beobachtete Jolene sehr genau, als er fortfuhr. »Ist nicht alles schlecht. Die Engländer erziehen ihre Mädchen gut. Sie erziehen sie dazu, lieblich zu sprechen und zu erscheinen, zu allen freundlich zu sein, geschickt mit Webstuhl und Nadel, bestimmt und wachsam in der Verwaltung eines Haushalts, bescheiden, gehorsam und eine treue Gefährtin für ihren Gebieter, dem sie Frieden und Behaglichkeit in seinem Zuhause verschaffen.«

»Heiliger! Denken die Idioten, dass sie Hunde erziehen?«

»Möglicherweise.«

Jolene gab ihrem Drang nach, Sigimor gegen sein Schienbein zu treten, und ignorierte seine übertriebene Grimasse. Es führte nur dazu, dass sie sich noch mehr ärgerte, weil jeder im Wirtshaus sie angrinste. Sie hoffte, dass es daran lag, weil sie einigen Verstand bewiesen hatte, hatte aber eher das niederschmetternde Gefühl, es lag daran, dass eine vollkommene englische Dame gerade mit einem Hund verglichen worden war – nochmals.

»Ich glaub nicht, dass sie alle ihre Lektionen gelernt hat«, murmelte Master Dunbar.

Sigimor verbiss sich ein Lachen, als er sah, wie Jolene Master Dunbars Schienbeine betrachtete, und zog sie näher an sich heran, während er sich mit dem Wirt über die Zimmer, die Bäder und den Preis einigte.

Nachdem sie das Bett inspiziert hatte, um zu sehen, ob es so sauber war, wie es aussah, legte Jolene einen schläfrigen Reynard auf die Bettdecke. Es würde nett sein, eine Nacht unter einem ordentlichen Dach und in einem ordentlichen

Bett zu verbringen. Sie zog ihren Umhang aus und hängte ihn über das Ende des Bettes, als sie entdeckte, dass Sigimor noch immer im Zimmer war. Er lehnte an der geschlossenen Tür, die Arme über der Brust gekreuzt, und beobachtete sie erwartungsvoll. Ein Blick, der ihr entschiedenes Unbehagen bereitete.

»Das Zimmer ist ziemlich annehmbar, Mylord«, sagte sie. »Es gibt keinen Grund zu verweilen. Sie können jetzt Ihre eigenen Gemächer aufsuchen.«

»Das *sind* meine Gemächer«, entgegnete Sigimor lächelnd.

Jolene blinzelte vor Entsetzen und schüttelte danach den Kopf. »Das geht nicht. Ich kann unmöglich mit einem Mann ein Zimmer teilen. Das wäre höchst unpassend.«

»Aber das Lager mit sechs Männern zu teilen ist annehmbar, oder?«

Natürlich war es das nicht, aber Jolene wäre lieber barfuß über glühende Kohlen gelaufen, als dass sie das zugegeben hätte. Sie konnte ihm auf keinen Fall den wahren Grund dafür nennen, warum sie ihren Schlafraum nicht mit ihm teilen wollte. Das Allerletzte, was er wissen sollte, war, dass sie sich auf diese Zeit des Alleinseins gefreut hatte, auf diese Zeit ohne ihn, um die zunehmende Anziehung, die sie ihm gegenüber empfand, einzudämmen. Es war seltsam, aber einen Schlafraum mit ihm zu teilen, erschien ihr viel intimer, als neben ihm auf dem harten Erdboden zu schlafen.

»Es gibt hier nur ein Bett«, argumentierte sie und fragte sich verärgert, warum sie bereits bei diesen Worten errötete.

»Schon, aber seien Sie unbesorgt. Es ist groß genug.«

Bevor sie darauf antworten konnte, verkündete ein Klopfen an der Tür, dass ihr Bad bereit war. Jolene wollte fortfahren, diese Angelegenheit zu diskutieren, aber ihr Instinkt warnte sie davor, dies vor der Magd und den beiden Jungen zu tun, die ihr halfen. Es wurde schnell klar, dass man sie für Sigimors Frau und Reynard für ihren gemeinsamen Sohn hielt. Als sich Jolene den etwas kriegerischen Empfang, den man ihr bereitet hatte, ins Gedächtnis zurückrief, beschloss sie, dass dieses Missverständnis vermutlich das Beste war. Während die Magd einen Wandschirm vor den groben Holzbottich stellte, bekämpfte Jolene das Bedürfnis, den Schirm und Sigimor verärgert anzuschauen. Sie hegte die deutliche Befürchtung, dass er nicht vorhatte, den Raum zu verlassen, während sie badete.

Als sie und Sigimor wieder allein waren, stemmte sie ihre Hände in die Hüften und sah ihn mit gerunzelter Stirn an. »Also?«

»Also was?«

»Sollten Sie sich jetzt nicht entfernen, um Ihr eigenes Bad zu nehmen?«

»Ach ja, es gibt nur dieses eine. Die Jungs werden für mich in kurzer Zeit ein oder zwei weitere Eimer voll heißen Wassers heraufbringen. Liam und die anderen wollten auch baden, und der Gasthof hat nur zwei Bottiche.« Sigimor machte einen Schritt, um sich auf dem Bett neben Reynard zu räkeln und zog dann gegenüber Jolene eine Augenbraue hoch. »Nun, gehen Sie hinein, Mädchen. Lassen Sie das Wasser nicht zu sehr abkühlen. Ach, und versuchen Sie, das Wasser nicht nach Blumen duften zu lassen.«

Jolene öffnete ihren Mund, um heftigst zu widersprechen, schloss ihn dann aber wieder. All ihre Sinne sagten ihr, dass sich der Mann nicht wegbewegen würde, und das heiße Bad, nach dem sie sich sehnte, wartete auf sie. Sie warf ihm einen wütenden Blick zu, nahm ihre Seife mit Lavendelduft, suchte einige saubere Kleider heraus und begab sich dann hinter den Wandschirm. Der Schirm war ein besserer Schutz als das Versprechen, sich nicht umzudrehen, das er an dem Bach gegeben hatte. Diese Reise erwies sich als höchst nachteilig für ihr Gefühl von Sittsamkeit.

Ungeachtet ihrer Verärgerung ließ sie einen tiefen Seufzer des Wohlbehagens verlauten, als sie in das heiße Badewasser glitt. Eine Zeit lang räkelte sie sich unziemlich in der wohltuenden Wärme, dann erhob ihr angeborener Sinn für Höflichkeit und Gerechtigkeit seinen lästigen Kopf. Der Mann verdiente es, kaltes Wasser vorzufinden, dachte sie missgestimmt, als sie sich zu waschen begann, aber sie würde sich damit zufrieden geben müssen, das Wasser gründlich mit Lavendel zu parfümieren. Nachdem sie gebadet, sich angezogen und ihr Haar mit den trocknenden Kleidern solange abgerieben hatte, bis es nicht mehr tropfte, war ihre Stimmung erheblich besser geworden. Sie schnupperte am Badewasser und musste noch immer über den daraus aufsteigenden Lavendelduft lächeln, als sie um den Schirm herumging.

»Ich rieche Blumen«, sagte Sigimor, als er die Eimer mit heißem Wasser, die die Jungen eben gebracht hatten, hochgehoben hatte und zum Badezuber ging.

»Französischer Lavendel«, erwiderte Jolene, die sich vor das kleine Feuer setzte, um ihr Haar zu kämmen. »Eine sehr edle Seife.«

Mit einem lauten Seufzer setzte Sigimor die Eimer neben dem Bottich ab, anschließend trat er an sie heran und streckte seine Hand aus. »Ich habe keine Seife.«

»Ich habe meine zum Trocknen auf dem kleinen Stuhl neben dem Bad liegen lassen.« Sie erwiderte seinen finsteren Blick mit einem süßen Lächeln und verkniff sich das Bedürfnis zu lachen.

Wieder hinter dem Schirm schüttete Sigimor einen Eimer mit heißem Wasser in das Bad, den zweiten ließ er stehen, um damit die Seife aus seinem Haar zu spülen. Er legte seine Kleider ab, stieg in das Bad und seufzte einmal mehr, als der zarte Duft von Lavendel um ihn herumwehte. Wenn er nicht seinen Bruder und seine Cousins meiden konnte, bis der Duft verschwunden war, musste er ganz bestimmt einige von ihnen niederschlagen, um ihre Frotzeleien zu beenden. Er fluchte, als er die Seife nahm und feststellte, wie stark sie duftete; dann fluchte er beinahe nochmals, als er Jolenes kaum unterdrücktes Lachen hörte. Während er badete, legte er das

Gelübde ab, in Zukunft immer seine eigene Seife bei sich zu haben, eine männlich unparfümierte Seife.

Als er sein Bad beendet und Jolene geholfen hatte, Reynard zu baden und ihre Kleider auszuwaschen, wurde das Essen aufgetragen. Sigimor sandte Jolene einen strengen Blick zu, um jedweden Scherz zu unterbinden, dann setzte er sich mit Reynard auf das Bett, während der Badebottich entfernt wurde. Es war unmöglich, den Blick von Jolene loszureißen, die geschickt ihr feuchtes Haar zu einem Zopf flocht. Er hatte bei einer Frau nie Gefallen an dunklem Haar gefunden, aber Jolenes volles, glänzend schwarzes Haar bereitete ihm einen sehnenden Schmerz. Er wollte es auf seinem Betttuch unter ihrem schlanken Körper ausgebreitet sehen, wenn sie ihn in ihren Armen empfing. Liam hatte vermutlich Recht. Er stank geradezu vor Verlangen, sie zu besitzen. Der Wunsch, sie zu der Seinen zu machen, erwies sich als zu stark, um dagegen anzukämpfen.

Besorgt, dass seine Erregung zu offenkundig werde, wandte er seine Aufmerksamkeit Reynard zu. Er half Jolene beim Füttern und legte das Kind in das kleine Bett, das der Wirt aufgestellt hatte, dann wandte er sich seinem eigenen Mahl zu. Gerade als er sich wieder unter Kontrolle hatte, blickte er über den grob gezimmerten Tisch und sah, wie sich Jolene einen Weintropfen von den Lippen leckte. Er stöhnte innerlich, als sein Begehren mit voller Macht zurückkehrte.

»Hat Liam zufällig gesagt, wie nah Harold ist?«, fragte Jolene, während sie begann, einen Apfel mit dem apart geschmückten Dolch zu schälen, den Peter ihr zum achtzehnten Geburtstag geschenkt hatte.

»Näher, als es mir lieb ist«, antwortete Sigimor.

»Oh. Das heißt, wir haben unseren Vorsprung eingebüßt, oder?«

»Das meiste davon. Der Narr muss nahe daran sein, seine Pferde zu töten, oder er wechselt sie den ganzen Weg hindurch aus.« Er betrachtete ihre Blässe und bewunderte die

Art, wie sie die Angst, die er in ihren Augen sehen konnte, unter Kontrolle hielt. »Schauen Sie nicht so betroffen. Ich habe erwartet, dass er uns in scharfem Tempo verfolgen würde. Wir können eine so wahnsinnige Geschwindigkeit nicht durchhalten.«

»Wegen mir und Reynard.«

»Vor allem Reynard. Wenn es nur Sie gewesen wären, hätte ich Ihnen befohlen, sich zu wappnen und still vor sich hin zu leiden. Reynard ist ein starker, gesunder Junge, aber noch zu jung, um ein hartes Rennen nach Dubheidland durchzuhalten.«

Jolene sah auf den schlafenden Reynard hinunter und seufzte. Der Junge war bereits sehr erschöpft. Von da war es für ein Kind nur ein kleiner Schritt zu Fieber. Sie wäre lieber mit großem Vorsprung vor Harold dahingerast, aber Sigimor hatte Recht. Ein so kleines Kind konnte bei einer solchen Mühsal viel zu leicht Schaden nehmen.

Sie versuchte, sich irgendeinen Kompromiss auszudenken, als die Magd kam, um die Essensreste wegzuräumen. Es war Schlafenszeit, und Jolene wurde brüsk an die Tatsache erinnert, dass es nur ein Bett gab.

Ein Blick in Sigimors Gesicht verriet ihr, dass es in diesem Fall keinen Kompromiss geben würde, von keiner Seite. Aber sie fühlte sich gezwungen, ihm ihre Einwände deutlich zu machen.

»Sie können sich auf dem Boden ein Bett aufschlagen«, sagte sie.

»Wo doch ein sauberes, weiches, großes Bett zur Verfügung steht? Nein«, gab er zurück. Dann schüttelte er seinen Kopf, als sie zum Widerspruch anzusetzen schien. »Harold klebt uns an den Fersen, Mädchen. Sie und das Kind können nicht unbewacht bleiben. Und genauso wenig können Sie an diesem Ort unbewacht bleiben, wo alle wissen und nicht sehr erfreut darüber sind, dass Sie ein englisches Mädchen sind. Gehen Sie jetzt zu Bett. Sie brauchen Ihren Schlaf, und ich auch. Ich werde auf den Decken schlafen, und Sie können sicher darunter schlafen.«

Obwohl sie noch immer verärgert war über diese Regelung, ging sie zum Bett und zog sich bis auf das Hemd aus. Dieses war sehr keusch und enthüllte nicht mehr als ihr Kleid, dennoch fühlte sie noch immer Röte ihre Wangen erhitzen, als sie unter die Decken kroch. Sittsamkeit, sagte sie sich streng, hatte unter solchen Umständen nicht viel zu suchen. Bis sie nach Dubheidland kamen, mussten Sigimor und die anderen Männer nah bei ihr und Reynard bleiben. Es war verrückt, von ihnen eine Verneigung vor der guten Erziehung einer Frau und dem – vielleicht – übertriebenen Anstand zu erwarten.

Sie lächelte gezwungen in sich hinein und schloss schnell ihre Augen, als Sigimor sich bis auf seine Beinkleider auszog. Wie sie ihn in fast all seiner starken, männlichen Herrlichkeit sah, erinnerte sie sich daran, was der wahre Grund dafür war, dass sie das Bett nicht mit ihm teilen wollte. Die Versuchung, den edlen Körper zu berühren, war stark. Gäbe sie dieser Versuchung nach, würde ihr das eine ganze Menge neuer Schwierigkeiten einbringen. Sie fragte sich gerade, ob dies eine Art göttlicher Prüfung für ihre Tugendhaftigkeit war, als sie spürte, dass er an sie heranrückte. Jolene öffnete ihre Augen, um ihn zu schelten, stattdessen sah sie, dass er sich über sie beugte und sein gut aussehendes Gesicht ihrem sehr nahe war. Es war da ein Blick in seinen tiefgrünen Augen, der sie dazu brachte, sich vor etwas zusammenzuziehen, von dem sie stark annahm, dass es Lust war.

»Gab es da etwas, das Sie mir unbedingt erzählen wollten, bevor wir einschlafen?«, fragte sie, froh, dass sie ruhig und höflich klang.

»Nein. Ich will mir nur vorher einen kleinen Gutenachtkuss holen.« Er lächelte verschmitzt, als sich ihre Augen weiteten, dann küsste er sie.

Jolene legte ihre Hände gegen seine Schultern, um ihn wegzudrücken, wurde aber durch das Gefühl seiner weichen, warmen Haut unter ihren Handflächen völlig verwirrt. Stattdessen schlang sie ihre Arme um seinen Hals und hätte ihn gerne festgehalten, als er sich ihr entzog. Er schenkte ihr ein kurzes Lächeln, wünschte ihr eine gute Nacht, dann rollte er sich auf seine Seite und drehte ihr den Rücken zu. Es war ein wunderbarer Rücken, kam es ihr in den Sinn, während sie sich bemühte, ihr Herzklopfen zu beruhigen, das Feuer in ihrem Blut zu löschen und ihren heftigen Atem zu zügeln. Breit, stark und ohne Narben. Als sie an seinen Bewegungen erkannte, dass Sigimor gleichmäßig und ruhig atmete, war sie davon überzeugt, dass genau in diesem Augenblick dieser wunderbare, männliche Rücken noch herrlicher aussehen würde, wenn der Griff ihres Dolches zwischen seinen Schulterblättern herausragen würde.

# 5

Während sie zwischen Bäumen und Gestrüpp hindurchstolperte, um sich einen Platz zu suchen, wo sie sich erleichtern konnte, entfuhr Jolene ein so herzhaftes Gähnen, dass es ein Stechen in ihrem Kiefer und Tränen in ihren Augen verursachte. Es war nur Sigimors Schuld, dass sie so müde war. Nachdem er ihr einen Kuss gegeben hatte, der sie fiebern ließ, hatte er sich umgedreht und war eingeschlafen. Sie dagegen konnte bis kurz vor der Dämmerung keinen Schlaf finden, da sie voller Bedürfnisse war, die sie nicht verstand, und allzu deutlich erkannte, wie leichtherzig sie diesem Mann ihre Tugendhaftigkeit hätte opfern können, die sie dreiundzwanzig Jahre lang so gut beschützt hatte. Jolene bezweifelte, dass sie mehr als ein paar Stunden geschlafen hatte, als ein viel zu gut gelaunter Sigimor sie aus dem Bett warf. Sie verstand nicht, warum dieser Mann in einem Augenblick ihre bis jetzt schlummernden Leidenschaften weckte und sie im nächsten Augenblick dazu bringen konnte, hingebungsvoll darüber nachzudenken, auf wie viele Arten sie ihn foltern oder töten könnte.

Nachdem sie sich erleichtert hatte, sah sie sich alarmiert um. Sie konnte die Camerons weder sehen noch hören. Unglücklicherweise war sie so müde gewesen und so völlig in ihre Gedanken versunken, dass sie nicht aufgepasst hatte, wohin und wie weit sie gegangen war. Mit einem Blick zum Himmel versuchte sie sich Peters Lehren in Erinnerung zu rufen und zu erraten, welcher Weg nach Norden führte. Seit sie durch die Highlands ritten, hatte Jolene das Gefühl, dass Norden die Richtung war, in die sie sich bewegten. Betend, richtig gewählt zu haben, machte sie sich auf den Weg.

Es dauerte lange, bis sie sich eingestand, dass sie in die falsche Richtung lief. Die Bäume wuchsen dichter, aber dort, wo Jolene die anderen, die nun auf sie warteten, verlassen hatte, war der Wald licht gewesen. Mit einem tiefen Atemzug, der ihre wachsende Angst beschwichtigen sollte, ging sie weiter. Dabei sagte sie sich, dass sie tiefer in den Wald hineingegangen sein musste, als sie dachte, oder dass sie vielleicht nur ein wenig von dem Weg abgeirrt war, den sie gekommen war.

Gerade als sie darüber nachdachte, dass es vernünftiger sei, stehen zu bleiben und um Hilfe zu rufen, begann sich der Wald zu lichten. Sie hörte das schwache Klirren eines Pferdegeschirrs und das leise Murmeln von Männerstimmen. Erleichtert eilte sie in die Richtung, aus der die Geräusche kamen, wobei sie die Stimme in ihrem Kopf ignorierte, die sie zur Vorsicht ermahnte. Die Stimme wurde schriller, als sie zu der Lichtung eilte, die sie dicht vor sich sah, aber sie weigerte sich, darauf zu achten. Sie sagte sich, das seien nur die Überbleibsel der Angst davor, sich verirrt zu haben. Ein schwaches Lächeln umspielte ihren Mund, als sie sich überlegte, dass ihre Unruhe wahrscheinlich durch den Gedanken an die Strafpredigt verursacht wurde, die Sigimor ihr halten würde, weil sie so lange gebraucht hatte.

Das Lächeln auf ihrem Gesicht verschwand augenblicklich, als sie auf die Lichtung trat. Sie hätte auf ihren Instinkt hören sollen. Etwas in ihr war offensichtlich wachsam genug gewesen, um zu erkennen, dass etwas nicht stimmte, etwas Alarmierendes in den Stimmen, auf die sie zugerannt war. Es waren Engländer.

Später sagte sie sich, konnte sie vielleicht lachen über die Art und Weise, wie sie und die drei Männer auf der Lichtung sich verblüfft angestarrt hatten. Ihr schoss der Gedanke durch den Kopf, dass jemand ein paar Schotten darin unterrichten sollte, wie man zählt. Es waren nur zwei Männer bei Harold, nicht zwölf. Dann erreichte der verzweifelte Schrei nach Flucht, der durch ihren Verstand tobte, ihren Körper. Fluchend stürzte sie davon, doch Harold und seine Männer hatten ihre Bestürzung offensichtlich einen Herzschlag schneller abgeschüttelt als sie.

Jolene beschlich das Gefühl, dass sie das Wettrennen nicht gewinnen konnte, aber sie hatte nicht die Absicht, sich ihnen kampflos auszuliefern. Harold sollte für seinen Sieg schwitzen. Ihr einziger Trost war, dass Reynard noch immer außer Harolds Reichweite war.

Harold und seine Männer erwiesen sich als sehr viel schneller, als sie erwartet hatte. Sie blockierten ständig den von ihr gewählten Fluchtweg oder brachten sie von ihm ab. Jolene erkannte bald, dass sie nur im Kreis rannte. Dann entdeckte sie für einen kurzen Augenblick einen freien Weg in den Wald. Gerade als sie sich dorthin wenden wollte, warf sich Harold auf sie. Jolene fluchte, als sein Körper von hinten gegen ihren geschleudert wurde. Sie fiel so schwer zu Boden, dass sie erstaunt war, bei Bewusstsein zu bleiben. Sie wollte Harold abwerfen, musste aber stattdessen nach Luft ringen.

»Ich kann kaum glauben, dass du mir einfach in die Arme gelaufen bist«, sagte Harold, als er ihren Dolch aus der Hülle an ihrem Mieder zog und sich mühsam aufrichtete.

Ohne Rücksicht auf ihre Würde in einem solchen Augenblick warf sich Jolene auf den Rücken und atmete mehrmals tief durch. Sie schaffte es zu sagen: »Es war nicht ganz so einfach.«

»Wo ist Peters kleiner Bastard?«

»Peters *Erbe* befindet sich glücklich außerhalb deines mörderischen Zugriffs.« Als sie schließlich wieder ruhiger atmete, setzte sie sich auf.

»Tatsächlich? Ich hab dich jetzt. Das wird es viel einfacher machen, das Problem mit dem Jungen zu lösen.« Harold fasste sie grob am Arm und zog sie auf die Beine. »Wo sind deine verdammten Bewacher?«

»Glaubst du allen Ernstes, ich wäre hier, wenn ich das wüsste? Ich wurde von ihnen getrennt, weil ich mich im Wald verirrt habe.«

Sie lächelte ihn kalt an.

»Soll ich nach ihnen rufen?«

»Genau das wirst du tun. Und es wird der letzte Laut sein, denn du jemals von dir geben wirst, denn ich werde dir deine scharfe Zunge herausschneiden. In der Tat, das ist etwas, das man erwägen sollte, denn auch, wenn ich sicherlich eine angenehme Verwendung für deine Zunge finden könnte, so ist es doch äußerst reizvoll, dich dauerhaft stumm zu machen.«

Das Frösteln, das diese Drohung auslöste, konnte sie erst eine Minute später abschütteln. Mittlerweile zog er sie zu dem kleinen Feuer. Er stieß sie nieder, und sie musste sich einen Fluch verbeißen, als sie hart auf dem Boden aufkam. Zwei Kaninchen brieten auf einem Spieß über dem Feuer, und Jolene erkannte, dass die Männer vorgehabt hatten, auf dieser Lichtung eine Weile zu rasten. Das konnte zu ihrem Vorteil sein, denn die Camerons würden ganz bestimmt bald nach ihr zu suchen anfangen.

»Mylord«, sagte einer der Männer, ein großer, dünner Mann mit einem Gesicht voll tiefer Pockennarben, »sollten wir nicht besser von hier weggehen?«

»Warum?«, fragte Harold, als er sich zu Jolene setzte.

»Diese Schotten können nicht weit weg sein.«

»Weit genug, und wir werden sie hören, wenn sie sich nähern. Wir werden hier wie geplant auf den Rest meiner Männer warten.«

»Mylord –«

»Wir werden hier warten. Herrgott, Martin, wir haben die Frau. Selbst wenn diese Idioten uns in den Weg stolpern, bevor die übrigen Männer ankommen, haben wir sie als unsern Schutzschild. Jetzt hol mir meinen Weinschlauch.«

Jolene seufzte im Stillen erleichtert auf. Martin war zum Schweigen gebracht, seine vernünftigen Überlegungen abgetan worden. Sie war herzlich dankbar für Harolds Überheblichkeit, denn dadurch blieben sie am selben Platz, was es für die Camerons leichter machte, ihre Spur zu verfolgen. Nun müsste sie sich nur um Harolds andere Männer und um Harold selbst Sorgen machen. Sie betete, dass Sigimor und die Übrigen sie finden würden, bevor das eine oder das andere eine zu große Bedrohung für sie werden würde.

»Sie ist zu lange weg«, murmelte Sigimor und starrte unverwandt zu dem Wald hinüber, in dem Jolene verschwunden war.

»Frauen brauchen länger«, bemerkte Liam, als er Sigimor seinen Wasserschlauch anbot.

»Nicht so lang.« Sigimor tat einen tiefen Zug, gab den Wasserschlauch Liam zurück und kratzte sich vergeblich am Kinn, während er weiterhin mit finsterem Blick zu den Bäumen sah.

»Es könnte ihr, nun, es könnte ihr schlecht sein. Sie hatte etwas blass ausgesehen. Und sehr müde.« Liam betrachtete Sigimor eingehend.

»Warum siehst du mich so an?«

»Du hast die Nacht mit ihr in einem Zimmer verbracht, das nur ein Bett hatte. Hast du …?«

»Nein! Sie lag im Bett unter den Decken, ich auf den Decken. Sonst nichts.«

Er versuchte nicht daran zu denken, wie viel *mehr* er sich gewünscht hatte und noch immer wünschte. Mit ihr ein Bett zu teilen war eine Folter, die er nicht unbedingt noch einmal erleben wollte. Zumindest nicht, bis sie ihn zu sich unter ihre Decken ließ und sie beide nackt sein würden. Er würde diese wundervolle Haut berühren, sich an diesen vollendet schönen Brüsten erfreuen. Sigimor verscheuchte solche Bilder schnell aus seinem Kopf. Es war nicht vernünftig gewesen, der Versuchung nachzugeben und sie noch ein weiteres Mal zu küssen. Es hatte ihn nicht nur derart aufgewühlt, dass er sehr lange nicht eingeschlafen war, er spürte sie darüber hinaus noch den ganzen Tag auf seinem Mund. Sein einziger Trost war, dass er sich ziemlich sicher war, dass sie seine Leidenschaft teilte.

Dieser Gedanke ließ ihn die Stirn runzeln und verstärkte seine Sorgen um sie. Jolene war eine wohlbehütete Jungfrau, und wenn man nach der Unschuld ihrer Küsse urteilen konnte, dann war sie an so etwas wie Begehren nicht gewöhnt. Konnte es sein, dass sie davor geflohen war, dass sie so sehr Angst davor hatte, dass sie versuchte, von ihm wegzukommen?

Einen Herzschlag später verwarf er diesen Gedanken. Jolene mochte unschuldig sein, aber sie war kein schwaches, leicht zu ängstigendes Mädchen. Wenn sie das Verlangen, das zwischen ihnen loderte, so heftig spürte wie er, dann würde sie es bekämpfen oder akzeptieren, aber sie würde nicht davor weglaufen. Genauso wenig würde sie Reynard zurücklassen oder riskieren, dass einer von ihnen in Harolds Hände fiel. Irgendetwas stimmte nicht. Davon war Sigimor überzeugt.

»Warum hast du nicht mit ihr geschlafen?«, fragte Liam. »Du begehrst sie.«

Sigimor wendete seinen Blick zu seinem Cousin. »Sie ist eine englische Lady und eine Jungfrau. Ich mag nicht der wunderbare, ritterliche Höfling sein, der du bist –«

»Wieso klingt das wie eine Beleidigung?«, murmelte Liam und lachte schwach.

»Aber«, fuhr Sigimor fort, ohne ihn zu beachten, »aber ich kann durchaus erkennen, dass es nicht sehr vornehm ist, ein Mädchen wie sie zu verführen. Um ehrlich zu sein, ein Mädchen zu verführen war noch nie etwas, das ich sehr schätzte. Das ziemt sich nicht, denke ich. Und unfreundlich ist es auch.«

»Vielleicht. Es gibt sicherlich genug Mädchen, die bereit sind, mit einem Mann nur wegen des Vergnügens oder für ein paar wenige Münzen zu schlafen. Andererseits mögen es manche Mädchen einfach nur, das Spiel zu spielen.«

»Jolene würde ein solches Spiel nicht mögen.«

»Nein, das würde sie nicht. Sie ist ein Mädchen, das man heiratet.«

»Jetzt ist sie ein Mädchen, das vermisst wird. Ich werde nach ihr suchen.«

»Du könntest sie in Verlegenheit bringen, wenn du in einem ungünstigen Augenblick über sie stolperst.«

»Sie wird sich davon erholen. Ich kann nicht hier stehen aus Angst, ihre Sittsamkeit zu verletzen, während sie sich verirrt haben könnte, ihr vielleicht übel ist oder es ihr noch schlechter ergangen ist.«

Sigimor war froh, als Liam keine weiteren Einwände erhob. Er befahl seinen Cousins David und Marcus, bei Reynard und den Pferden zu bleiben. Zusammen mit Tait und Liam brach Sigimor in den Wald auf, um nach Jolene zu sehen. Es würde tatsächlich peinlich sein, wenn sie sie noch bei ihren persönlichen Verrichtungen antreffen würden, aber er war bereit, solch eine unbehagliche Begegnung hinzunehmen. Sein Instinkt sagte ihm, dass etwas nicht stimmte.

Die Sorge, ja sogar Angst, die er verspürte, überraschte ihn. Sie war stark und berührte ihn tief. Sie war aus etwas entstanden, das viel bedeutender war als seine Schuld gegenüber Jolenes Bruder oder gegenüber ihr selbst, das mehr war als sogar das natürliche Bedürfnis, eine Frau zu beschützen. Sie kannten sich erst seit ein paar Tagen, und trotzdem war sie offensichtlich wichtig für ihn geworden. Er konnte das unmittelbare Begehren nach einer attraktiven Frau verstehen, aber das hier war etwas verwirrend. Er spürte, dass er sie eigentlich länger hätte kennen müssen, und auch näher, um eine solche Beunruhigung und Angst um ihre Sicherheit und ihr Wohlbefinden zu verspüren.

Es war auch erstaunlich, dass er nicht den Drang hatte, sich von diesem befremdlichen Leiden heilen zu wollen. Er hegte zweifellos nicht das Bedürfnis, einige Entfernung zwischen sie und sich zu bringen, bevor es schlimmer und komplizierter würde. Von dem ersten Augenblick an, in dem er Jolene gesehen hatte, wollte er Besitz von ihr ergreifen. Obwohl sie klein, dunkelhaarig und unverschämt war, hatte er »*Mein*« gedacht und dachte es immer noch. Sie war *die Richtige*, selbst wenn sie ihn wütend anfunkelte und Zorn in ihren silbergrauen Augen aufblitzte.

Als er einmal ihren Rücken an seiner Seite gespürt hatte, sicher und stark, wusste Sigimor, dass er anfangen musste, ernsthafter darüber nachzudenken, was vor Jolene und ihm lag. Es war einfach, all die Schwierigkeiten zu sehen, wie etwa ihre englische Herkunft, aber es war vielleicht an der Zeit, über all das, was gut war, nachzudenken, wie etwa die Tatsache, dass sie ein Verlangen ihn ihm entzünden konnte, das seine Knie erzittern ließ. Er hatte noch nie zuvor so etwas empfunden, und er sollte aufhören, dessen Bedeutung zu verleugnen. Und er *würde* sie zurückbekommen, das schwor er sich, während er mit finsterem Blick der Spur folgte, die sie hinterlassen hatte.

»Das dumme Mädchen ist hier abgebogen und in die falsche Richtung weitergelaufen«, sagte er.

»Meinst du, sie glaubt, nach England zurückzulaufen?« Tait fragte nur halb im Scherz.

»Zu Harold? Nein, es hat sich sicher alles um sie herum gedreht. Sie hat bestimmt nicht sorgfältig genug aufgepasst, woher sie gekommen war, und nun hat sie sich verirrt.« Sigimor sah Liam an. »Wie nah war uns Harold?«

»Zu nah, und er kam immer näher«, erwiderte Liam. »Obwohl ich nicht glaube, dass er uns bereits unmittelbar im Nacken sitzt.«

»Aber es könnte so sein, und sie geht auf ihn zu, nicht wahr?«

»Dann tun wir besser daran, nicht nach ihr zu rufen«, murmelte Tait, als er sich Liam und Sigimor anschloss, um ihre Spur weiterzuverfolgen. »Vielleicht blökt sie deshalb nicht wie ein verirrtes Lamm.«

»Es könnte auch bloßer eigensinniger Stolz sein«, sagte Sigimor. »Ich habe einmal erlebt, wie sie den falschen Weg eingeschlagen hat, sich umdrehte und versuchte, mich davon zu überzeugen, dass das genau der Weg war, den sie, wenn auch nur für einen kurzen Augenblick, gehen wollte. Als sie den Raum in der Herberge verlassen wollte, drehte sie sich nach links anstatt nach rechts zum Treppenhaus. Als ich in die richtige Richtung zeigte, erwiderte sie, sie sei nur neugierig zu erfahren, wie viele Räume auf dem Stockwerk waren.« Er wechselte kurz ein verschmitztes Lächeln mit seinen Begleitern. »Nein, ich fürchte, sie hat sich verirrt und ist ziemlich weit gewandert, weil sie sich das nicht eingestehen wollte. Ich hoffe nur, dass das das einzige Problem ist.«

Es war nicht einfach, Jolenes Weg zu folgen, denn sie hatte einen leichten Tritt, der nur schwache Spuren hinterließ, sofern überhaupt. Die Zeit rannte ihnen davon, und in jeder Minute, die verging, ohne dass Jolene sicher an seiner Seite war, fühlte Sigimor seine Angst zunehmen. Hier draußen gab es außer Harold noch andere Gefahren. Schließlich sandte er Liam aus, um die Gegend vor ihnen zu erkunden. Er wollte sichergehen, dass sie bei ihrer Suche nicht in irgendwelche Schwierigkeiten hineingeraten würden. Obwohl es einigermaßen befriedigend war zu wissen, dass seine Leute inzwischen seine Sorge teilten, fand Sigimor keinen Trost in ihren zunehmend grimmigen Gesichtern. Er gestand sich selbst das Vorrecht zu, Jolene zurechtzuweisen, bis ihr der Kopf rauchte. Dann wandte er all seine Aufmerksamkeit wieder der Spurensuche zu.

Jolene warf einen raschen Blick zum Himmel und fluchte innerlich. Der Tag ging schnell zu Ende. Nur zu bald ging die Sonne unter. Wenn sie in die Dunkelheit verschwand, würde das Harold sicher die Verfolgung erschweren. Doch unglücklicherweise würde es dadurch auch für sie schwerer werden. Sie hatte es geschafft, sich im hellen Tageslicht zu verirren und würde kaum die Möglichkeit haben, im Dunkeln ihren Weg zu Sigimor zurückzufinden. Mit ihrem schrecklichen Orientierungssinn, dachte sie reumütig, könnte sie durchaus in Wales landen.

Das wahre Problem aber würde sein, sich von einem äußerst wachsamen Harold und seinen ebenso wachsamen Männern zu entfernen. Jolene weigerte sich zu denken, es sei unmöglich. Alles, was sie brauchte, war eine einzige kleine Chance, ein winziges Wunder. Wenn nur einen Moment lang die Aufmerksamkeit von Harolds beiden Männern gänzlich abgelenkt sein würde, konnte sie vielleicht fliehen. Dann konnte sie Harold einen Schlag mit dem Stein versetzen, der sich unter ihren Röcken befand, und davonlaufen. Wenn sie etwas konnte, dann war es schnell laufen, und sie hatte die Ausdauer, das lange durchzuhalten. Nur eine einzige kleine Chance, betete sie im Stillen.

»In dem Augenblick, in dem wir auf Drumwich zurückkehren, werden wir verheiratet sein«, sagte Harold, während er sie gespannt beobachtete.

Offensichtlich blieben ihre Gebete im Moment unbeantwortet, dachte Jolene. »Du machst einen armseligen Witz, Cousin.«

»Ich mache nie Witze, und wir sind nur entfernte Cousins. Es war nicht schwer, eine Ausnahmegenehmigung zu erhalten, da unsere Blutsverwandtschaft nicht sehr eng ist.«

»Und irgendein Bischof war habgierig genug.«

»Na, na, so wenig Respekt hast du vor unserer hochgeschätzten Geistlichkeit? Ich habe der Kirche nur aus Dankbarkeit für ihre Hilfe und ihr Verständnis ein Geschenk gemacht.«

Jolene rollte mit ihren Augen, dann sah sie ihn wütend an. »Du gehst ziemlich großzügig mit dem Geld um, das dir nicht rechtmäßig zusteht.«

»Ich besitze es, genauso wie Drumwich. Das alles gehört einzig und allein mir.«

»Das alles gehört Reynard, dem Sohn meines Bruders, seinem Erben.«

»Noch.« Harold nahm einen Schluck aus seinem Weinschlauch und bot ihn danach Jolene an.

Der Durst überwog ihren sehnlichen Wunsch, sein Angebot verächtlich zurückzuweisen, aber Jolene wischte betont die Öffnung des Weinschlauchs ab, bevor sie trank. Die Art, wie sich Harolds blassblaue Augen verengten, verriet ihr, dass sie seine schreckliche Wut anstachelte, aber sie bezweifelte, dass sie ihrer Zunge allzu feste Zügel anlegen konnte. Allein schon die Nähe zu dem Mann, der Peters Blut an den Händen hatte, erregte ihren Hass und ihren Zorn und brachte ihr Blut in Wallung. Das Wissen darum, dass er Reynard ebenfalls ermorden würde, wenn er die Möglichkeit dazu bekam, und dass er dies ohne Gewissensbisse tun würde, verstärkten ihre Gefühle nur.

»Was meinst du damit?« Es widerstrebte ihr zutiefst, das zu fragen, sie fühlte sich aber dazu gezwungen, als sie ihm den Weinschlauch zurückgab.

»So kleine Kinder können manchmal ganz schnell sterben, oder nicht?«

»Du würdest tatsächlich deine Hände mit dem Blut eines unschuldigen, hilflosen Kindes beschmutzen?«

»Nicht, wenn ich es vermeiden kann. Ich habe vor, ihn zum Bastard erklären zu lassen. Ich wollte zwar den leichteren, schnelleren Weg gehen, wenn mir der Junge in die Hände fallen sollte, aber es wäre völlig ausreichend, ihn für illegitim erklären zu lassen.«

»Das würde dir immer noch nichts einbringen. Du bist nicht der nächste männliche Verwandte in der Erbfolge.«

»Aber ich bin nach Reynard als Peters Erbe eingesetzt.«

Einen kurzen Moment lang glaubte Jolene, dass er ihr die Wahrheit sagte, doch dann bemerkte sie, wie genau Harold sie beobachtete. Er wartete darauf, ob sie dumm genug war, ihm zu glauben. Schon vor Jahren hatte sie festgestellt, dass er das üblicherweise machte, wenn er log. Sie ärgerte sich, weil sie das vergessen hatte.

»Nein, Peter hätte dich nie zu seinem Erben eingesetzt«, erklärte sie entschlossen. »Er hätte gezögert, die ordnungsgemäße Erbfolge zu unterbrechen. Aber selbst wenn er sie unterbrochen hätte, dann hätte er nie und nimmer dich ausgewählt. Er hat dir nie voll vertraut. Er hätte Roger genommen, den er wie einen Bruder liebte und dem er in jeder Hinsicht vertraute.«

Als sie die Wut sah, die Harolds Gesicht verfinsterte, und merkte, wie er leicht die Faust hob, machte sich Jolene auf einen Schlag gefasst.

Es überraschte sie, dass er sich beherrschte. Harold widerstand sonst nie dem Drang, jene zu schlagen, die ihn verstimmten. Sonderbarerweise erschien er Jolene durch seine neu erworbene Fähigkeit, seine Wut zu bezähmen, noch gefährlicher.

»Ich *werde* Drumwich besitzen, und ich *werde* dich besitzen«, erwiderte er mit zusammengebissenen Zähnen.

»Nein, du wirst mich *niemals* besitzen.«

»Ich werde dich heiraten, mir meine Rechte auf Drumwich sichern, und ich werde mit dir schlafen, ganz sicher.«

Beim bloßen Gedanken daran, von Harolds blutbesudelten Händen berührt zu werden, fühlte Jolene sich kalt und elend. Die Art, wie ihm die Röte ins Gesicht stieg, verriet ihr, dass sie ihren Abscheu nur schlecht verbergen konnte. Er musste verrückt sein, wenn er glaubte, sie würde sich einem Mann fügen, der das Blut ihres Bruders an seinen Händen hatte und erst dann zufrieden wäre, wenn er das ihres Neffen noch zu diesem Schandfleck hinzufügen könnte.

»Die Braut muss ja sagen«, stellte Jolene fest. »Du musst wissen, dass ich nie im Leben derart lügen werde.« Harolds Lächeln ließ sie so frösteln, dass sie tatsächlich zitterte.

»Ich war äußerst umsichtig bei der Wahl des Priesters, der uns trauen wird. Einmal verheiratet, habe ich Anspruch auf deine sehr einträgliche Mitgift und kann deine Stellung als meine Gattin benutzen, um Reynard zurück auf Drumwich zu bekommen.«

In seiner Stimme lag eine derart ruhige, entschlossene Sicherheit, dass Jolene nicht fähig war, Einwände gegen seinen Plan zu erheben. Sie konnte sich gut vorstellen, dass ein Priester ihren Protest und ihre Ablehnung einfach nicht beachten würde. Der Mann musste nicht einmal mit einem schweren Geldbeutel gekauft werden. Männer waren der Meinung, dass eine Frau zu charakterschwach sei, um zu wissen, was das Beste für sie war. Harold konnte selbst ihr Leben bedrohen, und sie war sich nicht sicher, ob sie den Tod oder sogar eine kurze Zeit als seine Ehefrau wählen würde. Sie wusste, wenn er genug Verstand besaß, um zu erkennen, dass im Fall ihrer Ermordung er ebenfalls verlieren würde, dann konnte er ihr auch Schmerzen zufügen, um sie seinem Willen gefügig zu machen.

Jolene war klar, dass sie kein Feigling war, aber ihre Standhaftigkeit war bisher noch nie auf die Probe gestellt worden. Ihre Willenskraft brauchte nur einen kleinen Riss zu bekommen, man flüsterte »ja«, und sie würde vor Gott und dem englischen Gesetz verheiratet sein. Sie säße in der Falle. Und er hatte richtig gesagt, dass er durch die Heirat mit ihr an Reynard kommen würde. Die Gesetze beider Länder schrieben es so vor, und die Camerons konnten bitter dafür bezahlen, wenn sie versuchen sollten, Reynard in ihrem Gewahrsam zu behalten.

Jolene schob konsequent das aufkeimende Gefühl, besiegt zu sein, beiseite. Sie konnte schwach werden, vielleicht noch mehr in Harolds Fänge geraten, aber das bedeutete nicht, dass sie in seiner Gewalt bleiben musste. Harolds Pläne mussten nicht unbedingt so aufgehen, wie er es sich zurechtgelegt hatte. Es musste nicht jetzt sein, aber eine Fluchtmöglichkeit *würde* sich bieten. Sie musste daran glauben, oder all ihre Hoffnung war zerschlagen.

»Werde ich eine unschuldige Braut bekommen?«

Seine unvermittelte Frage schreckte sie aus ihren Gedanken auf. Plötzlich dachte sie an Sigimors Küsse und merkte, wie sie rot wurde. Die Wut in Harolds Gesicht ängstigte sie, aber einmal mehr schaffte er es, sich zu beherrschen. Vermutlich wollte er keine übel zugerichtete Frau vor den Priester schleifen, dachte sie zynisch.

»Du hast also diesem schottischen Bastard erlaubt, dich zu berühren?«, fragte er fordernd.

»Auf welchen schottischen Bastard spielst du an?«, sagte sie süßlich und fragte sich, was sie bewog, ihn derart zu reizen.

»Willst du mich glauben machen, dass die ach so stolze Herrin von Drumwich nichts anderes als eine gewöhnliche Hure geworden ist?«

»Gewöhnlich? Nein, niemals gewöhnlich. Doch diese liebenswerten, gut aussehenden Männer ...«, begann sie.

»Dreckige Schotten! Du entehrst den Namen und das Blut der Gerards!« Harold atmete ein paar Mal tief ein, um sich zu beruhigen. »Ich glaube dir nicht«, sagte er nach einigen Augenblicken, doch das Beben der Wut klang noch in seiner Stimme nach. »Nein, du würdest dich selbst nie so erniedrigen, nicht mit einem von diesen Camerons. Barbarisches Pack. Verrufen. In diesem ganzen verdammten Land sind sie für ihren Charakter bekannt, für ihre Neigung, ausschließlich Rotschöpfe zu zeugen, und für ihr exzentrisches Gehabe. Ich weiß, dass es das ist, womit dich der Idiot für sich einnimmt.«

»Immerhin sind sie nicht verrufen, weil sie aus Habgier ihre eigenen Verwandten umbringen.«

»Es war verdorbener Fisch, der Peter tötete.«

Jolene brannte darauf, den selbstgefälligen Blick aus seinem Gesicht zu kratzen. »Es war vergifteter Wein.«

»Das kann nie bewiesen werden. Keiner wird den Anschuldigungen eines Weibes Beachtung schenken, das gegen ihren Mann, den Herrn von Drumwich, ungehorsam ist. Sobald wir verheiratet sind, wird dein Wort nicht das Geringste gegen meines zählen und es gibt niemanden, der dir gegen mich beistehen würde.«

»Meine Verwandten werden mir Glauben schenken.«

»Du betest besser, dass sie das nicht tun, nicht, wenn sie am Leben bleiben wollen.«

»Du kannst sie nicht alle ermorden.«

»Ich kann genug von ihnen zum Schweigen bringen, um die Angst vor Gott, oder vor mir, in den Übrigen zu wecken.« Er packte sie am Kinn. »Und wenn du mir zu viel Ärger machst, wird mich nicht einmal das Vergnügen, deinen zarten Körper unter meiner Herrschaft zu haben, davon abhalten, dich ebenfalls zum Schweigen zu bringen. Das wäre allerdings bedauerlich«, murmelte er, während er ihre Wange streichelte und sie unmutig anblickte, als sie sich seiner Berührung entzog, »denn ich würde es vorziehen, dich vor Lust aufschreien zu hören, wenn ich mit dir schlafe. Wir beide könnten zusammen die Gerards of Drumwich zur größten Macht in ganz England machen.«

Es überraschte Jolene nicht wirklich, dass Harold Pläne hegte, die weit über den Diebstahl von Drumwich hinausgingen, allerdings auch weit über seine Fähigkeiten. Einmal mehr schaffte er es, seine Wut zu beherrschen, diesem Trieb Zügel anzulegen, damit er nicht zu blindwütig zuschlug. Wenn er gelernt hatte, vorsichtig und raffiniert vorzugehen, konnte er für viel mehr als nur Reynard, sie und Drumwich zur Gefahr werden. Der bloße Gedanke, dass Harold wirkliche Macht erlangen konnte, Macht über mehr als nur Drumwich, war beängstigend. Sie musste den Vorhaben dieses Mannes ein Ende bereiten.

Jolene erwog gerade, einen planlosen Fluchtversuch zu unternehmen, und betete, dass ihr die Überraschung zu Hilfe kommen möge, als einer von Harolds Männern Alarm schlug. Beide Begleiter von Harold waren plötzlich völlig damit beschäftigt, die Pferde am Ausbrechen zu hindern. Einer der Männer schrie etwas von einer Natter. Es schien, als würden ihre Gebete erhört werden. Obwohl Jolene eine Schlange für einen seltsamen Retter hielt, nützte sie Harolds Ablenkung sofort für ihre Zwecke aus.

Sie packte den Stein, den sie unter ihren Röcken verborgen hatte, und sprang auf. Harold drehte sich wieder zu ihr um, aber er hatte nur noch Zeit, ein einziges Mal zu fluchen, bevor sie ihm den Stein gegen die Schläfe schlug. Er krümmte sich noch immer am Boden, als sie sich ihren Dolch wieder nahm und zu laufen begann.

# 6

»Lauf, Mädchen!«

Jolene zögerte nicht, als sie durch den Wald lief. Sie hatte den verrückten Gedanken, wie seltsam es war, dass ihr himmlischer Retter nach einem Schotten klang. Dann war Liam neben ihr. Er überholte sie gerade so weit, dass er die Führung übernehmen konnte und doch nahe genug blieb, um ihr zu helfen, falls es nötig war. Sie wollte ihm sagen, dass alles, was sie brauchte, jemand war, der ihr den Weg zeigte, beschloss aber, dass es besser war, ihren Atem für das Laufen aufzusparen.

Liam ließ sie nur einmal anhalten. Er ahmte den Ruf einer Amsel nach. Jolene wollte ihn gerade dafür loben, wie perfekt er dies konnte, als die Antwort kam. Da sie wusste, dass dies die Nähe der übrigen Camerons bedeutete, brauchte sie Liams Hinweis nicht, um wieder loszulaufen. Hätte sie geahnt, wohin sie sich zu wenden hatte, hätte sie Liam wohl überholt, so begierig war sie darauf, zu Sigimor und den anderen zurückzukommen.

Das Erste, was sie von Sigimor sah, war der finstere Blick, den er ihr zuwarf. Jolene war überzeugt, nie etwas Wundervolleres gesehen zu haben. Sie gab einer Sehnsucht nach, die sie nicht ganz verstand, und rannte geradewegs auf ihn zu. Zu ihrer Erleichterung öffnete er seine Arme und fing sie auf, fast drückte er sie zu eng an sich. Sie schlang ihre Arme um ihn und ließ sich von dem Gefühl durchfluten, wieder in Sicherheit zu sein.

»Ärger?« Sigimor lockerte seine Umarmung leicht, nahm aber genau wahr, dass sie ihren festen Griff nicht löste.

»Harold«, sagte Liam, während er Atem holte.

»Folgt er euch?« – »Er wird es bald tun.« Sigimor befreite sich aus Jolenes Umarmung und sah sie an. »Können Sie noch etwas weiter laufen?«

»Ja«, antwortete sie. »Zeigen Sie mir aber den Weg.«

»Wir können das später besprechen, wenn wir etwas Abstand zwischen uns und Harold gebracht haben.«

Als sie zu der Lichtung rannten, wo die Übrigen warteten, hatte Jolene den deutlichen Verdacht, dass Sigimors »Besprechung« aus vielen unangenehmen Fragen zu Harold bestehen würde.

Das würde vermutlich auf die Belehrung folgen, die ihr vielleicht genug Zeit ließ, darüber nachzudenken, was sie antworten sollte, um weder die volle Wahrheit noch eine echte Lüge zu erzählen.

Dann warf sie einen Blick auf Liam und stöhnte. Sie war sich nun sicher, dass er ihr zur Flucht verholfen hatte. Es war gut möglich, dass er eine Menge von dem, was Harold gesagt hatte, mitbekommen hatte, und er würde nicht zögern, Sigimor jedes Wort davon zu berichten. Als sie schließlich aufhörten zu laufen, hoffte sie, dass sie noch genug Verstand für Sigimors »Besprechung« besaß. Sie war sich nicht sicher, was dieser Mann tun würde, wenn er von Harolds Plänen erfuhr, aber Jolene ahnte, dass es Ärger für sie bedeutete, und davon hatte sie eigentlich schon genug.

Sigimor gebrauchte nur ein paar knappe Worte, um alle in dem Augenblick in Bewegung zu setzen, als sie die anderen erreichten. Er setzte Reynard bequem vor sich hin, und Jolene widersprach nicht. Er war der bessere Reiter, und das Gewicht des kleinen Kindes würde ihm keine Last sein, während es für sie manchmal beschwerlich war. Innerlich stöhnte sie, als sie ihr Pferd bestieg, doch sie klagte nicht. Sie war völlig mit Sigimors Vorhaben einverstanden, das, was vom Tageslicht noch übrig war, zu nützen, um so schnell wie möglich so viele Meilen, wie sie nur schaffen konnten, zwischen sie und Harold zu bringen. Sie würde später Zeit haben, ihre

Blutergüsse zu versorgen und sich von ihren Qualen zu erholen.

Das trübe Grau des Zwielichts stoppte sie schließlich. Jolene kämpfte gegen eine Ohnmacht an, als sie abstieg. Sie nahm Sigimor Reynard ab und kümmerte sich um die Bedürfnisse des kleinen Jungen. Als er sofort nach Beendigung seines Mahls einschlief, beneidete sie ihn. Er schlief nicht nur den tiefen, erholsamen Schlaf eines Unschuldigen, sondern hatte das Privileg genossen, während des anstrengenden Ritts dicht an Sigimor geschmiegt zu sitzen, wobei er durch den großen, starken Körper des Mannes zweifellos gegen das Schlimmste geschützt worden war.

Jolene wünschte, sie wäre so eng an Sigimors Brust gedrückt worden. Es ist eine so wundervolle Brust, dachte sie, während sie auf einige Bäume und dichtes Gebüsch am anderen Ende ihres Lagers zuschritt. Sie hoffte einen oder zwei Momente lang allein zu sein, um sich um ihre eigenen Bedürfnisse kümmern zu können. Breit, stark und sanft. Sie seufzte, als sie überlegte, wie schön es wäre, ihre Wange an seiner warmen Haut auszuruhen, ihre Hände über diese Brust gleiten zu lassen, vor allem wenn er seine langen, muskulösen Arme um sie schließen würde, um sie festzuhalten und ... Sie runzelte die Stirn, als sie leichte Fußtritte hörte, die ihre von hinten widerhallen ließen. Jolene drehte sich um und blickte stirnrunzelnd auf Sigimor, der ihr dicht auf den Fersen war.

»Ich möchte mich für einen Augenblick davonstehlen«, sagte sie, doch Sigimor wich nicht.

»Ja, das kenne ich«, antwortete er. »Ich begleite Sie.«

»Wie kann ich allein sein, wenn Sie mit mir kommen?«

»Sie können auf der einen Seite des Baumes oder Busches allein sein, während ich auf der anderen Seite stehe.«

»Aber Sie werden mich hören können«, flüsterte sie beinahe, ihre Stimme war vor Schreck schwach geworden.

»Ich denke, das kann ich aushalten.«

Seine Augen strahlten vor Lachen, und Jolenes Schreck verwandelte sich schnell in Verärgerung. Sie konnte genauso gut die paar Reste ihrer Sittsamkeit, die ihr noch geblieben waren, in alle vier Winde streuen. Augenblicklich brannte sie darauf, ihn anzuschreien, ihm die Verletzung ihrer Intimsphäre nachdrücklich vorzuhalten, aber sie tat nichts dergleichen. Sie war sich nicht nur sicher, dass er sich dadurch nicht hätte abbringen lassen, auch ihre persönlichen Bedürfnisse drängten sie fast schmerzhaft. Jolene murmelte eine Verwünschung und marschierte zu einem dicken Baum, um dessen Wurzeln dichtes Gebüsch wucherte.

In dem Moment, als sie sich hinter den Baum kauerte, wusste Jolene, dass das so nicht ging. Sie verspürte den Drang zwar immer noch, aber nichts geschah. Sie war sich Sigimors Anwesenheit einfach zu bewusst, wusste, dass ein Mann, zu dem sie sich zutiefst hingezogen fühlte, so nah stand, dass er hören konnte, wie sie Wasser ließ. Trotz ihrer Verlegenheit gewann ihr Ärger über ihre eigene Idiotie und die peinliche Situation, die Sigimor heraufbeschworen hatte, für einen Moment die Oberhand.

»Sie müssen irgendwelche Geräusche machen«, stieß sie hervor. »Singen Sie.«

»Singen? Ach nein, Mädchen, das erwarten Sie nicht wirklich von mir.«

Sie hörte das Lachen in seiner tiefen Stimme und biss die Zähne zusammen.

»Machen Sie schon, oder wir können hier die ganze Nacht verbringen, und ich werde vermutlich meinen Eingeweiden dauerhafte Verletzungen zufügen.«

»Warum singen Sie nicht?«

»Sigimor! Machen Sie es einfach, bitte?!«

»Sagen Sie nicht, ich hätte Sie nicht gewarnt.«

Er begann zu singen, und Jolene war so betäubt, dass sie fertig war, bevor sie überhaupt wahrnahm, dass sie angefangen hatte. Sie säuberte sich mit einem kleinen Stück Leinen, danach wusch sie sich mit etwas Wasser aus dem mitgebrachten Wasserschlauch die Hände. Schließlich strich sie eilig ihre Kleider glatt, rannte um den Baum herum und legte ihre Hand auf seinen Mund. Die Art, wie seine wunderbaren Augen selbst in dem halbdunklen Licht vor guter Laune leuchteten, sagte ihr, dass sie keine Angst haben musste, ihn zu beleidigen. Dann spürte sie seine Zungenspitze ihre Handfläche entlangstreichen. Hitze wallte ihren Arm hinauf, und sie riss ihre Hand los.

»Ich habe Sie gewarnt, Mädchen«, sprach er langsam, indem er die leichte Röte auf ihren Wangen studierte und sich fragte, ob sie durch Verärgerung, Verlegenheit oder, wie er hoffte, durch ein plötzliches Aufblitzen von Lust verursacht wurde.

Jolene zwang sich, nicht daran zu denken, welches Gefühl diese seltsame kleine Zärtlichkeit in ihr ausgelöst hatte, sondern an den Lärm, den er gemacht hatte, ein Lärm, der scheinbar jedes Lebewesen im Wald zum Schweigen gebracht hatte.

»Ich verstehe nicht, warum ein Mann mit einer solch schönen Sprechstimme so klingen kann. Sie haben keinerlei Sinn für den Ton oder die Melodie, oder?«

»Nicht im Geringsten«, gab er amüsiert zu, als er sie bei der Hand nahm und zum Lager zurückführte.

Während sie ihm erlaubte, sie mit sich zu ziehen, starrte Jolene auf ihre verschränkten Hände und fragte sich, ob Sigimor eine Art Zauberer war. Es war ein befremdlicher Gedanke, aber nicht befremdlicher als das Gefühl von Wärme und Frösteln, das er in ihr weckte, indem er einfach nur ihre Hand umfasste.

Sie glaubte nicht, dass sie jemals zuvor Derartiges empfunden hatte, aber sie konnte sich jetzt nicht daran erinnern, dass bisher irgendein anderer Mann ihre Hand berührt hatte.

Sigimor hielt an und zog ihre Aufmerksamkeit auf sich. Sie hatten das Lager erreicht. Jolene sah, dass die übrigen Männer Sigimor verärgert ansahen. Aus den Augenwinkeln heraus erkannte sie, dass er auf sie zeigte, was alle vier Männer veranlasste, anklagend auf sie zu blicken.

»Sie haben ihn *gebeten* zu singen?«, verlangte Liam zu wissen.

»Ja, nur für einen Moment, es schien mir eine gute Idee zu sein«, murmelte sie, als sie und Sigimor sich ans Feuer setzten.

»Es ist nie eine gute Idee, Sigimor zum Singen aufzufordern.«

»Er ist höflich genug, um den Schmerz zu kennen, den dies bei einem Unwissenden auslöst«, murrte David.

»Oh, ich begreife.« Jolene lachte und wandte sich Sigimor zu. »Sie gehen mit dieser Kritik sehr gut um, muss ich sagen.«

Sigimor zuckte die Achseln.

»Das ist nur ein unbedeutendes Versagen.« Er sah sie streng an. »Nicht so groß wie das, verloren zu gehen, weil man zu weit wegläuft und deshalb von seinen Feinden aufgegriffen wird.«

Jolene konnte durch einen Blick in Sigimors Gesicht und die Gesichter der anderen Männer feststellen, dass sie nun über all das unterrichtet werden würde, was sie falsch gemacht hatte, und welche Regeln sie in Zukunft einzuhalten hatte. Sie nahm sich eine Schüssel Haseneintopf, den einer der Männer gekocht hatte. Die Kraft, die ihr das Essen schenken würde, brauchte sie zweifellos, wenn auch nur, um sich davor zu bewahren, zu widersprechen oder ärgerlich zu werden. In ihrem Innersten wusste sie, dass sie die Standpauke verdient hatte. Sie war leichtsinnig gewesen und hatte sie alle in Gefahr gebracht. Sie hoffte nur, sich daran zu erinnern, als Sigimor anfing, eine einigermaßen vernichtende Liste all ihrer Fehler aufzuführen. Er erwies sich als sehr viel geschickter dabei, eine Lehre zu erteilen, als ihr Bruder Peter, und sie musste sich oft auf die Zunge beißen, um sich nicht zu verteidigen.

»Jetzt, Liam, kannst du mir ganz genau erzählen, in welch schwierige Lage sich das Mädchen hineinmanövriert hatte«, schloss Sigimor, sichtlich zufrieden über die Art, wie Jolene ihn wütend anstarrte und damit zu erkennen gab, dass sie jedes seiner Worte verstanden hatte.

»Nun, Harold hat sie erwischt«, antwortete Liam. »Er und seine beiden Männer –«

»Es waren nur drei Männer um sie herum?« Sigimor sah finster drein, als Liam nickte. »Wir sind vor nur drei Männern davongerannt? Hast du nicht daran gedacht, dass das die ideale Gelegenheit gewesen wäre, diesem Idioten ein Ende zu bereiten?«

»Ich habe daran gedacht, aber sie haben auf die Übrigen gewartet. Ich hatte nicht die Zeit nachzusehen, ob diese Männer nahe genug waren, um ebenfalls eine Bedrohung darzustellen. Es wäre nicht besonders gut für uns, wenn wir Harold töteten und danach plötzlich ein Dutzend Männer von hinten an uns herangeschlichen käme. Ich dachte, es wäre einfach nur das Beste, das Mädchen da herauszuholen.«

»Ja, ja, es war das Beste. Sobald du das getan hattest, hatten wir sowieso jede Möglichkeit auf einen Überraschungsangriff verloren, und wir waren außerdem alle verstreut. Wie hast du es aber geschafft, sie von ihm wegzuholen?«

»Eine Natter war zwischen die Pferde und ihre zwei Bewacher geraten.« Liam lachte Jolene kurz anerkennend an, als er weitererzählte. »Das Mädchen hat schnell ihre Chance erkannt. Sie hat Harold mit einem Stein auf den Kopf geschlagen und ist losgerannt. Der Mann war so mit seinem Ränkeschmieden und seiner Prahlerei beschäftigt, dass er sie nicht einmal gefesselt hatte.«

»Welche Ränke und welche Prahlerei?«

»Natürlich all seine krummen, verräterischen Pläne, um sich Drumwich zu sichern«, fügte Jolene schnell hinzu, bevor Liam antworten konnte. »Er hat nichts gesagt, was irgendeine Änderung Ihrer eigenen Pläne notwendig macht.« Sie versuchte unter seinem festen Blick gelassen, ja sogar unschuldig auszusehen, aber die Art, wie sich seine Augen verengten, verriet ihr, dass sie nicht ganz erfolgreich gewesen war.

»Was hast du gehört, Liam?«

»Er ist hinter Lady Jolene her, um sie zu heiraten und damit seinen Anspruch auf Drumwich zu festigen. Und er wollte sie dazu benützen, das Recht gegen uns zu wenden, um Reynard zurückzubekommen«, erwiderte Liam. »Du hast richtig vermutet, dass Harold alles über uns erfahren hat und weiß, worauf wir zusteuern. Er nennt uns Barbaren, verrufen, nur fähig, Rotschöpfe zu zeugen, und exzentrisch. Er droht unserem Leben ebenso wie ihrem und dem des Kindes. Ach ja, und einen Augenblick lang wollte er wissen, ob sie einen oder alle von uns zu ihrem Liebhaber gemacht hatte, dann aber überzeugte er sich selbst, dass sie nie so etwas tun würde. War das alles, Mädchen?«

Jolene sandte Liam einen Blick zu, der *Verräter* schrie, aber sie nickte. Da Liam all das gehört hatte, musste er auch alles über ihre Mitgift erfahren haben, aber er hatte sie nicht erwähnt. Entweder hatte er aus irgendeinem Grund Harolds Rede über ihre beachtliche Mitgift verpasst, oder sie war ihm nicht wichtig genug.

»Ich dachte mir, dass er sie nicht nur wegen Reynard und ihrem Wissen über Peters Tod haben wollte.« Sigimor sah Jolene an, in seinem Kopf entstand eine Idee, die ihn überraschte, aber nicht im Mindesten aus der Fassung brachte. »Also entweder ihn heiraten oder sterben.«

»Ja«, bestätigte sie. »Es scheint, als ob Harold eine Sondergenehmigung erhalten hat und einen Priester an der Hand hat. Beides konnte er durch den großzügigen Gebrauch von Reynards Vermögen erreichen.«

»Er kann doch nicht ernsthaft glauben, dass er Sie süß und ruhig halten kann bei der Hochzeit, oder?«

Jolene fragte sich flüchtig, ob in dieser Frage eine Beleidigung enthalten sei. »Aber er würde die größten Anstrengungen dafür unternehmen, und das würde vermutlich die Verabreichung von ziemlich großen Schmerzen beinhalten. Ich glaube auch, dass er tatsächlich erwog, mir die Zunge herauszuschneiden, aber ich bin mir nicht völlig sicher, was er bei der letzten Drohrunde bevorzugte – Tod oder Verstümmelung. Natürlich wäre ich noch immer fähig gewesen, meine Anschuldigungen niederzuschreiben, aber, wenn er mich dabei erwischt hätte, hätte er mir wahrscheinlich die Hände abschlagen lassen.«

»Na ja, eine davon auf alle Fälle.« Sigimor erschauerte bei den Bildern, die sie von ihrem möglichen Schicksal zeichnete, wenn sie in seiner Gewalt wäre.

»Nein, beide. Ich kann mit beiden Händen schreiben, obwohl es etwas leserlicher ist, wenn ich mit der rechten Hand schreibe. Ich kann auch mit meinem rechten Fuß schreiben. Ich kann mich glücklich preisen, denn ich hätte als dünner Stummel einer Frau enden können.« Die Art und Weise, wie sie von den Männern angestarrt wurde, machte Jolene allzu bewusst, was sie eben heiter ausgeplaudert hatte, und sie wurde rot.

»Keiner kann mit seinen Zehen schreiben. Man kann mit Zehen keinen Federkiel halten. Sie sind zu kurz.«

»Die meisten sind es. Meine aber nicht.«

»Zeigen Sie es uns.«

»Das werde ich ganz sicher nicht tun.«

»Stimmt ja, wir haben keinen Federkiel und kein Papier. Wir werden den Trick später sehen. Es ist jetzt nicht wichtig«, sagte Sigimor, bevor sie ihm widersprechen konnte. »Nun wissen wir, warum Harold nicht den Rückzug antritt, aufgibt und nach Hause geht. Es ist nicht nur der Junge, den er haben will. Es ist auch nicht nur die Angst, dass Sie noch jemanden finden könnten, der Ihnen hilft, ihn für seine Verbrechen zahlen zu lassen.« Sigimor sah Jolene missbilligend an. »Sie hätten uns erzählen sollen, dass er daran dachte, Sie zu heiraten und Sie zu benützen, um seinen Anspruch auf den Titel, das Land *und* das Kind abzusichern.«

»Da ich keinerlei Bedürfnis entwickelte, demütig seinen Plänen zuzustimmen, hatte ich fast gehofft, dass er sie aufgegeben hat.«

»Ein Mann, den die Lust auf ein Mädchen fest im Griff hat, gibt nicht so einfach auf. Tatsächlich weiß er, dass Sie eine Bedrohung für ihn sind, aber er hat auch erkannt, dass Sie lebend äußerst hilfreich sind, zumindest für eine Weile. Er wird sich all das nehmen, wonach er sich sehnt, bis Sie sich als zu lästig erweisen. In seinen Augen sind Sie fast genauso wichtig und preisgekrönt wie das Jungchen. Je nachdem wie heftig seine Begierde auf Sie ist, sind Sie vielleicht sogar der größere Siegespreis.«

»Harold hatte fast auf jede Frau Lust, die er gesehen hat, seit er in den Stimmbruch gekommen ist.«

»Und ich habe den Verdacht, er hat fast genauso lang versucht, Sie zu bekommen.«

Jolene wollte eigentlich etwas dagegen einwenden, konnte sich aber nicht zu einer so großen Lüge überwinden. Wenn Sigimors *Verdacht* durch etwas genährt wurde, das sie während ihres Albtraums erzählt hatte, dann wäre es sowieso eine Verschwendung von Zeit und Energie. Harolds Interesse hatte sich ihr in dem Jahr zugewendet, in dem sie sich von einem Kind zu einer Frau entwickelt hatte, und seitdem war es nicht mehr erloschen. Die paar Male, die er sie in die Enge getrieben hatte, verfolgten sie noch immer in ihren Träumen. Ihre einzige Rettung war gewesen, dass so wenige ihrer gemeinsamen Verwandten Harold mochten oder vertrauten, weshalb sie ihn in all den Jahren nur selten gesehen hatte.

Sie wünschte, Liam hätte Harolds Pläne nicht erfahren und weitererzählt. Es machte ihre Angelegenheiten noch verwickelter, obwohl es nichts an dem änderte, was sie brauchte oder tun wollte. Egal von welch schändlichen Verschwörungen Harold träumte, sie hatte nach wie vor Reynard und sich selbst außerhalb seiner Reichweite zu halten. Ob er sie zur Heirat zwang oder nicht, Harold war weiterhin eine Bedrohung für Reynard und sie, und er würde es bleiben, bis er für seine Verbrechen bezahlt hatte. Sie begriff nicht, warum Sigimor sie ansah, als ob sie ihn angelogen hätte. Sie hatte nur ein paar wichtige Details beiseite gelassen.

Einmal mehr bedauerte sie, dass sie Peter nichts von Harolds Nachstellungen und seinen Überfällen auf sie berichtet hatte. Sie hatte sich geschämt, wollte keinen Ärger verursachen oder, noch schlimmer, Peter zur Gewalt gegenüber Harold veranlassen. Sie kannte hunderte von Entschuldigungen, die sie inzwischen fast alle als dumm abtat. Hätte sie es Peter gleich beim ersten Mal, als er sie in die Enge trieb und misshandelte, erzählt, dann wäre Harold vielleicht nicht zu der Gefahr geworden, die er jetzt darstellte. Jolene war sich sicher, dass Peter diesen Mann nie wieder auf Drumwich eingelassen hätte.

Schnell begrub sie diese Gedanken, die ihr jedes Mal Schmerz bereiteten und starkes Schuldgefühl aufkommen ließen. Es hatte so viele Möglichkeiten gegeben, diese Schwierigkeiten zu vermeiden, dass es ihr vom Nachdenken darüber schwindlig werden konnte, und es würde ihr doch nicht helfen. Außerdem wusste Jolene, dass es eigentlich nichts gab, weswegen sie sich schuldig fühlen musste. Harold war der Schuldige, der Einzige, der wirklich Schuld auf sich geladen hatte. Wenn sie sich das nur oft genug wiederholte, grübelte sie traurig, würde es ihr Herz vielleicht irgendwann akzeptieren.

»Sind Sie damit fertig, über die Sache nachzudenken?«, fragte Sigimor.

Jolene fuhr zusammen und sah ihn an, dann erinnerte sie sich, dass er eine Antwort auf seine Bemerkung erwartete. »Ja. Harold war von Zeit zu Zeit ein kleines Problem.«

»Warum hat Peter den Mann nicht getötet?«

»Ich zog es vor, ihn mit dieser Sache nicht zu beunruhigen.« Sie seufzte. »Ich habe eben darüber nachgedacht, dass jetzt alles ganz anders sein könnte, wenn ich es ihm erzählt *hätte.*«

»Allerdings. Peter hätte den Bastard vor Jahren schon getötet.«

»Haben Sie vielen herzlichen Dank für den Trost und die Absolution, die Sie mir erteilen.«

»Es ist nur die Wahrheit.« Er bemühte sich, nicht über die Art, wie sie ihn wütend anstarrte, zu lachen und war froh, dass er die Traurigkeit aus ihren Augen verbannt hatte. »Sie brauchen keine Absolution. Nicht Sie haben das Leben ihres Bruders in Gefahr oder Harolds Hände mit Blut besudelt. Es ist seine eigene Habgier und sonst nichts. Einzig und allein Harold ist hier der Schuldige.«

Dieser Mann war eindeutig dabei, sie verrückt zu machen, dachte Jolene. In einem Augenblick sagte er etwas, das sie dazu brachte, ihn liebend gern mit einem großen, stumpfen Gegenstand zu schlagen. Und dabei sah er auch noch so aus, als ob er es genießen würde, sie so wütend zu machen, dass sie ihre Augen verdrehte. Doch bereits im nächsten Atemzug konnte er ihre Verärgerung wegblasen, ja, brachte es fertig, dass sie sich sogar weich und warm fühlte. Wenn das nicht ausreichte, eine Frau ihre Haare raufen zu lassen, dann wusste sie nicht, was es sonst sein sollte.

»Das habe ich mir auch gesagt.«

Sie verzog das Gesicht.

»Es ist irgendwie beunruhigend, dass Harold uns so nahe gerückt ist.«

»Lästig, sicher. In einem Tag oder so, das hängt davon ab, wie schnell wir reisen können, werden wir auf Scarglas anhalten können. Wir dürfen dort für kurze Zeit ausruhen, bis ich einen Plan entworfen habe, wie wir Harold umgehen und etwas von unserem Vorsprung wiedergewinnen können, bevor der Dummkopf merkt, dass wir den Schutz von Scarglas verlassen haben.«

»Du willst unsere Cousins noch immer nicht um Hilfe bitten?«, fragte Liam. »Sie könnten uns leicht helfen, diese Gefahr zu bannen.«

»Zweifellos. Old Fingal würde nichts lieber haben als die Möglichkeit, einem Engländer die Angst vor Gott und einige Zentimeter seines Schwertes beizubringen«, erwiderte Sigimor. »Doch wie ich schon früher sagte, ich würde lieber sterben, als noch jemanden in dieses Problem hineinzuziehen. Eine helfende Hand ja, aber nicht mehr. *Wir* haben das Recht, den Mann niederzuschlagen, ein Recht, das, wie ich meine, noch eindeutiger würde, wenn wir ihn zwingen könnten, uns nach Dubheidland zu folgen. Wenn der Tod eines englischen Ritters Ärger macht, dann soll er sich ausschließlich vor unseren Toren abspielen, denn wir können beweisen, dass er gerechtfertigt und angemessen war.«

»Bestimmt wäre es gerechtfertigt und angemessen, wenn ein Verwandter von uns den Schlag ausführen würde, oder?«

»Möglicherweise, aber die Engländer sehen die Dinge nicht immer so, wie wir sie sehen. Die Sachsen streiten sich jetzt untereinander, und es interessiert sie vielleicht gar nicht, wenn einer von ihnen vermisst wird. Außerdem hat der Bastard die Grenze überschritten, bewaffnet und zum Kampf bereit. Aber wir wissen nicht, wie weit oben seine Verbündeten an der Tafel des Königs sitzen oder wie einflussreich seine Verbindungen sind. Es besteht durchaus die Möglichkeit, dass Harolds Tod einen lauten Aufschrei erzeugt, und ich will nicht, dass sonst jemand dadurch in Schwierigkeiten gerät.«

Liam seufzte, nickte dann aber. »Das ist nur fair. Wir haben außerdem den Beweis, dass Lord Peter uns um Hilfe gebeten hat.«

»Den haben wir. Und wir haben die Lady of Drumwich, die uns um Hilfe gebeten hat.«

»Gebeten?«, murrte Jolene.

Sigimor beachtete ihren Einwurf nicht. »Sie hat eigene Verbündete.« Er sah sie an und zog eine Augenbraue hoch. »Ja?«

»Ja«, erwiderte Jolene. »Ich habe Verbündete. Unglücklicherweise wusste Harold, wer sie waren, und hat es so eingerichtet, dass er jeden Versuch, sie zu erreichen, unterbinden konnte. Die Einzigen, von denen er nichts wusste, waren Sie. Die Lebensrettung eines Lords aus den Highlands war keine Geschichte, die Peter vielen Leuten erzählen wollte, und die paar Male, als er sie erzählt hat, schilderte er sie sehr vage und ohne Namen zu nennen. Er hat mir von Ihnen erst berichtet, nachdem er bereits nach Ihnen gesandt hatte. Harold war nicht der Einzige, der überrascht war, als Sie ankamen. Ich versuchte, die Botschaft von Peters Tod zu übermitteln, aber Harold hat umgehend dafür gesorgt, dass die Nachricht nicht verbreitet werden konnte.«

»Und wir haben nicht mit vielen Leuten gesprochen, nachdem wir England betreten hatten. In Wahrheit haben wir alles Erdenkliche getan, um möglichst wenig gesehen oder gehört zu werden, und damit haben wir Harold bei seinen Heimlichkeiten unterstützt.«

Jolene nahm den Weinschlauch, den Sigimor ihr hinhielt, und trank daraus, danach gab sie ihn an Tait weiter, der neben ihr saß.

»Das war vernünftig. Wir haben zwar nicht wirklich Krieg, aber die Erinnerungen an vergangene Einfälle von Schotten sind noch immer lebendig. Ich befürchte, dass viele zwischen Drumwich und der Grenze durch wilde Überfälle den einen oder anderen Verlust erlitten haben.«

Sie seufzte.

»Wie viele von Ihren Leuten haben in der Gewalt der meinen Schaden erlitten. Bedauerlicherweise scheint Harold denen zu entgehen, die Hunger auf etwas englisches Blut verspüren.«

»Es sieht tatsächlich so aus, als ob meine Landsleute eine Seuche namens Zurückhaltung erleben, verflucht seien sie. Selbst diese Schurken an der Grenze haben ihn ziehen lassen. Wenn ich das gewusst hätte, hätte ich Nanty niemals weggeschickt. Harold bewegt sich schneller und müheloser vorwärts, als ich erwartet habe. Also müssen wir uns etwas ausdenken, um ihm einen Strich durch die Rechnung zu machen, um ihm das zu verweigern, was er haben will, selbst wenn er es schafft, Sie und den Jungen in seine dreckigen Hände zu bekommen.«

Jolene hoffte, dass er mehr sagen würde, vielleicht von seinen Ideen sprechen würde, aber er blieb still und blickte sie gespannt an. Sie sah zu den anderen Männern, musste aber feststellen, dass auch diese sie gespannt beobachteten.

Es schien, als ob sie alle etwas wussten, was sie nicht wusste, und das ärgerte sie. Die Männer hatten offensichtlich zu irgendeinem Zeitpunkt ihrer Reise verschiedene Vorgehensweisen diskutiert, es aber versäumt, sie davon zu unterrichten.

Da sie diese schwierige Lage höchst unmittelbar anging, schien das äußerst gemein zu sein. In ihrer großen männlichen Weisheit hielten sie vermutlich solche Geheimnistuerei für notwendig, um ihre zarten weiblichen Nerven zu schonen, dachte sie böse.

»Gut? Haben Sie vor, mir diesen Plan oder diese Pläne mitzuteilen?«, fragte sie schließlich.

»Vielleicht sollten wir bis zum Morgen warten«, sagte Sigimor, »bis wir uns ausgeruht haben.«

Jolene atmete tief und langsam, um ihre zunehmende Gereiztheit zu bezähmen, und lächelte ihn süßlich an. »Erzählen Sie es mir jetzt.«

»Ich liebe Ihre Gereiztheit«, gestand Sigimor, während er ein Grinsen unterdrückte. Frauen stellten sich selten entschlossen gegen ihn oder zeigten ihm kaum ihre Missbilligung. Es machte ihn traurig, aber viele Frauen empfanden ihn als einschüchternd, ja sogar Furcht erregend. Eine Menge Männer sahen ihn ebenso, aber das war ihm recht. Nicht allerdings diese kleine Engländerin. Sie zögerte nicht, ihm Blicke zuzuwerfen, die klar und deutlich sagten, dass sie ihn am liebsten bewusstlos geschlagen hätte, wenn er sie reizte. Sigimor wusste, dass viele Männer ihn deswegen für verrückt gehalten hätten, aber er fand das extrem anziehend.

»Ich glaube wirklich, es ist das Beste, bis zum Morgen zu warten, wenn Ihre Gedanken nicht so von Erschöpfung vernebelt sind.«

»Das Einzige, was meine Gedanken im Moment vernebelt, ist meine wachsende Wut. Erzählen Sie es mir jetzt. Bitte«, fügte sie in dem Versuch, höflich zu sein, hinzu, was aber durch die Art, wie sie das Wort durch ihre zusammengebissenen Zähne ausspuckte, völlig zunichte gemacht wurde.

Sigimor zuckte die Schultern. »Wie Sie wollen. Der Plan ist – Sie und ich werden heiraten.«

# 7

»Wie bitte?«

»Sie und ich werden heiraten, sobald ich einen Priester aufgetrieben habe.«

Er sieht nicht wie ein Geisteskranker aus, dachte Jolene, während sie versuchte, sich von dem Schock zu erholen. Trotzdem musste er seinen Verstand verloren haben, wenn er so etwas Verrücktes sagen konnte. Schlimmer noch, er sagte es so, wie er vermutlich jemanden bat, ihm das Salz zu reichen. Bitten? Er hatte nicht *gebeten*, er hatte es gesagt, als wäre es eine bereits beschlossene Tatsache.

Unter ihrem Schock lauerte Zorn, ein Zorn, der durch eine Verletzung hervorgerufen wurde, die sie nicht wirklich verstand. Jolene sagte sich, dass es nur verletzte Eitelkeit sei, und missachtete dabei die Stimme in ihrem Kopf, die heftig über eine solch gefühlvolle Erklärung spottete. Hier ging es nicht um Romantik. Es war mehr eine Kriegslist, etwas, um Harold aufzuhalten. Später könnte sie es vielleicht als eine ausgesprochen ritterliche Geste ansehen, aber im Moment sah sie es als etwas, das nicht besser war als ein Heiratsantrag wegen ihrer Ländereien oder ihrer Mitgift oder ihrer Abstammung. Eine starke Abneigung gegen solche Verbindungen war einer der Gründe, warum sie mit dreiundzwanzig noch unverheiratet war.

»Das ist ganz und gar nicht nötig«, sagte sie »ich sehe keine Notwendigkeit dafür.«

»Nicht? Harold trachtet danach, Sie zu heiraten. Das ist einer der Gründe, warum er uns verfolgt.«

»Ja – *einer* der Gründe. Wenn ich verheiratet bin, wird er deshalb nicht umdrehen.«

»Es wird Sie schützen, wenn er Sie wieder in seine Gewalt bringen sollte. Er kann Sie nicht zwingen, ihn zu heiraten. Selbst ein Priester, der scharf auf Geld ist, würde zögern, einen Mann mit einer Frau zu verehelichen, die bereits einen Ehemann hat.«

»Eine Heirat zwischen uns wird vielleicht in England nicht anerkannt.«

»Ein Mann der Kirche wird sich genötigt sehen, das zu überprüfen. Vor allem wenn wir von einem Priester getraut werden. Und Harold wird es ebenso ergehen, wenn er Erben haben will, um Drumwich auch nach seinem Tod in seinem Besitz zu haben.«

Alles, was er sagte, war richtig, aber Jolene schüttelte ihren Kopf. Sie wusste nicht genau, was sie ablehnte – diese Wahrheit oder die unerklärliche Sehnsucht, diesem Vorhaben zuzustimmen. Auch wenn sie immer einen Ehemann haben wollte, ein eigenes Heim und Kinder, brauchte sie mehr, als er ihr anbot, mehr als nur eine Verbindung, um Harolds Pläne zu durchkreuzen. Und die Tatsache, dass sie sich so sehr zu Sigimor hingezogen fühlte, machte dies *mehr* als nur notwendig. Jolene konnte sich allzu leicht eine dunkle Zukunft ausmalen, in der ihre Gefühle immer stärker wurden, während seine gleich blieben.

Freudlos, traurig und voller Bitterkeit grübelte sie vor sich hin. Sie hatte erlebt, was passierte, wenn in einer Ehe der eine liebte, der andere aber nicht. In ihrer Familie gab es viele solcher Ehen. Ihre eigene Mutter war zu einer harten, verbitterten Frau geworden nach Jahren voller Liebe zu Jolenes Vater, einem Mann, der ihr nicht geben konnte, was sie brauchte. Auch deshalb wollte Jolene bei der Wahl ihres Ehemannes mitreden. Es gab zwar auch dann noch die Möglichkeit des Scheiterns und gebrochenen Herzens, wenn sie sich selbst einen Gatten suchte, aber, es war, so hoffte sie zumindest, weniger wahrscheinlich. Nach allem, was sie gesehen hatte, erwiesen sich Ehen, die wegen Geld, Ländereien oder

Bündnissen geschlossen worden waren, selten als glücklich. Sie zweifelte daran, dass eine Ehe, die geschlossen wurde, um den Feind zu verärgern, eine Ausnahme machte.

»Nein, das ist ein schlechter Plan«, sagte sie und schnappte nach Luft, als Sigimor aufstand und sie hochzog, damit sie neben ihm zu stehen kam.

»Wir müssen darüber sprechen«, sagte er.

»Ich dachte, wir sprechen eben darüber. Ich glaube gehört zu haben, wie ich *nein* sagte.«

Jolene fluchte leise, als Sigimor ihren Einwand nicht beachtete, sondern sie einfach hinter sich herzerrte und auf die Bäume zuschritt. Dieser Mann wusste eindeutig nicht, wie er ein einfaches *Nein* verstehen musste. Er wollte versuchen, sie zu einem *Ja* zu überreden. Die Tatsache, dass er sie dafür von den anderen wegführte, bereitete ihr Unbehagen. Sie konnte sich so einiges vorstellen, womit er sie dazu bringen konnte, so dumm zu sein, in seinen verrückten Plan einzustimmen.

Sie würde hart bleiben, sagte sie sich. Er konnte ihr so gut zureden, wie er wollte, sie mit Küssen übersäen, die ihr Blut in Wallung brachten, sie mit seinen wunderbaren grünen Augen verhexen und sie mit seiner herrlichen Stimme verführen, sie würde nicht wanken. Jolene sagte sich, dass sie eine Gerard sei, und die Gerards waren berühmt für ihre Entschlossenheit. Manch unfreundliche Menschen nannten es verblendeten Starrsinn, aber sie spürte, dass ihr das genauso recht sein konnte. Vor Überraschung schrie sie leise auf, als Sigimor sie gegen einen dicken, moosbedeckten Baumstumpf drängte. Er nahm ihren Kopf zwischen beide Hände und starrte auf sie hinunter. Jolene wusste, dass er sie leicht an Ort und Stelle festhalten konnte, wenn sie sich bewegen wollte. Sie versuchte, seinem Blick auszuweichen, konnte sich aber seiner Ausstrahlung nicht entziehen. Es war schrecklich gemein, dass er nicht so leicht zu verhexen war, dachte sie ärgerlich. Sie nahm ihre ganze Willenskraft zusammen und zwang sich zu einem Ausdruck kühlen Desinteresses, gleichzeitig betete sie, dass er ihren Schwindel nicht bemerken würde. Sigimor betrachtete ihr Gesicht, studierte ihren kühlen, distanzierten Gesichtsausdruck und empfand jähen Zweifel. Dann sah er in ihre weit geöffneten Augen und entspannte sich. Der Aufruhr, der in der silbrigen Tiefe ihrer Augen herrschte, war nicht leicht zu enträtseln, aber er bewies, dass sie nicht so kalt und weit entfernt war, wie ihr Äußeres glauben machte. Jolene konnte ihre Gefühle nicht völlig verbergen. Ihre schönen Augen waren die Fenster zu ihrem Herzen und ihrem Verstand. Er beschloss, sein Bestes zu geben, um zu verstehen, was sich darin widerspiegelte. Diesmal würde er sich nicht zum Narren halten lassen, würde er nicht blind sein gegenüber den Gefühlen und Gedanken einer Frau. Sigimor war fest entschlossen, Jolene zu verstehen oder jedenfalls so weit zu verstehen, wie es einem Mann möglich war, eine Frau zu verstehen.

Eine leise Stimme in seinem Kopf sagte ihm, dass Jolene keine Betrügerin war, das sie keine Frau war, die mit einem Mann spielte, um ihre Eitelkeit und ihren Stolz zu befriedigen. Trotzdem wollte er vorsichtig bleiben. Alles in ihm sagte ihm, dass sie seine Gefährtin war, seine Gattin, und mit jeder Stunde, die verging, wurde die Stimme lauter und eindringlicher. Schon allein deshalb würde er sie überzeugen, ihn zu heiraten, aber diesmal wollte er die Führung in dem Tanz übernehmen. Vor zehn Jahren hatte er sich führen lassen und sich in einer Demütigung wiedergefunden, die noch immer schmerzte. Obwohl er nicht glauben konnte, dass Jolene dasselbe tun würde, zwang er sich zur Wachsamkeit.

»Sie haben Einwände dagegen, mich zum Ehemann zu nehmen, nicht wahr?«, fragte er.

»Nein, nicht gegen Sie, sondern gegen Ihre Begründung«, erwiderte sie.

»Und was ist falsch an meiner Begründung? Harold trachtet danach, Sie in eine Ehe mit ihm zu zwingen, Sie zu benutzen, um seinen Anspruch auf Drumwich zu untermauern und

Klein-Reynard in sein Netz zu zerren. Wenn Sie mit mir verheiratet sind, kann er das nicht tun, oder kann er es doch?«

»Nein, aber er kann es auch nicht tun, wenn er mich nicht erwischt.«

»Er hat Sie bereits einmal erwischt.«

Jolene fluchte innerlich. Es war schwierig, derartig kalter, harter Logik zu begegnen, vor allem, wenn alle ihre Argumente ihren Gefühlen entsprangen. Ihrer dürftigen Erfahrung nach wurden gefühlsbetonte Argumente von Männern entweder verspottet oder ignoriert. Allem, was von Gefühlen geleitet wurde, egal wie logisch oder vernünftig es war, maßen sie keine sonderliche Bedeutung bei. Sie glaubte nicht, dass Sigimor in seinem Urteil so hart war, aber sie zweifelte daran, dass ihre Worte ihn beeinflussen konnten. Trotzdem würde sie es versuchen. Es war vielleicht hilfreich, wenn er wenigstens verstand, warum sie *nein* sagte.

»Dann sollten wir sehr darauf bedacht sein, dass dies nicht noch einmal geschieht.«

»Mädchen –«

Sie presste ihre Finger auf seine Lippen, um ihn zum Schweigen zu bringen, zog sie dann aber hastig zurück. Es überraschte sie, dass solch ein harter Mann so weiche, warme Lippen haben konnte. Es überraschte sie noch mehr, dass diese Wärme durch diese kurze Berührung ihren Körper durchflutete. Jolene schüttelte ihre Betäubung schnell ab und zwang sich zur Konzentration auf diese äußerst wichtige Diskussion.

»Haben Sie sich nicht gewundert, warum ich mit dreiundzwanzig noch immer unverheiratet bin?«

»Sie sagten, Ihr Verlobter sei gestorben, als Sie sechzehn waren. Und außerdem sind die Engländer Dummköpfe. Das weiß jeder.«

Diese grobe Schmeichelei ließ ihre Wangen erröten, aber sie erwiderte: »Möglich. Wie auch immer, ich bin nicht verheiratet, weil ich nicht wegen meiner Mitgift, meiner Abstammung oder wegen irgendwelchen Bündnissen und politischen Erwägungen geheiratet werden möchte. Ich will ganz sicher nicht einfach geheiratet werden, um Harold zu verärgern.«

»Aha. Sie haben Ihren Kopf voll von phantastischen Vorstellungen über Liebe, Romantik und all das, was Minnesänger daherjaulen.«

»Es gibt keinen Grund so verächtlich zu klingen. Warum sollte ich mir nicht wünschen, dass mein Ehemann mehr als nur einen vollen Geldbeutel, eine Urkunde über Ländereien oder einen unterzeichneten Vertrag in mir sieht?«

»Oh, ich sehe mehr als das in Ihnen«, murmelte Sigimor und blickte an ihr hinunter.

Die Glut in seinen Augen, während er sie eingehend von Kopf bis Fuß und dann wieder hinauf musterte, versetzte Jolenes Körper in höchste Anspannung. Sie hatte niemals Wollust kennen gelernt, aber sie war sich sicher, dass es das war, was jetzt durch ihre Adern pulsierte. Der Mann konnte dieses Gefühl in ihr mit einer beängstigenden Leichtigkeit wachrufen. Sie betete, dass er es nicht wusste, denn sie befürchtete, dass er schnell seinen Vorteil daraus ziehen würde.

»Sinneslust ist auch kein guter Grund, um zu heiraten. Lust kann eine flüchtige Erscheinung sein, aber eine Ehe dauert für immer.«

»Mädchen, ich hatte Ihrem Bruder eine Blutschuld zurückzuzahlen. Ich konnte es nicht mehr tun, oder? Also werde ich es tun, indem ich Ihnen und dem Knaben dadurch Sicherheit verschaffe, dass ich Harold für seine Verbrechen zahlen lasse und darauf achte, dass Peters Sohn alles, was Peter ihm hinterlassen hat, behält.«

»Es ist nicht notwendig, dass Sie den Rest Ihres Lebens herschenken, um dieses Ziel zu erreichen.«

Sigimor sah sie stirnrunzelnd an. »Den Rest meines Lebens herschenken? So sehe ich das nicht. Ich bin zweiunddreißig. Es ist richtig, dass ich keinen dringenden Bedarf nach einem

Erben habe, aber ich hätte gern ein oder zwei eigene Kinder. Dafür brauche ich eine Frau, weil ich eheliche Kinder haben möchte. Da Sie nicht verheiratet sind und Peter nicht mehr als Beschützer haben, nehme ich an, dass Sie verheiratet werden, sobald Sie nach England zurückkehren.«

Diese Wahrheit brachte Jolene fast zum Fluchen. Ein Mann würde als Reynards Vormund eingesetzt werden und zweifellos auch über sie die Vormundschaft erhalten. Selbst Peter hatte angefangen, darüber nachzudenken, dass sie verheiratet sein sollte und sie sich lange genug Zeit gelassen hatte. Er hatte vor, etwas zu arrangieren. Es wäre das Erste, was ein neuer Vormund tun würde. Sigimor wusste nicht, dass sie eine reiche Erbin war. Es war nur zu wahrscheinlich, dass der König selbst die Kontrolle über sie an sich reißen würde und damit auch über ihr Erbe, indem er sie mit einem Günstling vom Hof oder einem armen Verwandten verheiratete.

»Nun, Sie wissen sehr gut, dass ich hinter nichts von dem her bin, das Sie erwähnt haben«, fuhr Sigimor fort. »Was immer Sie für eine Mitgift haben, sie würde mir nicht übergeben werden. Und es gibt kein Bündnis, das zu schließen wäre. Da Sie englischer Abstammung sind, würde mir das hier nicht viel nützen, oder?«

»Oh. Nein, vermutlich nicht.«

»Also. Ich habe nicht vor, mich daran hindern zu lassen, Ihnen und dem Jungen Sicherheit zu bieten oder Harold geradewegs zur Hölle zu schicken, aber das Schicksal ist ein launisches Ding. Der Mann hat Sie bereits einmal erwischt und könnte mit Ihnen, wäre er nicht ein so überheblicher Narr, jetzt schon auf dem halben Weg nach England sein. Ach ja, und verheiratet und im Bett mit Ihnen.« Er nickte, als sie bleich wurde. »Wenn Sie mich heiraten, wäre diese Gefahr gebannt oder zumindest deutlich geringer. Es würde mir außerdem in unseren beiden Ländern das Recht geben, den Bastard bei Bedarf direkt zurück in die Hallen von Drumwich zu jagen.«

Er beobachtete sie genau, während sie über alles, was er gesagt hatte, nachdachte. Sigimor hoffte, dass einige der wenig ermutigenden Gefühle, die sich in ihrem ausdrucksvollen Gesicht widerspiegelten, aus Gedanken an Harold und nicht an ihn herrührten. Während er müßig mit einer dicken Locke spielte, die ihrem Zopf entschlüpft war, dachte er darüber nach, welche Gründe er sonst noch anführen könnte, falls sie weiterhin zögerte. Er würde die ganze Nacht reden, wenn es notwendig war. Diese Frau war die Richtige. In dem Augenblick, in dem er geglaubt hatte, sie an Harold verloren zu haben, war jeder Zweifel darüber erloschen. Weil er sicher war, dass er wie ein Idiot dastehen würde, wenn er ihr gestand, er wolle sie heiraten, weil sie sich *richtig* anfühlte, musste er sie davon überzeugen, dass es vernünftig und praktisch war. Wenn alles andere nicht von Erfolg gekrönt war, dann konnte er sie immer noch verführen, überlegte er sich und lächelte matt bei dem Gedanken daran.

Jolene fragte sich, was den Mann amüsierte. Aus ihrer Sicht gab es keinen Grund dazu. Er hatte sie mit Argumenten niedergekämpft, an denen es nichts zu bestreiten gab. Harold wollte sie heiraten, damit er mit ihrer Hilfe seinen Diebstahl von Drumwich vollenden konnte, also sollte sie ihm diese Möglichkeit durch eine Heirat mit Sigimor nehmen. Praktisch, vernünftig und, wie sie überrascht feststellte, verletzend. Er sprach kein einziges Mal von Liebe, Zuneigung oder Leidenschaft. Weil sie sich erst ein paar Tage lang kannten, war es dumm zu glauben, dass ein Vorschlag von Sigimor mehr als nur praktisch sein konnte, doch sie wünschte es sich. Er bot ihr gelassene Vernunft an, wo sie wilde Romantik haben wollte, ja, haben musste.

Für einen kurzen Moment genoss sie die Vorstellung, Sigimor würde ihr seine Liebe gestehen, würde sie auf die romantischste Weise anflehen, ihn durch eine Heirat zum glücklichsten aller Männer zu machen. Völliger Unsinn, sagte sie sich, egal wie angenehm diese Vorstellung war. Sigimor kannte sie nicht lange genug, um eine große Leidenschaft für sie zu entwickeln. Wenn er etwas Derartiges behauptete, würde sie seine Worte sicher anzweifeln. Außerdem war es einfach so, dass Sigimor Cameron kein Mann mit der süßlichen, schmeichelnden Stimme eines Höflings war. Genauso wenig flehte er um etwas.

Wenn sie ihn heiratete, musste sie akzeptieren, dass er nie der Ritter aus ihren Mädchenträumen sein würde. Er würde ihr keine Blumen schenken, zärtliche Worte ins Ohr flüstern oder zu ihren Füßen sitzen und Liebeslieder singen. Als sie sich an sein Singen erinnerte, beschloss sie, dass zumindest das wohl ein Segen sei.

Was dachte sie sich? Sie konnte ihn nicht heiraten. Geheiratet zu werden, weil ein Mann ihr und ihrem Bruder gegenüber eine Blutschuld hatte, war fast so schlimm, wie durch den König verheiratet zu werden, um einen höfischen Kriecher zu erfreuen. Jolene kam zu dem Schluss, dass sie sich durch seine schönen Blicke und die Gefühle, die er in ihr weckte, den Verstand rauben ließ.

»Nein«, sagte sie sanft. »Wegen solch kalter Vernunftgründe geheiratet zu werden …«

»Sie glauben, ich sei kalt?«

»Nein, aber die Gründe, die Sie für diese Heirat anführen, sind es.«

»Dann werde ich Ihnen einen anderen Grund liefern.«

Bevor sie protestieren konnte, küsste er sie. Sie schob ihre Hände, sowie sie seine Absicht erriet, gegen seine Brust, um ihn wegzudrücken, aber sie versuchte nicht einmal, ihn zurückzuhalten. Noch in der Sekunde, in der er ihren Mund berührte, ließ sie ihre Hände seine breite Brust hinaufgleiten und ihre Arme umschlangen seinen Hals.

Bei der ersten Berührung seiner Zunge öffnete sie ihm ihren Mund und zitterte vor Lust, als er über dessen Innenseite strich. Sie genoss es wahrhaft, diesen Mann zu küssen, dachte sie verwirrt. Als er seinen Kuss beendete, wurde ihr bewusst, dass er seine Arme um sie geschlungen hatte. Er hob sie hoch und drückte sie sanft gegen den Baum.

»War das kalt, Jolene?« Sigimor küsste die Pulsader an ihrem schlanken Hals und lächelte fast über den schnellen Schlag, den er unter seinen Lippen spüren konnte.

»Nein«, keuchte sie, dann sagte sie sich, dass sie dies beenden musste. »Sie haben Ihren Standpunkt dargelegt. Sie können nun aufhören.«

»Kann ich das?«

Er küsste die Höhle hinter ihrem Ohr und fühlte sie in seinen Armen zittern. Sie reagierte so wundervoll. Sein ganzer Körper sehnte sich danach, mit dieser Verführung fortzufahren, aber er kämpfte darum, sein Verlangen zu beherrschen. Sie gegen einen Baum gedrückt und nur ein paar Schritte von seinen Männern entfernt zu entjungfern, wäre nicht klug. Es würde ihm ein großes Vergnügen bereiten, aber er ahnte, dass die Nachwirkungen bitter sein konnten. Jolene konnte es leicht so verstehen, dass er nur seine Macht über sie gebrauchte, um zu bekommen, was er wollte. Sigimor richtete sich auf und ließ sie langsam hinunter, bis ihre Füße wieder den Boden berührten. Er hielt sie umarmt, auch als sie sich an den Baum gelehnt auf den Boden sinken ließ. Auf ihren Wangen zeigte sich Röte, sie keuchte fast, und ihre Augen hatten sich zu einem stürmischen Grau verdunkelt. Diese deutlichen Zeichen ihrer Leidenschaft machten es ihm noch schwerer, seine eigene zu zügeln.

»Dies, Mädchen, ist ein wunderbarer Grund zum Heiraten, der nicht im Mindesten kalt ist, oder?«

»Allerdings.« Sie versuchte sich aus seiner Umarmung zu lösen, aber er gab sie nicht frei. Jolene entschied, dass ein Kampf zu würdelos sei, also gab sie nach und vernahm ihre innere Stimme, die sie verächtlich der Lüge bezichtigte. »Dennoch, ich glaube, ich habe bereits erwähnt, dass Sinneslust ein flüchtiges Ding ist und somit ein armseliger Grund, deswegen zu heiraten.«

»Sie sind vielleicht ein unschuldiges ...« – »Ich bin vielleicht was?«, murmelte sie und fühlte einen Anflug von Zorn.

Sigimor beachtete sie nicht und fuhr fort. »Aber ich bin es nicht.«

»Das habe ich bemerkt, obwohl Männer von der Frau, die sie heiraten wollen, grenzenlose Keuschheit erwarten, finden sie es ganz in Ordnung, wenn sie selbst bis zur Hochzeit brünstig bis zur Besinnungslosigkeit sind. Und manchmal auch noch danach. Es gibt ein Wort dafür. Ich glaube es heißt Scheinheiligkeit. Männer ...«

»Ja, ja, aber darüber können wir später reden. Vielleicht in einer Nacht, in der wir unsere Zehen vor dem Feuer in meinem Schlafgemach wärmen.«

Der Gedanke daran, in Sigimors Schlafgemach zu weilen, erwärmte Jolene. Sie war über sich selbst entsetzt, weil sie versuchte, sich ihn nackt mit ihr zusammen vor dem Feuer vorzustellen. Sie war sicher, dass Sigimor sie verhext hatte. Es war die einzige Erklärung dafür, wie sie sich innerhalb von nur wenigen Tagen von einer Frau, die sich kaum etwas aus Männern machte, in eine Frau verwandeln konnte, die sich diesen Mann in seiner Nacktheit ausmalte. Und Wein nippte. Vielleicht hielt er sie auf seinem männlichen Schoß und küsste ihr Ohr. In der Hoffnung, ein paar Spuren von Vernunft in ihre berauschten Sinne zurückzubringen, versetzte sich Jolene in Gedanken einen heftigen Schlag. Dies war die falsche Zeit, um sich solch anstößigen Gedanken hinzugeben.

Dann wieder dachte sie, dass es vielleicht genau die richtige Zeit war. Dieser Mann erregte Gefühle in ihr, die ebenso faszinierend wie beunruhigend waren. Sie hatte davor ein oder zwei Küsse aushalten müssen, aber sie hatten nur dazu geführt, dass sie den Mann, der sie küsste, am liebsten geschlagen hätte. Sigimors Küsse erweckten in ihr den Wunsch, ihn in das Heidekraut zu stoßen und sich auf ihn zu stürzen, obwohl sie sich nicht ganz sicher war, was sie mit ihm tun sollte, sobald er auf dem Rücken lag. Wenn sie ihn heiratete, konnte sie die Antwort auf das Rätsel finden. Sie konnte ungehindert diese Wollust, die er in ihr Leben gebracht hatte, auskundschaften und hätte sogar den Segen der Kirche dafür.

Es war eine verrückte Vorstellung, aber sie konnte sich nicht einfach davon lösen. Diese lästige kleine Stimme in ihrem Kopf sagte weiterhin, warum nicht? Sie konnte nicht leugnen, dass sie sich übermächtig zu dem Mann hingezogen fühlte, wohingegen sie sich noch nie zu einem anderen hingezogen gefühlt hatte. Er war ein guter Mann, auch wenn er um die Kanten herum ziemlich ungehobelt war. Er sah außerdem gut aus, war jung und kräftig. Jolene zweifelte daran, dass der König, oder welcher Mann auch immer zu ihrem Vormund ernannt werden würde, ihr ein solch wundervolles Exemplar präsentieren konnte. Und ganz sicher wollte sie sich nicht in einer Ehe mit Harold gefangen finden.

»Sie beachten mich nicht, Mädchen«, sagte Sigimor, belustigt darüber, wie sehr sie sich in ihren Gedanken verloren hatte.

»Oh.« Sie errötete. »Entschuldigen Sie. Ich glaube, Sie waren dabei, mich mit Geschichten aus ihrer lüsternen Jugend zu unterhalten.« Als er sie wütend ansah, lächelte sie. »Fahren Sie fort.«

»Ich vermute, Sie verwechseln mich mit dem schurkischen Liam«, brummte Sigimor. »Allerdings habe ich genug Erfahrung, um zu wissen, dass das, was sich zwischen uns entwickelt, ebenso selten wie heftig ist. Auch ich bin nicht dumm genug zu glauben, dass es immer so wild bleiben wird. Vermutlich würde es uns in wenigen Jahren umbringen, wenn es so bliebe. Wenn Sie glauben, dass ich dann nach den Röcken von anderen Frauen grapsche, dann sollten Sie nochmals nachdenken. Ich werde ein Gelübde vor einem Mann Gottes ablegen, ja vor Gott selbst, und Sie werden meine Frau sein. Ich nehme so etwas nicht auf die leichte Schulter. Auch verspüre ich kein großes Bedürfnis, jedes Mädchen, das mich anlächelt, haben zu wollen. Verspürte es nie wirklich.«

»Sie wollen sagen, dass Sie treu sind?« Sie verbarg ihre Überraschung, als ihn diese Frage zu beleidigen schien.

»Allerdings, das ist es, was ich gerade gesagt habe, oder? Wenn Sie mich nicht aus Ihrem Bett werfen, sehe ich keinen Grund, mir ein anderes zu suchen, in das ich hineinkriechen kann. Ich weiß, dass viele Männer ihre Frauen betrügen und Frauen ihre Männer, aber das erschien mir immer sinnlos, außer die Ehe ist so kalt geworden wie ein See im Februar. Mein Onkel war nie treu, bei keiner seiner Frauen, und hat eine Armee von Bastarden gezeugt, aber er war nie glücklich. Wenige dieser Ehebrüche werden aus einer großen, blind machenden Leidenschaft oder unsterblicher Liebe begangen. Eitelkeit, Stolz, auch irgendwelche Spiele, die man spielt, aber die meisten Männer stammeln von den Bedürfnissen eines Mannes. Und ich sage, wenn dich eine Frau, die nicht gefühlskalt ist, in ihr Bett lässt, dann wird für deine Bedürfnisse gesorgt. Es bringt zu Hause nur Ärger, wenn man von einem Bett zum anderen springt, und das Zuhause sollte ein Zufluchtsort vor Ärger sein. Und es brütet Bastarde aus, die oft ein schweres Stück Arbeit bedeuten.«

Jolene blinzelte. Das musste das unromantischste Treuegelöbnis sein, das eine Frau je erhalten hat. Es war außerdem eine Spur von Verachtung in seiner Stimme, als er von großer, blind machender Leidenschaft und unsterblicher Liebe sprach. Besaß denn dieser Mann keine der zärtlicheren Gefühle?

Dann dachte sie darüber nach, was sie von den anderen über diesen Mann erfahren hatte. Er war mit knapp zwanzig Jahren Laird geworden, doch der Verlust seines Vaters und der Umstand, dass er selbst nun eine Art Vater für seine jüngeren Geschwister geworden war, war der kleinere Teil der Last, die von nun an auf seinen Schultern lag. Ein Fieber hatte viele der Erwachsenen des Clans niedergestreckt und machte ihn darüber hinaus zum Herrn über eine große Zahl von Witwen und Waisen, von denen viele kaum über das Babyalter hinaus waren. Sigimor hatte sich vieler dieser Waisen angenommen und nie gezögert, den Witwen, so gut er konnte, zu helfen. Sie dachte daran, wie er mit Reynard umging, und wusste, dass er für die Kinder viel mehr getan hat, als ihnen Essen und Obdach zu geben, er hat ihnen mehr als nur Pflichtgefühl und Verantwortungsbewusstsein entgegengebracht. In diesem rauen Mann schlug ein Herz, und vermutlich sogar ein sehr großes, aber er würde zweifelsohne so stachelig wie ein Stachelschwein werden, wenn sie so etwas erwähnen würde. Jolene hätte gerne gewusst, wie gut ihre Chancen standen, in diesem Herzen einen Platz für sich zu finden.

Es wäre eine große Herausforderung, grübelte sie, zu versuchen, diese aus praktischen Gründen geschlossene Ehe in eine echte Bindung zu verwandeln. Auf alle Fälle bedeutete sie sofortige Vorteile. Harolds Pläne *würden* dadurch vereitelt, und sie musste keine Sorge haben, vom König oder irgendeinem bevollmächtigten Beschützer für dessen eigene Interessen benützt zu werden. Außerdem konnte diese Lust gründlich erforscht werden. Und wenn sich alles als schrecklicher Irrtum herausstellen sollte, konnte sie, sobald Harold besiegt war, nach England zurückkehren und um eine Annullierung eingeben. Sie war sich nicht sicher, ob Sigimor diese Möglichkeit in Betracht gezogen hatte, und aus Gründen, die sie nicht zu eingehend untersuchen wollte, hatte sie nicht vor, es ihm zu verraten.

Sigimor nahm sanft ihr Kinn in seine Hand und strich mit seinem Daumen über ihren verlockenden Mund. »Ich bin von hohem Stand, mein Geldbeutel und meine Ländereien sind reich genug, sodass Sie nie Not leiden werden. Ich werde mein Bestes tun, damit niemand und nichts Ihnen jemals Schaden zufügt, und ich nehme mein Gelübde sehr ernst.« Er küsste sie sanft. »Wollen Sie mich heiraten, Lady Jolene?« Er küsste sie abermals. Es war ein Kuss, der deutlich seine Sehnsucht nach ihr verriet. »Wollen Sie nicht wissen, wohin uns das führt?«

»Ja«, erwiderte sie mit einer heiseren Stimme, die sie kaum als ihre eigene erkannte.

»Ja dazu, oder ja, du *willst* mich heiraten?«, fragte er, während er ihre Lippen mit einem zarten, zurückhaltenden Kuss reizte.

»Ja. Ich *will* dich heiraten.«

Er zog sie in seine Arme und gab ihr einen Kuss, der selbst ihre Knochen zum Schmelzen zu bringen schien. Ihr war noch schwindelig davon, als er sie von sich schob, ihre Hand ergriff und zum Lager zurückging. Jolene wunderte sich, mit welcher Leichtigkeit dieser Mann von heiß zu kalt übergehen konnte. In diesem Kuss war Leidenschaft. Sie war sich dessen sicher. Es verwirrte sie, dass er so mühelos die Beherrschung wiederfinden konnte, während sie betäubt und erhitzt war.

»Wir werden am Morgen einen Priester ausfindig machen«, verkündete Sigimor, sobald sie wieder bei den Männern waren.

Jolene hatte kaum ein paar zerstreute Dankworte auf die Gratulationen der Männer hin gemurmelt, als Sigimor sie schon zu der Stelle zog, wo jemand ihr Bettzeug ausgebreitet hatte. »Was machst du?« Sie sah schnell nach Reynard, der fest auf seinem unebenen Bett schlief, mitten in den anderen Decken von Sigimors Verwandten.

»Du musst ausruhen. Ich will nicht, dass du am Morgen müde bist.«

Als ihr klar wurde, warum er wollte, dass sie gut ausgeschlafen war, wurde sie vor Wut rot, aber er ging bereits zu seinen Männern zurück. Sie zog ihre Stiefel aus, dann kauerte sie sich unter eine Decke, wo sie sich bis auf ihr Hemd auszog. Sie warf einen Blick auf ihr einfaches, bescheidenes Hemd, als sie versuchte, es sich auf der einen Decke, die sie vom harten Boden trennte, so bequem wie nur möglich zu machen. Jolene wünschte, sie hätte etwas Edleres mitgenommen, und fluchte. Dieser Mann verwirrte ihre Sinne. Sie schloss die Augen und entschied, dass es wohl vernünftig sei, etwas eingehender darüber nachzudenken, worin sie gerade eingewilligt hatte.

»Nur einen halben Tagesritt von hier gibt es einen Priester«, sagte Liam zu Sigimor, als er sich ans Feuer setzte.

»Gut«, sagte Sigimor und griff nach dem Weinschlauch, der herumgereicht wurde.

»Ungeduldig, oder?«

Sigimor bemühte sich nicht um eine Antwort, sondern nahm einen großen Schluck. Sein Blick war fest auf die schlanke Frau gerichtet, die er bald seine Ehefrau nennen würde. In weniger als einem Tag würde er das Recht haben, mit ihr unter diese Decke zu kriechen. Ungeduldig war ein schwaches Wort für das, was er fühlte.

# 8

Argwöhnisch beobachtete Jolene den kleinen, rundlichen Priester, mit dem sich Sigimor unterhielt, während sie näher an Sigimors Seite rückte. Sie war aus dem Bett geworfen worden, als die Dämmerung nicht mehr als eine ferne Hoffnung war, dann waren sie zügig zu diesem kleinen Dorf geritten. Folglich hatte sie keine Möglichkeit gehabt, mit Sigimor zu reden, umso mehr Zeit hatte sie zum Nachdenken. Wenn sie es nicht besser gewusst hätte, hätte sie denken können, dass Sigimor es absichtlich so eingerichtet hatte, damit es keinerlei Diskussion wegen der Hochzeit mehr geben konnte. Sie würden jetzt darüber sprechen, entschied sie und zog ihn am Ärmel. Doch sie erreichte nur, dass er ihre Hand ergriff und sich weiter mit dem Priester unterhielt – auf Gälisch, eine Sprache, die sie nicht verstand.

Seltsam, dachte sie plötzlich. Warum sprechen sie nun Gälisch, wo der Priester sie doch in ihrem, wie Jolene annahm, den Schotten eigenen, besonderen und sehr reizvollen Englisch begrüßt hatte? Versuchte Sigimor etwas vor ihr zu verheimlichen? Schnell schob sie den Stachel des Argwohns beiseite. Es war nicht nur armselig, das von einem Mann zu glauben, der sein Bestes tat, um sie und ihren Neffen in Sicherheit zu bringen, sondern sie konnte sich keinen triftigen Grund für eine solche Verschwiegenheit vorstellen. Er hatte sie gebeten, ihn zu heiraten, sie hatte zugestimmt, und er arrangierte mit dem Priester die Trauung. Soweit sie sehen konnte, gab es keinen Anlass für Geheimnisse.

Sie wünschte ein kurzes Gespräch unter vier Augen mit Sigimor. Ohne Küsse, ohne dass er seinen wunderbaren starken Körper gegen ihren presste, und ohne ihren Hals zu lecken. Nur ein Gespräch. Jolene wollte ihm einen Plan unterbreiten, über den er nachdenken sollte. Es war ein Plan, der sein Bedürfnis befriedigen konnte, sie zu heiraten, um sie von Harolds Fängen fern zu halten, der ihm aber garantierte, dass er sich nicht das ganze Leben an eine Frau band, die er nicht liebte.

Sie starrte auf die kleine Steinkirche, vor der sie wartete, bis Sigimor sein Gespräch beenden würde, und versuchte sich in ihrem Entschluss zu bestärken. Sie hoffte nur, dass sie am Ende nicht ihren Mut verlieren würde. Die Entscheidung, ihm ihren Plan darzulegen, hatte sie viel Anstrengung gekostet. Eine laute, etwas hysterische Stimme in ihrem Kopf schrie vor Entsetzen und Ablehnung auf. Sie fürchtete schwankend zu werden, wenn sich Sigimor nicht beeilte und sein Gespräch mit dem Priester bald beendete, und sich das zu nehmen, was sie wollte, ohne dem Mann jemals ihren Plan mitzuteilen, der sie beide davor bewahren sollte, in einer Ehe gefangen zu sein, die keiner von ihnen aus freien Stücken geschlossen hatte.

Sigimor konnte Jolenes Ungeduld fast spüren, aber er richtete seine Aufmerksamkeit fest auf seinen Cousin William. Wozu war es denn sonst gut, einen Priester in der Familie zu haben, wenn der Mann nicht das tun konnte, was er wollte, dachte er gereizt. Als Liam ihm sagte, dass der Priester, zu dem sie ritten, ein Verwandter sei, war Sigimor erfreut gewesen. Er hatte geplant, dass Jolene mit ihm verheiratet und der Beischlaf völlig vollzogen sein würde, bevor ihr kluger kleiner Kopf sich irgendeine Alternative zu seinem Plan ausdenken konnte. Stattdessen verschwendete er wertvolle Zeit, weil er mit einem Cousin streiten musste, der übertrieben gesetzestreu war.

»Es gibt Regeln, die befolgt werden müssen, Mylord«, sagte William und sah auf Jolene. »Und sie ist Engländerin.«

Die Art und Weise, wie er Jolene anstarrte, so als ob sie

sich vor seinen Augen in einen warzigen Dämon verwandeln könnte, begann Sigimor zu verwirren. »Das habe ich bemerkt.«

»Es gibt Aufgebote, die ausgerufen werden müssen, unterzeichnete Zustimmungserklärungen von Seiten der Verwandten …«

»Ihre Verwandten sind tot, ausgenommen der Idiot, der uns mit Mordabsichten verfolgt. Und wenn er sie in seine schmutzigen Hände bekommt, wird er sie nach England zurückzerren und sie heiraten. Er wird ihr für einige Zeit das Leben zur reinsten Hölle machen, dann wird er sie umbringen. Und *ihm* wird auch nicht gesagt, dass er warten müsse, bis er sie heiraten kann.«

»Käufliche Priester«, erwiderte William bissig. »England ist voll davon. Versuchen Sie nicht, mir zu erzählen, dass dies alles eine edle Geste von Ihnen ist. Es gelüstet Sie nach ihr. Nun, Sie können ein paar Wochen warten.«

»Oder ich kann in der nächsten Minute oder so einen Priester erdrosseln.«

»Sigimor«, sagte Liam scharf, als er neben ihn trat und William ein freundliches Lächeln schenkte.

»Cousin«, sagte er auf Gälisch, »aber das ändert nichts an der Wahrheit, die er uns mitgeteilt hat. Dieser Harold hat vor, sich mit dieser Frau zu verheiraten, um seinen Griff auf all das, was er durch die Ermordung ihres Bruders erreicht hat, zu festigen. Sobald er das Kind aus dem Weg geräumt hat, wird er sie sich ganz bestimmt vom Hals schaffen. Wenn sie bereits einen Ehemann hat, wird das wenigstens seine Pläne für kurze Zeit durchkreuzen. Denn wenn er sie erwischt, werden wir Zeit haben, sie zu retten. Sagen Sie, sollten nicht zwei unschuldige Leben es wert sein, die Gesetze ein wenig zu beugen?«

»Aber Gesetze wurden aus bestimmten Gründen gemacht …«, begann William, allerdings zeigten sich Zweifel in seinem Gesichtsausdruck.

»Ja, um einen Schurken davon abzuhalten, sich einer reichen Erbin zu bemächtigen, um sie gegen ihren Willen zu heiraten. Das ist hier nicht der Fall. Sigimor wird durch diese Ehe nichts dazugewinnen, denn die Mitgift wird sicher in England festgehalten werden. Ein Handschlag wird sie nicht schützen. Die Ehe braucht den Segen eines Priesters. Wenn Sie das Gefühl haben, dass Sie die Gesetze befolgen müssen, dann rufen Sie das Aufgebot dreimal aus, aber warten Sie dazwischen nur ein paar Minuten. Wir können außerdem eine Heiratseinwilligung aufsetzen, und wir haben hier Zeugen.«

William zögerte noch einen Moment, dann nickte er. »Ich werde es tun. Ich werde sieben Minuten zwischen jeder Ausrufung warten. Liam, Sie können mir dabei helfen, die Heiratseinwilligung aufzusetzen«, sagte er, als er sich zur Kirche aufmachte.

»Sigimor«, sagte Jolene, sobald die anderen weg waren, »ich habe einen Plan. Ich habe darüber nachgedacht ...«

»Das habe ich befürchtet«, murmelte Sigimor.

Sie entschied sich, diese Bemerkung zu überhören. »Ich werde keines der Argumente, die du gestern Abend angeführt hast, nochmals diskutieren. Wie auch immer, diese Hochzeit muss nicht so endgültig sein. Wenn sie nicht vollzogen wird ...« Sie schrie leicht auf, als er sie zu einem Garten mit Apfelbäumen hinter der Kirche zog.

»Wohin gehen wir?«

»Zu einem einsamen Ort, damit ich ein paar Sachen sagen kann, die die anderen nicht hören sollen.«

Das klang nach Unheil, dachte sich Jolene, protestierte aber nicht. Wenn sie über etwas so Persönliches wie den Vollzug ihrer Ehe reden wollten, wollte auch sie nicht, dass jemand mithörte. Ihre Idee war sehr gut, aber als sie mitten im Obstgarten stehen blieben und Sigimor sie in seine Arme zog, hegte Jolene den starken Verdacht, dass er nicht damit einverstanden war. Sie wunderte sich, warum sie darüber nicht bestürzt war.

»Glaubst du tatsächlich, ich würde zustimmen, nicht mit meiner eigenen Frau zu schlafen?«, fragte er.

Es war etwas schwierig, ihre Gedanken einigermaßen zu ordnen, wenn er sie so fest umarmte, aber Jolene hielt eisern durch.

»Eine Ehe ist für immer, wenn sie vollzogen ist. Wir kennen uns erst seit ein paar Tagen, und davon verbrachten wir die meiste Zeit damit, vor Harold zu flüchten. Wir passen vielleicht nicht zueinander, aber sobald wir, äh, ein Bett miteinander teilen, wird es kein Zurück mehr geben.« Das war nicht ganz wahr, aber es würde ihr leichter fallen, sich aus einer nicht vollzogenen Ehe zu lösen, als einen Mann zu verlassen, mit dem sie intim gewesen war.

»Ja, ich weiß. Warum glaubst du, dass wir nicht zueinander passen?«

»Es ist möglich. Wir kennen uns wirklich nicht gut. Wie ich bereits sagte, wir waren nur ein paar Tage zusammen und die meisten Stunden dieser Tage verbrachten wir auf dem Pferderücken. In vierzehn Tagen könntest du all das sehr stark bereuen. Warum nicht eine Weile warten, bevor wir eine aufrichtige und bindende Ehe daraus machen?«

»Darum.«

Gleich als er sie hochhob, schlang sie ihre Arme um seinen Hals, um sich abzustützen. Sie öffnete ihren Mund, um ihm zu sagen, er solle sie hinunterlassen, doch er küsste sie. Es brauchte nur eine Berührung seiner Zunge in ihrem Mund, und sie verlor jedes Interesse daran, sich zu widersetzen. Als er den Kuss beendete, klammerte sich Jolene an ihn wie der hartnäckigste Efeu. Noch als sie ihren Kopf nach hinten bog, damit er leichter an ihre Kehle gelangen konnte, kämpfte sie darum, ihre fünf Sinne zusammenzuhalten.

»Selbst wenn du dich weigerst, mich zu heiraten, Mädchen, werde ich das da bekommen.« Er folgte der Form ihres Ohres mit seiner Zunge und fühlte ihr Zittern. »Und ich glaube, das weißt du.«

Sie wusste es und wunderte sich, warum sie sich bei diesem Eingeständnis nicht schämte. Die Regeln waren doch äußerst klar. Eine Dame hielt streng an ihrer Jungfräulichkeit fest, bis sie verheiratet war. Sie stand nicht in Obstgärten und klammerte sich nicht an große, starke Schotten. Doch sie konnte die Wahrheit dessen, was Sigimor so schonungslos ausgesprochen hatte, nicht verleugnen. Verheiratet oder nicht, sie würde sein Bett teilen. Sie hatte nicht die Willensstärke, sich dauerhaft von dem Begehren, das er in ihr entzündete, abzuwenden. Wenigstens würde sie nicht sündigen, wenn sie verheiratet waren, dachte sie, als er sie zärtlich von sich losmachte und sie wieder auf ihre Füße stellte. Sie rief sich ins Gedächtnis, dass es trotzdem noch immer die Möglichkeit gab, nach England zurückzufliehen und die Ehe dort wieder zu lösen.

Als sie seinem festen Blick begegnete, das Verlangen in seinen dunkel gewordenen Augen sah, beschloss sie, sich nicht mehr deswegen zu sorgen.

Warum sollte sie nicht nach einer kleinen Freude haschen? Warum nicht das Vergnügen, das er ihr geben konnte, so lange wie möglich auskosten?

Wenn sich die Leidenschaft, die er ihr anbot, als oberflächlich erweisen sollte und sie sonst nichts aneinander band, hatte sie ein Schlupfloch. Zumindest hatte sie dann ein paar sehr schöne Erinnerungen, an die sie sich klammern konnte, wenn sie zu ihrem alten Leben zurückkehren musste.

»In Ordnung«, sagte sie.

Diese Worte waren kaum über ihre Lippen gekommen, da packte er sie schon an der Hand und schleppte sie zurück zur Kirche. Ein paar nette Worte oder zärtliche Beteuerungen wären schön gewesen, murmelte Jolene zu sich selbst, während sie sich bemühte, mit seinem Tempo mitzuhalten. Sigimor schien etwas ungeübt im Verführen zu sein, sah man einmal von seiner Fähigkeit ab, sie bis zur Bewusstlosigkeit zu küssen. Sie bezweifelte, dass es nur an ihrer Flucht vor Harold lag, die einem Mann nicht genug Zeit für eine angemessene Werbung ließ.

Sigimor war gerade dabei, in die Kirche zu marschieren, als der Priester die Tür öffnete und sie hineinbat. Jolene war sich vage bewusst, dass die anderen hinter ihnen standen, während sie vor dem Priester niederknieten. Sie empfand einen Anflug von Traurigkeit, weil das einzige Mitglied ihrer Familie, das ihrer Trauung beiwohnte, Reynard war, der zu jung war, um die Bedeutung dieser Situation zu verstehen. Außerdem unterdrückte sie einen Anflug von Schuld, als sie ihr Ehegelöbnis ablegte, weil sie die geweihten Worte sprach, obwohl sie an der Idee festhielt, diese Ehe zu beenden, sobald Harold geschlagen war. Jolene versuchte ihre Angst, Gott anzulügen, dadurch zu mildern, dass sie sich selbst sagte, sie werde nur fliehen, wenn sie absolut keine Hoffnung auf eine gute Ehe hatte.

Sobald die Gelöbnisse gesprochen und der Segen erteilt war, führte Sigimor sie zu einem kleinen Tisch, der an der Wand stand. »Dies ist die Trauungsurkunde«, sagte er und zeigte auf das Ende des Dokumentes. »Setze deine Unterschrift hierher.«

Jolene nickte und begann, die Urkunde zu lesen.

»Was machst du da?«, fragte Sigimor sie.

»Das Dokument lesen«, erwiderte sie, etwas überrascht, wie einfach es gehalten war.

»Es ist auf Lateinisch.«

Sigimor sah sie stirnrunzelnd an.

»Das habe ich bemerkt.«

Als er sein Erstaunen über ihre Bildung verwunden hatte, verspürte er einen Stich, weil sie das Dokument so sorgfältig las. »Es gibt keinen Grund, es derart genau zu lesen, oder glaubst du, ich will dich in irgendeiner Weise betrügen?«

»Nein, natürlich nicht, aber Peter forderte immer unnachgiebig, dass man ein Dokument äußerst sorgfältig lesen müsse, bevor man sein Siegel darunter setzt. Er meinte, dass es, ungeachtet der Ehrlichkeit eines Menschen, ungeachtet des eigenen Vertrauens in ihn, nur eines Schreibfehlers oder einer ungeschickten Formulierung bedürfe, um die ganze Bedeutung einer Übereinkunft zu ändern. Er sagte zudem, auch wenn du oder der andere nie Vorteil aus diesem Fehler zieht, gibt es doch keine Sicherheit, dass es nicht ein Dritter tut.«

Ihre sofortige Versicherung, dass sie ihm keinen Betrug unterstellte, besänftigte Sigimors verletzten Stolz. Er musste außerdem den Unterweisungen, die Peter ihr gegeben hatte, zustimmen. Die Art und Weise, wie Liam und William ihr Einverständnis gemurmelt hatten, bestätigte ihm, dass er Recht damit hatte, Peters Rat für vernünftig zu halten. Sie konnte nicht wissen, wie präzise Liam bei seinen Schriftstücken war. Als sie anfing, ihren Namen niederzuschreiben, beugte er sich über ihre Schulter, um sie zu beobachten, und seine Augen weiteten sich.

»Jolene Ardelis Magdalen Isabeau deLacy Gerard Cameron? Herrje! Der Name ist länger, als du es selbst bist«, murrte er.

»Mutter fühlte sich genötigt, eine stattliche Reihe ihrer Familie damit zu ehren«, erwiderte Jolene. »Dem armen Peter war ebensolches aufgebürdet worden.«

Sie lächelte kurz zu Reynard hinüber.

»Er sorgte dafür, dass seine Frau nicht derselben Eingebung erlag. Reynard wurde nach seinen beiden Großvätern benannt und mehr nicht. Deshalb heißt er Reynard Henry Gerard. Einige unserer Verwandten missbilligten das, sie empfanden solch einen kurzen Namen als, na ja, fast gewöhnlich. Peter entgegnete immer, dass es nur wenige gewöhnlich finden würden, wenn Reynard das Alter erreicht hätte, seinem Namen Earl of Drumwich anzufügen, zusammen mit dem Titel Baron of Kingsley, auf den er bereits Anspruch hat.«

Sigimor beobachtete den kleinen Jungen, der selbstvergessen unter den Männern, die sich in der Kirche versammelt hatten, herumsprang. »Das ist eine Menge Gewicht, das der Kleine auf seinen Schultern trägt.«

»Ja, und es wird nur noch schwerer dadurch, dass die Familie seiner Mutter verschiedene andere Titel innehat, die an ihn fallen werden, wenn nicht bald jemand einen Sohn zeugt.«

»Aber Harold kann diese nicht beanspruchen, wenn der Junge stirbt, oder?«

»Nein, weil ihn keine Blutsbande mit der Familie der Mutter verbinden. Ich weiß nicht, ob er alles weiß, was Reynard möglicherweise zufallen wird. Es könnte seine finsteren Vorhaben in Bezug auf das Kind ändern. Als Vormund würde er einerseits Zugriff auf jeden Reichtum, den diese Besitzungen beherbergen, erlangen. Andererseits wird er wohl ein bisschen über die Bedeutung Bescheid wissen, die Reynard für die Familie seiner Mutter hat, denn er verhinderte, dass ich ihnen eine Nachricht zukommen ließ, so wie er mir den Kontakt mit meinen eigenen Verwandten abschnitt.«

»Reynards Vormund muss sehr sorgfältig ausgesucht werden.«

»Schon, aber ich fürchte, ich werde dabei kaum Mitspracherecht haben.«

»Gut, aber darüber muss man sich jetzt keine Sorgen machen.«

Sie nickte und beobachtete, wie Sigimor den Priester kurz beiseite nahm.

Es war etwas schwierig, sich einzugestehen, dass sie nun verheiratet war. Keine Ringe waren gewechselt worden, und es würde keine Feier geben.

In wenigen Augenblicken würden sie alle wieder auf ihren Pferden sitzen, um bis zum Sonnenuntergang zu reiten. Sie war sich nicht einmal sicher, ob sie ihre Hochzeitsnacht in einem ordentlichen Bett verbringen konnte.

Dann umringten sie Sigimors Bruder und seine Cousins, hießen sie in der Familie willkommen und behalfen sich mit einigen recht herzlichen Küssen. Die gute Laune der Männer begann, ihre Verwirrung zu vertreiben und ebenso die Spur von Traurigkeit, die sie nicht abzuschütteln vermocht hatte. Gerade als Liam sie in seine Arme nahm und seine Lippen auf ihre drückte, fühlte sie, wie sich ein starker Arm um ihre Hüfte legte. Sie schrie überrascht auf, als sie mit einem Ruck aus Liams Umarmung gerissen wurde.

»Lass deine Lippen von meiner Frau«, sagte Sigimor, als er sie bei der Hand nahm und aus der Kirche führte.

»Ich habe sie nur in der Familie begrüßt«, erwiderte ein grinsender Liam. »Es ist ein alter Brauch, die Braut zu küssen.«

Sigimor ließ eine sehr grobe Bemerkung fallen über das, was Liam mit diesem Brauch machen konnte. Jolene errötete, obwohl sie eigentlich lachen musste. Ihr neuer Ehemann war offensichtlich besitzergreifend. Das war kein wirklicher Hinweis auf tiefere Gefühle, aber zusammen mit dem Verlangen nach ihr schien ihr dies als ein Hoffnungsschimmer für ihre Zukunft.

Nachdem er ihr geholfen hatte, Reynard in seine aus einer Decke gefertigte Schlinge zu setzen, hob Sigimor sie auf ihr Pferd, dann nahm er ihre Hand und blickte sie skeptisch an.

»Eine Braut sollte einen Ring haben.«

»Das macht nichts«, sagte sie. »Mit Harold auf den Fersen werden solche Dinge einigermaßen unwichtig.«

»Du wirst einen bekommen, sobald wir Dubheidland erreichen.«

Er küsste den Finger, an dem ein Ring seinen Platz gehabt hätte, und schritt zu seinem Pferd. Sie hätte nie gedacht, dass Sigimor sich um so etwas Gedanken machte, doch es war offensichtlich. Und jeder dachte, Frauen wären schwer zu verstehen, grübelte sie, während sie ihr Pferd anspornte, um mit Sigimor Schritt zu halten. Als sie losritten, hoffte Jolene, dass sie sich genügend Gedanken über schwierige Probleme machen konnte, die ihren Verstand völlig in Besitz nahmen.

Wenn sie Glück hatte, würde sie nicht von jetzt bis zum Ende ihres heutigen Rittes jede Minute damit verbringen, an ihre Hochzeitsnacht zu denken.

Jolene starrte ihren frisch angetrauten Ehemann an und schluckte mühsam. Sie hatten in einem Dorf gehalten, als die Sonne gerade erst anfing unterzugehen. Sigimor war es gelungen, ihnen einen Raum, ein Bad und ein Mahl zu besorgen und seinen Bruder Tait dafür zu gewinnen, Reynard in der Nacht zu betreuen. Sie hatten gebadet und ihr Essen verzehrt, dann hatte sie sich bis auf das Hemd ausgezogen und war ins Bett gestiegen. Nun stand Sigimor neben dem Bett, bereit, sich unter den Decken zu ihr zu gesellen, und er war völlig nackt.

Sigimor wollte sie einfach nur ansehen, den Anblick ihres schlanken Körpers erforschen und genießen. Er wollte ihre weiche, blasse Haut von ihren Lippen bis zu ihren Zehen und zurück spüren. Es gab eine Menge, wovon er geträumt hatte, sobald er sie in seinem Bett hatte, aber die Erfüllung dieser Träume hatte zu warten. Diesmal musste er sich ihrer Unschuld beugen, würde er so rücksichtsvoll ihrer Keuschheit gegenüber sein, wie er es gegenüber der Notwendigkeit war, ihre Leidenschaft zu schüren.

Jolenes Augen weiteten sich fast gequält, als die feuchte Hitze seines Mundes die harte Spitze ihrer Brust umschloss. Ihr ganzer Körper wölbte sich hoch und suchte seinen. Das Gefühl seiner Zunge, die den empfindsamen Punkt liebkoste, führte dazu, dass sie sich an ihn klammerte. Als er an ihr zu saugen begann, spürte sie jedes Ziehen tief in sich. Die rauen Schmeicheleien und Ermutigungen, die er auf ihrer Haut murmelte, während er an ihren Brüsten schwelgte, waren für ihren von Leidenschaft verschleierten Verstand kaum zu verstehen, aber sie reizten sie fast so sehr auf wie seine Küsse. Sie wand sich vor Entzücken, als er ihren Bauch streichelte. Sie versuchte ihm Liebkosung für Liebkosung zurückzugeben, aber irgendwie entzog er sich ihrer Berührung, wann immer sie deswegen ihre Hände von seinem Rücken und seinen Armen entfernen wollte. Durch seinen Körper lief ein leichtes Zittern, und das Wissen, dass sie der Grund dafür war, verstärkte ihre Lust noch.

Betend, dass er ihre Bereitschaft richtig einschätzte, begann Sigimor langsam ihre beiden Körper miteinander zu vereinigen. Er biss seine Zähne zusammen, um gegen das schmerzhafte Bedürfnis anzukämpfen, tief in sie hineinzustoßen. Die Art, wie sie ihren geschmeidigen Körper um ihn schlang, entriss ihm schnell die Selbstkontrolle.

Er begann sich in ihr zu bewegen, und Jolene verlor jegliches Bedürfnis und jegliche Fähigkeit zu sprechen. Sie klammerte sich an ihn, nahm schnell seinen Rhythmus auf. Jolene spürte, wie sich die Schmerzen und Sehnsüchte, die er in ihr geschürt hatte, genau an der Stelle, an der ihre Körper miteinander verbunden waren, zu einem festen Knoten verschlangen.

Gerade als sie ihn auffordern wollte, etwas dagegen zu tun, zerriss der Knoten und schickte Wellen voll betäubender Wonne durch ihren gesamten Körper. Sie war sich verschwommen bewusst, dass Sigimor ein paar Mal in sie hineinstieß, dass er ihren Namen mehrmals schrie, als er starr wurde, erschauerte und ihren Schoß mit Hitze überzog. Betäubt hielt sie ihn fest, als er auf sie niedersank, sein Körper zitterte fast so stark wie ihrer.

Sie war noch immer so benommen, dass sie kaum zusammenschreckte, als er sich ein paar Minuten später aus ihren Armen losmachte und zurückkehrte, um ihre unteren Körperregionen mit einem kühlen, feuchten Tuch abzuwischen. Als er wieder ins Bett kletterte und sie in seine Arme nahm, schmiegte sie sich an ihn. Die Art, wie er ihren Rücken streichelte, ließ sie in schläfrigem Genuss aufseufzen.

»Der Vollzug der Ehe war nicht die Tortur, die ich mir vorgestellt habe«, murmelte sie, während sie fühlte, wie der Schlaf über sie kam.

Sigimor grinste und küsste ihren Kopf, als ihr Körper schlaff gegen seinen sank. Er war über alle Worte hinaus zufrieden, dass er ihr bei ihrem ersten Beischlaf solchen Genuss gewähren konnte, aber – keine Tortur? Seine kleine Frau zu entjungfern war die anstrengendste, erschöpfendste Sache, die er je kennen gelernt hatte. Als er sich im Schlaf zu ihr gesellte, betete er, dass sie schnell heilte. Seine Frau sollte bald entdecken, dass er sich als ein sehr gieriger Ehemann erweisen würde.

# 9

Jolene wachte allein auf. Sie sah sich im Schlafgemach um, konnte aber nichts von Sigimor entdecken. Für kurze Zeit dachte sie, sie habe die Ereignisse des vergangenen Tages, und der vergangenen Nacht nur geträumt. Doch als sich die letzten Nebel des Schlafes verzogen hatten, musste sie fast über ihre eigene Dummheit lachen. Ein schwacher Schmerz in ihrem Körper war Beweis genug, dass sie nicht nur richtig mit Sigimor verheiratet war, sondern dass sie voll und ganz seine Frau war.

Sie hätte eigentlich unter den Küssen ihres frisch angetrauten Ehemannes erwachen sollen und nicht in einem kalten Bett, dachte sie etwas beleidigt, als sie aus dem Bett schlüpfte und ihr Hemd anzog. Es war allerdings eine flüchtige Verärgerung. Die schönen Gefühle kehrten zurück, als sie hinter einem abgenutzten Wandschirm verschwand, um sich zu erleichtern und gründlich zu waschen. Mit Harold als Verfolger war keine Zeit für kleine Nettigkeiten oder Zärtlichkeiten, die ein Ehemann sonst wohl seiner Braut darbrachte. Die Erlaubnis, bis nach Sonnenaufgang zu schlafen, war Geschenk genug, zumal sie wusste, wie entschlossen Sigimor war, sie sicher hinter die Mauern von Dubheidland zu bringen.

Als sie ihr Hemd aufhob und den schwachen Geruch nach Pferd wahrnahm, zog sie die Nase kraus und beschloss, dass sie es ihrem frisch gewaschenen Körper nicht wieder überziehen konnte. Sie wusch es schnell in der großen Waschschüssel aus, dann hängte sie es über einen kleinen Stuhl nahe dem Feuer. Gerade als sie ein sauberes Hemd aus ihrer Tasche ziehen wollte, sah sie, wie sich die Türklinke bewegte. Sie stürzte sich ins Bett und zog die Decke bis zum Kinn hoch, als Sigimor mit einem Tablett voll Essen und Trinken hereinkam.

»Oh ja, das ist es, was ein Mann gerne sieht«, nickte Sigimor, während er die Tür hinter sich schloss und das Tablett in der Nähe des Betts auf einem grob gezimmerten, verschrammten Tisch niedersetzte. »Es erfreut ihn, seine Frau nackt und im Bett auf ihn wartend vorzufinden.«

Ein Anflug von Ärger wurde in Jolene lebendig, wurde aber schnell verscheucht. Sie war dabei zu lernen, nach dieser ganz bestimmten Glut in seinen Augen zu suchen, wenn er so unverschämte Dinge sagte. Jetzt war sie ganz sicher vorhanden. Sie vermutete, dass sich eine Menge Wahrheit hinter seinen Worten verbarg, aber sie wusste, dass er sie sagte, um sie zu reizen, und wartete, wie sie reagieren würde.

»Nun, diese ganz bestimmte Frau ist mehr an dem Brot und dem Käse interessiert, die du ihr gebracht hast«, erwiderte sie.

»In der Tat, es ist besser, wenn du etwas isst. Du brauchst deine Kraft.«

Er setzte das Tablett auf ihrem Schoß ab.

So viel zu dem Versuch, ihn in seinem eigenen Spiel zu schlagen, dachte sie, während sie etwas Brot aß, sich dann aber fast daran verschluckte, als er begann sich auszuziehen. »Was machst du da?«

»Mich auch nackt ausziehen.«

Sie trank einen großen Schluck Apfelmost, um das Brot hinunterzuspülen, das in ihrem Hals stecken zu bleiben drohte, und beobachtete ihn beim Ablegen seiner Kleider. »Du besitzt keinerlei Keuschheit, nicht wahr?«

»Sehr wenig. Allerdings genug, um mich nicht vor der Welt und ihrer heiligen Mutter zur Schau zu stellen. Du hast doch wohl bemerkt, dass ich mich anziehe, bevor ich das Schlafgemach verlasse?«

»Sehr rücksichtsvoll von dir. Natürlich werden die Frauen

des Dorfes über deine Zurückhaltung enttäuscht sein, wie ich vermute.«

Es war schwierig, nicht zu lächeln, als sie die schwache Röte auf seinen Wangen bemerkte. Sigimors mangelnde Keuschheit war offensichtlich nicht seiner Eitelkeit zuzuschreiben. Er sollte stolz auf sich sein, dachte sie, als sie ihn betrachtete, wobei sie die Tatsache, dass ihre Wangen dabei brannten, missachtete. Sigimor war ein stattlicher Mann. Als ihr Blick, während er das letzte Kleidungsstück ablegte, an seinen Leisten hängen blieb, kam sie zu dem Schluss, dass selbst das nicht so schockierend war, wie es ihr letzte Nacht erschienen war. Jolene war gerade dabei zu glauben, dass ihre Nerven es ihr als weit imposanter vorgespiegelt hatten, als es in Wirklichkeit war, da begann es zu wachsen. Ihre Augen weiteten sich, als es sich schnell wieder aufs Neue geltend machte und zu der Größe zurückkehrte, die sie vergangene Nacht sowohl verängstigt als auch neugierig gemacht hatte.

Sigimor verbiss sich ein Lachen über ihren Gesichtsausdruck, als er sich unter ihrem Blick versteifte. »Halt das Tablett fest, Frau.«

Jolene schüttelte ihre Begeisterung über seinen Körper ab und griff nach dem Tablett, als er ins Bett stieg. Das Leinentuch, das sie so sorgfältig unter ihren Oberarmen befestigt hatte, wurde weggezogen, als Sigimor seinen Anteil der Bettdecken über dem Unterleib arrangierte. Jolene war sich sicher, dass er es absichtlich getan hatte, aber sie merkte, dass sie ein Stück weit von ihrem langen Haar bedeckt wurde, und bekämpfte ihre Verlegenheit. Das schiefe Lächeln, das er ihr schenkte, während er sich an Brot und Käse bediente, brachte ihm ein so strenges Stirnrunzeln ein, wie sie es irgend hervorbringen konnte. Er würde nicht wegen dieser Anwandlung von Sittsamkeit leiden müssen, aber sie konnte nicht leicht die Lehren eines ganzen Lebens abstreifen. Jolene vermutete, dass viele Leute schockiert wären angesichts der Tatsache, dass sie und Sigimor nackt zusammen im Bett saßen, auch wenn sie ordnungsgemäß verheiratet waren. Sie fing an zu glauben, dass es vermutlich besser gewesen war, dass sie vor ihrer Hochzeit nicht von einer der älteren Frauen aufgeklärt worden war.

»Wann werden wir weiterreiten?«, fragte sie.

»Später. Nach der Mittagsstunde«, antwortete er. »Ich habe die Jungs ausgesandt, damit sie herausfinden, wo Harold jetzt lauert.«

Jolene musste darüber lächeln, dass Sigimor die großen, starken Camerons als *Jungs* bezeichnete, aber dann begann sie sich um ihren Neffen zu sorgen. »Wo ist Reynard?«

»Mit den Kindern des Wirts zusammen und mit David, der auf ihn und auch auf unser Gepäck aufpasst. David ist bei der Spurensuche nicht so gut wie die anderen, aber er ist ein sehr guter Wachposten. Es wird oft gesagt, er könne Gefahr mit dem Wind wittern.«

Sigimor drehte sich zur Seite und ruhte sich auf einen Ellbogen gestützt aus. Langsam glitten seine Finger Jolenes Rückgrat hinunter. Er lächelte, als sie fröstelte und eine Gänsehaut bekam, als ob sie fror. Er setzte sich hinter sie, griff in das Haar, das über ihren Rücken fiel, und legte es über ihre Schultern. Er küsste ihren Nacken, während er sie seitlich streichelte und kurz innehielt, um die Schlankheit ihrer Taille zu prüfen. Als er seine Küsse über ihren Rücken und ihre Schultern ausdehnte, den Geschmack ihrer zarten Haut genießend, schob er seine Hände unter ihr Haar und knetete ebenso sanft ihre Brüste. Mit Fingern und Handflächen spielte er damit, bis die Spitzen hart wurden und sich gegen seine Hände pressten, was angenehm schnell geschah.

Jolene seufzte protestierend, als er sie freigab, zwinkerte dann aber vor Überraschung, als er plötzlich vor ihr war und das Tablett zurück auf den Tisch stellte. »Es ist Morgen«, sagte sie, als er sie auf ihren Rücken niederdrückte und die Bettdecke wegzog.

»Ja und ich habe ein heftiges Verlangen danach, alles von

dir im Morgenlicht zu sehen«, sagte er, als er über ihr in die Hocke ging.

Die Hitze der Verlegenheit wandelte sich unter seinem Blick bald in die Hitze des Verlangens. Sie wusste, dass sie eine kleine Frau war und nicht die vollen Rundungen besaß, die sich Männer ersehnten. Doch die Art, wie Sigimor sie ansah, gab ihr das Gefühl sinnlich, begehrenswert, ja sogar schön zu sein. Sie jauchzte vor Lust, als er seinen Kopf über sie beugte und ihren Bauch küsste. Während er seinen Weg ihren Körper hinauf küsste und leckte, liebkoste sie seinen Rücken und seine Schultern. Ihre Brüste sehnten sich schmerzhaft nach seinen Küssen, und sie hörte sich aufschreien, als er begann, sich daran gütlich zu tun.

Sie schrie auf vor Begeisterung und Überraschung, als er unvermittelt in sie eindrang.

Jolenes Körper war so träge geworden von der Hitze ihres Liebesspiels, dass sie kaum blinzelte, als er sie sanft zwischen den Beinen wusch. Als er wieder ins Bett kam und sie in seine Arme zog, streckte sie sich auf ihm aus. Sie wusste nicht, ob es gut war, dass er sich so viel schneller als sie erholte. Obwohl es vielleicht daran lag, dass er viel größer und stärker als sie war und mehr an das Begehren gewöhnt, konnte sie sich nicht von der Angst befreien, seine Leidenschaft sei nicht so tief und so vollständig wie ihre. Wenn er sie küsste und berührte, reagierte alles an ihr – Herz, Verstand und Körper, während er nur mit einem Körperteil antwortete, ganz gleich, wie viel Freude dieser ihr auch schenkte.

»Ich kann nicht glauben, dass wir es bei Tageslicht getan haben«, murmelte sie.

Sigimor grinste. »Im Licht des Tages, in der Finsternis der Nacht, unter dem Vollmond, auf dem Boden, auf dem Tisch, in meiner großen Halle, in einem Stuhl – im Moos.« Er nahm ihre schmale Faust in seine Hand und küsste ihre Knöchel. »Du musst dir um nichts Sorgen machen. Ich danke inzwischen Gott dafür, dass du nicht das Geringste darüber wusstest, was zwischen einem Mann und einer Frau geschieht, dass dir nicht irgendeine verbitterte Frau den Kopf mit Unsinn angefüllt und dir versichert hat, dein Ehebett würde so kalt und leer sein, wie ihres vermutlich ist.«

»Meinst du, das machen manche von ihnen? Das scheint äußerst herzlos zu sein.«

»Und ich bin vielleicht ungerecht, aber wenn ich daran denke, was manchen Mädchen erzählt wird, dann muss ich glauben, dass ich eher Recht als Unrecht habe.«

»Woher weißt du, was ihnen erzählt wird?«

»Von meiner Schwester Ilsa. Sie hat einiges zu hören bekommen, als eine ihrer Freundinnen verheiratet wurde. Die Frau, die ihre Freundin unterwies, meinte, Ilsa solle es auch hören. Sie sagte, sie werde niemals solch guten Rat von ihren Verwandten erteilt bekommen. Die Frau sagte ihr, wir seien alle lüsterne Schweine, die Lügen erzählten, sofern wir überhaupt etwas erzählten. Ilsa schätzte die Frau, die uns so nannte, nicht, und sie glaubte nicht, dass wir sie über all das anlügen würden.«

Jolene dachte einen Augenblick nach und nickte. Es war schwer für sie, sich vorzustellen, wie es für das Mädchen gewesen sein musste, in einer großen Horde von Männern aufzuwachsen und von ihnen erzogen zu werden. Jetzt, wo sie einige der Camerons kennen gelernt hatte, konnte sie das Gespür des Mädchens für Beleidigungen und ihre Sicherheit, dass ihre Verwandten sie nicht anlügen würden, verstehen.

»Also kam sie zu mir und fragte nach all dem«, schloss er.

Sie hob ihren Kopf von seinem Schoß und starrte ihn entsetzt an. »Sie hat *dich* nach solchen Dingen gefragt?«

»Wen sollte sie sonst fragen? Ich erzog sie, seit sie ein kleines Mädchen war. Neun oder zehn. Ja, und vorher eigentlich auch schon, da ihre eigene Mutter gestorben war und die nächste Frau meines Vaters nicht sehr interessiert war an Kindern, die andere Frauen ihm geboren hatten. Um die Wahrheit zu sagen, mein Vater hatte mit seinen Frauen nicht sehr viel Glück. Er begrub vier, und trotz ihrer Gebärfreudigkeit waren sie keine guten Mütter.«

»Oh. Das ist ziemlich traurig. Auch wenn ich mich kaum an meine Mutter erinnere, kann ich nicht behaupten, dass meine Erinnerungen an sie besonders schlecht sind. Sie war mehr mit dem beschäftigt, was mein Vater machte oder nicht machte, als damit, sich um mich zu kümmern.«

»Einige Frauen denken, dafür gibt es Ammen, nicht wahr?«

Wenn sie darüber nachdachte, welche Frauen sie kannte und wie deren Kinder betreut werden, musste Jolene zustimmen. »Was war nun der Rat, der deine Schwester so beunruhigte?«

Während er über ihren Rücken streichelte und sein wieder aufflackerndes Verlangen genoss, antwortete Sigimor. »Die Frau hat schlichtweg erzählt, was wohin wandert und all das, aber nicht mehr. Da sie mit so vielen Brüdern und Cousins aufgewachsen ist, war Ilsa nicht so behütet wie du, musst du wissen. Es waren andere Dinge, von denen die Frau gesprochen hat und die sie verwirrten.«

Jolene legte ihre Hände auf seine Wangen und sah ihn an. »Ich glaube allmählich, du sträubst dich dagegen, diese Geschichte zu Ende zu erzählen.«

»Na ja, ich weiß nicht, ob ich dich diese Regeln hören lassen soll. Du könntest sie dir zu Herzen nehmen.«

»Dafür ist es wohl etwas zu spät. Du hast nun meine Neugier geweckt. Was weiter?«

»Sich nicht nackt ausziehen.«

Da ihre Keuschheit so tief in ihrem Herzen und ihrem Verstand verankert war, nahm sie an, dass sie diese Regel versucht hätte zu befolgen. Aber wenn sie bedachte, wie sehr sie es genoss, ihre Haut an seiner zu spüren, hätte sie sich sicher selbst geschadet. »Nein, obgleich ich erröte. Ich bin lieber mit dir zusammen nackt. Die nächste?«

Sigimor fing an, sich zu entspannen. Das Gefühl, sie

könnte denken, dass das, was sie miteinander teilten, falsch sei, wich von ihm. »Keine Berührung über oder unter der Taille.« Er ließ seine Hand ihren ganzen Rücken hinuntergleiten, massierte sanft ihr Gesäß, fand Gefallen daran, wie es seine Hände ausfüllte und besonders daran, wie sie sich an ihn herandrängte, wenn er sie dort liebkoste.

»Es soll sehr dunkel sein, und man sollte unter den Decken bleiben. Es sei wohl am besten, wenn man außerdem die Augen schließe, damit man nicht riskiere, das Fleisch seines Mannes zu sehen. Ein paar Küsse können erlaubt werden, aber die Lippen müssen verschlossen bleiben, da Damen nicht die vulgäre, plumpe Gewohnheit haben, die Zunge zu benützen.«

»Um Gottes willen«, murmelte Jolene. Sie wollte gar nicht darüber nachdenken, wie viel sie verpasst hätte, wenn sie diesen Rat befolgt hätte. »Aber was sollen die Frauen tun?«

»Erdulden.«

Jolene schüttelte den Kopf, halb im Unglauben, halb in Ablehnung. Wenn das die Art von Ratschlägen war, die man jungen Bräuten gab, dann war es kein Wunder, dass so viele Ehen niemals mehr als eine Verbindung zum Zweck von Reichtum, Land- und Machterwerb waren. Sie hielt sich kurzzeitig für einigermaßen verrückt, weil sie von Sigimor so viel mehr als Leidenschaft wollte. Schließlich teilten sie diese. Dann allerdings schüttelte sie innerlich wiederum den Kopf und verwarf diesen Gedanken. Es war kein Schaden, sich die kostbarste aller möglichen Vereinigungen zu wünschen oder zu hoffen, dass ihr Gatte genauso fühlte wie sie. Jolene befürchtete, dass sie bereits sehr viel für diesen Mann empfand. Das würde bestimmt erklären, warum er sie dazu bringen konnte, so verrückt vor Verlangen zu sein, dass sie, selbst wenn sie mit so einschränkenden Regeln großgezogen worden wäre, diese alle gebrochen hätte. Sie empfand nichts anderes als Mitleid für all die Frauen, die nach solchen strengen Regeln gelebt hatten. Obwohl deren Pietät und Keuschheit in den Augen anderer bewahrt worden war, hatten sie viel mehr verloren, als sie je erhalten hatten.

Was die alten Frauen, von denen man annahm, dass sie so viel weiser seien, den jungen Bräuten erzählen sollten, war, wie man sich die Leidenschaft und die Achtung des Ehemanns erhalten und wie man seine Liebe gewinnen konnte. Das war zweifellos etwas, wofür sie selbst gern einen Rat bekommen hätte. Die Tatsache, wie sehr sie begierig darauf war, dass Sigimor sie gern hatte, ja sogar liebte, verriet Jolene, dass sie bereits fest in seiner Schlinge gefangen war, auch wenn sie dem, was sie empfand, keinen Namen gab.

»Nun, Mädchen, bist du bereit, ein kleines bisschen zu erdulden?« Sigimor fragte sie, während er ihre Kehle küsste.

Erfreut darüber, von ihren Gedanken abgelenkt zu werden, räusperte sie sich vor Lust, als er an ihrem Ohr knabberte. »Wenn ich muss«, sagte sie mit einer Stimme, die einer Märtyrerin alle Ehre gemacht hätte.

»Du hast gelobt, mir zu gehorchen.«

»Ich glaube, ich murmelte diese Worte und machte sie so unverständlich wie möglich.«

Sigimor war dabei, dies zu bestreiten, als es an der Tür klopfte und David dringlich seinen Namen rief. Er war beeindruckt von Jolenes schneller Reaktion. Bevor er sie von sich schieben konnte, war sie schon aus dem Bett, eilte hinter den Wandschirm und sammelte auf dem Weg ihre Habseligkeiten zusammen. Sigimor zog sich hastig seine Beinkleider an und bat David hereinzukommen.

»Harold ist auf dem Weg«, verkündete David, als er mit großen Schritten ins Zimmer kam. »Liam, Tait und Marcus überbrachten gerade die Nachricht.«

Mit einem schlimmen Fluch begann sich Sigimor anzuziehen. »Wie nah ist er?«

»Liam sattelt unsere Pferde, während wir anderen unsere Sachen zusammenraffen.«

»Geh«, befahl Sigimor. »Ihr anderen nehmt den Jungen

und verschwindet, reitet nach Scarglas. Jolene und ich werden euch dort treffen. Ich sagte, geh«, knurrte er, als David den Mund öffnete, um weiterzusprechen.

Jolene stolperte hinter dem Wandschirm hervor, als sie David wegrennen hörte, sie schnürte sich noch immer ihr Hemd zu. »Sigimor«, begann sie.

»Nein, Mädchen, ich streite mich nicht darüber. Selbst wenn wir uns beeilen, brauchen wir mehrere Minuten für die Abreise. Die Tatsache, dass Liam zurückgekehrt ist und unverzüglich Vorbereitungen zur Flucht getroffen hat, bedeutet, dass Harold sehr nah ist. Wenn die anderen jetzt verschwinden, besteht die Möglichkeit, dass sie aus dem Dorf fliehen können, ohne gesehen zu werden. Wir haben keine Zeit herauszufinden, wie nahe Harold ist oder warum Liam so drängt. Ich vermute, wir verdanken Liams Drängen auch der Tatsache, dass Harold jetzt *alle* seine Männer bei sich hat. Wenn wir Glück haben, können auch wir beide verschwinden, ohne gesehen zu werden. Wenn nicht, können wir Harold wenigstens von den anderen ablenken. Er kann sich und seine Pferde damit erschöpfen, uns nachzujagen, während der Kleine sicher nach Scarglas gebracht wird. Gegen meine Cousins, die MacFingals, wird Harold nicht ankommen.« Er ging zu ihr, um ihr beim Ankleiden zu helfen.

»Bist du dir sicher?«, fragte sie und kämpfte gegen ihre Angst an. »Harold hat sich als schneller und klüger erwiesen, als ich je von ihm gedacht hätte. Ja, ich weiß, er ist gerissen und all das, aber ich dachte, wir könnten ihm schließlich davonlaufen.«

»Das werden wir.« Er flocht ihre Haare, während sie ihr Kleid zuschnürte. »Glaub mir das mit den MacFingals. Es ist jetzt nicht an der Zeit, die Geschichte zu erzählen, aber meine Cousins haben sehr gut gelernt, einen Feind zu beobachten. Und in Sachen Gerissenheit kann sie niemand schlagen. Herrje, sie könnten eine Leiche aus einem Sarg klauen, während die Verwandten der armen Seele diese zu Grabe tragen.«

»Ich bin mir nicht sicher, ob solch eine Empfehlung mich dazu verlockt, sie kennen zu lernen.«

Sigimor packte ihre Habseligkeiten, nahm sie bei der Hand und verließ den Raum. »Sie können ein kleines bisschen sonderbar sein, aber sie sind trotz alledem großartige Menschen.«

Die Wirtsfrau wartete am Ende der Treppe und reichte Jolene einen Wasserschlauch und einen kleinen Sack mit Proviant. »Ihre Pferde sind aufgezäumt und warten vor der Küche.«

»Wenn der Mann nach uns fragt ...«, begann Sigimor.

Die Frau kreuzte ihre Arme über ihrem ausladenden Busen. »Als ob ich einem winselnden Sachsen erzähle, wie er so vornehme, mutige Jungchens erwischen kann. Haut ab. Der hübsche Kerl von euch hat mich schon sehr großzügig ausbezahlt. Los jetzt mit euch!« Sie schüttelte ihre Schürze und zeigte ihnen den Hintereingang des Wirtshauses.

Sigimor zog Jolene fast im Laufschritt mit sich, und sie mühte sich, sein Tempo ohne zu stolpern mitzuhalten. Die Pferde warteten genau an der Stelle, die die Frau ihnen genannt hatte. Sigimor befestigte ihre Sachen an den Sätteln, während Jolene aufsaß. Sie redete sich Mut zu für den harten Ritt, der vor ihr lag. Zwar war sie eine gute Reiterin und überzeugt, mit Sigimor Schritt halten zu können. Aber sie war nicht davon überzeugt, einen langen harten Ritt auszuhalten. Selbst nach tagelangem Reiten und der Abhärtung, die sie dadurch erlangt hatte, hatte sie Angst, dass sie Sigimor bremsen würde, wenn sie versuchten, zu viele Meilen zwischen sich und Harold zu bringen.

Nachdem er aufgestiegen war, führte Sigimor sie auf einem verschlungenen geheimen Weg aus dem Dorf hinaus. Sie beobachtete, wie er sich sorgfältig überall umsah, während sie ritten, und sie wusste, dass er nach Harold und seinen Männern Ausschau hielt. Als sie eine Stelle erreichten, wo sie auf die Straße mussten, die ins Dorf führte, ritt Sigimor nahe genug an sie heran, um in jede Richtung einen Blick werfen zu können. Seine leisen Flüche verrieten Jolene, dass er vernünftig gehandelt hatte, als er die anderen vor ihnen wegschickte.

Sie positionierte sich neben ihm, sah in die gleiche Richtung wie er und fluchte ebenfalls. Harold und seine Männer waren nicht weit weg. Selbst wenn er nicht ein Dutzend schwer bewaffneter Männer bei sich gehabt hätte, wäre es unmöglich gewesen, ihn zu übersehen. Jolene hatte genug von Schottland und seinen Bewohnern kennen gelernt, um zu bemerken, dass Harold sich sowohl in seinem Betragen als auch in seiner Kleidung selbst zum Fremden machte. Er sah sehr, sehr englisch aus. Bis zu ihrer gemeinsamen Zeit mit den Camerons hatte sie nie bemerkt, wie deutlich der Unterschied zwischen den beiden Völkern war. Hätte Harold keine so starke Unterstützung gehabt, wäre er in den vergangenen Tagen bestimmt angegriffen, ausgeraubt und vielleicht getötet worden. Davon war Jolene überzeugt.

»Wir haben keine Wahl«, sagte Sigimor. »Wir werden langsam losreiten, als wären wir gewöhnliche Reisende oder sogar Dorfbewohner, die ihren Geschäften nachgehen.«

Als sie auf den Mann neben sich mit seinem farbfreudigen Haar blickte, wusste Jolene, dass das Vorhaben scheitern würde. Mit ihrem Umhang, der sie gut verbarg, hätte sie vielleicht unerkannt entkommen können. Aber ein einsdreiundneunzig großer, rothaariger Mann konnte auf keinen Fall übersehen oder verfehlt werden. Da Sigimor nicht dumm war, wusste Jolene, dass er sich darüber im Klaren war, wie gering ihre Chancen waren, und so folgte sie ihm wortlos, als er auf die Straße hinausritt.

»Wenn die Jagd begonnen hat, Mädchen«, sagte Sigimor, »richte deinen Blick auf mich. Schau nicht zurück. Das wird dich nur langsamer machen, dich vielleicht sogar ins Straucheln bringen.«

»Glaubst du, dass wir ihnen davonreiten können?«, fühlte sie sich genötigt zu fragen.

»Ja. Ich kenne dieses Land viel besser als er oder einer seiner Männer. Er wird uns aus den Augen verlieren und langsamer reiten müssen, um unserer Spur zu folgen. Ich kenne außerdem ein oder zwei Stellen, wo wir uns verstecken können, wenn es nötig ist. Wenn er nicht errät, dass wir nach Scarglas wollen, ist es umso besser.«

Jolene hatte nicht so viel Vertrauen in diese letzte Erklärung wie in das Übrige, was er gesagt hatte. Harold war ihnen mit einer bemerkenswerten Hartnäckigkeit dicht auf den Fersen geblieben. Da er offensichtlich erfahren hatte, wo Sigimor lebte, nahm sie an, dass er auch noch mehr über ihren Ehemann erfahren hatte, einschließlich der Tatsache, dass Sigimor Verwandte auf Scarglas hatte. Sie hoffte, dass seine Verwandten so gerissen und gefährlich waren, wie er behauptete.

Einige Minuten ritten sie ungestört weiter, und Jolene dachte schon, das Schicksal lache ihnen. Als ob eben dieses Schicksal sie für ihren Hochmut bestrafen wollte, ertönte hinter ihnen ein Schrei. Jolene gefror, als sie hörte, wie Harold ihren Namen brüllte und danach böse Drohungen gegen Sigimor schleuderte. Sie vermutete, dass Harold den Laird der Camerons zuerst erkannt hatte, denn da sie sich völlig in ihren Umhang eingehüllt hatte, war sie absolut sicher, dass es nichts an ihr oder dem einfachen Umhang gab, woran sie erkennbar war. Sie verwarf diese Nebensächlichkeit und sah zu Sigimor, wobei sie ihn dabei ertappte, wie er Harold eine unverschämte Geste zeigte. Als er ihren Blick auffing, grinste er, und in Jolene kam das Gefühl auf, dass er dies alles auf gewisse Weise genoss.

»Bleib nahe bei mir, Frau«, sagte er, als er sein Pferd zum Galopp antrieb.

Als ob sie eine Wahl gehabt hätte, dachte sie sich, und gab ihrem Pferd die Sporen, um ihm zu folgen und sich zu bemühen, das Geräusch von dem nachjagenden Harold und seinen Männern zu überhören.

# 10

Der Dauerregen verursachte ihr Frösteln, was sie bis auf die Knochen spürte. Sie hatten sehr viel Glück mit dem Wetter gehabt, seit sie von Drumwich geflohen waren. Allerdings vermutete Jolene, dass einige Bauern nicht sehr erfreut waren über eine Woche, in der keinerlei Regen auf ihr frisch gesätes Getreide fiel. Außerdem nahm sie an, dass sie bei ihrem derzeitigen Pech eher angenehm überrascht sein sollte, nicht die ganze Zeit durch kniehohen Schlamm waten zu müssen. Das einzig Gute an diesem miserablen Wetter war im Moment, dass Harold und seine Männer genauso darunter litten.

Ihr Mann dagegen schien es fast vergessen zu haben. Er saß groß und aufrecht im Sattel, die dicke wollene Decke, die er sich umgelegt hatte, war das einzige Anzeichen dafür, dass auch er die Kälte und Nässe bemerkt hatte. Es ärgerte sie, wenn auch nur, weil sie ihm bald sagen musste, dass sie es nicht länger aushalten konnte, dass sie eine Pause brauchte, um sich zu wärmen und zu trocknen, bevor sie weiterreiten konnte. Ihre Hände wurden von der Kälte zu steif, um die Zügel sicher zu halten.

Sie waren Harold weit genug voraus, um außer Sichtweite zu sein, aber sie wusste, dass sie die Männer nicht abgeschüttelt hatten. Hin und wieder hörte sie die Geräusche der Verfolgungsjagd. Wenn Harold bei so üblem Wetter weitermachte, dann ließ das auf eine beängstigende Hartnäckigkeit schließen und vielleicht auf einen Anflug von Verzweiflung. Ihr Cousin mochte ebenso denken wie Sigimor: dass sie in Sicherheit sein würden, sobald sie Dubheidland erreicht hätten. Harold wäre dann zweifellos sehr im Nachteil. Jolene hoffte, beide Männer hätten Recht mit ihrer Vermutung, dass die Mauern von Dubheidland Sicherheit für sie und Reynard bedeuten würden, wenigstens für eine Weile. Sie brauchte unbedingt Erholung, um sich von der Lungenentzündung zu kurieren, die sie sich nach diesem Tag wahrscheinlich zugezogen hatte.

Sie dachte plötzlich an Reynard und betete für seine Sicherheit. Harold mochte zwar den Jungen jetzt nicht gerade verfolgen, aber so trostloses Wetter konnte für ihn eine große Gefahr bedeuten. Jolene unterdrückte ihre Ängste, sie wusste, dass sie vergeblich waren, weil sie im Augenblick nichts für Reynard tun konnte. Außerdem war sie überzeugt davon, dass sich die Cameron-Männer sehr gut um den Jungen kümmerten.

Sie spähte durch den Regen hindurch und erkannte, dass Sigimor sie tief in die Berge geführt hatte, während sie in Gedanken versunken war.

Sie sah ebenfalls, dass sie, sofern sie nicht sehr vorsichtig waren, bald auf frei einsehbarer Fläche sein würden. Ihr war klar, dass zwei Reiter auf einem kahlen Berghang trotz des Regens zu sehen sein würden.

Obwohl sie ein leichtes Misstrauen darüber verspürte, wohin er sie führte, sagte Jolene nichts. Fragen konnten zu leicht nach Kritik klingen, und das verdiente er nach all dem, was er für Reynard und sie getan hatte, nicht. Zweifellos hatte er einen Plan. Sie war nur zu durchgefroren und besorgt, um ihn zu verstehen.

Sigimor bedeutete ihr anzuhalten, und sie sah sich um, als er abstieg, doch sie konnte nichts außer dem felsigen Abhang erkennen. Als er ihr beim Absteigen half, musste sie sich einen Augenblick an ihm festhalten, bevor sie ihre kalten, zitternden Beine wieder aufrecht hielten. Sie hätte sich so gerne in seine Arme geschmiegt, aber da er genauso nass war wie sie, glaubte sie nicht daran, dort im Augenblick viel Wärme zu finden.

»Du musst nun laufen, Mädchen, und dein Reitpferd führen«, sagte Sigimor.

»Der Weg vor uns ist zu gefährlich, um zu reiten, oder?«

»Ja, er ist holprig, aber er wird uns aus diesem Regen bringen.« Er küsste sie auf die Stirn, kehrte dann zu seinem Pferd zurück und ergriff die Zügel. »Ich denke, du wirst von dem Ort, wohin er führt, begeistert sein. Tritt vorsichtig auf. Der Boden ist steinig und glitschig.«

Innerlich fluchend führte Sigimor Jolene den engen felsigen Weg entlang. Er verwünschte Harold, und er verwünschte das Wetter. Jolene hatte sich nicht beklagt, nicht einmal, nachdem es zu regnen angefangen hatte, aber er wusste, dass sie kurz vor dem Zusammenbruch stand. Als er sie küsste, war die Haut unter seinen Lippen eiskalt gewesen. Sie war sehr viel stärker, als sie aussah, hatte sich immer und immer wieder bewährt, aber er wusste, dass sie nun am Ende ihrer Kräfte war. Er war größer, stärker und mehr an so ein Wetter gewöhnt, doch selbst er fror bis auf die Knochen. Seine Frau hatte sich gefährlich unterkühlt angefühlt.

Er führte sie zu einer Höhle, deren Eingang durch eine Krümmung des Bergrückens und dichtes Brombeergebüsch gut verborgen lag. Die Finsternis war fast undurchdringlich. Sigimor griff in seine Satteltaschen, zog einen Feuerstein und eine Kerze heraus. Sobald er sie angezündet hatte, hielt er sie näher an Jolene und musterte sie.

Sie war bis auf die Haut durchnässt, und kaum hatte er das bemerkt, begann sie so schlimm zu zittern, dass er sie mit den Zähnen klappern hörte. Er war überzeugt, dass es nicht nur das armselige Licht war, das sie so geisterhaft bleich aussehen ließ. Da er die Gefahren einer solchen Unterkühlung kannte, fühlte er sich zunehmend beunruhigt, doch er bezwang sich. Sie brauchte unbedingt trockene Kleider, aber er konnte ihr keine verschaffen, bis sie Scarglas erreichten.

Als er in der Felswand der Höhle eine kleine Nische ausmachte, tropfte er etwas Wachs hinein und befestigte die

Kerze darin. Danach wandte er seine ganze Aufmerksamkeit seiner Frau zu. Er missachtete protestierendes Murmeln und befreite sie von ihren nassen Kleidern. Zwar wagte er es nicht, ein Feuer anzumachen, solange er nicht sicher war, ob Harold nah genug war, um irgendeinen Lichtschein zu sehen oder Rauch zu riechen, doch er sah in dem geölten Ledersack, der an seinem Sattel hing, nach, um sich davon zu überzeugen, dass der Torf, den er dabeihatte, noch trocken war. Kaum hatte er seine Decken ausgepackt, eilte er an Jolenes Seite zurück, setzte sich neben sie und wickelte die Decken um sie beide. Als er sie in seine Arme zog, war er froh, dass sie nicht mehr so schlimm zitterte wie vorher.

»Hoffentlich geht es Reynard gut«, sagte sie, als sie ihre Arme um ihn schlang und sich so eng an ihn drückte, wie sie nur konnte.

»Die Jungs werden gut auf ihn aufpassen«, antwortete Sigimor. »Ohne die Notwendigkeit, Harold abzuhängen, werden sie geradewegs auf Scarglas zugeritten sein, und sie werden schnell geritten sein. Wahrscheinlich ist Reynard inzwischen aufgewärmt, satt und sicher.«

»Glaubst du, dass Harold diesen Ort findet?« Jetzt, wo sie sich etwas behaglicher fühlte, machten sich Jolenes Ängste erneut geltend.

»Ich glaube nicht. Es ist kein Ort, den man leicht findet, selbst bei vollem Tageslicht nicht. Mein Cousin Ewan zeigte ihn mir im vergangenen Jahr, nachdem der Bruch zwischen unseren Familien gekittet war. Es ist nicht immer friedlich hier, und er wollte, dass ich all die kleinen Stellen kenne, wo sich ein Mann vor seinen Feinden verstecken kann.«

»Vielleicht sollten wir die Kerze auspusten.«

»Nein. Es ist bloß ein schwaches Licht, und bald werde ich es zusammen mit dir weiter ins Innere der Höhle, in die Nähe der Pferde bringen.«

»Und was hast du dann vor? Du gehst nicht wieder da hinaus, oder?« Sie hatte Angst, dass er sein Leben riskieren würde, und außerdem, wie sie sich beschämt eingestand, fürchtete sie sich davor, allein gelassen zu werden.

»Nein, die Gefahr ist zu groß, gerade dann von dir getrennt zu werden, wenn du meine Hilfe brauchen könntest. Ich habe nur vor, nahe am Eingang der Höhle zu bleiben, in der Hoffnung, etwas zu sehen oder zu hören, was mir verrät, wo der Bastard jetzt ist.«

»Ich kann mir nicht vorstellen, dass er sich so eng an uns gehängt hat. In dem Augenblick, als der Regen begann, glaubte ich ernsthaft, er werde aufgeben, sich Schutz suchen, zumindest für sich selbst. Das passt alles nicht zu ihm. Harold hasst es, nass oder schmutzig zu werden. Das hat er immer gehasst.«

Sigimor nickte. »Männer wie er mögen es nicht, ihre wunderbar weichen Hände zu beschmutzen oder ihre vornehmen Kleider in Unordnung zu bringen. Sie ziehen Gift vor oder einen Dolch im Rücken eines Mannes, oder sie bezahlen jemanden, der es für sie erledigt. Aber wir gelangen in die Nähe von Dubheidland. Er weiß, dass er das Spiel verlieren könnte, wenn wir dort ankommen. Außerdem muss er befürchten, dass manche deiner Verwandten von Peters Tod und von deiner Flucht mit dem Kind aus Drumwich erfahren haben. Er hat genug Verstand, um zu wissen, dass die Möglichkeit, von deinen Verwandten verfolgt zu werden, umso wahrscheinlicher wird, je länger du und das Kind sich seinem Zugriff entziehen. Er braucht dich und Reynard, um sich gegen diese Bedrohung zu schützen.«

»Und er muss nach Drumwich zurückkehren, um es halten zu können. Ich bezweifle, dass er seinen Männern vertraut, das zu tun.«

»Ich bezweifle, dass Harold irgendjemandem vertraut.« Er stand auf und half ihr auf die Beine. »Komm, du bist am besten im rückwärtigen Teil aufgehoben. Sobald ich weiß, wo der Narr ist, können wir vielleicht sogar ein Feuer anzünden.«

»Das wäre schön, obwohl es mir schon wieder viel wärmer ist.«

»Immerhin klapperst du nicht mehr mit den Zähnen.«

Er befestigte die Kerze auf einem neuen Felsen, dann versicherte er sich, dass Jolene vollkommen in die Decken eingehüllt war. Weil sie darauf bestand, behielt er eine für sich selbst, schlang sie um seinen Körper und ging zum Eingang der Höhle. Da sie aufgehört hatte zu zittern und er spürte, wie die Wärme auf ihre Haut zurückkehrte, war er nicht länger so sehr um ihre Gesundheit besorgt. Nun befürchtete er, dass Harold sie finden konnte. Wenn er über ihr Versteck stolperte, konnte es leicht zur Falle werden.

Als er angespannt auf irgendeinen Hinweis lauschte, der Harolds Näherkommen signalisierte, versuchte Sigimor darüber nachzudenken, wie Jolene und er gegebenenfalls fliehen könnten. Obwohl er sich viele Möglichkeiten denken konnte, brauchten sie letztlich reines Glück. Sie konnten nicht einfach ihre Pferde besteigen und losreiten, da der Weg zu eng war. Obwohl der Eingang zur Höhle so schmal war, dass nur einer, bestenfalls zwei angreifen konnten, glaubte Sigimor nicht, dass er sich gegen ein Dutzend Männer behaupten konnte, falls sie ihn ernsthaft angriffen oder es schafften, ihn weit genug zurückzudrängen, um die anderen in die Höhle zu lassen. Er war durchaus etwas stolz auf seine Fähigkeiten als Kämpfer, trotzdem fand er das Verhältnis von zwölf gegen einen ein wenig entmutigend. Er konnte Harold nicht einmal von Jolene ablenken, damit sie vielleicht nach Scarglas fliehen konnte. Erstens wusste Harold, dass Jolene bei ihm war, und zweitens konnte es angesichts ihres unglaublich schlechten Orientierungssinnes leicht geschehen, dass sie ihrem Feind in die Arme lief. Sie hatte es bereits einmal geschafft.

Sigimor glaubte allmählich, er habe die Lage falsch eingeschätzt, wofür sie nun teuer bezahlen mussten, verdrängte aber diesen Zweifel. Es hatte keine andere Wahl gegeben. Jolene war gefährlich unterkühlt gewesen. Sie hatte zwar nichts gesagt, aber ihre Hände fühlten sich so eisig an, dass Sigimor mutmaßte, sie müsste eindeutig Schwierigkeiten gehabt haben, die Zügel ihres Pferdes zu halten. Jetzt musste er wenigstens nicht darum bangen, dass sie zusammenbrechen würde, wenn sie weiterritten.

Das schwache Geräusch von klirrenden Zaumzeugen ließ Sigimor erstarren. Er sah sich nach Jolene um, die zu schlafen schien. Dies beruhigte ihn, bis er sich daran erinnerte, wie leicht sie aus dem Tiefschlaf erwachen konnte. Allerdings war er sich nicht ganz sicher, ob sie immer richtig wach war, wenn er sie bei Sonnenaufgang aus dem Bett geworfen hatte. Doch sie war seinen Anordnungen gut und schnell gefolgt, und nur darauf kam es an. Es war das Beste, wenn sie etwas Schlaf bekam, dachte er, als er sich wieder umdrehte, um den Eingang der Höhle zu beobachten und sein Schwert aus der Scheide zu ziehen.

Als die Geräusche der herannahenden Männer lauter wurden, beschwor Sigimor sie innerlich weiterzugehen. Er fluchte lautlos, als die Geräusche nur wenige Schritte von seinem Standort entfernt verstummten. Sie waren zu nah, als dass er sich beruhigt fühlen konnte. Der Lärm, den sie verursachten, wie auch das Prasseln des Regens reichten womöglich nicht aus, um den Lärm von seinen eigenen Pferden zu übertönen, und er konnte nicht nach hinten gehen, um sie zu beruhigen. Er schreckte auf, als er einen Mann sprechen hörte. Seine unerwünschten Gäste waren kaum einen Meter von ihm entfernt und suchten dort offensichtlich Schutz unter einem kleinen Felsvorsprung. Angespannt lauschte Sigimor auf einen Hinweis auf Harolds Pläne und darauf, ob die Männer das Versteck von Jolene und ihm entdeckt hatten.

»Mylord, wir müssen uns Schutz suchen«, sagte Martin, als er sich unter einem sehr kleinen Felssims neben Harold niederkauerte.

»Ich weiß, dass sie diesen Weg entlangkamen, Martin«, gab Harold bissig zurück, während er grimmig auf das Wasser starrte, dass unermüdlich vom Sims herunterlief.

»Sie könnten nur wenige Meter entfernt sein, und wir würden sie trotzdem übersehen. Der Regen ist übel genug, aber nun ist Sonnenuntergang. Das bisschen Licht, das es gab, verschwindet jetzt rasch. Die Männer sind bis auf die Knochen durchgefroren und müde, die Pferde sind es ebenfalls.«

»Schwächlinge, dieses Pack. Was ist mit den beiden Schotten? Diese Idioten müssen daran gewöhnt sein.«

»Nur weil ein Mann an solches Wetter gewöhnt ist, heißt es nicht, dass er bei solchem ausreiten mag oder dass er nicht darunter leidet. Am Fuß dieser Berge gibt es, wenn wir den Pfad zurückgehen, ein kleines Cottage. Es sieht so aus, als ob es einige Zeit leer gestanden hat, aber es wird uns einigen Schutz vor diesem Regen bieten. Wir könnten die Nacht dort verbringen.«

»Könnten wir das? Und was machen wir, wenn der Morgen kommt? Unsere Beute wird schon über alle Berge sein, und es wird keinerlei Spuren geben, denen wir folgen können.«

»Es gibt jetzt schon wenig, dem man folgen kann, nur die gelegentlichen Pferdeäpfel«, schnappte Martin zurück. »Was bedeutet schon eine Spur, der man folgen kann? Wir wissen, wo sie sich verbergen, und wir haben Männer, die uns dahin führen.«

»Und was dann? Die Burg mit nur einem Dutzend Männer belagern? Und was ist mit dem anderen Ort, von dem die Schotten sagten, dass die Camerons dort hingehen könnten? Dieses Scarglas? Hast du *alles* gehört, was sie über die Männer, die dort leben, gesagt haben? Wir werden keine Möglichkeit haben, die kleine Hure und den Jungen von dort zu entführen. Herrgott, es kann uns schon etwas zustoßen, wenn wir einfach nur an diesem Ort vorbeireiten, um zu den Ländereien dieses Cameron-Esels zu kommen. Man erzählt sich finstere Dinge über diese MacFingals, und sie sind Verwandte der Camerons.«

»Meinen Sie alle diese Idiotien über Hexerei und solches Zeug?«

Martin sagte dies mit Verachtung in der Stimme. »Gerüchte, nicht mehr. Ich wäre nicht überrascht, wenn die Männer von Scarglas solche Geschichten verbreiten ließen, um die Leute fern zu halten.«

»Ich zum Beispiel möchte mein Wohlergehen nicht für das opfern, was *du* denkst. Aus diesem Grund habe ich so ein scharfes Tempo vorgegeben. Verdammt noch mal, dieses Mal hatte ich sie fast, sie und den Bastard, der bei ihr ist. Sein Clan hätte mir schnell den Jungen ausgehändigt, um seinen Herrn zurückzubekommen.«

»Sie haben gesagt, dass Sie ihn tot haben wollen.«

»Ich habe nicht gesagt, dass ich ihn seinen Leuten wirklich zurückgeben werde, sobald ich den Jungen habe, oder? Oder ihn lebend zurückgeben werde? Wenn ich es richtig anstelle, könnte ich alles bekommen, was ich will – Jolene in meinem Bett, den Jungen in meinen Händen und Sir Sigimor Cameron wieder im Verlies von Drumwich. Und es würde keinen schnellen Tod geben für diesen lästigen Bastard. Nein, ich würde ihn sehr langsam sterben lassen. Ich könnte ihn sogar benützen, um Jolene dazu zu bringen, das zu machen, was ich ihr befehle. Er ist ihr Favorit und noch mehr, wenn ich dem verfluchten Priester glauben darf. Ich bezweifle, dass sie es lange schaffen würde, seine Schmerzensschreie zu überhören. Diese hochmütige Hure würde begierig darauf sein, mit mir übereinzukommen.«

Martin versuchte vergeblich, sich mit dem Ärmel seines triefenden Wamses den Regen vom Gesicht zu wischen. »Warum töten wir sie nicht einfach? Sie wird Ihnen nichts als Ärger einhandeln. Herrgott, Harold, keine Frau ist das wert. Sie hätten sie zusammen mit den anderen gleich zu Anfang töten sollen. Wenn Sie das getan hätten, würden wir behaglich auf Drumwich sitzen und hätten sowohl den Jungen als auch die Herrschaft fest in unseren Händen.«

»Sieh dich vor, Martin«, sagte Harold mit kalter, harter Stimme. »Du wagst dich aufgrund unserer langen Verbindung zu weit vor. Ich bin nur einen kleinen Jungen weit davon entfernt, Earl of Drumwich zu werden.«

»Wunderbar, *mein Herr.*« Martin fühlte sich zu schlecht und zu müde, um Harolds Ärger zu fürchten. »Lassen Sie die Hure am Leben, um mit ihr zu spielen, wenn Sie es müssen, obwohl ich nicht verstehe, warum.«

»Weil sie mich einmal zu oft verspottet hat.« Harold schrie es fast heraus. »Und ich beabsichtige, sie zu demütigen. Ich werde sie zu meiner Frau machen, um meinen Anspruch auf Drumwich zu festigen und meinen Geldbeutel dick und fett zu machen, und dann habe ich vor, sie für jedes *Nein*, das sie mir gegeben hat, zahlen zu lassen. Ich werde ihren Stolz vernichten. Ich werde ihren Körper auf jede Weise benutzen, wie ein Mann eine Frau eben benutzen kann, bis sie sich vor Scham krümmt. Ja, ich werde vielleicht sogar dir ein oder zwei Geschmacksproben erlauben. Ich werde sie bluten lassen für jede einzelne Kränkung, die sie mir zugefügt hat mit ihrer Flucht in dieses scheußliche Land.«

Wenn er daran dachte, was Harold Frauen in der Vergangenheit angetan hatte, empfand Martin fast Mitleid mit Lady Jolene. »Und wenn sie Cameron zum Liebhaber oder gar mehr genommen hat?«

»Sie wird auch dafür bezahlen.« Harold starrte mit verzerrtem Gesicht in den Regen. »Ich weiß, dass sie in der Nähe sind, Martin. Ich schwöre, dass ich sie fast atmen höre. Wie auch immer, es wird nun zu dunkel. Wo sind meine Männer?«

»Da Sie ihnen weit vorausgeritten sind, nehme ich an, dass die meisten noch immer am Fuß des Berges sind und versuchen, die Schotten zu überzeugen, sie über diesen Weg zu führen. Bedenkt man, wie lange es schon her ist, seit wir sie hinter uns gelassen haben, dann kann man davon ausgehen, dass viele von ihnen Obdach gesucht haben.« Martin spähte in die Dunkelheit. »Nein, ich habe sie falsch eingeschätzt, sie sind nur ein paar Schritte hinter uns, aber sie klammern sich so wie wir an die Felsen.«

»Wenn wir nicht einmal unsere eigenen Männer hinter uns sehen können, müssen wir die Jagd aufgeben. Ich glaube nicht, dass wir nochmals eine so gute Chance bekommen, deshalb überlege ich mir besser, wie wir sie hinter den Mauern von Camerons Burg erwischen können.«

»Warum nicht, wenn sie auf Scarglas sind?«

»Wenn sich diese Möglichkeit bietet, werde ich sie bestimmt ergreifen, aber ich bezweifle das. Diese Schotten sagten, die MacFingals seien Jahre lang von Feinden umgeben gewesen und nie geschlagen worden, ihre Mauern nie durchbrochen worden. Sie sagten nicht das Gleiche von – von –« Harold fluchte, »wie auch immer dieser rothaarige Dummkopf seinen Besitz nennt. Ich muss hier weg und nach Drumwich zurückkehren, bevor meine winselnden Verwandten von meinen Plänen Wind bekommen. Sie könnten tatsächlich so viel Rückgrat haben zu versuchen, Jolene und Reynard zu finden.«

»Werden wir auf Scarglas nach den Camerons Ausschau halten?«

»Ja, weil sie ganz sicher dorthin gehen werden. Der Junge wurde schon dorthin gebracht, und sie werden versuchen, ihn vor dem Regen zu schützen. Wir werden in der Nähe bleiben, um zu versuchen, sie zu erwischen, wenn sie es verlassen. Jetzt lass uns von diesem verfluchten Felsen abhauen.«

Sigimor horchte gebannt hin, als sich die Männer vorsichtig den Trampelpfad hinunter ihren Rückweg bahnten. Ungeachtet der Tatsache, dass er mehr als zwei Männer hatte kommen hören, hatte er kurzzeitig gehofft, dass Martin Recht hatte und er und Harold allein waren. Er hatte sich darauf vorbereitet, hinauszuschlüpfen und sie zu töten, musste aber diesen Plan verwerfen. Obwohl er noch immer versucht war, diese Chance zu ergreifen und der Bedrohung durch Harold auf diesen regennassen Felsen ein Ende zu bereiten, konnte er es nicht riskieren. Er war sich sicher, dass er Harold und Martin hätte schlagen können, vielleicht noch ein paar andere, aber es gab keine Garantie, dass Harolds Männer fliehen würden, wenn der Mann getötet wurde. Das Vorhaben barg das zu große Risiko in sich, dass er selbst getötet oder verletzt würde und Jolene schutzlos gewesen wäre.

Er brannte trotzdem darauf, Harold zu töten, und wusste, dieser Drang würde nicht einfach nachlassen, weil der Mann wieder außerhalb seiner Reichweite war. Die Pläne, die Harold mit Jolene hatte, ließen Sigimors Blut gefrieren, und er wollte unbedingt verhindern, dass der Mann Hand an sie legen konnte. Allein schon bei dem Gedanken, er könnte Jolene berühren, zogen sich Sigimors Eingeweide vor Wut zusammen, eine Wut, die ihn fast geblendet hätte, als er hörte, was Harold alles vorhatte, um sie leiden zu lassen. Zum ersten Mal in seinem Leben zog er in Betracht, einen Mann eiskalt zu töten, und das auf eine Art, die die größten Schmerzen verursachte. Eigentlich sollte er darüber betroffen sein, wie auch darüber, dass er keinerlei Gewissensbisse empfand, aber er war es nicht.

Als die Geräusche vom Rückzug der Männer völlig verstummt waren, ging Sigimor in den rückwärtigen Teil der Höhle. Jolene schlief noch immer, und er war froh, dass sie nichts von Harolds widerlichen Plänen mit ihr gehört hatte. Sie war noch immer in so vieler Hinsicht unschuldig. Er wollte nicht, dass dies durch die Sorte Schmutz, die Harold ausspie, befleckt wurde. Es gab bereits genug, wovor sie sich zu fürchten hatte und was sie beunruhigte.

Er setzte sich nieder und sackte gegen die Wand, sein Blick fiel auf Jolenes Gesicht. Sie sah so kindlich aus, wenn sie schlief, viel jünger als dreiundzwanzig, und sie war so schön, viel zu schön für einen raubeinigen Mann wie ihn. Von viel zu hoher Herkunft für einen unbedeutenden Laird wie ihn und, wie er vermutete, viel zu wohlhabend. Er war sich sicher, dass es nur Peters Großzügigkeit war, die ihr bei ihrer Verheiratung eine gewisse Wahlfreiheit gestattet hatte und sie so lange Jungfrau bleiben ließ.

Es war jetzt zu spät, um umzukehren. Er hatte vielleicht zu hoch gegriffen, aber jetzt, wo sie sein war, hatte er nicht vor, sie gehen zu lassen. Sie war auf so viele Arten seine ideale Gefährtin, angefangen von ihrem Verstand bis hin zu ihrer Sinnlichkeit. Es war ein Wunder, wie sehr sie für ihn entbrannt war, und er zweifelte daran, dass er sich jemals daran gewöhnen würde. Wann immer er mit einer Frau geschlafen hatte, war es zwar nicht etwa eine völlig gefühlskalte Vereinigung gewesen, aber es waren immer farblose, schnell vergessene Zwischenspiele im Vergleich zu dem, was er mit Jolene erlebte. Er hatte nie eine Frau gehabt, die so auf seinen Kuss oder seine Berührung einging, wie sie es tat. Und er war entschlossen, an diesem Genuss festzuhalten.

Irgendwie musste er sie so sehr an sich binden, dass sie niemals auch nur in Erwägung zog, ihn zu verlassen. Die Leidenschaft, die zwischen ihnen loderte, war sicher eine Möglichkeit, und er hatte vor, an diesem Band zu arbeiten, wann immer er konnte. Doch, wenn seine Schwester die Wahrheit gesagt hatte, dann gab es mehr als das, was eine Frau an einen Mann band, mehr als die Fleischesgenüsse, egal, wie süß diese waren. Laut Ilsa konnte ein Mann eine Frau nur wirklich an sich binden, wenn er ihr Herz gewann. Sigimor war sich nicht sicher, wie man vorgehen musste, um dieses Organ zu gewinnen. Wenn es schöner Worte und so etwas bedurfte, um ihr Herz zu erobern, dann hatte er ein Problem.

Als er sah, dass die Nacht hereingebrochen war, verwarf er diese Gedanken und rüttelte Jolene sanft wach. Die Art, wie sie ihn anlächelte, als sie erwachte, und der zärtliche Ausdruck in ihren Augen erweckten den Wunsch in ihm, sich unter den Decken, in die sie eingehüllt war, zu ihr zu gesellen. Er unterdrückte schnell dieses Bedürfnis, indem er sich ermahnte, dass er sie unbedingt weit weg von Harold bringen musste.

»Wir müssen nun von hier aufbrechen, Frau«, teilte er ihr mit, als er ihr half, sich aus den Decken zu befreien und aufzustehen.

»Hast du herausgefunden, wo Harold ist?«, fragte ihn Jolene.

»Ja. Für kurze Zeit war er nur ein paar Schritte von mir entfernt.« Er nahm den Weinschlauch vom Sattel und reichte ihn ihr.

Jolene nahm einen großen Schluck Wein, um sich zu beruhigen und die aufsteigende Angst zu bezwingen. Sigimor war zu ruhig für eine unmittelbare Bedrohung durch Harold. Sie war allerdings froh, dass sie all das verschlafen hatte.

»Er hat aufgegeben?«, fragte sie, als sie ihm den Wein zurückgab.

»Ja.« Sigimor trank schnell einen Schluck, bevor er den Weinschlauch wieder an seinem Sattel befestigte. »Er und seine Männer sind den Pfad zurückgegangen, um am Fuß des Berges Schutz zu suchen. Der Regen und das Ende des Tages haben ihn besiegt.«

»War das dein Plan?«

»Mehr oder weniger. Das und ihn zu sehr zu beschäftigen, um Reynard zu verfolgen.«

»Es muss hart für einen Krieger wie dich sein, nichts anderes zu tun, als vor seinem Feind davonzulaufen.«

Sigimor hörte gerne das *einen Krieger wie dich*. Es war gut, dass sie ihn als Kämpfer sah, trotz all dem, was er seit Drumwich getan hatte. Sie erkannte, dass sie und Reynard die offensichtlichen Gründe für sein Verhalten waren. Das waren sie in der Tat, aber viele Frauen würden das nicht so leicht erkannt haben.

»Nein, es erbittert mich nicht. Natürlich würde ich gerne

eine Möglichkeit zum Kampf bekommen, um dieses Spiel zu beenden, aber ich habe keine Probleme mit der Taktik, die ich gewählt habe. Mit den beiden verräterischen Schotten, die Harold bei sich hat, wäre der Kampf ein kleines bisschen unausgeglichen, oder? Vierzehn oder fünfzehn gegen sechs? Sorgfältige Planung kann uns den Sieg bringen, aber vergiss nicht, dass meine Männer nicht angeheuert sind wie die von Harold. Es sind meine Blutsverwandten. Jedes Mal, wenn ich einem Kampf gegenüberstehe, muss ich in Erwägung ziehen, dass ich vielleicht einen Bruder oder einen Cousin begraben muss. Das lässt mich nicht nur genau über den Wert eines Kampfes nachdenken, sondern auch sorgfältig *all* meine Wahlmöglichkeiten bedenken.«

»Also sind es nicht nur Reynard und ich, die dich zurückhalten?«

»Nicht ganz, aber mein erster Gedanke ist fast immer: Wo bringe ich dich unter, während der Kampf tobt? Mein zweiter ist die Frage, was geschehen würde, wenn Harold den Kampf gewinnt. Deshalb hetzen wir nach Dubheidland. Wüsste ich allerdings eine Möglichkeit, zu dem Bastard zu gelangen und seinem erbärmlichen Leben ein Ende zu setzen, dann würde ich sie ergreifen.«

Jolene nickte, sie verstand ihn völlig. »Ich habe dasselbe gedacht. Ich möchte ihn tot sehen, und ich habe so etwas noch nie zuvor empfunden. Dass er mich dazu bringt, so zu fühlen, lässt mich ihn nur noch mehr hassen. Inzwischen will ich ihn nicht nur tot sehen, sondern ich will auf sein Grab spucken.«

Sigimor grinste, als er ihr die Zügel ihres Pferdes gab und seine eigenen aufnahm. »Na, na. Schockierend. Sollte eine vornehme englische Dame so denken?«, fragte er sie, als er sie aus der Höhle herausführte, froh darüber, dass der Regen etwas nachgelassen hatte.

»Nein«, erwiderte sie, während sie ihm folgte und ihr Pferd den engen, glitschigen Pfad entlangführte. »Vornehme englische Damen denken auch nicht liebevoll daran, ungehobelte, große Schotten einen Berg hinunterzustoßen.«

»Auch eine gute Sache. Ohne diesen ungehobelten, großen Schotten, der dich führt, ist es unabwendbar, dass du verloren gehst.«

Sie hatte in der Tat keine Antwort auf diese demütigende Wahrheit, deshalb fragte sie: »Hast du etwas über Harolds Pläne erfahren können?«

Zu viel, dachte Sigimor. »Genug, um zu wissen, dass er sowohl über Scarglas als auch über Dubheidland Bescheid weiß. Wir werden uns nur sehr kurz in Scarglas ausruhen. Meine Verwandten dürfen sich dann einen kleinen Spaß verschaffen, indem sie Harold im Kreis laufen lassen, während wir nach Dubheidland fliehen. Wenn Harold dumm genug ist, uns dort zu stellen, wird sich dein Wunsch bald erfüllen.«

»Welcher?«

»Die Chance, auf sein Grab zu spucken.«

# 11

»Um Gottes willen! Sie ist Engländerin!«

Da er spürte, dass seine Frau nahe daran war, seinem Onkel einen Fußtritt zu versetzen, legte Sigimor seinen Arm um ihre Schultern und drückte sie fest an sich. Er konnte ihre Verärgerung verstehen. Diese Erwiderung auf alles, was sie sagte, fing an ermüdend zu werden. Es war sogar noch schlimmer, da sie eben erst auf Scarglas angekommen waren und mit triefenden Kleidern in der großen Halle standen. Sigimor starrte wütend auf seinen Bruder und seine Cousins, die in der großen Halle am Haupttisch saßen und ihn angrinsten.

»Habt ihr es ihm nicht erzählt?«, wollte er von ihnen wissen, ohne Wert darauf zu legen, wer antwortete.

»Nicht wirklich«, erwiderte Liam. »Wir haben uns gerade erst hingesetzt. Als wir ankamen, beeilten wir uns zu baden, Klein-Reynard ins Bett zu bringen und all das. Haben außerdem eine kleine Ruhepause eingelegt, obwohl David wach blieb, um nach euch Ausschau zu halten.«

»Gut, ich bin froh darüber, dass ihr euren quälenden Sorgen über unser Schicksal nicht erlaubt habt, euch von einer dringend notwendigen Ruhepause abzuhalten.« Die Art, wie seine Verwandten seinem Sarkasmus mit breitem Grinsen begegneten, erweckte in Sigimor den Wunsch, sie zu schlagen, aber stattdessen konzentrierte er seine Aufmerksamkeit auf seinen finster dreinblickenden Onkel. »Ja, meine Frau ist Engländerin. Sie ist eine kleine, schwarzhaarige Sächsin. Eine durchnässte, durchfrorene, hungrige Sächsin.«

»Genau, wo ist denn dein Sinn für Gastfreundschaft geblieben, Fingal?«, schimpfte eine kleine, blonde Frau mit überwältigend schönen violetten Augen, während sie an Jolenes Seite eilte und ihren Arm unterhakte. »Ewan, kümmere dich um Sigimor, bevor er jemanden schlägt«, rief sie einem hageren Mann mit schwarzem Haar zu, der so groß wie Sigimor war. »Kommen Sie, Mylady. Wir werden ein Bad und warme, trockene Kleider besorgen. Es wird nicht lange dauern, bis wir alle hierher zurückkommen, um etwas zu essen, während mein Schwiegervater euch mit Fragen bis zur Bewusstlosigkeit löchern wird. Ich bin Lady Fiona MacEnroy Mac Fingal, oder Cameron, wenn Sie das vorziehen, die Frau von Laird Ewan.«

»Ich bin Lady Jolene Gerard of Drumwich, Mylady«, antwortete Jolene, als Fiona sie aus der großen Halle hinausführte. Dann allerdings schnitt sie eine Grimasse und warf einen raschen, schuldbewussten Blick auf Sigimor zurück. Glücklicherweise diskutierte er gerade eifrig mit dem älteren MacFingal. »Ich wollte sagen, ich heiße Lady Jolene Gerard Cameron.«

»Herrje, schauen Sie nicht so besorgt drein. Egal, wie sehr man sich verheiratet fühlt, es dauert immer eine Weile, bis man sich daran erinnert, dass man einen anderen Namen hat.«

Jolene fühlte sich bei Fiona schnell wohl. Diese führte sie in einen Raum, wo bereits ein Bad für sie hergerichtet war. Während sie erklärte, dass sie alles vorbereitet hatte für die Ankunft von ihr und Sigimor, half Fiona Jolene beim Auskleiden.

Sofort, als Jolene ins heiße Wasser eintauchte, fühlte sie sich besser. Sie wusch sich mit der nach Lavendel duftenden Seife, die ihr Fiona gegeben hatte, während diese Frau sich darum kümmerte, ihr saubere, trockene Kleider herauszulegen. Die ganze Zeit über sprach Fiona von der befremdlichen Geschichte zwischen den MacFingals und den Camerons, wobei bald eine ältere Frau mit dem Namen Mab in den Chor einstimmte.

»Hier, Jolene, trinken Sie das«, sagte Fiona, als sie Jolene einen Krug mit dunklem, würzigem Inhalt reichte.

Vorsichtig nahm Fiona das Getränk und nippte ein kleines bisschen daran. Zu ihrer Überraschung schmeckte er sehr gut, und sie trank es ganz aus, wobei Fiona und Mab dabeistanden und zustimmend nickten. »War das eine besondere Arznei?«

Nachdem sie den leeren Krug, den Fiona ihr gegeben hatte, beiseite gestellt hatte, half ihr Fiona, die Seife aus dem Haar zu waschen. »Ja. Mab und ich wissen nicht genau, wie sie wirkt, aber sie scheint Fieber und Husten fern zu halten, wenn sich jemand verkühlt hat und durchnässt ist.« Sie hielt ein Handtuch hoch. »Wie lange sind Sie mit Sigimor verheiratet?«

»Eine Nacht«, antwortete sie und errötete, als beide Frauen anzüglich lächelten.

»Wir werden Sie jetzt nicht mit Fragen quälen. Sie werden noch genug ausgefragt werden, sobald Sie in die große Halle zurückkommen.«

Jolene wurde gründlich abgetrocknet und angekleidet. Ihr noch feuchtes Haar wurde in sehr kurzer Zeit ordentlich geflochten. Mab und Fiona ergriffen die Gelegenheit und erzählten von den vielen MacFingals, während sie arbeiteten. Falls es ihr Ziel war, ihr zu helfen, sich vor dem bevorstehenden Treffen zu entspannen, dann waren sie nur teilweise erfolgreich. Sie fühlte sich noch immer etwas nervös, als sie in die große Halle zurückbegleitet wurde.

Sigimor, dessen Haar von seinem eigenen Bad noch immer feucht war, erwartete sie am Tor zur Halle. Jolene war nicht sicher, wie er es anstellte, aber plötzlich war er an ihrer Seite, mit ihrer Hand in seiner, und führte sie zum Tisch des Hausherrn. Sie hörte, wie Mab und Fiona leise lachten, bevor sie wegeilten, um ihre Plätze einzunehmen.

Sofort als Jolene und Sigimor sich niedersetzten, begannen die Fragen. Einmal bemerkte sie, dass Sigimor die bewundernswerte Fähigkeit besaß, zur gleichen Zeit zu essen und Fragen zu beantworten, ohne sich zu verschlucken. Sie überließ ihn sich selbst und konzentrierte sich auf ihr eigenes Mahl. Dank der Zeit, die sie mit den Camerons verbracht hatte, war es ihr möglich, die gelegentlichen Geplänkel zwischen Sigimor und seinem Onkel zu übergehen. Lady Fiona und Mab hatten sie außerdem vor der Neigung des alten Lairds gewarnt, sich mit jedem über alles zu streiten. Zog man Sigimors augenscheinliche Vorliebe für Diskussionen mit in Betracht, so ahnte Jolene, dass sie ein herzhaftes Mahl genießen konnte, bevor jemand sich entschloss, ihr ein paar Fragen zu stellen.

Sie musterte die MacFingals scharf und stellte dabei fest, dass viele von ihnen sie ebenfalls musterten. Lady Fiona war ziemlich schön, selbst mit den blassen Narben auf ihren Wangen. Ihr Ehemann Ewan war groß und schlank wie Sigimor und seine Haut war so dunkel wie die von Sigimor hell. In Wahrheit wirkten die Camerons, wenn sie so nah bei ihren dunkelhäutigen Verwandten saßen, fast zu hell. Lord Ewan sah auf eine finstere, ziemlich herbe Art recht gut aus. Auf seinem narbigen Gesicht entdeckte man keine Spur von Weichheit, es sei denn, man ertappte ihn dabei, wenn er seine Frau ansah. Eine Menge Männer in der großen Halle teilten dieses Aussehen, obwohl manche etwas weichere Züge hatten, manche blaue Augen. Der alte Laird war zu seiner Zeit sicher ein sehr umtriebiger Zeitgenosse gewesen, überlegte Jolene.

Es war alles einigermaßen überwältigend, und Jolene fürchtete, dass es auf Dubheidland genauso sein würde. Die Tatsache, dass die meisten Männer in der Halle Sigimors Cousins waren, war etwas schwer zu begreifen. Ihre Familie war sowohl mütterlicher- als auch väterlicherseits klein, und die meisten ihrer Verwandten schenkten nur sehr wenigen Kindern und davon sogar noch weniger Söhnen das Leben. Viele ihrer Landsleute würden grün vor Neid werden, wenn sie sehen könnten, wie erfolgreich die Camerons Söhne zeugten. Große, starke Söhne, die vermutlich alle geschickte Kämpfer waren.

»Und du hast den Bastard bisher noch nicht getötet? Was ist denn los mit dir, Junge?«

Jolene konnte die Beleidigung des alten Lairds gegenüber Sigimor nicht überhören und sah ihn ärgerlich an. »Er dachte vor allem daran, dass er Reynard und mich am Leben und in Sicherheit haben wollte«, gab sie schnippisch zurück. »Das hat er gelobt. Man kann sich aber schlecht auf einen Kampf einlassen, wenn eine Frau und ein Kind so nah dabei sind.«

»Ich verstehe nicht, warum nicht«, erwiderte Fingal.

Sie nahm an, dass er es sehr wohl verstand, aber einfach widersprechen wollte. »Oh? Soll er uns Ihrer Meinung nach in einem Baum oder so etwas verstauen, während er seine Schlacht schlägt?«

»Du bist genauso unverschämt wie dieses Mädchen«, sagte er und zeigte mit seinem Finger auf Fiona, bevor er sich wieder Sigimor zuwandte. »Du kannst also nicht einfach dem Bastard die Kehle durchschneiden und allem damit ein Ende bereiten. Aber musstest du sie heiraten, um sie in Sicherheit zu bringen?«

»Es wird sicher hilfreich sein«, antwortete Sigimor. »Selbst die Sachsen würden die Stirn runzeln über einen Mann, der die Frau eines anderen raubt. Und wenn sie ihm in die Hände fällt, wird er nicht alle seine Pläne verwirklichen können, zumindest eine Zeit lang nicht.«

»Aber eine Sächsin zu heiraten!«

Fingal schüttelte den Kopf.

»Das wird unser gutes schottisches Blut schwächen, Junge.«

»Entschuldigen Sie!« Jolene hatte genug von den Andeutungen, Sigimor habe ein schweres Verbrechen gegen sein Land und seinen Clan begangen, indem er sie heiratete. »Ich bin die Tochter und die Schwester eines Grafen. Ich glaube kaum, dass Sigimor sich erniedrigt hat durch die Heirat mit mir.«

»Eines *englischen* Grafen.«

»Genug«, sagte Ewan ruhig, aber es schwang ein beeindruckender Befehlston in diesem einen Wort mit. »Sie ist Sigimors Frau und damit ein Mitglied unserer Familie, und ich will keine weiteren Beleidigungen gegen sie hören.«

»Ich habe sie nicht beleidigt«, widersprach Fingal.

»Du hast dich auf sehr dünnem Eis bewegt. Ich würde es vorziehen, wenn Sigimor nicht dazu veranlasst wird, dich aus Ehrgefühl zu töten, und ich nicht gezwungen werde, ihn dann deswegen bekämpfen zu müssen. Wenn du das Bedürfnis verspürst, über die Engländer herzuziehen, dann gehe und finde den Bastard, der versucht, ein kleines Mädchen und ein Kind zu töten, damit er etwas beanspruchen kann, was ihm nicht gehört.« Ewan wandte sich wieder Sigimor zu. »Du hast uns nicht gebeten, dir in diesem Kampf beizustehen.«

»Nein«, erwiderte Sigimor, »und ich werde es auch nicht tun. Es würde zwar in der Tat sehr schön sein, wenn wir alle zusammen hinausreiten könnten, um ihn zu stellen, Schwert für Schwert, und ihn dann zu töten, sodass meine Frau auf sein Grab spucken kann.«

»Sigimor!«, zischte ihn Jolene protestierend an, weil er sie durch die Enthüllung ihrer wenig damenhaften Empfindung in Verlegenheit gebracht hatte.

Sigimor beachtete sie aber nicht. »Ich halte es für das Beste, wenn der Kampf zwischen Harold und mir ausgetragen wird. Ich habe einen rechtmäßigen Anlass, ihn zu töten, seit er meine Frau verfolgt sogar noch verstärkt.«

»Wenn du einen Anspruch darauf hast, dann haben wir den als deine Blutsverwandten auch.«

»Wir können nicht sicher sein, dass es die Engländer auch so sehen. Ich hatte keine Zeit, meinen Feind eingehend zu beobachten. Ich weiß nicht, wer seine Verbündeten sind, wenn er überhaupt welche hat, oder wie mächtig sie sind. Es könnte einen Aufschrei geben, wenn er hier ums Leben kommt. Wenn das geschieht, darf nur ich es sein, der in diese Sache verstrickt ist, weil ich der Einzige bin, der mehrere gute Gründe für die Tötung dieses Mannes anführen kann, Gründe, gegen die auch seine Verbündeten nur schwer ankommen würden, selbst wenn sie die Gunst des Königs besäßen.«

»Du bist mit einer englischen Lady und dem Erben eines Grafentitels aus England geflohen, Sigimor. Dann tötest du den Mann, der dich verfolgte, um sie da herauszuholen, ein Mann, der sich auf die Verwandtschaft mit ihr beziehen kann. Bist du sicher, dass deine *rechtmäßigen Ansprüche* gewichtig genug sind, um den Ärger, den sie vielleicht verursachen, abzuschwächen?«

Sigimor nickte. »Ich habe den Passierschein, den Peter mir zukommen ließ, als er mich um Hilfe bat, er zeigt deutlich Peters Angst vor Verrat und die Angst um seinen Sohn. Harold hat mich und meine Männer in sein Verlies geworfen, uns angekettet und wollte uns hängen, ungeachtet der Tatsache, dass wir Drumwich nicht mit gezückten Schwertern und auf Einladung des Hausherrn betreten hatten. Jolene war niemandem versprochen und ist jetzt meine Frau, sodass ich zweifelsohne seine Versuche, sich ihrer zu bemächtigen, als Rechtfertigung für alles, was ich dem Mann antue, nehmen kann. Wenn er uns nach Dubheidland folgt und seine Drohungen aufrechterhält, dann ist auch dies Grund genug, ihn zu töten.«

Ewan nickte. »Du hast das alles gut überdacht.«

»Es gibt da noch etwas zu bedenken. Jolenes Verwandte können jederzeit aufgerufen werden, gegen Harold auszusagen.«

»Ja«, stimmte Jolene ihm bei. »Ich hoffe, dass es während Harolds Abwesenheit von Drumwich jemandem möglich war, ihnen mitzuteilen, was passiert ist. Keiner von ihnen vertraut dem Mann oder mag ihn, aber sie alle achteten und mochten meinen Bruder.«

»Also erlaubst du uns nicht, irgendeinen Sachsen zu töten?«, fragte Fingal.

»Nicht solange sie nicht versuchen, einen MacFingal zu töten«, erwiderte Sigimor.

»Ich denke, wir können uns etwas einfallen lassen, um das zu erreichen, ohne dass einer meiner Jungs in Gefahr gerät. Wenn einmal Schwerter gezogen sind, dann können wir sie töten.«

Sigimor staunte seinen Onkel einen Moment lang an, dann sah er Jolene an. »Vielleicht ist es besser, wenn du gehst und dich ans Feuer oder dergleichen setzt. Mein Onkel möchte darüber reden, Harold zu töten, und es gibt da möglicherweise ein paar Dinge, die du nicht mögen wirst.«

Da sie ihr Mahl beendet hatte, stimmte Jolene bereitwillig zu. »Du willst mich vermutlich fern halten von den Beleidigungen, mit denen die Engländer bald überhäuft werden.«

»Ja, Frau. Sie könnten heftig werden.«

Sie rollte nur mit den Augen und machte sich auf zu den Bänken mit hoher Rückenlehne, die um den riesigen Kamin am anderen Ende der Halle gestellt worden waren. Zu ihrer Erleichterung gesellte sich Fiona schnell zu ihr. Wenn es schon sonst nichts gab, dann schwächte ihr Erscheinen die Tatsache ab, dass sie wie ein ungezogenes Kind in die Ecke geschickt wurde.

»Fingal liebt ein gutes, mitreißendes Streitgespräch«, erklärte Fiona, als sie sich Jolene gegenübersetzte, »und Sigimor liebt es, ihm den Gefallen zu tun.«

»Das tut er. Ich habe bemerkt, dass die Camerons es schätzen zu widersprechen. Sigimor kann zeitweise besonders bockig sein. Ich kenne ihn noch nicht lange, aber ich habe den Drang, ihm eins über den Schädel zu schlagen, mindestens schon ein dutzend Mal verspürt!

»Nur ein dutzend Mal? Er muss seine besten Manieren gezeigt haben.« Fiona stimmte mit Jolene in ein kurzes Lachen ein, wurde dann aber sehr ernst. »Seine Schwester ist mit meinem Bruder Diarmot verheiratet. Ich kenne Sigimor und seine Familie nun seit ein paar Jahren. Er ist ein sehr guter Mensch.«

»Oh ja, das ist er.«

»Und Sie lieben den Dummkopf, nicht wahr?«

Jolene war bestürzt über das, was Fiona sagte, und platzte mit der Wahrheit heraus.

»Ja, ich glaube schon, aber es wäre vielleicht besser, wenn ich es nicht tun würde.«

»Warum sagen Sie das?«

Es war etwas an Fiona, das Jolene Vertrauen zu ihr einflößte und, was noch wichtiger war, dass solche Geheimnisse bei ihr gut aufgehoben erscheinen ließ. »Ich bin Engländerin, und es wird immer deutlicher, dass Sigimor nicht dafür gerühmt wird, dass er eine englische Frau hat. Ich kenne ihn erst seit ein paar Tagen, weniger als eine Woche. Es ist eine kurze Bekanntschaft, um ein ganzes Leben aufs Spiel zu setzen. Besonders wenn die Zeit mit Gefahren überladen war, was, wie ich fürchte, einige Verwirrung über die eigenen Gefühle auslöst.«

»Ich kannte Ewan nicht lange, als ich mir sicher war, dass er der Richtige für mich ist, dass er mein Mann ist. Zu jener Zeit hatten wir beide Feinde, aber das hat mich hinsichtlich meiner Gefühle für meinen Mann nicht so sehr verunsichert. Die meisten Leute haben meine Wahl wohl für absolut verrückt gehalten, weil man ihn als kalten, harten Mann ansah. Irgendwie wusste ich tief in meinem Herzen, dass er der Welt nur seine raue Schale zeigte. Er hat Zeit gebraucht, mir zu vertrauen, und ich habe Zeit gebraucht, diesen verborgenen Menschen zu finden.«

Die Botschaft in Fionas Erzählung war leicht zu entschlüsseln, aber Jolene war sich nicht sicher, ob sie wirklich auch für Sigimor und sie galt. »Ich glaube nicht, dass Sigimor so viel von sich verbirgt, obwohl ich glaube, dass genau das, was er verbirgt, das ist, was ich mir ersehne.«

Fiona nickte. »Sein Herz. In Herzensangelegenheiten können Männer solche Feiglinge sein. Ich weiß, dass mein Bruder Connor einer war und ebenso mein Mann. Sogar bis zu einem gewissen Punkt mein Bruder Diarmot. Die Männer hüten ihre Herzen wie die Schätze des Königs. Allerdings ist es für die Frauen, die diese Männer lieben, ein stolzer Preis. Sigimor ähnelt ihnen in gewisser Weise, aber ich glaube nicht, dass die Mauern, die er errichtet hat, ganz so hoch sind.«

»Vermutlich nicht, aber die wahre Frage ist, ob er mir erlauben wird, sie hinaufzuklettern. Und vielleicht ist es ja das Beste, wenn ich es gar nicht erst versuche. Er hat mich geheiratet, um mich vor Harolds Zugriff zu schützen. Warum schütteln Sie den Kopf? Sie haben es selbst von ihm gehört.«

»Das habe ich, und ich habe seine Worte nicht angezweifelt. Aber ich glaube nicht, dass das der einzige Grund ist.«

Jolene errötete. »Ja, er erwähnte einen weiteren.«

»Leidenschaft natürlich. Ein Mann muss sich keine Ehefrau nehmen, um das zu erleben.« Fiona lächelte den Jungen an, der ihnen beiden einen Krug mit heißem Apfelmost brachte, und nippte an ihrem Krug, bis sie sicher war, dass er außer Hörweite war. »Wie ich bereits sagte, ein Mann heiratet eine Frau nicht, nur weil es ihn nach ihr gelüstet. Entweder sucht er sich ein williges Mädchen, das sein Verlangen stillt, oder er verführt die, die er wirklich haben möchte. Und wenn Sigimor Sie nicht zur Frau haben wollte, aber der Meinung war, dass Sie unbedingt einen Ehemann brauchen, damit Sie vor Harold beschützt werden, dann hätte er versucht, einen seiner Brüder oder Cousins mit Ihnen zu verheiraten. Nein, er wollte Sie zur Frau haben. Das Schwierige daran wird sein herauszufinden, warum er Ihnen nicht das Warum und Wieso verrät.«

Während sie an ihrem Getränk nippte, überdachte Jolene

alles, was Fiona gesagt hatte. Es schien in Sigimor eine Spur mehr zu sein als Leidenschaft und Pflichtbewusstsein. Es gab verschiedene Anzeichen dafür, dass er besitzergreifend war, ja sogar eifersüchtig. Außerdem sorgte und kümmerte er sich um sie auf eine Weise, die sicherlich über einfache Pflichterfüllung hinausging. Sie seufzte, als sie erkannte, wie sie nach jedem Argument griff, das es ihr erlaubte zu glauben, er hege starke Gefühle für sie. Das war ein gefährlicher Pfad, er war voll von Fallstricken.

»Ich weiß nicht, was ich glauben soll«, sagte sie schließlich. »Ich kann außerdem nicht Reynards Bedeutung bei all dem vergessen.«

»Ach ja, der Junge.« Fiona lächelte kurz. »Ein guter Junge. Er schläft unten bei all den anderen Jungen, meinen und einigen von den Kindern der Brüder. Es bringt eine große Verantwortung mit sich. Mir ist klar, dass Sie vor einige sehr schwere Entscheidungen gestellt werden, sobald Sigimor der Gefahr, die Harold darstellt, ein Ende bereitet hat.«

Jolene versuchte angestrengt, nicht daran zu denken, musste sich aber eingestehen, dass das nicht nur dumm war, sondern auch feige. Solch schwere Entscheidungen würden nicht auf wundersame Weise hinfällig, nur weil sie versuchte, sie zu ignorieren. Das Vernünftigste war, sie im Blick zu behalten, um zu akzeptieren, dass alles, was sie nun unternahm, sie beeinflusste. Wenn sie einmal ihre Wahl getroffen hatte, würde es kein Zurück mehr geben, und es war wohl das Beste, sich so viel wie möglich damit auseinander zu setzen, bevor die Zeit da war. Die Gründe, die dafür sprachen, bei Reynard zu bleiben, waren offensichtlich. Die Gründe dafür, bei Sigimor zu bleiben, waren es nicht. Bisher nicht.

»Gibt es jemanden, dem Sie die Erziehung des Kindes anvertrauen würden, jemanden, der sich um ihn kümmern würde, wie um das eigene Kind?«, fragte Fiona.

Jolene dachte sofort an ihren Cousin Roger und dessen Frau. »Ja, aber ich kann nicht sicher sein, ob die Vormundschaft für den Jungen an ihn fallen würde. Mein Cousin Roger und seine Frau sind jung, aber nach zehn Jahren Ehe noch immer kinderlos. Roger und mein Bruder standen sich außerdem sehr nahe. Und er ist ein guter, ehrlicher Mensch. Es kann nur sein, dass unser König vielleicht ein Wort bei der Wahl des Vormunds mitsprechen möchte.«

»Pah, Könige.« Fiona rollte mit den Augen. »Mischen sich ein, wo es keine Notwendigkeit gibt. Allerdings könnte das tatsächlich ein Problem sein. Sie können sich ziemlich sicher sein, dass der König nicht nur an das Kind denkt, wenn er seine Wahl trifft. Hat Ihr Bruder nie niedergeschrieben, wen er bevorzugen würde?«

»Ich glaube schon, aber Harold hat wahrscheinlich alle derartigen Dokumente vernichtet, da er verhindern wollte, dass jemand sie einsehen und gegen ihn verwenden könnte. Das Beste, was ich hoffen kann, ist, dass einer meiner Verwandten, den ich gerne mag und achte, Einfluss beim König besitzt, aber ich weiß nicht, wer solche Macht haben könnte. Wenn es jemanden gibt, wird Harold ihn auch kennen.« Jolene schüttelte den Kopf und nahm einen großen Schluck Apfelmost, um das plötzliche Bedürfnis zu weinen hinunterzuschlucken. »Ich fürchte, das alles ist zu viel, um sich Klarheit zu verschaffen. Zu viele Unwägbarkeiten.«

Fiona langte hinüber und streichelte die Hand, die verkrampft in Jolenes Schoß lag. »Ja, ich befürchte, es sind zu viele, und ich bin froh, dass ich nie vor solchen Entscheidungen stand. Ich selbst würde nun meine Sorgen um Reynard beiseite schieben. Sie wissen, was er braucht und was er tun muss. Die einzige Unwägbarkeit, die es gibt, ist, wer ihm zur Seite stehen wird. Sie können jetzt nichts deswegen unternehmen, vielleicht werden Sie es niemals können, also schieben Sie es beiseite. Beten Sie einfach, dass der Mann, wer auch immer es ist, einer ist, den Sie befürworten und den Klein-Reynard braucht.«

»Sehr vernünftig«, erwiderte Jolene gehörig beeindruckt.

»Wissen Sie, ich war auch einmal eine vernünftige Person, aber Vernunft und ruhiger, gesunder Menschenverstand haben mich neuerdings verlassen.«

»Der Fluch der Liebe, fürchte ich. Liebe betritt dein Herz, und deine Intelligenz entweicht geradewegs durch dein Ohr.« Sie und Jolene lachten. »Ach, und die Zeit, in der man nicht weiß, ob man irgendeine Hoffnung hat, *geliebt zu werden*, ist die schlimmste. Das andere, was ich sagen will, ist, dass Sie Ihre Gedanken jetzt auf Ihren Ehemann richten müssen. Sie müssen sich entscheiden, was Sie von ihm haben wollen, und dann genau hinsehen, um zu erkennen, ob Sie eine Möglichkeit haben, den Preis zu gewinnen.«

»Und wie gewinne ich diesen Preis? Was haben Sie gemacht?«

»Ich habe ihn geliebt. Einfach, oder? Sie können nicht wirklich etwas anderes tun. Alles andere schmeckt etwas zu sehr nach Betrügerei, und der Versuch, sich zu ändern, um dem besser zu entsprechen, von dem man denkt, der Dummkopf mag es vielleicht, ist auch mit Risiko behaftet.«

Einfach, in der Tat, dachte Jolene, wenn jemand nicht die Einschränkungen hat, die ich habe. Es war Reynard, der bedacht werden musste. Selbst wenn sie den, der zum Vormund bestellt wurde, billigte, konnte sie sich wirklich von dem Kind abwenden? Da sie wusste, dass Peter eines Tages wieder heiraten würde, hatte sich Jolene bemüht, nicht mehr als Reynards Tante zu sein. Sie erlaubte dem Jungen nicht, zu glauben, sie sei seine Mutter oder würde es eines Tages werden, aber die Bande zwischen ihnen waren stark. Er war nur ein kleines Kind, das bereits so viel erlitten hat. Verluste begriff er vermutlich nicht in ihrer vollen Tragweite, aber konnte sie ihm wirklich zumuten, noch einen weiteren zu erleben? Fiona hatte Recht, sie konnte jetzt nichts deswegen unternehmen, aber sie bezweifelte, dass sie völlig aufhören konnte, sich Sorgen zu machen.

In vieler Hinsicht war die Frage nach Reynards Zukunft

mit ihrer und Sigimors Zukunft verbunden. Sie wollte mehr als Leidenschaft und Pflichtgefühl von ihm haben, aber wäre es gerecht zu versuchen, das zu erhalten? Zu wissen, dass sie sich einen Platz in Sigimors Herzen erobern könnte, dass sie wirklich die Art von Ehe führen könnte, die sie sich immer gewünscht hatte, wäre in der Tat wundervoll. Doch wenn sie ihn verlassen musste, um bei Reynard zu bleiben, dann konnte Jolene sich nur vorstellen, dass das wohl ebenfalls grausam war. Als sie Sigimor und Ewan beobachtete, wie sie auf Fiona und sie zukamen, wusste Jolene, dass sie bereits zu einem gebrochenen Herzen verdammt war, falls sie sich entschied, bei Reynard zu bleiben. Es schien nicht anständig zu sein zu versuchen, Sigimors Liebe zu gewinnen, um ihn denselben Schmerz erleiden zu lassen.

»Du siehst sehr ernst aus, Frau«, sagte Sigimor, indem er sich neben sie auf die Bank setzte und seinen Arm um ihre Schultern legte.

»Wir haben alle ihre Probleme besprochen«, sagte Fiona. »Ach, die Habgierigkeit der Männer war schon immer eine Quelle des Kummers.«

»Wenn ihr mich nicht wissen lassen wolltet, über was ihr gesprochen habt, dann hättet ihr genau das sagen können«, erwiderte Sigimor gedehnt. »Obwohl ich zugeben muss, es war ein gut formuliertes Ablenkungsmanöver.« Er grinste, als ihn beide Frauen anfunkelten.

»Ewan, Sigimor hat mich als Lügnerin bezeichnet«, sagte Fiona mit einem gespielt ernsten Stirnrunzeln zu ihrem grinsenden Ehemann.

»Du solltest meine Ehre verteidigen.«

»Sigimor, nenn meine Frau nicht Lügnerin«, gab Ewan pflichtgemäß weiter.

»Selbst wenn sie Lügen erzählt?«, fragte Sigimor.

»Ja, selbst dann. Du solltest einfach nur lächeln und vorgeben, dass du ihr glaubst. Ich mache das so. Du bist nun ein verheirateter Mann. Du solltest solche Dinge besser lernen.«

»Was ich im Moment lerne, ist, dass du nur ein Wort davon entfernt bist, gehörig geschlagen zu werden.«

Die Art, wie Fiona ihren Mann grimmig ansah, hätte Jolene fast zum Lachen gebracht. Die offenkundige Zuneigung zwischen diesem Paar ließ sie neidisch werden. Sie waren das perfekte Beispiel für das, was sie sich in ihrer eigenen Ehe wünschte. Sie fühlte das Gewicht von Sigimors Arm auf ihren Schultern und die selbstvergessene Zärtlichkeit seiner Hand auf ihrem Arm und fragte sich, ob sie je die besonderen Liebesbande entwickeln konnten, die Ewan und Fiona so offensichtlich teilten. Lieben Sie ihn einfach nur, hatte Fiona gesagt. Jolene war sich nicht sicher, ob es so einfach war.

»Junge, da war etwas, was ich dir unbedingt erzählen muss«, sagte Fingal, als er herüberkam, um sich vor Sigimor hinzustellen. »Eine Frau hat nach dir gefragt, vor etwa zwei Tagen, glaube ich. Sie hatte hier für eine Nacht ein Obdach gesucht. Lady MacLean?«

»Der Name ist mir nicht vertraut«, sagte Sigimor, obwohl er eine unangenehme Erinnerung in sich aufsteigen spürte.

»Lady Barbara MacLean? Sie sagte, sie sei eine Forbes gewesen. Aha, ich merke, du erinnerst dich nun an sie. Sie sagte, dass du es tun würdest.«

»Ja, das ist Jahre her. Ich war nicht mehr als ein Junge. Ich kann mir nicht vorstellen, warum sie nach mir fragen sollte.«

»Sie wurde neugierig, als sie erfuhr, dass wir Verwandte von den Camerons of Dubheidland sind.«

»Sie hat vermutlich nichts weiter versucht, als beim Essen eine angenehme Unterhaltung zu führen, und wir alle wissen, wie schwierig das sein kann«, bemerkte Fiona, als sie aufstand. »Aber es ist spät, und Lady Jolene hatte einen sehr langen Tag. Kommen Sie, Jolene. Ich werde Ihnen zeigen, wo Reynard schläft, danach führe ich Sie zu Ihrem Schlafgemach.« Sie streckte ihre Hand aus.

Jolene hatte keine andere Wahl, als sie zu ergreifen und sich von der Frau wegführen zu lassen. »Warum kann ich nicht bleiben und herausfinden, wer diese Frau ist und warum sie gerade nach Sigimor fragt?«, wollte sie von Fiona wissen, die sie die engen Treppen zu den Schlafgemächern hinaufgeleitete.

»Der arme Sigimor war durch die Neuigkeiten betäubt, Jolene. Es ist das Beste zu warten, bis er sich ein wenig erholt hat.«

»Sie meinen, bis er sich eine gute Antwort ausdenken kann.«

»Ja, auf gewisse Weise. Glauben Sie nicht, dass er lügen wird. Sicher nicht. Aber bei Männern wie Sigimor ist es manchmal das Beste, ihnen ein paar Minuten zu geben, um ihre Gedanken zu ordnen. Hier schläft Klein-Reynard.«

Jolene schluckte all ihre Fragen hinunter und folgte Fiona in einen großen Raum mit mindestens einem Dutzend Kindern. Sie lächelte matt, als sie einige Minuten lang ihren Neffen im Schlaf betrachtete, bevor sie sich den älteren Jungen ansah, den Fiona ihren Sohn nannte. Erst als sie den Raum verließen, begriff Jolene voll und ganz, dass der Junge namens Ciaran zu alt war, als dass Fiona wirklich seine Mutter sein konnte. Sie suchte noch nach einer Möglichkeit, auf höfliche Art eine Antwort auf dieses Rätsel zu erhalten, als Fiona die Fragen beantwortete, die sie selbst nicht zu stellen wagte.

»Ciaran ist der Sohn meines Mannes, geboren von einer Frau, die er vor neun Jahren gut kannte.«

»Sie versuchen vermutlich, mir eine Lehre zu erteilen. Unglücklicherweise hat sich mein Kopf auf eine Sache versteift. Oder besser, auf einen Namen.«

Fiona lachte, als sie Jolene in ein großes Schlafgemach schubste, das von einem ebenfalls großen Kamin, von Bett- und Kaminvorlegern aus Tierfellen und dicken Wandteppichen warm gehalten wurde.

»Ich verstehe. Ich hatte das gleiche Problem, nur meines hieß Helena, Ciarans Mutter.« Fiona ging zu dem breiten Bett hinüber, das den Raum dominierte, und zeigte auf ein Nachthemd, das darauf lag. »Da haben Sie Ihre Antwort.«

Jolene berührte das fein gewebte Leinen, das sich so weich wie Seide anfühlte. »Das trägt eine Frau, um einen Mann zu verführen. Es ist nicht das, womit ich vorhatte, meinen Ehemann zu empfangen.«

»Ich weiß, aber ein Knüppel auf seinem Kopf würde Sigimor nur verärgern.« Sie und Jolene lachten. »Nein, ziehen Sie das an, um ihn zu empfangen, wenn er hereinschlüpft. Es ist gut, einen Mann an all das zu erinnern, was er jetzt hat, wenn sich etwas aus seiner Vergangenheit heranschlängelt und versucht, ihn zu verführen. Sie werden die Antworten erhalten, die Sie suchen, und falls warme oder liebliche Erinnerungen seinen winzigen männlichen Verstand kitzeln, werden Sie sie gründlich verbannen. Und darf ich vorschlagen, dass Sie am Kamin stehen, wenn Sie dieses Verhör beginnen?«

Da sie genau wusste, dass das Licht am Kamin ihren Körper durch das dünne Leinen hindurch deutlich sichtbar machen würde, spielte Jolene die Empörte. »Sie sind schamlos.«

»Ja.«

»Und sehr klug.« Sie begegnete Fionas Lächeln mit einem Lächeln, von dem sie wusste, dass es genauso selbstgefällig und lüstern war wie Fionas.

# 12

»Ich nehme an, du würdest mich umbringen, Ewan, wenn ich deine Frau küsste«, sagte Sigimor, während er beobachtete, wie Fiona Jolene davonzog.

»Wenn deine Frau dir nicht zuvorkommen würde.« Ewan tauschte mit Sigimor ein verschmitztes Lächeln, um dann gemeinsam mit ihm Fingal verärgert anzusehen. »Hast du überhaupt eine Minute gewartet, bevor du hierher getrabt bist, um ihm vor seiner Braut von Barbara zu erzählen?«

»Ja, das habe ich.« Fingal kreuzte seine Arme über der Brust und blickte seinerseits grimmig auf die beiden.

»Ich dachte darüber nach, was für ein hübsches schottisches Mädchen diese Barbara ist, eine mit Fleisch auf den Knochen.«

»Sie ist verheiratet«, bemerkte Sigimor, bemüht, sich nicht über den Mann zu ärgern. Fingal war, wie er war, und würde sich nie ändern. »Sie ist seit neun oder zehn Jahren verheiratet. Ich habe nie etwas mit verheirateten Frauen angefangen.«

»Da wird es dich freuen zu hören, dass sie jetzt Witwe ist.«

Einen Augenblick lang suchte Sigimor tief in seinem Inneren nach einem Aufflackern von Freude über diese Neuigkeit, fand aber nichts. Es hatte von Barbara immer einen schwachen Schatten in seinem Herzen gegeben, der ihn gelegentlich mit dem flüchtigen Gedanken *Was wäre, wenn?* belästigte. Er konnte jetzt nicht einmal mehr diesen entdecken, und das hatte er ganz sicher Jolene zu verdanken. Es war unmöglich, ja sogar dumm, ein mattes *Was wäre, wenn?* fortleben zu lassen, wenn man jede Nacht eine sinnliche kleine Frau in den Armen halten konnte.

»Nein, es freut mich nicht. Nicht im Geringsten, um ehrlich zu sein. Wüsste nicht, warum es mich kümmern sollte.«

»Die Frau behauptet, sie sei dir *sehr* nahe gestanden, bevor sie geheiratet hat. Ja, und manchmal auch danach, und mir ist nicht klar, warum du dich nun so fromm gibst.«

»Sie lügt.«

Sigimor zuckte die Schultern. Er wirkte gelassen, obwohl er die Vorstellung von Barbaras Hals zwischen seinen Händen genoss. »Diese Frau lügt sehr gut, das hat sie immer getan. Ich habe sie tatsächlich ein- oder zweimal gesehen, seit sie ihren reichen alten Laird geheiratet hat, nicht öfter, und das auch nur, wenn es sich nicht vermeiden ließ.« Er sah sich in der großen Halle um. »Um der Wahrheit Gottes willen, Fingal, sie ist eine Lügnerin und noch mehr. Ich bezweifle, dass sie Scarglas verlassen hat, ohne ein oder zwei MacFingals ausprobiert zu haben.«

Er lachte fast darüber, wie Fingal sofort wütend in die Runde seiner Männer starrte, worunter sich viele seiner eigenen Söhne befanden.

»Und nun bist du hergegangen und hast meine Frau dazu gebracht zu glauben, ich sei ein lüsterner Schurke, der überall im Land verstreut Mädchen sitzen hat. Warum? Wegen einer verlogenen Hure, die vermutlich das ganze Vermögen ihres Mannes durchgebracht hat und jetzt nach dem Geldbeutel eines neuen Mannes Ausschau hält, den sie leeren kann?« Sigimor konnte aus der Art, wie Fingal ihn durchdringend ansah, schließen, dass seine Verärgerung in seiner Stimme mitschwang.

»Ich hatte vor, dir ein vornehmes, hübsches Mädchen, eine Schottin, zu besorgen, und noch dazu eines, das genug Fleisch auf den Knochen hat, um dein Gewicht auszuhalten.«

»Barbara ist sehr geschickt darin, das Gewicht eines Mannes auszuhalten. In der Tat. Ich bin überzeugt, dass ich die Frau, die ich habe, behalten werde.«

»Aber sie ist Engländerin!«

»Das ist sie. Die Schwester eines englischen Grafen, eines Mannes, der mir das Leben gerettet hat, möge Gott seiner Seele Frieden schenken. Und ein Mädchen, das nicht dazu geboren wurde, das Gewicht eines anderen Mannes außer mir zu tragen, und es nie tun wird.« Er beobachtete, wie Fingal sich entfernte und dabei etwas von jungen Idioten vor sich hin brummte. »Ich habe nicht gedacht, dass es so viel Verdruss gibt, weil sie Engländerin ist. Können sie denn nicht sehen, dass sie nichts anderes als ein kleines Mädchen ist?«

»Nein, aber sie werden es noch verstehen. Und sie ist jetzt eine Cameron«, sagte Ewan bestimmt und musste über Sigimors zustimmendes Stöhnen grinsen. »Es ist nichts weiter als eine vorübergehende Entrüstung. Sie ist ein prima Mädchen, und Fiona mag sie. Ich gebe allerdings zu, dass die blonde, vollbusige Barbara mir eher dein Geschmack zu sein schien.«

»Das war so. Ich bin ein großer Mann und dachte deshalb, ich brauche solch ein Mädchen.«

Er zwinkerte Ewan zu.

»Ich vermute, du weißt, was ich dachte und wie falsch ich damit lag, oder?«

»Ja. Ich weiß auch, dass du nun ein paar Erklärungen abgeben musst.«

Sigimor schnitt eine Grimasse. »Das ist mir klar. Sie hatte diesen ganz bestimmten Gesichtsausdruck. Obwohl ich nicht wirklich über diese alte Dummheit sprechen möchte.«

»Wir haben alle Dummheiten gemacht, Cousin, und Ehefrauen neigen dazu, sie zu entdecken. Du kennst meine gut genug.«

»Aber deine ist tot und begraben. Meine scheint mich zu verfolgen.«

Ewan lachte. »Sie schien sehr begierig darauf zu sein, alles über dich zu erfahren. Wenigstens bringt sie dir kein Kind mit, das du ihr gemacht hast.« Er nickte, als Sigimor zusammenzuckte. »Ich liebe den Jungen, und Fiona liebt ihn ebenso, aber es war nicht leicht, und mein Zögern, Fiona von

Ciaran zu erzählen, war nicht eben hilfreich. Am besten spuckt man die Wahrheit aus und spricht alles durch. Denk dran, was passieren könnte, wenn du's nicht machst und Lady Barbara eine Möglichkeit bekommt, ihre Version der Geschichte zu erzählen.«

»Um Gottes willen, wenn das passiert, müsste ich in den Stallungen schlafen.«

»Eins habe ich gelernt: Wenn die Frau aus deiner Vergangenheit dir einen schlechten Dienst erwiesen hat, dann wird deine Ehefrau äußerst gern ihre Wut gegen diese Frau richten. Darum bringe deine Frau dazu, dir zu glauben, wenn du ihr sagst, dass jene Frau dir jetzt nichts mehr bedeutet, und, was noch wichtiger ist, meine es auch so.«

»Oh, ich werde es auch so meinen. Von ganzem Herzen.« Sigimor stand auf und nahm sich einen Augenblick Zeit, um sich für die kommende Auseinandersetzung zu stärken. »Ja, Jolene wird nicht an meiner Aufrichtigkeit zweifeln. Die einzige Tücke wird sein, ihr die Geschichte so zu erzählen, dass ich nicht aussehe wie der vollkommen junge Idiot, der ich damals war.« Er ließ Ewan lachend zurück und ging zur großen Halle hinaus.

Als er zu dem Schlafgemach kam, das er immer bei seinen Besuchen auf Scarglas erhielt, fühlte sich Sigimor verunsichert. Auch wenn er es nicht mochte, so war er doch darauf vorbereitet, Jolene über Barbara aufzuklären. Was ihn plötzlich beunruhigte, war aber die Möglichkeit, dass sie ihn *nicht* um eine Erklärung bat, dass sie nicht genug daran interessiert war, um besorgt, besitzergreifend oder sogar ein bisschen eifersüchtig zu sein.

Verärgert über seinen ungewohnten Mangel an Selbstvertrauen schritt er in das Gemach. Er würde ihr von Barbara erzählen und, je nachdem, wie Jolene reagierte, würde er es ihr vielleicht auf eine Weise erzählen, die sie anstacheln könnte, verräterische Gefühle zu äußern. Seine Frau konnte von Zeit zu Zeit einen sehr ruhigen, fast kalten Gesichtsausdruck aufsetzen, aber er wusste, dass sie nicht daran festhalten konnte. Sigimor sah zu der Stelle am Kamin, wo Jolene stand, schlug die Tür hinter sich zu, verriegelte sie und lehnte sich gegen sie, während er versuchte, Atem zu holen.

Jolene stand da mit einem Glorienschein vom Licht des Feuers und trug etwas, das kaum mehr war als ein Streifen aus hellem Nebel. Das dünne, mit Spitzen und Bändern geschmückte Nachtgewand verbarg sehr wenig von ihren geschmeidigen Formen. Im Licht des Feuers sahen sie noch schmaler aus. Ihr dunkles Haar war offen, und seine vollen, langen Wellen verdeckten kaum etwas. Sie war so gut wie nackt, und doch erregte ihn die Tatsache, dass sie es nicht war, nur noch mehr.

Dann bemerkte er, dass ihre Hände fest in ihre schlanken Hüften gestemmt waren und auf ihrem Gesicht spiegelte sich ein düsterer Ausdruck statt eines warmen, begrüßenden Lächelns. Als er zu ihren Füßen hinunterschaute, sah er, dass sie mit einem ihrer bloßen Füße auf das Schaffell tippte, das vor dem Kamin lag. Er bemerkte außerdem, dass sie tatsächlich lange Zehen hatte.

»Wer ist Barbara?«, forderte Jolene Auskunft, während sie die Freude darüber, wie er auf ihr Aussehen reagierte, verbarg.

»Barbara?«

Sigimor zwang sich, ihr ins Gesicht zu sehen, und rang damit, sich den Gedanken aus seinem Kopf zu schlagen, sie auf das Schaffell zu werfen.

»Ach, Lady Barbara MacLean. Nur jemand, den ich kannte, vor zehn oder noch mehr Jahren.«

»Ich verstehe. So lange her schon, hm? Dann hat sie ja ein sehr hartnäckiges Gedächtnis.«

»Nun, ich bin ein sehr erinnernswerter Zeitgenosse.«

Sigimor ging zum Bett und setzte sich auf die Kante, um seine Stiefel auszuziehen. Jolene führte sich genauso auf, wie er es von einer Ehefrau erwartete, wenn sie von Frauen aus seiner Vergangenheit erfuhr, von einer Frau, die sich scheinbar nicht damit zufrieden gab, in der Vergangenheit zu bleiben. Ein kurzer Seitenblick verriet ihm, dass sie ihre Hände inzwischen zu Fäusten geballt hatte und sich ihre Augen verengt hatten.

Ihm kam der Gedanke, dass es wohl nicht sehr weise war, sie zu sehr zu reizen, wenn er die Einladung, die ihr Nachtgewand darstellte, annehmen wollte.

»Eine Frau zeigt nicht ohne Grund solches Interesse für einen Mann, vor allem nicht für einen, den sie seit zehn oder mehr Jahren nicht mehr gesehen hat. Auch wenn du nicht so erinnernswert wärst, Sigimor.«

Er fragte sich, ob in der letzten Bemerkung ein Kompliment versteckt war, konzentrierte sich dann aber gezwungenermaßen auf die Erklärung, wer genau Barbara war. »Es war vor etwa zehn Jahren. Trotz meiner Versuche, ihr nicht zu begegnen, habe ich sie seitdem ein paar Mal gesehen. Die Frau fragt nach mir, weil sie jetzt Witwe ist.«

»Sie verfolgt dich, weil sie dich zum Geliebten haben möchte?«

»Meine Vermutung ist, weil sie mich zum Ehemann haben möchte und weil ihr eigener sie wahrscheinlich ohne einen Penny zurückgelassen hat. Ich habe den Mann vor nur zwei Jahren getroffen. Er war betrunken und hat sehr unverblümt gesprochen. Das einzig Gute, das er von der Ehe mit Barbara gehabt hätte, so sagte er, seien seine zwei Söhne. Er sagte auch, dass er sich nicht einmal sicher sei, ob der zweite Junge sein eigener ist, da seine Frau eine Affäre mit seinem Neffen hatte. Aber er habe beschlossen, da das Blut des Jungen MacLean-Blut war, sei es nicht so schlecht. Zudem beklagte er sich, dass die Frau ihn arm wie eine Kirchenmaus machen würde, wenn sie es könnte, aber er habe schließlich die Geldtruhe vor ihren gierigen Händen verschlossen und geschworen, sie werde niemals mehr welches herausholen können. Vermutlich hat er diesen Schwur gehalten.«

Das waren nicht gerade die Worte eines Liebhabers, entschied Jolene und entspannte sich etwas. »Wie kam sie darauf, dass du sie heiraten würdest?«

»Weil ich vor zehn Jahren ein dummer Junge war, verrückt vor Begierde, deutlich verblendet und, ja, geschmeichelt durch die Aufmerksamkeit von so einem hübschen Mädchen von hoher Geburt. Ich war um die Zweiundzwanzig, aber nicht so welterfahren, wie ich von mir dachte.«

Er zog sich sein Hemd aus und zeigte auf die Tätowierungen an seinen Oberarmen, die Male, die er mit sich tragen würde, bis er zu Staub zerfallen war.

»Ich habe das da gemacht, um sie zu beeindrucken. Es hat mich fast umgebracht, da es eiterte und ich Fieber bekam. Weißt du, ich hatte gehört, wie sie über solche Zeichnungen, die sie an einem anderen Mann gesehen hatte, eine Bemerkung fallen ließ, und wünschte mir, dass sie von mir mit derselben Bewunderung sprechen würde. Sie hat diese Muster nie gesehen.«

Jolene bereute ihre Frage nach Barbara bereits. Dass er so etwas getan hatte, nur weil er wollte, dass eine Frau gut von ihm sprach, verriet eine Gefühlstiefe, die er ihr gegenüber nie gezeigt hatte. Vielleicht war das, was sie als lieblose Worte vernommen hatte, in Wirklichkeit Ausdruck der Verärgerung und des andauernden Schmerzes. Es war möglich, ein verletztes Herz zu heilen, aber sie war sich nicht sicher, ob sie die Fähigkeit und die Zeit dazu hatte, vor allem, wenn diese Barbara vorhatte, ihn zurückzugewinnen.

»Ich finde diese Muster sehr hübsch«, sagte sie und fühlte sich wie eine Närrin, bis er sie anlächelte. »Sie hat sich für einen anderen Mann entschieden?«

»Sie hatte ihn schon gewählt und hat an der Wahl festgehalten, während sie mit mir ihre Spiele spielte. Den alten Laird MacLean, einen Mann mit einem vollen Geldbeutel, der dreißig Jahre älter war als sie und sich nach einer jungen Frau umsah, die ihm einen Sohn schenken würde. Sie wollte sich nur eben noch mit ein paar jungen Männern vergnügen, bevor sie heiratete.«

»Ein paar?«

»Ja, ein paar. Ich ging einmal zu ihr, nachdem ich mich von meinem Fieber erholt hatte und die Wunden verheilt waren. Ich wollte ihr zuerst eine Nachricht zukommen lassen, beschloss dann aber, sie zu überraschen. Das tat ich auch. Ich überraschte auch den Mann, der auf ihr lag.«

»Du liebe Zeit.«

Es war etwas schwer, sich Sigimor als einen unerfahrenen jungen Mann vorzustellen, aber sie konnte leicht mit allen mitfühlen, die ihre Geliebte in den Armen eines anderen fanden.

»Glücklicherweise kam es zu dieser Überraschung nicht, bevor ich genug gehört hatte, um zu wissen, welch ein Narr ich war. Sie sprach von ihrer Heirat mit MacLean am nächsten Morgen und versicherte dem tapferen Jungen in ihren Armen, dass das nichts an dem, was zwischen ihnen sei, ändern würde. Ihre ersten Worte, als sie mich erblickte, waren Aufforderungen, sie nicht an MacLean zu verraten. Ich sagte dem Mann, der mit ihr zusammen war, er solle weitermachen, spuckte ein paar Beleidigungen aus von wegen, ich wolle kein so benutztes Mädchen haben, und verschwand. Ich wollte MacLean alles erzählen, aber ich konnte den Mann nicht finden, zumindest nicht, bis ich der ganzen Sache bis zum Äußersten überdrüssig war und nach Dubheidland zurückkehrte. Über die Jahre hinweg hat sie ein paar Mal versucht, meinen Blick auf sich zu lenken, aber selbst wenn ich ein Mann gewesen wäre, der einem anderen Hörner aufsetzt, wäre ich nicht interessiert an ihr gewesen.«

Was Barbara noch mehr dazu anstachelte, ihn zu bekommen, vermutete Jolene.

Sie hatte gedacht, sie werde sich besser fühlen, wenn sie das Aufflackern von Eifersucht auf diese Frau begraben würde, aber dieses Gespräch hatte nicht dazu geführt. Sie wusste noch nicht einmal genau, was Barbara für ihn bedeutete. Er sprach von Lust, nicht von Liebe, aber Männer schienen sich vor diesem Wort zu hüten. Wenn er mehr als Lüsternheit und Geschmeicheltsein empfunden hatte, dann konnte echter Kummer auf sie zukommen. Barbara war wohl keine Frau, die aufgab, wenn sie etwas haben wollte, und jetzt schien sie Sigimor zu wollen. Jolene wurde von ihren Gedanken abgelenkt, als ein nunmehr nackter Sigimor vor sie hintrat, seine Hände auf ihre Schultern legte und ihre Wange küsste.

»Du musst nicht so nachdenklich sein, Frau«, sagte er. »Sie ist nicht mehr als eine schlechte Erinnerung an die Dummheit eines Jungen.«

»Wirklich?« Jolene errötete über die Art und Weise, wie er sie vom Kopf bis zu den Zehen ansah. »Sie sucht nach dir, Sigimor. Nach allem, was du mir gerade gesagt hast, ist sie nicht die Sorte Frau, die eine Jagd aufgibt.«

»Das heißt aber nicht, dass sie ihr Spiel spielen kann. Ich bin kein Junge mehr, der unerfahren und blind ihren Fehlern gegenüber ist. Doch wo hast du diesen Hauch eines Nichts her, der gemacht wurde, um einen Mann in Versuchung zu führen?«

»Von Fiona. Es ist eines der Dinge, die du für nutzlos hältst.«

»Ich glaube, ich könnte meine Meinung darüber durchaus ändern.«

Mit einem schnellen Blick hinunter auf den mannhaften Beweis seiner Erregung murmelte Jolene: »Das sehe ich.«

Etwas zögerlich streckte sie die Hand aus, um ihn dort zu berühren. Ihm entfuhr ein sanftes Stöhnen, aber die Art, wie er seine Hüften bewegte, um sich stärker in ihren Griff zu schmiegen, verriet ihr, dass es ein Ton der Zustimmung war. Jolene schloss ihre Finger um ihn, fasziniert davon, ihn zu spüren. Er fühlte sich so fest und heiß an in ihrer Hand, doch auch seidenweich. Er schien größer und härter zu werden, während sie ihn streichelte. Jolene war noch immer etwas erstaunt darüber, dass er das Ding in sie hineinschieben konnte.

Wenn Barbara die Dirne war, die sie nach Sigimors Erzählung zu sein schien, dann, so vermutete Jolene, würde sie sich sehr gut an Sigimors männliche Eigenschaften erinnern. Sie hatte genug junge Männer gesehen, um zu wissen, dass sie noch immer eine weiche Jungenhaftigkeit in ihrem Aussehen hatten und dass viele von ihnen noch nicht ihre volle Größe erreicht hatten.

Da Sigimor nicht wie ein Mann von mehr als dreißig Jahren aussah, war sie sich sicher, dass er vor zehn Jahren mehr einem Jüngling als einem Mann geglichen hatte. Eine Frau wie Lady Barbara hatte vermutlich seine Möglichkeiten erkannt und wollte nun sehen, ob er sie ausgeschöpft hatte. Allerdings wusste sie es wohl schon, wenn es noch nicht lange her war, seit er sie zuletzt getroffen hatte. Sigimor glaubte offensichtlich, dass Lady Barbara auf der Suche nach einem neuen Ehemann mit einem dicken Geldbeutel war, aber Jolene nahm an, dass diese Frau zugleich ein paar ganz andere Gründe für ihre Jagd hatte.

Jolene beschloss, dass diese Jagd nicht einfach werden würde, wenn jene Frau auf Dubheidland erscheinen sollte. Auch wenn sie sich noch immer nicht sicher war, was die Zukunft für Sigimor und sie bereithielt, jetzt war er ihr Mann. Sigimors Ehefrau zu sein, brachte ihr eine Menge Vorteile gegenüber jedem Eindringling, und Jolene beabsichtigte, von jedem einzelnen uneingeschränkt Gebrauch zu machen. Die Leidenschaft, die Sigimor und sie miteinander teilten, gehörte eindeutig dazu.

Jolene war so leidenschaftlich, so leicht zu entflammen durch sein Liebesspiel, sie inspirierte ihn. Er würde ihr dies nie gestehen, aber er war nie ein besonders waghalsiger oder erfinderischer Liebhaber gewesen. Die meisten Frauen, mit denen er geschlafen hatte, waren von der Sorte, die sich ein Mann kaufte und für die er bezahlte. Immer wieder war es vorgekommen, dass der Hunger nach einer Frau ihn trieb, sich eine zu suchen, und er tat dies im nächstbesten Gasthof, in einer Taverne oder einem Schankhaus. Er nahm sich eine Frau, die sowohl vollbusig als auch verhältnismäßig sauber war, und schlief mit ihr. Obwohl er sich verpflichtet fühlte, ihr Lust zu verschaffen, machte er nur das absolut Nötigste, um das zu bewerkstelligen. Diese Frauen waren für ihn in vielerlei Hinsicht nichts weiter als ein warmer Körper, und sein Hauptaugenmerk lag, auch wenn es selbstsüchtig war, in erster Linie darauf, seine eigene Erlösung von dem Bedürfnis, das ihn ergriffen hatte, zu erlangen. Hätte er nicht festgestellt, dass diese Befriedigung intensiver war, wenn in der Frau etwas Wärme war, dann hätte er ihnen wohl keinen Genuss gewährt, so wenig Aufmerksamkeit schenkte er ihnen.

Die Art, wie sie sich betragen hatte, als sie hörte, dass eine Frau aus seiner Vergangenheit ihm nachstellte, beglückte ihn sehr. Sigimor erkannte darin ihren Sinn für Besitz und hatte das Aufglimmen von Eifersucht in ihren Augen gesehen. Sie gewöhnte sich daran, seine Frau zu sein und ihn ganz und gar als ihren Ehemann zu akzeptieren. Ein Mann sollte einen gewissen Besitzanspruch und eine heftige Leidenschaft zu nützen wissen, um Liebe daraus entstehen zu lassen oder wenigstens eine verbindliche Zuneigung. Es beunruhigte ihn etwas, dass er sich das so sehnlich wünschte, aber es war nun einmal so, und er war entschlossen, es zu bekommen.

Einen Arm um Jolene geschlungen und einen unter seinem Kopf, dachte Sigimor über Barbara nach. Obwohl er nicht mehr jungfräulich war, als er sie kennen lernte, war sie seine erste wirkliche Geliebte, die erste, die nicht eine gemeine Dirne war, die er für eine oder mehrere Stunden gekauft hatte. Sie war die erste Frau, die Gedanken an Liebe und Ehe in ihm weckte. Ihr Betrug hatte ihn schwer getroffen, aber er sah ein, dass in Wirklichkeit nur sein Stolz verletzt und mit einem fast tödlichen Schwertstreich jede Form von Eitelkeit in ihm zerstört worden war. Es hatte ihn zu jener Sorte

Frauen zurückgetrieben, die zuerst die Münzen eines Mannes sehen wollten, ein primitiver, aber ehrlicher Handel. Die gelegentlichen Gedanken an Barbara waren nichts weiter als die Grübeleien eines Mannes gewesen, der viel zu oft alleine schlief und in seiner Jugend für kurze Zeit geglaubt hatte, seine Gefährtin gefunden zu haben. Er küsste Jolenes Haar. Dieses Mal hatte er keine Zweifel. Er musste ihr nur darüber die Augen öffnen.

Und Barbara konnte ihm bei seinen Bemühungen einigen Ärger machen. Sigimor hegte den äußerst starken Verdacht, dass Jolene sich ihrer Stellung als Frau nicht sicher war, nicht sicher ihrer Fähigkeit, ihren Mann auf Dauer zufrieden zu stellen. Eine Frau wie Barbara würde innerhalb eines Herzschlags diese Schwäche wittern. Sie konnte leicht jeden Fortschritt zerstören, den er erreicht hatte in seinem Bemühen, Jolene mit Herz, Verstand und auch mit dem Körper an ihn zu binden.

Er konnte nur hoffen, er würde mit seiner Vermutung, dass Barbara ihm nachstellte, irren, aber er fürchtete, genau richtig zu liegen. Sigimor stöhnte und schloss seine Augen. Wenn Barbara noch immer die Verbindungen von einst besaß, wenn sie noch immer bei all ihren Verwandten und Verbündeten anerkannt war, dann wäre es unklug, ihr seine Gastfreundschaft zu versagen, falls sie die Tore Dubheidlands erreichen sollte. Es mochte nicht schaden, darüber nachzudenken, wie sich eine Frau beruhigen ließ, der eine verflossene Geliebte Gift ins Ohr träufelte. Natürlich konnte er Jolene so lange in seinem Bett behalten, bis Barbara aufgab und nach Hause ging. Sigimor schlief ein, lächelnd vor Begeisterung über diesen Plan.

# 13

»Harold liegt noch immer auf der Lauer.«

Jolene seufzte und sah auf Sigimor, der auf die Kemenate zuschritt, in der Fiona und sie mit den Kindern spielten. Sie hatte die vergangenen Tage des trügerischen Friedens genossen. Es hatte sie nicht überrascht, dass Harold ihnen auf Scarglas gefolgt war, aber sie hatte gehofft, dass die Unmöglichkeit, an sie heranzukommen, ihn entmutigen würde. Entweder das oder die ständigen Schikanen durch die MacFingals. Keiner sagte ihr genau, was sie machten, aber sie schienen sich eindeutig zu amüsieren.

»Vielleicht hat er nicht genug Pferde, um wegzureiten«, überlegte sie und legte Fionas Säugling Ahearn bequemer in ihrem Arm zurecht.

»Es *waren* wohl doch seine Pferde, die gestern Abend hereingebracht wurden, nicht wahr?« Sie beobachtete belustigt, wie Sigimor plötzlich von Reynard, Ciaran und anderen kleinen Jungen belagert wurde.

»Ja, Mädchen, das stimmt«, antwortete er, bevor er seine Aufmerksamkeit den Jungen zuwandte, um sie zu kitzeln und mit ihnen zu ringen.

Während sie ihn beobachtete, erkannte sie, dass er Kinder liebte und sie ihn liebten. Er würde so ein guter Vater sein, dachte sie sich und rieb den Rücken des kleinen Ahearn. Dabei verspürte sie ein befremdliches, neues Begehren. Sie hatte immer davon geträumt, Kinder zu haben, und nun wünschte sie sich innig ein Kind von Sigimor. Ihr Leben wurde immer komplizierter, dachte sie traurig. Harold, ein frisch angetrauter Ehemann, eine Frau aus Sigimors Vergangenheit, die ihm nachstellte, und jetzt auch noch die plötzliche Sehnsucht nach einem Kind von einem Mann, von dem sie noch immer nicht sicher wusste, ob sie bei ihm bleiben konnte.

Reynards frohes Lachen zog ihre Aufmerksamkeit auf sich. Er war so glückselig, nichts von der großen Gefahr zu ahnen, in der er schwebte. Das Kind genoss die Gesellschaft der anderen Kinder so sehr, und sie erinnerte sich, dass er nie viele Möglichkeiten gehabt hatte, mit anderen Kindern zu spielen. Als Erbe war er so gut es ging von den Kindern der Dienstleute fern gehalten worden. Peter wäre entsetzt, wenn er seinen kostbaren Erben beim Spiel mit den unehelichen Kindern des alten Lairds MacFingal und seinen Söhnen finden würde, von denen viele von niedrig gestellten Frauen geboren worden waren. Auf seine Weise war Peter etwas zu stolz auf seine Stellung in der Welt gewesen. Er hatte drei Kinder mit Frauen aus dem Kreis der Pächter und Bediensteten gezeugt, hatte sie aber nie in der Nähe seines Sohnes haben wollen, so wie ihrer beider Vater seine illegitimen Kinder von ihnen fern gehalten hatte. Sie war beschämt, weil sie das hingenommen hatte, jetzt sah sie es als grobe Ungerechtigkeit an. Reynard hätte es offensichtlich geliebt, andere Kinder um sich zu haben, und was wäre besser gewesen als seine eigenen Geschwister, unehelich oder nicht. Sollte sie irgendein Mitspracherecht in Reynards Leben bekommen, wenn dies hier vorbei war, dann würde sie darauf achten.

Als Fiona kam, um ihr schlafendes Kind zu holen, ließ Jolene nur ungern von ihm ab. Der kurze Blick voll Sympathie, den Fiona ihr zuwarf, verriet Jolene, dass die Frau ihre plötzliche Sehnsucht verstand. Als Fiona mit dem Säugling ging, folgten ihr einige Jungen. Jolene verschränkte die Arme vor ihrer Brust, um so vergeblich die Leere, die sie empfand, zu mildern.

Sigimor scheuchte die Knaben weg und wandte sich Jolene zu. Er wunderte sich über den flüchtigen Ausdruck von Traurigkeit auf ihrem Gesicht, bevor sie ihn anlächelte. Die Erwähnung von Harold ängstigte sie normalerweise.

»Dann haben es deine Cousins also nicht geschafft, Harold zu vertreiben?«, fragte sie, als er sich zu ihr an das Feuer gesellte und sich in einem schweren Eichenstuhl ihr gegenübersetzte.

»Ich nehme an, das war ihre Absicht.«

»Zum Teil«, antwortete Sigimor und lächelte, als die Jungen plötzlich vor Aufregung losschrien und aus dem Raum stürmten. »Die machen sich jetzt vermutlich daran, neue Länder zu erobern.«

»Reynard genießt die Gesellschaft von anderen Kindern. Mir wurde plötzlich klar, dass er sehr viel allein war. Jetzt zeigt sich deutlich, dass er ihre Gesellschaft liebt und mit ihnen zu spielen, laut zu sein und schmutzig zu werden.«

»Gab es auf Drumwich keine anderen Kinder?«

»Schon, aber keine, die ihm an Geburt gleichkamen. Peter hatte drei weitere Kinder, aber er hat nichts für sie getan, außer dafür zu sorgen, dass sie nicht hungern und immer ein Dach über dem Kopf haben. Mein Vater hat es mit seinen unehelichen Kindern ebenso gemacht. Ich bin eben mit mir ins Gericht gegangen, weil ich dieses Arrangement einfach hingenommen habe.«

»Ich bezweifle, dass du ihre Meinung hättest ändern können.«

»Wahrscheinlich nicht. Dein Onkel ist ein sehr seltsamer Zeitgenosse«, begann sie.

»Du wirst darüber keinen Widerspruch hören.«

Sie lächelte kurz und fuhr dann fort. »Seltsam und eindeutig ohne Zurückhaltung. Allerdings kann man nichts daran aussetzen, wie er sich um seine Kinder kümmert, um *alle* seine Kinder. Die meisten Lords missachten die Kinder, die außerhalb des Ehebettes gezeugt wurden, oder sie streuen, wie Peter und mein Vater, ein paar Münzen auf ihren Weg und halten sich für äußerst freigiebig. Doch dein Onkel sammelte sie alle ein, zieht sie zusammen mit seinen ehelichen Söhnen auf und bietet ihnen die Chance auf ein besseres Leben. Das gilt auch für die Menschen, die Schiffbruch erlitten haben.«

»Ja, mein Onkel sammelt die Verlorenen und die Ausgestoßenen. Das hat er schon immer getan. Er macht sich außerdem mehr Feinde als Freunde, deswegen ist Ewan jetzt der Laird. Der arme Ewan hielt seinen Vater für etwas verrückt, bis Fiona ihm zeigte, dass er es nicht war, dass er einfach nur ein verwöhntes Kind in der Gestalt eines Mannes war.«

Er grinste, als sie lachte, wurde aber schnell wieder ernst, streckte seine Hand aus und hielt ihre Hand in seiner fest. »Wir werden uns heute Nacht fortschleichen, Mädchen.«

»Aha, ich hatte mich schon gewundert, warum du zu mir gekommen bist und von Harold gesprochen hast. Schließlich war er während der ganzen Zeit, die wir hier waren, in der Gegend.«

»Ich hoffte, dass sich von selbst eine passende Gelegenheit ergeben würde, aber das war nicht der Fall. Deshalb müssen wir verschwinden, bevor Harold unseren Kampf in diese Hallen bringt.«

Jolene nickte, sie wusste, dass er Recht hatte, verließ aber Scarglas nur widerwillig. Sie war zuerst etwas niedergeschlagen gewesen, aber das hatte schnell nachgelassen. Zwei Tage lang hatte sie sich sicher gefühlt, hatte es bequem gehabt und in Fiona eine gute Freundin gefunden. Trotz Harolds Gegenwart. Sie hasste es, dieses Leben aufzugeben und die Anstrengung auf sich zu nehmen, Harold auszuweichen, bis sie Dubheidland erreichten, wo sie sich einer weiteren großen Gruppe von Fremden gegenübersehen würde.

Sie verzog leicht das Gesicht, als sie an Reynard dachte. Er würde nicht davon begeistert sein, seine neuen Freunde zu verlassen und den Spaß, den er beim Spiel mit ihnen hatte. Es nützte nichts, dass er wirklich zu jung war, um die Notwendigkeit ihres Scheidens voll zu verstehen.

»Du wirst Dubheidland mögen, Mädchen«, sagte Sigimor und versuchte zuversichtlicher zu klingen, als er sich fühlte.

»Davon bin ich überzeugt. Bestimmt. Ich habe eben nur darüber nachgedacht, dass Reynard von den Neuigkeiten nicht begeistert sein wird.«

»Ach, das ist es. Willst du, dass ich mit ihm spreche, Mädchen?«

»Das wäre feige von mir«, sagte sie, dem Wunsch widerstehend, sofort einzuwilligen und ihn loszuschicken, um sich darum zu kümmern.

»Nein. Warum solltest du ihm schlechte Nachrichten bringen wollen, und so wird er es sehen, vor allem, da es sehr schwierig sein wird, ihm das verständlich zu machen. Dies ist meine Idee, also werde ich sie ihm mitteilen. Und ich werde dafür sorgen, dass Ciaran und ein paar von den anderen Jungen dabei sind.«

»Was ändert das?«

»Im Beisein der anderen Jungen wird er versuchen, die Neuigkeiten wie ein Mann aufzunehmen.«

»Wie ein Mann? Er ist kaum drei Jahre alt!«

»Das macht nichts. Er wird nicht wollen, dass die anderen Jungen denken, er sei nichts anderes als ein kleines Kind. Und die älteren Jungen werden viel besser als er verstehen, dass dies sein muss. Reynard ist ein sehr kluger Knabe, man kann besser mit sprechen und er versteht mehr, als man von einem Kind seines Alters erwartet. Dennoch können manchmal Kinder einem anderen Kind Dinge besser verständlich machen, als irgendein Erwachsener es kann. Also werden die anderen Jungen ihm die Wahrheit sagen, so wie sie sie sehen, nachdem ich sie verlassen habe.«

»In einer Sprache, die er verstehen kann«, fügte Jolene hinzu und nickte. »Dann werde ich es vorziehen, ein Feigling zu sein. Du kannst es ihm sagen.«

Sigimor lehnte sich in seinem Stuhl zurück und lachte sie an. »Du siehst noch immer etwas schuldbewusst aus. Bestrafe dich nicht selbst deswegen. Du musstest dem Jungen in letzter Zeit eine Menge schlechter Nachrichten überbringen und ihn davon überzeugen, vieles zu tun, was er nicht wollte oder nicht verstand. Mehr als dein Anteil war. Es ist nichts Unrechtes dabei, dir einen kleinen Rest davon abzunehmen.«

»Vermutlich nicht, obwohl es mir vorher nicht viel ausgemacht hat. Ich denke, es ist nur, weil es zwei so friedliche Tage waren und er gerade jetzt so glücklich ist.«

»Ja, wahrscheinlich. Aber warum hast du so traurig ausgesehen, als Fiona ihr Kind nahm und ich herkam, um mich zu dir zu setzen?«

Gefangen in ihren Gedanken an den armen Reynard, der dies alles wegen Harold aushalten musste, sprach sie, ohne nachzudenken, die volle Wahrheit. »Ahearn hat sich in meinen Armen so gut angefühlt. Ich bin dreiundzwanzig und kinderlos, während die meisten Frauen meines Alters bereits einige Kinder geboren haben.« Sie errötete, als ihr die Bedeutung ihrer Worte klar wurde. »Es war nicht wichtig.«

Sigimor stand auf, beugte sich über sie und küsste sie. »Es ist wichtig, wenn es dich traurig macht. Du hast nur eine natürliche, weibliche Sehnsucht nach deinem eigenen Kind verspürt.«

Er blinzelte ihr zu, als er den Raum verließ.

»Mach dir keine Sorgen. Bald wirst du dein eigenes Kind im Arm halten. Und ich werde dir so viele schenken, wie du möchtest.«

»Überheblicher Narr«, rief sie ihm nach, doch er lachte nur.

Sie seufzte und sah sich in dem jetzt leeren Raum um. Bei ihrer Ankunft hatte sie nicht gedacht, dass sie in nur zwei Tagen so widerwillig fortgehen würde, aber es war so. Jolene wusste, dass es unter anderem daran lag, dass sie sich nicht sicher war, ob sie jemals irgendeinen dieser Menschen wiedersehen würde. Wenn sie zurück in England von Scarglas und dessen Leuten erzählen würde, dann würde man sie für geisteskrank halten, weil sie hier bleiben wollte. Doch sie fühlte sich hier sicher. Und willkommen. Obwohl der alte Laird ständig wegen ihrer englischen Herkunft nörgelte. Sie würde vor allem Fiona vermissen, die erste wirkliche Freundin, die sie je gehabt hatte. Sie waren verwandte Seelen und hatten es sofort wahrgenommen, ein seltenes Glück, das sie nur äußerst ungern preisgab.

Dann dachte sie an Sigimors angeberisches Versprechen, ihr so viele Kinder zu schenken, wie sie wollte, und weinte beinahe. Auch wenn sie sich diese Sehnsucht gerade erst eingestanden hatte, hatte sie sich bereits tief in ihrem Herzen eingegraben.

Noch immer war sie sich nicht sicher, ob sie bei ihm bleiben konnte, und so wagte sie nicht, von so etwas wie kleinen rothaarigen Säuglingen zu träumen. Auch wenn ihr der gesunde Menschenverstand befahl, solche Gedanken für den Augenblick beiseite zu schieben, blieb trotzdem die Sehnsucht bestehen. Und ebenso der Kummer darüber, solche Träume aufzugeben.

Aus Angst vor Melancholie stand Jolene auf und ging hinaus, um ihre Sachen zusammenzupacken. Das war alles Harolds Schuld, sagte sie sich, um sich über etwas zu ärgern, das ihren Herzenskummer verscheuchen konnte.

Wenn seine Habgier nicht gewesen wäre, würde sie noch immer auf Drumwich weilen, noch immer Peter haben und sich auf eine annehmbare Ehe vorbereiten. Sie hätte weder Sigimor noch Fiona kennen gelernt. Sie würde ganz sicher nicht trauern über den Verlust von rothaarigen Säuglingen, die sie bisher noch gar nicht empfangen hatte.

Als sie ihr Schlafgemach erreichte, war sie bereits erfreulich wütend, ihr Leid war vergessen und ihr Kopf angefüllt mit Gedanken über all die Möglichkeiten, wie Harold gezwungen werden konnte, für seine Verbrechen zu bezahlen.

»Du behältst am besten diese da«, sagte Ewan, als er sich neben Sigimor in den von Fackeln erleuchteten Außenhof stellte.

Sigimor sah von seiner Frau und Fiona weg, die sich in der dunstigen Stunde vor der Dämmerung Lebewohl sagten, und blickte Ewan fragend an. »Warum sollte ich nicht?«

»Es ist noch nicht alles erledigt, oder? Selbst wenn du der Bedrohung, die Harold bedeutet, ein Ende gemacht hast, steht die Zukunft des kleinen Jungen noch zur Debatte. Aufgrund des Versprechens, dass deine Frau ihrem sterbenden Bruder gegeben hat, ist ihre Zukunft also noch unsicher.«

»Ihre Zukunft ist bei mir. Sie ist meine Frau.«

»Sie ist auch der Vormund dieses Kindes, obwohl kein Gesetz sie als solchen anerkennen würde. Dennoch hat ihr Bruder sie dazu gemacht, als er das Leben und das Wohlergehen seines Erben in ihre kleinen Hände gelegt hat. Verschließ deine Augen nicht vor dieser harten Wahrheit.«

»Sie und ich werden uns damit auseinander setzen, was zu tun ist, wenn die Zeit reif ist«, warf Sigimor ein und überging Ewans sanfte Ermahung.

»Unsere beiden Mädchen sind sich sehr schnell nahe gekommen.«

»Ja«, entgegnete Ewan und ließ sich auf den Themenwechsel ein. »Fiona behauptet, dass sie wie verwandte Seelen seien oder irgend so was und dass jede das sofort in der anderen erkannt habe. Sie sagt auch, obwohl das deine Frau nicht bemerkt hat, sie sei fast ihr ganzes Leben lang viel allein gewesen. Fiona erzählte mir außerdem, dass Jolene diese Bande von Verrückten ein bisschen erdrückend fand, also solltest du sie besser darauf vorbereiten, dass sie das Gleiche erleben wird, wenn sie ihren Fuß das erste Mal auf Dubheidland setzt. Sie und das Kind wurden von anderen fern gehalten, das glaubt Fiona wenigstens. Ihr Bruder war offensichtlich sehr standesbewusst und zog sehr deutliche Grenzen zwischen der gräflichen Familie und allen anderen.«

Sigimor nickte. »Jolene sagte früher am Tag auch schon so etwas. Es ist ein Wunder, dass sie nicht dadurch verdorben wurde und überhaupt nicht hochmütig ist.« Er zuckte die Achseln. »Vielleicht war sie darum so viel allein. Sie war an einen Platz gestellt worden, an den sie nicht wirklich passte.«

»Kann sein. Aber an den jetzigen passt sie, oder? Und Fiona wollte, dass ich dir ausrichte, wenn du diese nicht behältst, wird sie dir eine Verletzung zufügen. Natürlich würdest du, das sagte ich ihr, bereits genug verflucht sein, wenn du das Mädchen verlieren würdest.«

Etwas beunruhigt über die Einblicke seines Cousins, grummelte Sigimor nur. Er wollte nicht darüber nachdenken, was geschehen würde, sobald Harold erledigt war. Er hatte einen Plan, und auf diesen würde er sich jetzt konzentrieren. Jolene war die Richtige, und sie *würde* ihn lieben. Erst als er Ewan leise lachen hörte, wurde ihm bewusst, dass er die letzten Worte laut ausgesprochen hatte.

»Ein guter Plan, Cousin«, sagte Ewan, »und ich wünsche dir viel Glück dafür.«

Er sah Fiona an und lächelte leicht.

»Wenn du sie dazu bringst, dir zu sagen, dass sie dich liebt, dann versuche auch, sie dazu zu bringen, *für immer* zu sagen. Der Mann deiner Schwester wird mir zustimmen, es ist etwas, von dem du nicht weißt, dass du es haben willst, bis du es hörst. Ja, bring sie dazu, *für immer* zu sagen.«

Sigimor öffnete seinen Mund, um nach dem Warum zu fragen, dann schloss er ihn schnell wieder. Das Wort hatte sich bereits in seinem Kopf und seinem Herzen niedergelassen. Er *würde* hören, wie Jolene ihm sagte, sie liebe ihn, und er *würde* hören, wie sie ihm *für immer* versprach.

»Hör auf mich, Jolene«, sagte Fiona, die Jolenes Hände in den ihren hielt, »denk sehr, sehr gründlich nach, bevor du deine Wahl triffst. Ja, dieser kleine Junge ist sehr wichtig, aber auch das, was dich mit Sigimor verbindet, ist wichtig.«

»Ich bin mir nicht sicher, *was* mich mit Sigimor verbindet«, entgegnete Jolene.

»Und du bist dir vielleicht noch immer nicht sicher, wann die Zeit kommt, dich zu entscheiden. Sigimor ist wie mein Ewan und mein Bruder Connor, in vieler Hinsicht auch wie mein Bruder Diarmot. Sie kämpften schwer gegen die Liebe, deshalb konnten sie die Frau, die solch unerwünschte Gefühle in ihnen geweckt hat, nicht gehen lassen. Und süße Worte sind auch nicht ihre Art. Du musst darauf achten, was sie *machen* und wie sie sich verhalten.«

»Aber wie kann ich meinem eigenen Urteil vertrauen? Es könnte sehr leicht sein, dass ich nur das sehe, was ich sehen will, nicht, was wirklich da ist.«

Fiona lächelte aus vollkommenem Verständnis heraus. »Es *ist* schwer, aber nicht unmöglich. Noch etwas, wenn ein Mann wie Sigimor dir sein Herz schenkt, dann ist es für immer. Wenn solche Männer ein Mädchen lieben, dann lieben sie es sehr und werden nie schwankend. Sie binden sich und halten daran ihr Leben lang fest. Nur wenige Mädchen von Stand sind in ihren Ehen so gesegnet wie wir beide.«

»Ach Fiona, wie sehr würde ich mir so eine Ehe wünschen, aber …«

»Nein, denke nicht mehr über die Gründe nach, die er angeführt hat, als er sagte, dass er dich heiraten will. Der Anfang ist unwichtig. Sie belügen sich normalerweise hinsichtlich des Warums für das alles. Wenn die Zeit kommt, dich zu entscheiden, dann stell dir ein paar Fragen. Ist eure Leidenschaft heftig, und teilt ihr sie beide?«

Fiona nickte, als Jolene rot wurde.

»Das dachte ich mir. Ich konnte es in Sigimors Augen sehen, wenn er dich ansah.«

»Es ist nur Lüsternheit.«

»Sigimor unterscheidet sich von Ewan nicht so sehr. Er befriedigte seine Bedürfnisse, wenn sie zu groß wurden, aber mehr war da nicht. Er hat sich dann und wann eine Balgerei erkauft. Er hatte keine Geliebten und hat die Mädchen von höherem Stand nicht umworben. Er schlief allein. Abgesehen von seiner jugendlichen Dummheit mit dieser Lady Barbara hat er niemals etwas anderes gehabt. Jetzt scheint er seine Hände nicht mehr von dir lassen zu wollen. Bezeichne das nicht nur als lüstern.

Jetzt sieht es so aus, als sei Sigimor abreisebereit, also muss ich die übrigen Fragen, die du dir stellen sollst, schnell loswerden. Macht er alles, was er kann, um dir das Leben zu erleichtern? Scheint er besitzergreifend zu sein und unter Eifersucht zu leiden? Spricht er mit dir? Zeigt er die Zähne bei dem kleinsten Verdacht, du seist beleidigt worden? Erklärt er sich, wenn du ihn darum bittest? Hört er dir zu? Kennt er deine Stimmungen, und fragt er nach deren Ursachen? Ist er in deiner Gegenwart entspannt, und lacht er mit dir? Und hält er dich während der ganzen Nacht in seinen Armen?«

»Diese Dinge sind wichtig?«, fragte Jolene sie, während sie versuchte, sich die Fragen einzuprägen.

»Sehr wichtig. Ich wünschte, ich könnte dir mehr sagen, aber versprich mir, dass du dir diese Fragen stellst, bevor du deine Wahl triffst zwischen dem Jungen und dem Mann, und dass du sehr genau über die Antworten nachdenkst.«

»Ich schwöre es.«

Fiona umarmte sie und sah dann zu Sigimor, der sich neben Jolene stellte und ihr liebevoll seinen Arm um die Schultern legte. »Bereit, dich fortzuschleichen?«

»Ja«, antwortete Sigimor. »Fingal behauptet, seine Jungs beschäftigen Harold und seine Männer sehr gut.«

»Es ist nicht richtig, sie dieser Gefahr auszusetzen«, murmelte Jolene. »Es sind meine Schwierigkeiten und nicht ihre.«

»Sie sind keiner Gefahr ausgesetzt«, erklärte Ewan, der sich hinter Fiona stellte und seine Arme um sie geschlungen hatte. »Sie verhöhnen und reizen ihn nur, lassen diesen Sachsen sich im Kreis drehen, bis er schwindlig wird. Und sie werden das bis zur Dämmerung machen. Bis dahin müsstet ihr eigentlich einen guten Vorsprung vor ihm haben.«

»Ja«, stimmte Sigimor zu, »dann muss der Dummkopf sich noch neue Pferde suchen.«

Die Tatsache, dass die Männer sich über diese Umstände herzlich amüsierten, ließ Jolene angewidert mit den Augen rollen. Sie sah, dass Fiona genauso reagierte, was ihr einmal mehr verriet, wie sehr sie sich verstanden. Dann überraschte sie Ewan, der von Fiona weggegangen war und ihr einen kurzen, aber nicht sehr brüderlichen Kuss gab. So wie er zurücktrat, fand sich Jolene von einem grimmig blickenden Sigimor eilig zu ihrem Pferd gezogen und in ihren Sattel gesetzt. Ewan und Fiona standen Arm in Arm und lachten breit über das, was Jolene nur als eifersüchtige Reaktion auf den Abschiedskuss von Ewan deuten konnte. Jolene dachte sich, dass sie nicht allzu überrascht wäre, wenn Fiona und Ewan das Ganze nur geplant hätten, um zu erfahren, wie sich ihr Cousin aufführt.

Als sie aus Scarglas hinausritten, schaute sich Jolene um und sah, wie Fiona einen Daumen hochstreckte. Jolene konnte nur lächeln, während sie winkte, dann brauchte sie ihre ganze Aufmerksamkeit, um mit den Camerons Schritt zu halten. Sie vermutete, dass sie nun die Antwort auf eine der zehn Fragen kannte, von denen Fiona nachdrücklich verlangt hatte, dass sie sie sich stellen sollte. Es war eine der einfacheren, denn Sigimor war schon früher besitzergreifend gewesen. Jolene erkannte aber plötzlich, dass die Antworten auf die zehn Fragen ihr ein sehr angemessenes Bild über die Gefühle ihres Mannes ihr gegenüber zeichnen würden. Sie hatte Fiona nur deshalb versprochen, über alle zehn Fragen gut nachzudenken, weil diese Frau eine Freundin war, aber Jolene wusste nun, dass sie es jetzt um ihrer selbst willen wollte.

Die Heimlichkeit, mit der sie sich aus Scarglas davonstahlen, erinnerte Jolene allerdings sehr an die Bedrohung, der ihr Leben und das von Reynard ausgesetzt war, also verdrängte sie solche Fragen. Sigimor hatte Reynard zu Liam gesetzt für den Fall, dass etwas schrecklich schief lief und sie schnell reiten mussten, um Harold abzuschütteln. Es war ein weiterer ernst zu nehmender Hinweis auf die Unsicherheit, die sie alle umgab und die fortbestand, solange Harold lebte.

»Bleib nah bei mir, Mädchen«, sagte Sigimor, als er etwas langsamer wurde, um neben ihr zu reiten. »Die Sonne wird erst in einigen Stunden aufgehen, und du wirst uns in der Dunkelheit nicht verlieren wollen.«

»Nein, ich will sichergehen und nah bei euch bleiben«, versicherte sie ihm. »Wenn ich denke, dass ich zurückfalle, werde ich meine Zügel am Schweif deines Pferdes festmachen.«

»Und wenn du uns aus den Augen verlierst?«

»Dann werde ich stehen bleiben und mich keinen Schritt weiterbewegen«, antwortete sie, wobei sie die Lektionen aufsagte, die er ihr noch mal und noch mal wiederholt hatte, seit sie in Harolds Hände gefallen war. »Vielleicht ein bisschen singen.«

»Aha, und du hast etwas Sinn für Melodie und Ton?«

»Etwas.« Sie grinste ihn an. »Wenigstens mehr als du.«

»Eine Kröte hat mehr als ich.«

Er zwinkerte ihr zu, als sie lachte, froh darüber, dass ihre Traurigkeit wich.

»Du magst Fiona, oder?«

»Oh ja. Hast du jemals jemanden getroffen und sofort gewusst, dass ihr ein perfektes Paar seid?«

Es lag ihm auf der Zunge zu sagen, dass er das tatsächlich erlebt hatte und dass sie diejenige war, aber es war der falsche Ort und die falsche Zeit. »Ja. Du meinst, dass jemand, den du kennst, vom ersten Augenblick eurer Begegnung an ein Freund ist?«

Jolene nickte. »Genau. Die Sorte Mensch, die dich erkennen lässt, dass die meisten Leute, die du kennst und für

Freunde hältst, in Wirklichkeit nicht viel mehr sind als nette Bekanntschaften. Es wurde mir bewusst, dass ich tatsächlich noch nie zuvor einen Freund oder eine Freundin hatte.« Sie verzog ihr Gesicht. »Das klingt ziemlich Mitleid erregend. Immerhin hatte ich Peter.«

»Peter war dein Bruder und der Graf. Ich zweifle nicht daran, dass ihr euch nah gestanden seid, aber ein Bruder ist nicht dasselbe. Mein Bruder Somerled ist mein Zwilling, der Bruder, der mit mir zusammen im Mutterleib war, und ich glaube nicht, dass zwei Geschwister sich noch näher sein können. Ich habe auch eine sehr große Familie und wir stehen uns nahe. Dennoch weiß ich, was du meinst mit dieser zufälligen Begegnung, mit der dich sofort ein Band verbindet.«

»Du hast so jemanden getroffen?«

»Zweimal. Liam, obwohl er ein Cousin ist, und Nanty. Ewan kann ich eigentlich auch dazuzählen. Ich empfand es so, aber durch den Bruch zwischen unseren Familien und die Art, wie er seine Hände auf Fiona legte, musste ich vorsichtig werden. Das heißt, ich habe ihn nicht einfach getötet, obwohl er Fiona als Geisel nahm und sie heiratete, ohne auch nur ihre Verwandten zu kennen.«

»Sehr nett von Ihnen, Mylord. Ich nehme an, Fiona war erfreut darüber.«

»Ja, allerdings war ihr Bruder Connor etwas darüber enttäuscht, dass ich den Dummkopf nicht wenigstens ein bisschen grün und blau geschlagen habe.«

»Oh, du liebe Zeit. Das war er nicht wirklich, oder?«

»Nein, denn Fiona hatte ihm bereits von dem Mann geschrieben und auch davon, dass sie ihn sich gewählt hatte.«

»Natürlich spielte die Möglichkeit, dass Fiona dich verletzt hätte, wenn du Ewan verletzt, keine Rolle bei deiner Zurückhaltung.«

Sigimor lachte. »Ach doch, sie hätte es getan, zweifellos.« Er beobachtete, wie sie einen Blick nach hinten warf und ihre

Augen sich verengten, um die Dunkelheit zu durchdringen. »Nein, Mädchen, er folgt uns nicht. Das ist die Wahrheit, ich vermute, dass wir sicher auf Dubheidland sein werden, bevor er die Verfolgungsjagd wieder aufnehmen kann. Wenn nicht ein Wunder geschieht, werden er und seine Männer zu Fuß unterwegs sein, bis sie das Land der MacFingals verlassen haben.«

Jolene lächelte matt und schüttelte den Kopf.

»Es fühlt sich so an, als ob er seit Monaten ein Messer an meine Kehle hält und nicht erst seit Tagen. Er hat sich dabei als viel geschickter erwiesen, als ich mir je hätte träumen lassen.«

»Zuerst hat er um seiner großartigen Pläne willen versucht, euch beide in seine Gewalt zu bekommen. Nun glaube ich, ist er verzweifelt, er braucht dich und den Jungen, um sich selbst zu schützen. Er muss wissen, dass mit jedem Tag die Möglichkeit zunimmt, dass deine Verwandten sein Spiel aufgedeckt haben und ihn bereits verfolgen.«

»Das hoffe ich.«

»Hör auf mich, Frau. Sobald Harold entdeckt, dass er von deinen Verwandten gesucht wird, kann dein Leben in noch größerer Gefahr sein.«

»Wie kann ich in größerer Gefahr sein? Der Mann will mich töten.«

»Aber nicht gleich, oder? Er wollte dich benützen, um seine Herrschaft über Drumwich zu festigen. Wenn er aber merkt, dass deine Verwandten von seinen Verbrechen wissen und darauf aus sind, ihn dafür bezahlen zu lassen, wird ihm eine Ehe mit dir nichts mehr helfen. Dann, Mädchen, wird er sich auf Rache besinnen. Ich hege keinen Zweifel daran, dass er dir für all sein Versagen die Schuld geben wird.«

»Reynard auch?«, fragte sie fast tonlos. Die Angst um ihren Neffen raubte ihrer Stimme die Kraft.

»Nach allem, was er getan hat, und allem, was du mir von ihm erzählt hast, glaube ich, die Sorte Teufel, mit der wir es hier zu tun haben, einschätzen zu können: nein, Reynard nicht. Sobald Harold sein Spiel für verloren hält, wird er gar nicht mehr an den Jungen denken, sofern er nicht einen Plan hat, sich sein Leben mit dem des Jungen zu erkaufen. Nein, er wird dich haben wollen. Du bist die, die sich ihm entzogen hat, die, die den Jungen genommen hat und von Drumwich geflohen ist, und die, die ihn dazu gezwungen hat über dieses Land zu laufen, bis all die Möglichkeiten, die er vielleicht hatte, um seine Begierden zu stillen, vernichtet waren. Ich vermute, er wird in dir die alleinige Ursache sehen für jeden Schmerz, jeden blauen Fleck, jeden Moment der Unbequemlichkeit, jede ausgegebene Münze sowie jede Demütigung und Beleidigung.«

Wenn sie es nicht besser gewusst hätte, hätte Jolene geglaubt, er kenne Harold seit Jahren, so zutreffend war sein Urteil. Harold würde in der Tat ihr für alles die Schuld geben, was seit seinem Mord an Peter schief gegangen war. Er würde sich danach sehnen, sie teuer zahlen zu lassen, sie leiden zu lassen für seine eigenen Fehler. Es war ein deprimierender Gedanke, und selbst das Wissen darum, dass Harold von Reynard abgezogen würde, milderte dieses Gefühl kaum.

Sie schüttelte hastig die Angst ab, die sich ihrer bemächtigte. Es war die falsche Zeit, um zu straucheln. Egal wie, sie näherten sich dem Ende ihrer Prüfung. Jolene wusste, dass die Camerons und sie alles getan hatten, um Reynard und sie in Sicherheit zu bringen.

Sie hegte außerdem grenzenloses Vertrauen zu Sigimor. Wenn er Harold nicht schlagen konnte, dann hätte es zweifellos auch kein anderer, den sie hätte aussuchen können, vermocht. Sie würde sich nur auf den Kampf, der ihnen bevorstand, konzentrieren und sich nicht mit Gedanken über alle möglichen Ausgänge zermürben.

»Du hast Recht«, bekannte sie. »Er wird mich bezahlen lassen wollen. Harold war immer der Beste, wenn es darum ging, anderen die Schuld dafür zu geben, was schief lief. Aber wir sind fast in Dubheidland, und dann wird er derjenige sein, der einen Blick über die Schulter werfen muss.«

»Ja, Frau, so wird es sein. Deshalb brenne ich darauf, dich dorthin zu bringen.« Er streckte die Hand aus und tätschelte ihr aufmunternd auf das Bein. »Deshalb werden wir von jetzt an reiten, bis wir die Tore erreichen«, sagte er und ritt schnell weiter, um sich zu seinem Bruder Tait zu gesellen.

Jolene seufzte und versuchte nicht daran zu denken, wie sich ihr Hinterteil nach diesem Ritt anfühlen würde.

# 14

»Um Gottes willen! Sie ist Engländerin!«

Jolene sah wütend auf den Mann namens Somerled, der ihrem Ehemann so ähnlich sah. Sie hatte gerade fast zwei Tage im Sattel verbracht, da Sigimor sie hart vorwärts getrieben hatte. Sie war müde, schmutzig, wund geritten und hungrig. Der entsetzte Gesichtsausdruck, den der Mann zur Schau stellte und der sich auf den Gesichtern aller anderen Camerons, die sich um sie geschart hatten, widerspiegelte, war mehr als sie ertragen konnte.

»Ja, ich bin Engländerin. Eine Sächsin. Genauer gesagt, bin ich die Schwester eines Lords aus dem Grenzland. Was noch?«, stieß sie bissig hervor und strich sich wütend eine Haarlocke aus dem Gesicht.

Obwohl er versucht war zu lachen, zwang sich Sigimor ernst zu bleiben. Es war schwer. Seine Verwandten sahen nun mehr überrascht als entsetzt aus, so als ob einer Maus plötzlich Fangzähne gewachsen waren und sie Somerled an die Kehle gesprungen war. Jolene schien in der Stimmung zu sein, jemanden umzubringen.

»Nun Jolene«, begann er mit so besänftigender Stimme, wie er nur konnte.

»Was?!«

Sie sah ihn flüchtig an, bevor sie ihren verärgerten Blick wieder Somerled zuwandte.

»Ich bin es sehr, sehr leid, auf diese Reaktion zu stoßen, wann immer ich diesseits der Grenze jemanden treffe. Man könnte denken, ich sei die Überträgerin einer Seuche. Wo bleibt die schottische Gastfreundlichkeit, von der man immer hört, hm? Das hier ist nur unhöflich, sonst nichts.«

»Ach, hier ist Old Nancy«, sagte Sigimor und schob seine wutentbrannte Frau in Richtung einer molligen, grauhaarigen Frau, die auf Jolene zuging. »Sie wird dich zu deinen Gemächern bringen, wo du ein Bad nehmen und neue, saubere Kleider anziehen kannst. Wir können die Vorstellung später beenden, vielleicht nachdem du dich etwas ausgeruht hast? Ein kleines Schläfchen, bevor wir essen, ist genau das, was du brauchst.«

»Sprich nicht zu mir wie zu einer Verrückten, Ehemann«, zischte sie ihn an. »Wo ist Reynard?«

»Der Kleine schlief, deswegen hat ihn Liam in den Raum gebracht, wo die Kinder nächtigen.«

»Gut.«

Sie machte einen Knicks vor den versammelten Männern, nahm die grinsende Old Nancy beim Arm und verließ die zum Bersten volle große Halle.

»Vielleicht haben einige Leute ihre guten Manieren wieder gefunden, bis wir uns zum Mahl zusammenfinden.«

Sigimor beobachtete sie sorgfältig, bis er sicher war, dass sie sich außer Hörweite befand, und dann fing er an zu lachen. In sich hineinlachend ging er auf den Haupttisch zu, setzte sich nieder und schenkte sich Bier ein. Bis er seine ausgetrocknete Kehle angefeuchtet hatte, hatten sich alle seine Brüder am Tisch niedergelassen und seine Cousins hinter ihnen zusammengedrängt.

»Vielleicht war ich, äh, unhöflich«, gestand Somerled, »aber verdammt noch mal, sie ist Engländerin! Was hast du dir dabei gedacht, eine Engländerin zur Frau zu nehmen?«

»Dass ich sie zur Frau haben will!« Sigimor seufzte, weil seine Familie ihn nur anstarrte, dann erzählte er ihnen die ganze Geschichte von dem Augenblick an, wo sie durch die Tore von Drumwich geritten waren, bis zu ihrer Rückkehr nach Dubheidland. »Noch irgendwelche Fragen?«

Bevor jemand etwas sagen konnte, schritt Liam in die große Halle. Er grinste über all die finsteren Gesichter, während er zum Haupttisch ging. Indem er jedem eine Begrüßung zunickte, setzte er sich nieder, ließ aber den Stuhl links von Sigimor, den er sonst einnahm, für Jolene frei.

»Habe ich das landesübliche *Um Gottes willen! Sie ist Engländerin!* verpasst?«, fragte er, während er sich Bier verschaffte.

»Ja«, antwortete Sigimor, »und die ganze Erzählung über unser kleines Abenteuer.«

»Ich musste mit Nanty sprechen. Er kam erst vor wenigen Stunden zurück und dachte, dass wir bereits hier seien. Er erzählte, dass fast jeder von dem Engländer gehört hatte und dass dieser verbissen und schnell reise. Sie würden ihn jedoch im Auge behalten. Nanty sagte, er werde dir alles am Morgen berichten, und war eingeschlafen, bevor ich den Raum verlassen hatte.«

»Auch wenn Harold nicht in ihrer Reichweite ist, so ist es doch gut, dass sie gewarnt sind. Wenn Jolene oder der Junge dem Bastard in die Hände fallen, wird er nach England fliehen. Dann werden sie alle eine große Hilfe sein.«

»Ja, das dachte Nanty auch.«

»Du hast keine Bedenken, weil er eine Engländerin geheiratet hat?«, fragte Somerled Liam.

»Nein«, antwortete Liam. »Warum sollte ich ein kleines Mädchen ablehnen, das mich davor bewahrt hat, am Galgen zu vermodern?«

»Sie hat euch doch eigentlich gerettet, damit ihr ihr helfen konntet.«

»Ich denke, sie hätte es auch getan, wenn sie unserer Hilfe nicht bedurft hätte oder wenn wir sie zurückgewiesen hätten, denn sie wusste, dass ihr Bruder nach uns gesandt hatte. Sie wusste auch, dass wir kein Unrecht begangen haben.«

»Aber es scheint nicht sehr klug zu sein, ein Mädchen, egal welches Mädchen, zu heiraten, um sie davor zu bewahren, einen anderen zu heiraten.«

»Nun, es war ein kleines bisschen mehr als das«, sagte Sigimor, ohne auf das kurze, schnaubende Lachen von Liam zu achten. »Sie ist ein hübsches kleines Mädchen, aus adeliger Familie, stärker als sie aussieht und keine schlechte Gesellschaft.«

Sigimor konnte sehen, dass sein Zwillingsbruder darauf brannte, mehr zu dieser Frage aus ihm herauszupressen, aber er zügelte seine Zunge.

»Sie ist gereizt«, sagte Somerled und mehrere Verwandte murmelten ihre Zustimmung.

»Du hast sie beleidigt, nicht wahr? Um ehrlich zu sein, hast du Glück, dass sie wütend wurde und nicht verletzt ist, sonst hättest du es jetzt mit meiner Gereiztheit zu tun. Sie versteht nicht, warum jeder so entsetzt ist, und ich verstehe es genauso wenig.«

»Vielleicht sind sie entsetzt, weil ein Laird eine Engländerin heiratet und keine von uns. Wenn sie wüssten, dass sie die Verwandte eines sächsischen Lairds aus dem Grenzgebiet ist, dann wären sie es noch mehr.«

»Es ist besser, wenn *sie* darüber hinwegkommen«, sagte Sigimor und warf all seinen Verwandten einen strengen Blick zu. »Sie ist nur ein kleines Mädchen. Ja, ein kleines Mädchen, das mit ansehen musste, wie sein Bruder schreiend vor Schmerzen gestorben ist, das das Kind gepackt hat und sich drei Tage mit ihm in den Eingeweiden des eigenen Zuhauses versteckt hat, und das einen Teil dieser Zeit damit verbrachte, den Schreien seiner Leute zuzuhören, die Harold folterte, um sie dazu zu bringen, Jolene zu verraten. Und ein Mädchen, das mir das Leben gerettet hat sowie das von Liam, Tait, David, Marcus und Nanty.«

»Schon richtig, aber sie wollte etwas von dir haben.«

»Ja, das wollte sie. Sie wollte unsere Hilfe, damit dieses Kind vor Harolds mörderischem Zugriff gerettet wurde. Sie hat nie um mehr als das gebeten. Und ich stimme Liam zu. Sie hätte uns auf jeden Fall befreit. Daran habe ich keinerlei Zweifel. Ich möchte Harold tot sehen, weil ich es so will, weil er einen Mann umgebracht hat, der mir das Leben gerettet hat, und weil er eine Frau und ein Kind aus nichts anderem als Habsucht umbringen will. Ich heiratete das Mädchen, weil ich es so wollte. Harolds Intrigen gaben mir nur einen guten Vorwand, um sie vor den Priester zu zerren, einen Vorwand, dem sie schlecht widersprechen konnte, obwohl sie es *versucht hat*.

Also, passt auf, was ich sage, *sie ist meine Frau*, sie ist nun eine Cameron.« Er war froh, als Laim seine Feststellung bekräftigte. »Alles, was ich ab jetzt hören will, sind einige Vorschläge zu Harold, dem Usurpator.«

In der angespannten Stille, die darauf folgte, erklärte eine knabenhafte Stimme: »Wir werden diesen Bastard töten, bevor er Hand an unsere Herrin legen kann.«

Sigimor sah seinen jüngsten Bruder Fergus an, der nicht ganz dreizehn war. Groß gewachsen für sein Alter und spindeldürr, war Fergus außer Somerled der Einzige unter seinen Brüdern, der ihm sehr ähnlich sah.

Als er bemerkte, wie der Junge unter den grimmigen Blicken seiner Verwandten nervös auf seinem Stuhl hin und her rutschte, schenkte er ihm ein breites Lächeln. Die schnelle Anerkennung von Jolene durch diesen Jungen berührte ihn sehr tief.

Er würde sicherstellen, dass keiner der anderen den Jungen dafür bezahlen ließ.

»Nun«, murmelte Fergus, durch Sigimors Lächeln ermutigt, »sie *ist* nur ein kleines Mädchen, das mühsam versucht hat, dieses Kind am Leben zu erhalten.«

»Genau«, sagte Sigimor, als er aufstand. »Ich muss ein Bad nehmen, ein bisschen ausruhen und mir saubere Kleider heraussuchen, bevor wir uns zu unserem Abendessen versammeln. Vielleicht habt ihr bis dahin eure dummen Vorurteile überwunden und könnt ein paar Vorschläge machen, wie ich meine Ehefrau und das Kind von den Händen ihres Feindes fern halten kann.«

Somerled heftete seinen Blick auf Liam, sobald Sigimor weg war. »Du findest wirklich, dass du dir über all das keine Sorgen machen musst?«

»Nein«, gab Liam zurück. »Beobachte die beiden für kurze Zeit, und du weißt, warum ich das nicht muss.«

»Sie vor der Hand eines anderen Mannes zu schützen, ist ein armseliger Grund, um ein Mädchen zu heiraten.«

»Schon, aber natürlich nicht, wenn du diesen Grund mit beiden Händen ergreifst, um ein Mädchen dazu zu bringen, *ja* zu sagen.« Liam lächelte den noch immer stirnrunzelnden Somerled schief an. »Bleib argwöhnisch, wenn du willst, aber du wirst sehen, dass alles in Ordnung ist. Gib den Versuch auf, Sigimor die Wahl seiner Frau madig zu machen. Old Fingal hat das bis zum Umfallen getrieben. Er hat sogar versucht, Sigimors Blick auf Lady Barbara MacLean zu lenken, eine Witwe, die nach Sigimor gefragte hatte, ein schottisches Mädchen. Im Augenblick ist Harold der dunkelste Schatten über dieser Ehe. Er wird sehr bald auf dem Land von Dubheidland herumschnüffeln.«

»Und er wird dafür sterben«, sagte Somerled, und die meisten seiner Verwandten stimmten ihm lauthals zu. »Ihr seid ihm entkommen, oder?«

»War nicht schwer. Der Mann scheint seine Pferde verloren zu haben, während er auf MacFingal-Land war.« Liam lachte mit den übrigen Verwandten.

Harold nippte an dem Krug mit bitterem Bier, den ihm das dralle Schankmädchen gebracht hatte. Jeder in der schwach erleuchteten Schänke des Gasthofs beobachtete ihn und seine Männer argwöhnisch, in ihren harten Gesichtszügen stand geschrieben, dass er nicht willkommen war. Er konnte es seinen Männer nicht verübeln, dass sie hier nicht lange verweilen wollten. Wenn sie nicht verzweifelt auf der Suche nach Pferden gewesen wären, dann hätte er hier nicht angehalten.

»Mylord«, sagte Martin, als er sich hastig Harold gegenüber auf die Bank setzte, »wir könnten Ärger bekommen.«

»Könnten? Könnten?«

Harold trank einen großen Schluck Bier, um den Drang loszuschreien hinunterzuspülen.

»Wir mussten dieses Nest voller Barbaren betreten. Wir wurden von diesen dreckigen MacFingals unserer Pferde und Vorräte beraubt. Wir wurden wieder und wieder ausgeraubt, als wir versuchten, neue Pferde und neue Vorräte zu bekommen. Ach ja, und jeder Mann an diesem Ort würde uns mit großer Freude die Kehlen durchschneiden. Und nun sagst du, wir *könnten* Ärger bekommen? Was, beim stinkenden Atem des Teufels, ist *das?*«

»Ein kleineres Ärgernis, wenn es stimmt, was ich hörte«, antwortete Martin ruhig, während das Schankmädchen einen Krug mit Bier vor ihn hinstellte.

»Haben sich die Camerons schließlich doch entschieden, uns wie Männer gegenüberzutreten?«

»Nein, aber jemand folgt dicht unserer Spur. Die Rede geht, dass wir nicht die einzigen Engländer seien, die Richtung Dubheidland reiten.«

Harold stützte seinen Ellbogen zwischen sich und Martin auf den verschrammten Tisch und legte sein Kinn in seine Handflächen. Er fluchte leise und gottlos mehrere Minuten lang. Alles fiel in sich zusammen. Er hatte Drumwich eingenommen und sich Peter vom Hals geschafft. Es war alles so bemerkenswert einfach gewesen, und es hätte damit genug sein sollen. Stattdessen zerrte er sich und seine zunehmend meuternden Männer durch dieses verfluchte Land, zahlte für eine zahnlose Schindmähre so viel wie für ein gut trainiertes, großes Schlachtpferd und legte das Lösegeld für einen König hin, um Hafer und Käse zu bekommen. Harold wusste, wer ihm jetzt folgte, wusste, dass die anderen Gerards entdeckt hatten, was auf Drumwich passiert war. Eine kleine Kostprobe von all dem, was er sich seit langem erträumt hatte, war augenscheinlich alles, was er jemals bekommen sollte, und er wusste ganz genau, wessen Schuld das war.

»Ich werde die Hure töten«, flüsterte er mit einer Stimme, die vor Wut heiser war. »Langsam.«

»Aha.« Martin nickte. »Die Lüsternheit ist schließlich ausgebrannt, wie ich sehe.«

Harold setzte sich wieder aufrecht hin, trank sein Bier aus und gab der Schankmagd ein Zeichen, noch mehr zu bringen. »Nein, sie ist noch immer da.«

Er verfiel in Schweigen, bis die Frau seinen Krug aufgefüllt und seine Münzen eingesteckt hatte und wieder verschwunden war.

»Ich muss mir etwas ausdenken. Diese Hure hat alles kaputtgemacht. Ich habe alles in der Hand gehabt und hätte es behalten, wenn sie nicht gewesen wäre. Bei den Gebeinen Gottes, sie hat mich an den Rand des Galgens gebracht, aber ich werde ihr schließlich einen Strich durch die Rechnung machen. Ja, und sie hart hernehmen, bevor ich ihr die Kehle durchschneide.«

»Diese Engländer sind vielleicht nicht hinter uns her. Es kann andere Ursachen für ihre Anwesenheit geben, und die Gerüchte könnten falsch sein.«

»Du weißt, dass sie es nicht sind, du weißt so gut wie ich, dass sie hinter mir her sind. Wenn nicht wegen mir, dann wegen Jolene und dem Kind. Selbst das würde mir nur einen kurzen Aufschub geben, denn sie würde sie sofort hinter mir herschicken. Was nun?«, grollte er, als plötzlich am Tor ein Durcheinander entstand, das schnell die Aufmerksamkeit aller auf sich zog.

Harolds Augen weiteten sich, als eine Frau zu dem Kamin schritt, in dessen Nähe Martin und er saßen. Sie zog ihren Umhang aus und warf ihn dem schlanken jungen Mann zu, der dicht hinter ihr war. Sie war das erste Erfreuliche, was er in diesem Land sah. Etwas größer als die meisten Frauen, war sie auf eine Art üppig, die einen Mann unverzüglich vor Lüsternheit erstarren ließ. Ihr Haar war hellblond, ihre Formen waren die reinste Vollkommenheit und ihre Augen waren von einem klaren, strahlenden Blau. Der Kostbarkeit ihres dunkelblauen Kleides und ihrer Juwelen nach zu urteilen war sie, wie er vermutete, keine gewöhnliche Hure. Plötzlich war er sehr froh, dass er sich ein Bad und frische Kleider gegönnt hatte, während seine Männer nach den Pferden, die sie brauchten, gesucht hatten.

»Es ist anzunehmen, dass wir hier ein Zimmer bekommen, dann können wir am Morgen erholt aufbrechen«, sagte der junge Mann. »Es wird gut sein, wieder nach Hause zu kommen.« Er hängte den Umhang der Frau an einen Haken in der Nähe des Kamins.

»Wir werden einen weiteren Halt einlegen, Donald«, äußerte sie, während sie ihre Hände vor das Feuer hielt, um sie aufzuwärmen.

Donald fluchte und sah sie wütend an. »Willst du nicht diese idiotische Suche aufgeben? Du weißt, dass der Mann nicht wohlhabend ist.«

»Wohlhabender als ich.«

»Na, und wenn schon. Sogar ich bin wohlhabender, als du es jetzt bist.«

»Wir werden nach Dubheidland reiten, und das ist mein letztes Wort. Ich muss einen Ehemann finden, Donald. Sehr bald werde ich ein Dach über dem Kopf brauchen. Und wenn es so weit ist, dann brauchst du es auch.«

»Nein, ich werde zu meiner Schwester gehen. Sie wird mich bei sich wohnen lassen, solange ich will.« Donald schüttelte seinen Kopf. »Du kannst aufhören, so hoffnungsvoll auszusehen, Barbara. Nachdem du mit ihrem Mann ins Bett gegangen bist, wird meine Schwester den Gedanken daran, dass du in den Straßen betteln gehst, genießen. Ich kann mir außerdem nicht vorstellen, dass dich Sigimor Cameron mit offenen Armen empfangen wird, so wie du ihn behandelt hast. Nach allem, was ich von diesem Mann gehört habe, ist es keiner, der einen Verrat vergisst. Und die paar Mal, die du ihn in den vergangenen zehn Jahren getroffen hast, ist es dir nicht gelungen, seinen Blick auf dich zu ziehen.«

»Erinnere mich bei Gelegenheit daran, warum ich deine Gesellschaft ertragen muss.«

»Weil selbst *du* weißt, dass es für eine Frau nicht klug ist, ohne Begleitung zu reisen.«

»Wir reisen nach Dubheidland. Sobald ich mich aufgewärmt und gegessen habe, werden wir dorthin aufbrechen. Wir müssten es bis dorthin schaffen, bevor die Sonne untergeht, und so werden wir an diesen jämmerlichen Ort keine Münze vergeuden müssen.«

»Sigimor wird die Tore vor uns schließen lassen.«

»Nein, das wird er nicht tun.« Barbara lächelte und klopfte sich den Staub von ihren Röcken. »Er wird sich an einige der Verbindungen, die ich habe, erinnern. Und er wird sich daran erinnern, zu wem ich diese habe, und wird nicht riskieren, auch nur einen davon zu beleidigen.«

»Glaubst du nicht, er weiß, dass du fast alle diese Verbindungen abgebrochen hast? Der Mann ist kein Einsiedler, Barbara.«

»Er *wird* uns einlassen. Ich muss mir nur etwas ausdenken, um ihn dazu zu bringen, uns länger als eine Nacht bleiben zu lassen.«

»Vielleicht kann ich Ihnen zu Diensten sein, Mylady?«, fragte Harold und bewirkte, dass das Paar schockiert zu ihm hinsah.

»Aber Sie sind ein Engländer«, sagte Barbara. »Wie können Sie mir helfen? Und warum sollten Sie das überhaupt wollen?«

»Weil auch ich etwas auf Dubheidland suche.«

»Was?«

»Sir Sigimor Camerons Ehefrau.«

»Er ist verheiratet?« Donald schüttelte den Kopf. »Nun, damit sind all unsere Pläne erledigt.«

Barbara ignorierte ihren Cousin, sie hatte in dem Engländer eine Gerissenheit entdeckt, die sie nur allzu gut kannte. »Sind Sie sicher, dass wir von dem gleichen Mann sprechen? Dieser Sigimor Cameron, Laird of Dubheidland, ist verheiratet?«

»Im Moment.« Harold nippte an seinem Bier, damit sie Zeit hatte, über seine Worte nachzudenken, bevor er aufstand, um sich und Martin vorzustellen.

Nachdem sie ihrerseits sich und ihren Cousin vorgestellt hatte, fragte er sie: »Sollen wir miteinander sprechen, Mylady?«

Harold lächelte, als sie nach einem weiteren kurzen Augenblick des Nachdenkens nickte. Ihr Cousin folgte ihrem Befehl, jedem von ihnen einen Stuhl zu holen, dann gesellten sie sich zu Harold und Martin an den Tisch. Er wusste, dass diese Frau nützlich sein würde, dass sie bereit war, alles zu tun und jeden zu opfern, damit sie bekam, was sie wollte. Zum ersten Mal seit er erfahren hatte, dass Jolene den Lord of Dubheidland geheiratet hat, fühlte Harold, wie ein Teil seiner Wut nachließ. Selbst als er jenen Priester halb totgeschlagen hatte, war das nicht der Fall gewesen. Harold war klar, dass er durch diese Frau an Jolene ein gewisses Maß an Rache ausüben konnte für all das, was er durch sie eingebüßt hatte.

Jolenes Augen weiteten sich, als sie das Gewand betrachtete, das Old Nancy ihr hinhielt. Es war von einem herrlichen tiefen Grün. Sie wusste, dass es ihr gut stehen würde, und es sah aus, als ob es ihr genau passte. Dann runzelte sie die Stirn, da sie sich fragte, woher Sigimor es hatte und für wen.

»Wo haben Sie das gefunden?«, fragte sie, wobei sie wusste, dass ihr Argwohn ihre Stimme vergiftete, denn Old Nancy lachte.

»Eifersüchtig, oder? Gut.« Old Nancy überging Jolenes gemurmelte Verneinung. »Dies gehörte der Schwester des Herrn. Nachdem sie ein Kind geboren hatte, wurde sie zwar wieder so schlank, wie sie immer gewesen ist, aber es hatte ein paar kleine Veränderungen an ihrem Körper gegeben. Gerade genug, damit ihr dieses Gewand und ein paar andere nicht mehr so gut passten wie früher. Sie ließ sie hier, weil sie meinte, es könnte einmal Gebrauch von ihnen gemacht werden. Außerdem wollte sie sie tragen, wenn sie bei einem ihrer Besuche nichts anderes zum Anziehen hätte.«

»Es ist wunderschön«, sagte Jolene, erstaunt über die Weichheit der Wolle unter ihren Fingern.

»Und Sie werden sehr schön darin aussehen. Sie werden die reinste Wonne für die Augen unseres Herrn sein und die übrigen Dummköpfe einen Schritt, oder auch zwei, zurücktreten lassen.«

»Vielleicht sollte ich mein Mahl hier einnehmen. Das würde Sigimors Verwandten mehr Zeit geben, sich an die Vorstellung zu gewöhnen, dass Sigimor nun verheiratet ist, und zwar mit einer Engländerin.« Jolene sah sich in dem sparsam möblierten Schlafgemach um und verzog fast das Gesicht, denn der einzige wirkliche Hauch von Bequemlichkeit in diesem Raum war das Schaffell auf dem Boden vor dem großen Kamin.

»Es braucht die Hand einer Frau«, bestätigte Old Nancy, als sie Jolene vom Bett hochzog. »Fast ganz Dubheidland braucht dies.«

»Die Möbel sind sehr schön gearbeitet.«

Jolene streckte ihre Hand aus und ließ sie über einen der dicken, prächtig geschnitzten Bettpfosten gleiten.

»Seltsam, dass die Mütter nicht ihre Spuren hinterlassen haben.«

»Sie werden ihre Spuren in der Kemenate, in den Küchen und in der Kräuterhütte finden. Den übrigen Besitz überließen sie den Männern. Ach ja, und ein kleines bisschen in Ilsas Schlafgemach. Es wird nun für sie und ihren Ehemann genützt, wenn sie zu Besuch sind oder wenn eine Dame hierher kommt. Wenige waren da. Dies war lange Zeit ein Männerort. Selbst die meisten Mädchen und Frauen, die hier dienen, schlafen nicht hier. Vielleicht werden es manche tun, jetzt, wo es eine Hausherrin gibt. Kommen Sie, lassen Sie uns Ihnen dieses Gewand anziehen. Der Herr schlüpfte, bevor Sie erwachten, herein, um sich anzuziehen, und er wird auf Sie warten.«

Jolene war froh über die Ablenkung. Sie hatte sich äußerst schuldig gefühlt, als Old Nancy davon sprach, was sie als Herrin von Dubheidland vollbringen könnte. Obwohl sie wusste, dass es ihrer gemeinsamen Zeit mit Sigimor ein rasches Ende bereiten konnte, sehnte sie sich plötzlich danach, diese Prüfung zum Abschluss zu bringen.

Sie wünschte, dass Harold tot und begraben sei. Sie wünschte zu wissen, wer zu Reynards Vormund bestellt werde. Sie wünschte, dass sie vor ihre Entscheidungen gestellt wurde, sodass sie sie treffen konnte und damit fertig war.

Es lag schwerer Herzenskummer vor ihr, egal, welchen Weg sie einschlagen würde, und sie wünschte, dass dieser Schlag bald erfolgte, sodass sie aufhören konnte, sich davor zu fürchten.

»Mylady, es gibt keinen Grund, so besorgt auszusehen, oder?«, sagte Old Nancy, während sie Jolenes Haar gründlich bürstete, es hochsteckte und einen blassgrünen Schleier an ihrem Kopf befestigte, um Jolenes Haar sittsam zu bedecken. »Sie sehen sehr schön aus. Übergehen Sie die grimmigen Blicke und das Grollen, das Sie an diesem Abend vielleicht zu hören bekommen. Es sind alles gute Jungen, aber sie mögen keine Überraschungen. Und sie sorgen sich alle um Sigimor, auch wenn er sie vermutlich alle kräftig verprügeln würde, sofern er das wüsste.«

Obwohl ihr klar war, dass diese Frau nur versuchte, ihr die Befangenheit zu nehmen, verdüsterte diese letzte Bemerkung ihre Stimmung nur noch mehr. Während Old Nancy sie zu der großen Halle zurückbegeleitete, erkannte Jolene, dass sie auf eine Horde von Sigimors Verwandten treffen würde, die sie sicher bald dafür hassen würden, wenn sie Reynard über ihren Laird stellte. Zum Allermindesten würde Sigimor nicht wenig gedemütigt, wenn seine frisch angetraute Ehefrau ihn verließe, um nach England zurückzukehren. Sie dagegen hätte nicht nur ein gebrochenes Herz, sondern müsste akzeptieren, dass eine ganze Armee aus Camerons ihren Namen verfluchte. Zweifelsohne würden die MacFingals sich dem Chor anschließen. Allein schon der Gedanke an den Wutausbruch, den sie in ihnen auslösen würde, rief in ihr den Wunsch wach, wieder zu Bett zu gehen.

Dann sah sie Sigimor am Eingang zur großen Halle auf sie warten. Er trug einen Überwurf, eine prächtige Mischung aus Rot und Schwarz, ein weißes Hemd und weiche Stiefel aus Hirschfell. Jolene konnte es kaum vermeiden, wie ein mondsüchtiges Mädchen bewundernd zu seufzen. Er sah so groß, so stark aus und gerade noch ein bisschen barbarisch. Wenn sie ihn am Ende doch verlassen musste, dann, dessen war sie sich sicher, würde sie ihn für den Rest ihres Lebens genauso in Erinnerung behalten.

Jolene zweifelte plötzlich daran, dass sie jemals fähig sein würde, sich an ihn zu erinnern, ohne den Schmerz des Verlustes zu empfinden.

Sigimor sah sie an, und sie hätte fast wie ein Pfau ihr Gefieder gespreizt angesichts der Anerkennung, die er mit seinem Lächeln offenbarte. Dies stärkte ihren schwindenden Mut, und sie schritt auf ihn zu und ließ ihre Hand in seine gleiten. Ihr Mut verließ sie aufs Neue, als er auf ihren Kopf blickte und die Stirn runzelte. Etwas nervös berührte sie den leichten Schleier, der ihr Haar verbarg.

»Was ist das da auf deinem Kopf?«, fragte er. »Warum versteckst du dein Haar?«

»Eine verheiratete Frau hat ihr Haar zu bedecken«, stellte Old Nancy fest.

»Nicht diese.« Sigimor entfernte schnell den Schleier und warf ihn Oldy Nancy in die Hände. »Ich mag das nicht.« Er war sich auch nicht sicher, ob er es gern sah, dass Jolenes Haar hochgesteckt war, da er den langen Zopf lieber mochte, den sie vorher getragen hatte, aber er entschied, diese Auseinandersetzung auf später zu verschieben. »Du kannst mir das alles später erklären«, sagte er zu Old Nancy, als sie anfing, wütend zu zischen. »Wenn es ein Brauch ist, von dem erwartet wird, dass eine Frau ihn befolgt, kann Jolene es vielleicht tun, wenn wir an den Hof oder sonst wo hingehen müssen. Aber sie muss ihn hier nicht befolgen. Nicht innerhalb der Familie. Das ist übrigens Fergus.« Er stellte ihr seinen jüngsten Bruder vor, der an seiner Seite wartete. »Das Kind der Familie.«

Er zwinkerte Jolene zu, als Fergus ihn anfunkelte.

»Er hat darum gebeten, neben dir zu sitzen.«

»Ich würde mich geehrt fühlen«, sagte Jolene und lächelte den bartlosen Jungen an, der fast einen Kopf größer war als sie.

Als sie mit ihnen zum Haupttisch schritt, beantwortete Jolene gelassen Fergus' Fragen nach Reynard. Vor allem war er von der Tatsache fasziniert, dass ein so kleiner Junge sowohl Graf als auch Baron war. Während sie sprach, betrachtete sie die Männer in der großen Halle. Es schien ihr, als ob das Entsetzen gewichen, stattdessen aber Vorsicht an seine Stelle getreten war. Der, der sie am meisten interessierte, war Somerled, Sigimors Zwillingsbruder. Er stand bei ihrer Ankunft auf und war überaus höflich, als man ihr den Sitz links neben Sigimor zuwies, aber sie nahm wahr, dass er sie nicht anerkannte, sie nicht als Sigimors Ehefrau anerkannte.

Das freundliche Lächeln und Begrüßen von Seiten Liams, Taits, Davids und Marcus' beruhigte sie nur leicht. Sie konnte nicht damit rechnen, dass sie ihr die Anerkennung verschaffen konnten, die ihr der größte Teil von Sigimors Familie im Moment vorenthielt. Als sie daran dachte, wie sie sich fühlen würden, wenn sie Sigimor verließ, verdüsterte sich ihre Stimmung schnell wieder.

Sie bemühte sich zu essen, was Sigimor auf ihrem Teller anhäufte, und die wachsamen Blicke zu übersehen, die auf sie gerichtet waren. Gespräche über all das, was in Sigimors Abwesenheit geschehen war, schwirrten um sie herum, während sie die große Halle eingehend betrachtete. Sie war gut ausgestattet, die Stühle, Bänke und Tische waren alle aus harter Eiche. Es gab ziemlich viele Stühle, weit mehr, stellte sie fest, als sie selbst in der vornehmsten englischen Halle gesehen hatte. Die besseren Teller, Essbestecke und Krüge standen auch nicht nur auf dem Haupttisch. Einige Waffen schmückten eine der Wände, die meisten von ihnen waren von ausgesprochen guter Qualität, und ein großer, prächtiger Wandteppich, der irgendeine Schlacht abbildete, hing über dem Kamin am weit entfernten Ende der Halle. Jolene begann zu glauben, dass die Camerons of Dubheidland nach englischem Maßstab wohl nicht als vermögend gelten konnten, dass sie aber weit davon entfernt waren, arm zu sein.

Gerade als Somerled seinen Blick auf sie richtete und Jolene sich streckte, um sich auf eine Gegenüberstellung vorzubereiten, gab es vor den Toren zur großen Halle einen Aufruhr. Kurzfristig war Jolene angenehm erleichtert. Dann wurde eine wunderschöne, üppige Blondine von zwei Männern mehr hereingetragen als hereingeführt. Ein einziger schneller Blick auf den Ausdruck in Sigimors Gesicht, das eine ungewöhnliche Mischung aus Bestürzung und Jähzorn zeigte, verriet Jolene, dass diese Frau Lady Barbara MacLean war. Plötzlich erschien ihr die Auseinandersetzung mit dem vorsichtigen Misstrauen einer Armee von Camerons nicht mehr so unerfreulich.

Ihr Griff um das Messer ihres Bestecks wurde fester, als Sigimor aufstand, um seinen uneingeladenen Gast zu begrüßen, nachdem er Somerled hastig erklärt hatte, wer die Frau war, und damit Jolenes Verdacht bestätigt hatte. Jolene biss die Zähne zusammen, als sie mit ansehen musste, wie sich Lady Barbara an Sigimor hing, während er sie zu einem Sitz am Kamin führte. Als diese Frau Sigimors Hände auch noch in ihren behielt, nachdem sie sich niedergesetzt hatte, stand Jolene langsam von ihrem Platz auf und ging auf sie zu, wobei sie kaum wahrnahm, dass Fergus an ihrer Seite war.

»Was fehlt ihr?«, fragte Jolene, gleichermaßen aufgebracht wie auch bestürzt über die Schönheit der Frau.

»Sie behauptet, dass sie und ihre Reisegefährten von Dieben bedrängt worden seien«, antwortete er und studierte dabei den wütenden Gesichtsausdruck seiner Frau mit brennendem Interesse.

»In dem Handgemenge verletzte sie sich den Knöchel. Oder das Bein. Sie ist nicht zu deutlich geworden.«

Die Frau ließ ein ohrenbetäubendes Kreischen vernehmen, als Jolene ihre Röcke hochhob und ihre Beine entblößte. Jolene suchte nach einer Verletzung, konnte aber nicht mehr finden als ein paar leichte blaue Flecken an ihrem rechten Bein.

Sie wusste zwar, dass sie nicht sachkundig war, aber trotzdem war etwas an den blauen Flecken, das ihren Argwohn weckte. Sie sahen einfach nicht nach der Sorte Verletzung aus, die man bei einem Sturz oder einem Angriff auf die eigene Person erlitt.

Ein oberflächlicher Blick auf die beiden Männer in ihrer Begleitung offenbarte nur wenig in Unordnung gebrachte Kleider und ein paar kleine blaue Flecken im Gesicht. Jolene sah auf Lady Barbara und wusste tief in ihrem Herzen, dass ein Spiel gespielt wurde.

»Was machst du da, Mädchen?«, fragte Sigimor gelassen und überlegte vergeblich, ob er Jolene ihren Dolch abnehmen sollte.

»Ich bilde mir ein Urteil über das Ausmaß ihrer Wunden«, antwortete Jolene und bemerkte, dass Barbara nur sehr langsam ihre Beine wieder bedeckte. »Wenn ein Knochen durch die Haut gedrungen wäre, hätten wir das Stück wegschneiden müssen, bevor es ihr ganzes Bein hätte verfaulen lassen.«

Ihre Augen verengten sich, als Barbara erneut nach Sigimors Händen griff. »Vielleicht muss ich doch ein oder zwei Stücke herausschneiden lassen.«

»Du kannst mein Messer nehmen«, bemerkte Fergus. »Es ist größer.«

Sigimor unterdrückte eilig den Drang zu lachen. Er ignorierte ihre finsteren Blicke und befahl Jolene und Fergus sich zu entfernen und Old Nancy dabei zu helfen, Gemächer für ihre Gäste herzurichten. Auch wenn er erfreut war über die Eifersucht, die seine Frau zeigte, fühlte er sich ein wenig unwohl. Barbara bedeutete Ärger, hatte immer Ärger bedeutet. Er brauchte jetzt nicht noch mehr Ärger, schon gar nicht in seiner Ehe. Sobald Jolene gegangen war, sah er auf Barbara und fragte sich, wie lange er wohl gezwungen sein würde, gastfreundlich zu sein, um nicht jemanden von ihren mächtigen Verbündeten und ihre Familie zu beleidigen.

# 15

»Sigimor, was macht diese Engländerin hier?«, fragte Barbara fordernd. »Sie hatte einen Dolch auf mich gerichtet!«

»In Wirklichkeit hat sie einen in der Hand gehalten. Sie hat nicht damit gezielt.«

Sigimor vernahm einen leisen, unterdrückten Ton und vergegenwärtigte sich, dass Somerled und Liam sich zu ihnen gesellt hatten. Beide Männer kämpften offensichtlich darum, nicht zu lachen.

»Und diese Engländerin ist meine Frau.«

Barbara sah entsetzt aus, aber Sigimor hegte plötzlich Zweifel an der Aufrichtigkeit dieser Reaktion. Sie presste mit theatralischer Geste eine Hand auf ihre linke Brust, aber die Geste wirkte einstudiert, dazu bestimmt, den Blick eines Mannes auf ihren so sehr bewunderten Busen zu lenken. Obwohl er nicht sicher war, wie sie es erfahren haben konnte, war Sigimor überzeugt, dass sie bereits von seiner Hochzeit wusste. Es war ebenso eigenartig, dass sie in der Nähe von Dubheidland war, wo sie doch Scarglas schon vor fast einer Woche verlassen hatte.

»Was hat dich geritten, eine Sächsin zu heiraten?«, fragte sie.

»Das geht dich nicht wirklich etwas an, oder?«

Der aufblitzende Zorn, den sie schnell verbarg, sah mehr nach der Barbara aus, die er kannte. Sigimor entspannte sich etwas.

»Nun sieh zu, ob du mir das, was geschehen ist, etwas klarer und ohne all das Gejammer erzählen kannst.« Er hörte sich ihre Geschichte aufmerksam an, dann sah er ihren Cousin Donald an. »Entspricht das auch Ihrer Erinnerung?«

»Ja«, erwiderte Donald, fügte aber keine Details hinzu.

Da er erkannte, dass der Mann nicht bereit war, mehr zu sagen, betrachtete Sigimor ihn eingehend. Er teilte das Aussehen, das Barbara zu einer Schönheit machte, die edlen Gesichtszüge, die tiefblauen Augen und selbst das goldblonde Haar, aber er war größer und schlank. Er wirkte fast trotzig, und Sigimor spürte, dass ihn noch etwas anderes missmutig stimmte, auch wenn das vielleicht darauf zurückzuführen war, dass er sich im Kampf mit den Dieben nicht sehr bewährt hatte.

War er womöglich ein widerwilliger Helfershelfer bei einer Intrige von Barbara?

Da sie an ihm Interesse gezeigt hatte, als sie zu Gast bei den MacFingals gewesen war, fragte sich Sigimor, ob sie hier war, weil sie ihn umgarnen wollte.

Es schien überheblich zu sein zu glauben, sie würde sich seinetwegen solchen Unannehmlichkeiten aussetzen, zumal sie nichts anderes als ein ehebrecherisches Durcheinander erreichen konnte.

Er war bereits verheiratet, und er hatte noch immer das Gefühl, dass sie dies schon vor ihrer Ankunft gewusst hatte. Es war möglich, dass Barbara seine Ehe nicht für beständig hielt, weil seine Frau eine Engländerin war.

Die Frau schien offenbar fest damit zu rechnen, dass die englischen Gerichte und die englische Kirche bereit wären, einer Engländerin die Annullierung für jede Form von Ehe mit einem Schotten zu gewähren.

Schnell schüttelte er diesen Gedanken ab, da er sich nicht damit beladen wollte.

»Nach dem, was ich gesehen habe, sind deine Verletzungen nicht so groß«, sagte er. »Du wirst dich hier nicht lange erholen müssen. Ich werde dir etwas zu trinken besorgen. Es wird nicht lange dauern, bis die Räume für euch hergerichtet sind.« Sigimor missachtete ihre gestammelten Versuche, seine Aufmerksamkeit weiterhin auf sich zu lenken, und schritt zum Haupttisch zurück, dicht gefolgt von Liam und Somerled.

»Wer ist diese Frau?«, wollte Somerled wissen.

»Jemand, den ich vor zehn Jahren kennen gelernt habe«, antwortete Sigimor, während er drei leere Krüge packte und sie mit einem Leinentuch flüchtig abwischte. »Die Dummheit eines dummen jungen Mannes. Sie heiratete einen alten Mann, der kürzlich verstarb.«

»Und sie als reiche Witwe zurückließ?«

»Ich denke nicht.«

Sigimor erzählte ihm von dem Gespräch, das er mit dem alternden Laird MacLean zwei Jahre zuvor geführt hatte.

»Ich denke, er hat sie als sehr arme Witwe zurückgelassen.«

»Aha, sie sucht also einen neuen Ehemann und hat ihr Visier auf dich gerichtet. Sie hat sich das ganze saubere Spielchen also einzig und allein deshalb ausgedacht, um unter dein Dach zu schlüpfen.«

»Du glaubst ihre Geschichte auch nicht?«

»Nein, wir haben keine großen Probleme mit Dieben. Und die, die in dieser Gegend von Zeit zu Zeit Ärger machen, würden mit ihren auserwählten Opfern nicht so sanft umgehen.«

»Ja«, stimmte Liam zu. »Sie hätten diesen dreien sehr viel Übleres zugefügt als die Liebespflästerchen, über die sie jammern, wenn sie sie überhaupt am Leben gelassen hätten.«

»Genau das denke ich auch«, bestätigte Sigimor, der die Krüge mit Wein füllte. »Ich bin versucht, sie hinauszuwerfen.«

»Warum tust du es nicht?«

»Das Letzte, was ich hörte, ist, dass Lady Barbara einige sehr mächtige Freunde und Verwandte hat. Solange ich nichts Gegenteiliges erfahre, wage ich es nicht, ihr die herkömmliche Gastfreundschaft zu versagen. Sie würde sich schnell bei ihnen ausweinen, wenn ich es täte. Und sie würde dafür sorgen, dass es sich nach wesentlich Schlimmerem anhört als nach einfacher Unhöflichkeit. Es sind nicht die Leute, die man verärgern oder beleidigen will. Dieses Risiko ist die Frau nicht wert.«

»Also werden wir es mit der Hure eine Weile aushalten müssen«, murmelte Somerled. »Vielleicht beendet sie dieses Spiel bald und verlässt uns, wo sie jetzt weiß, dass du verheiratet bist.«

»Das würde mir sehr angenehm sein«, sagte Sigimor, »aber ich bezweifle, dass das geschehen wird. Vielmehr glaube ich, dass sie bereits von meiner Heirat wusste.«

»Wieso spielt sie dann dieses Spiel überhaupt? Sie kann gar nichts gewinnen dadurch. Zumindest nicht, solange du nicht deine eigenen Regeln brichst und beschließt, dass Ehebruch keine so große Sünde ist.«

»Das wird nicht geschehen. Es wird vor allem ganz sicher nicht mit dieser Hure geschehen. Sie war ziemlich abgenutzt, als ich sie kennen lernte, und wenn alles, was ich seitdem über sie gehört habe, stimmt, dann ist es ein Wunder, dass sie keine O-Beine hat. Da keiner von euch eine Frau hat, die ihn vor Barbaras Schlichen bewahren könnte, rate ich euch, vorsichtig zu sein.«

»Wir sind zwar nicht arm, aber wir sind keine Lairds und wir besitzen keinerlei Land. Eine zu arme Partie für ihresgleichen.«

»Das hängt davon ab, wie verzweifelt sie ist.«

Er lachte fast über denselben erschrockenen Gesichtsausdruck, den beide Männer zeigten.

»Versucht ihrem Cousin Donald nahe zu kommen. Was immer hier für ein Spiel gespielt wird, es passt ihm nicht recht. Auch wenn er seit Jahren ihr kleiner Liebling ist, ist er nicht ganz von ihrer Sorte. Er könnte die Schwachstelle sein. Irgendetwas ist hier im Gang, und ich kann das Gefühl nicht loswerden, dass mehr hinter all dem steckt als nur der Versuch, einen Dummen zu finden, der sie heiratet.«

Sobald Liam und Somerled eingewilligt hatten, trug er den Wein zu seinen unerwünschten Gästen. Er antwortete höflich auf alle Versuche Lady Barbaras, ihn in eine Unterhaltung zu verwickeln.

Es verstimmte ihn, als sie hinterhältige, tändelnde Bemerkungen über ihre frühere Beziehung machte. Sie schien völlig außer Acht zu lassen, dass seine Erinnerungen an diese Zeit nicht sonderlich liebevoll waren.

Die Art, wie sie mühsam versuchte, Liam zu übersehen, und dabei so häufig scheiterte, war fast erheiternd. Barbara mochte Sigimor zu ihrem nächsten Ehemann ausersehen haben, doch sie war eindeutig unfähig, irgendeinem gut aussehenden Mann zu widerstehen, und schon gar nicht einem, der so gut aussah wie Liam.

Sie schien genug Verstand zu besitzen, um zu wissen, dass es ihre Chancen zunichte machen würde, Herrin von Dubheidland zu werden, wenn sie mit ihm ins Bett ging. Aber Sigimor vermutete, dass sie sich nicht sicher war, wie lange sie der Versuchung widerstehen konnte, die Liam darstellte.

Wenn er nicht so besorgt darüber gewesen wäre, welche Schwierigkeiten ihm diese Frau verursachen konnte, dann hätte Sigimor, dessen war er sich bewusst, ihren Kampf mit ihrer zügellosen Begierde ausgesprochen unterhaltsam gefunden.

Als Old Nancy kam, um mitzuteilen, dass die Räume für die Gäste bereitet seien, atmete Sigimor erleichtert auf.

Einen Herzschlag später fand er die üppige Barbara in seinen Armen.

Er war beeindruckt davon, wie schnell sie sich bewegt hatte, musste aber das Bedürfnis unterdrücken, sie auf den Boden fallen zu lassen. Er gestand ihr für dieses Mal den Sieg zu und trug sie zu ihrem Gemach.

Dabei beobachtete er die finsteren Blicke seiner Verwandten und fühlte sich irgendwie getröstet. Seine Familie mochte sich noch nicht entschieden haben, Jolene voll anzuerkennen, aber diese Zurschaustellung von Missbilligung gegenüber Barbara deutete darauf hin, dass die Saat der Anerkennung bereits gesät war. Sigimor war zuversichtlich, dass Jolene allein genügen würde, sie aufgehen zu lassen.

Einmal ins Schlafgemach von Barbara abkommandiert, entdeckte Sigimor, dass diese Frau stärker war, als sie aussah. Sobald er sie auf das Bett setzte, festigte sich ihr Griff um seinen Hals, und er konnte sich gerade noch halten, um nicht auf sie zu fallen.

Nun stand er dicht an ihrem Bett, ihre Arme lagen wie eine Schlinge um seinen Hals und er fragte sich, wie er sich befreien konnte, ohne sie zu verletzen. Er spannte sich so sehr an, wie er konnte, als er seine Hände vom Bett hob und sie an den Handgelenken packte.

»Lass mich los, Barbara«, befahl er, bemüht darum, seine zunehmende Gereiztheit zu beherrschen, als sie sich an ihm hochzog.

»Sofort!«

»So kalt zu mir, Sigimor?«, sagte sie. »Das warst du sonst nie. Erinnerst du dich nicht an all die Male, die wir zusammen waren?«

Er starrte auf ihr schönes Gesicht und betrachtete kurz ihren üppigen Körper. Sie war der Traum eines jungen Mannes gewesen, aber er erkannte, dass dieser Traum vor langer Zeit gestorben war. Sigimor konnte ihre Schönheit anerkennen, doch sie berührte ihn nicht im Geringsten. Nun war er sich der Verwesung unter ihrer zarten Haut bewusst. Sie ließ ihn so völlig unbewegt, dass Sigimor bezweifelte, ob er sich von ihr hätte verführen lassen, selbst wenn er ein freier Mann gewesen wäre.

»Ich bin verheiratet«, erwiderte er und festigte seinen Griff um ihre Handgelenke. Sie zuckte leicht zusammen, ließ ihn aber nicht los.

»Mit der Sächsin? Dem spindeldürren, schwarzhaarigen Kind?«

»Nimm dich in Acht, Barbara, ich dulde nicht die geringste Beleidigung gegenüber meiner Frau.«

»Du weißt so gut wie ich, dass du nicht an dieser Ehe festhalten musst. Jeder von euch kann sie mit Leichtigkeit annullieren lassen, weil du ein Schotte bist und sie eine Sächsin ist. Komm, mein tapferer Ritter, lass mich dich an das erinnern, was wir einst miteinander teilten.«

Sigimor wusste, dass sie vorhatte, ihn zu küssen, und er war versucht, es ihr zu erlauben. Er wusste, dass er kalt bleiben würde, und das könnte ihre Eitelkeit vielleicht so weit verletzen, dass sie ihr Spiel aufgab.

Dann, gerade als ihre Lippen nur einen Atemzug von seinen entfernt waren, konnte er sehen, wie sie einen kurzen, verstohlenen Blick zur Tür warf. Er riss seinen Kopf zurück und festigte seinen Griff um ihre Handgelenke so sehr, dass ihr der Atem stockte.

Unglücklicherweise reichte es noch immer nicht aus, damit sie ihn losließ, und er fluchte innerlich, als Jolene neben ihn trat.

Jolene hatte das befriedigende Gefühl, dass ihr Mann kein freiwilliger Gefangener war, aber das konnte ihre Eifersucht nur wenig mildern. Zu einem anderen Zeitpunkt konnte sie vielleicht an den Ausdruck von Abscheu in seinen Augen denken und lachen. Aber jetzt gerade versuchte sie sich zu entscheiden, wen von den beiden sie verletzen wollte – schwer verletzen. Sie fing einen aufglimmenden Triumph in Barbaras Gesichtsausdruck auf und beschloss, dieser Frau keine Genugtuung zu bieten.

»Ich sah es als meine Pflicht an zu kommen und nachzusehen, ob sich unser Gast wohl fühlt«, versetzte Jolene, stolz auf die Gelassenheit in ihrer Stimme. »Ich sehe schon, du hast dich darum gekümmert, sie zu Bett zu bringen, Ehemann.«

»Ja, ich scheine nur nicht loszukommen«, sagte er, ohne aber ein Anzeichen dafür zu entdecken, dass sie ihm glaubte.

»Ja, ich sehe es. Das ist leicht zu beheben.«

Sie bewegte sich so schnell, dass Sigimor sich nicht sicher war, was sie machte, aber es half. Jolenes Hand schnellte auf Barbara zu und war innerhalb eines Wimpernschlags wieder an ihrem Platz. Barbara kreischte und ließ ihn los. Es glitzerten sogar Tränen in ihren Augen. Danach fuhr sie mit der Hand unter ihre Achsel, und Sigimor musste fast lachen, da ihm nun klar war, wo Jolene zugeschlagen hatte und dass es schmerzte.

»Soll ich euch alleine lassen, um sicherzustellen, dass sich unser Gast wohl fühlt? Ich denke, das sollte ich«, bemerkte Jolene. Sie wartete die Antwort nicht ab und schritt zur Tür. »Lass es mich wissen, wenn es nötig ist, nach ihren Verletzungen zu sehen.«

So eine liebliche Stimme, so höflich, so ungeheuer wutentbrannt, dachte sich Sigimor, während er beobachtete, wie Jolene sich entfernte.

Ihre Augen waren fast schwarz. Er musste sich sehr anstrengen, um ihr zu erklären, was sie gesehen hatte, wenn er heute Nacht zu ihr unter die Decken schlüpfen wollte.

Barbara war schon dabei, Ärger zu schüren, dachte er, als er sich ihr wieder zuwendete. Für wie dumm hielt sie ihn eigentlich?

»Deine Frau hat mir wehgetan, Sigimor.« Barbara schniefte sanft. »Das war roh.«

»Das war sehr wohl verdient«, entgegnete er.

»Sigimor! Wie kannst du nach all dem, was zwischen uns war, so hart mit mir sprechen?«

»Zwischen uns war nichts, Mylady, außer ein paar Runden schweißtreibender Brunft.«

Er beobachtete, wie sie kämpfte, um ihre Wut unter Kontrolle zu halten. Die ganze sanfte Koketterie in ihrem Gesicht verschwand schnellstens. »Wenn du nicht so mächtige Verbündete, Verwandte und was sonst noch hättest, hätte ich dich vor meinen Toren vermodern lassen. Glaubst du denn, ich habe weiter nichts mehr über dich erfahren seit dem Tag, an dem ich dich mit dem jungen Douglas zwischen deinen Schenkeln gefunden habe? Du bedeutest Ärger, Lady Barbara. Du schürst ihn, wo immer du auftauchst. Aber du wirst ihn hier nicht schüren. Solange, bis ich beschließe, dass es dir gut genug geht oder bis ich herausgefunden habe, ob du noch Verbündete hast oder nicht, kannst du hier bleiben. Dann wirst du gehen.« Er ging zur Tür, hielt aber an der Schwelle an und fügte hinzu: »Wenn du meiner Frau wehtust, wirst du dir wünschen, dass du dieses Spiel nie angefangen hättest.«

Sigimor schritt in die große Halle hinunter. Er hatte das Bedürfnis nach einem starken Getränk, bevor er Jolene gegenübertrat.

»Hast du ihr den Kopf zurechtgesetzt?«, fragte Liam, so wie Sigimor die große Halle betrat und sich, als er seinen Sitz erreichte, sofort Bier einschenkte.

»Ja, die Hure ist in ihrem Schlafgemach untergebracht, und wenn sie auch nur einen Funken Verstand hat, bleibt sie da bis zu ihrer Abreise.«

Sigimor setzte sich lässig in seinem Sitz zurecht und trank einen großen Schluck Bier.

»Wir müssen uns mehr darum kümmern, die Ohren offen zu halten, vielleicht sogar öfter jemanden an den königlichen Hof entsenden.«

»Woher kommt das plötzliche Interesse an solchen Dingen?«, wollte Somerled wissen.

»Wenn ich unterrichtet gewesen wäre, wie Barbara mit ihren Verbündeten oder sogar ihren Verwandten steht, wäre ich vielleicht nicht in diese Falle geraten«, bekannte Sigimor. »Wenn sie ihre Verbindungen gelöst hat oder wenn sie von jenen gelöst wurden, könnte ich sie hinauswerfen. Wir waren immer sehr gut darin, rechtzeitig eine Menge über etwas herauszufinden, über einen Feind oder möglichen Feind oder sogar einen möglichen Verbündeten. Ich bin überzeugt, wir müssen aufhören, so wählerisch zu sein.«

»Darüber kann man nachdenken. Bedenkt man, wie sehr die Dinge sich wenden und ständig verändern, könnte das ein guter Weg sein, sicher *und* zahlungsfähig zu bleiben.«

»Ich vermute aus all dem, dass Lady Barbara bereits versucht hat, Ärger zu stiften«, stellte Liam fest.

»Sie hat es versucht und war vielleicht erfolgreich«, gab Sigimor zurück. »Sobald ich den Mut habe, zu Bett zu gehen, werde ich es ganz bestimmt herausfinden.«

»Was hat sie angestellt?« Liams Augen weiteten sich und zeigten amüsiertes Mitgefühl, als Sigimor berichtete, was geschehen war. »Die Frau verschwendet keine Zeit, oder? Bist du dir sicher, dass du Jolene so lange allein lassen und so lange darüber nachdenken lassen solltest?«

Sigimor seufzte.

»Nein, aber ich werde es trotzdem tun. Ich muss selbst über ein paar Dinge nachdenken, bevor ich zu meiner Frau gehe. Möglicherweise sucht Barbara noch immer nach einem Ehemann. Die Tatsache, dass ich eine Frau habe, schien sie nicht zu kümmern oder abzuschrecken. Das ergibt alles keinen Sinn.«

»Sie könnte denken, dass sie Jolene vertreiben kann. Jolene würde dann nach England zurückkehren.«

»Aber sie würde noch immer meine Frau sein.«

»Nicht sehr lang. Jeder von euch könnte vermutlich die Ehe problemlos annullieren lassen. Jolene mag das noch nicht wissen, aber einmal zurück in England, und sie würde das schnell genug herausfinden.«

»Möglich. Barbara hat ziemlich das Gleiche gesagt.« Sigimor hasste es richtig, darüber nachzudenken, wie leicht Jolene sich seiner entledigen konnte, wenn sie es wollte. »Es überrascht mich trotzdem, dass Barbara Kenntnis von solchen Sachen hat. Ich werde das Gefühl nicht los, dass da mehr ist als nur Barbaras Bedarf an einem Ehemann und ihr Glauben, dass ich dumm genug bin, in ihre Falle zu gehen.«

»Frauen wie Barbara sind sehr eingebildet. Und da so viele Männer so lange Zeit in ihre Falle gestolpert sind, will sie vermutlich nicht wahrhaben, dass du es nicht auch tust. Sie hat so viele zum Narren gehalten, dass es nicht überraschend ist, wenn sie denkt, die Männer seien alle Idioten.«

»So wie ich einst einer war. Ja, das könnte eine Erklärung dafür sein, dass sie glaubt, dieses Spiel zu gewinnen.«

»Du hast nicht genau erklärt, was sie dir früher bedeutet hat«, sagte Somerled. »Ich kann mich nicht erinnern, dass du sie erwähnt hast.«

»Das war in der Zeit, in der du durch das Land gezogen bist, um herauszufinden, wie wir unsere Truhen füllen könnten. Was wir dank deiner Bemühungen ja auch sehr gut geschafft haben.«

»Danke für die Ehre. Erzähl uns nun alles über Barbara. Wenn wir wissen, was sie dir bedeutet hat, können wir vielleicht besser einschätzen, warum sie glaubt, dass sie überhaupt eine ernsthafte Chance hat, dich als Ehemann zu gewinnen.«

Sigimor atmete tief ein und erzählte ihnen sehr kurz gefasst, was zwischen ihm und Barbara geschehen war. Er war freudig überrascht, festzustellen, dass er nicht mehr so peinlich berührt war deswegen. Es half ihm, dass er weder Mitleid noch Hohn in ihren Gesichtern lesen musste, nur ein flüchtiges Mitgefühl für den jungen Dummkopf, der er gewesen war, und Zorn. Sigimor hatte den Verdacht, dass wohl beide Männer eine ähnliche Geschichte erlebt hatten, die sie für sich behielten.

»Sie meint vielleicht, sie müsse ein wenig Schadensersatz leisten für das Vergangene und dann würdest du dich geradewegs wieder in ihre Hände fallen lassen«, bemerkte Somerled. »Die paar Male, die du dich danach von ihr abgewendet hast, entschuldigt sie vermutlich damit, dass du deinem Ruf entsprechen wolltest, ein Mann zu sein, der nichts mit verheirateten Frauen anfängt.«

»Aha, das habe ich nicht in Erwägung gezogen. Darüber hinaus erwartet sie offensichtlich nicht von mir, dass ich an meinem Ehegelöbnis festhalte.«

»Die Frau hat wahrscheinlich zu viele kennen gelernt, die das nicht getan haben.«

»Wie wahr, wie wahr.«

Sigimor trank aus und stand auf.

»Das bringt mich nicht weiter. Ich kann das Gefühl noch immer nicht loswerden, dass hier etwas vorgeht, was ich nicht erkennen kann, etwas anderes als das Offensichtliche, aber ich weiß einfach nicht, was es sein könnte.«

»Wir werden nah an Donald dranbleiben, wie du uns gebeten hast. Wir werden am Morgen auch anfangen, nach Harold zu suchen.« Somerled runzelte die Stirn. »Du glaubst wirklich, dass er hierher kommt, dass er die Verfolgung nicht aufgibt und nach Hause rennt?«

Sigimor nickte.

»Ja, das glaube ich. Der Mann sinnt jetzt auf Rache, da bin ich mir sicher. Er hat das Bedürfnis Jolene zu bestrafen für alles, was er erlitten hat. Er spielt noch immer mit dem Gedanken, seine Gewalt über all das, was er gestohlen hat, durch eine Heirat mit ihr zu sichern und sie danach zum Schweigen zu bringen, aber es steckt inzwischen noch viel mehr hinter dieser Jagd. Sehr viel mehr. Genau genommen hätte er auf Drumwich bleiben, daran festhalten und sich überlegen sollen, wie er sie fangen oder ihr einen Strich durch die Rechnung machen kann, wenn oder wann immer sie zurückkommen wird, um ihm Schwierigkeiten zu bereiten. Ich glaube, er weiß, dass er einen schweren Fehler begangen hat, aber er gibt ihr die Schuld dafür. Ich nehme an, dass er jetzt zunehmend verzweifelt, und das macht ihn in der Tat sehr gefährlich.«

»Nun gut, jetzt können wir ihn jagen«, stellte Liam fest.

Es war ein unangenehmer Gedanke, und Sigimor hielt daran fest, als er sich auf den Weg zu seinem Schlafgemach machte. Er seufzte leise erleichtert auf, als er die Tür unverriegelt fand, sagte sich, dass es nichts gab, weswegen er ein schlechtes Gewissen haben müsste, betrat mutig den Raum und schloss die Tür hinter sich. Als er sah, dass Jolene auf dem dicken Schaffell vor dem Kamin saß und sich ihr Haar bürstete, entspannte er sich etwas. Sie mochte verärgert sein, aber sie hatte ihn weder ausgesperrt, noch war sie anderswo schlafen gegangen. Sigimor wollte das als gutes Vorzeichen ansehen, als einen Hinweis darauf, dass sie bereit war, ihn anzuhören.

Jolene richtete sich auf, als Sigimor zu ihr kam und sich ihr gegenüber niederließ. Sie sah ihn nicht an, sondern fuhr fort, ihr Haar zu bürsten. Von dem Augenblick an, als sie ihn mit Barbara zurückgelassen hatte, war sie wieder und wieder das durchgegangen, was sie in jenem Raum gesehen hatte. Er hatte nicht danach ausgesehen, freiwillig in den Armen dieser Frau zu sein, dessen war sie sich sicher. Das Problem war nur, dass eine leise Stimme in ihrem Kopf beständig flüsterte, er habe *zu dieser Zeit* nicht so ausgesehen, aber was war später?

Was war das nächste Mal?

Es war außerdem schwer zu übersehen, dass er sich lange Zeit gelassen hatte, um zu ihr zu kommen.

Wie viel von dieser Zeit hatte er mit Lady Barbara verbracht?

Als sie ihn schließlich ansah, ertappte sie ihn dabei, wie er sie mit einem ihr sehr vertrauten Glanz in den Augen beim Haarebürsten beobachtete, und sie funkelte ihn böse an. »Sieh mich nicht mit diesem Blick an.«

»Welchem Blick?«, fragte er zurück.

»Diesem leidenschaftlichen Blick. Es ist nicht die richtige Zeit, mir leidenschaftliche Blicke zuzuwerfen, nicht nachdem ich gesehen habe …«

Er hob seine Hand, froh, dass sie sofort ruhig war. »Nicht, weil du mich in den Armen einer anderen Frau gesehen hast?

Ich wollte nicht darin sein, Mädchen, und ich glaube, du weißt das.«

»Soll ich mich etwa für meine Verärgerung schuldig fühlen?«

»Nein. Wenn ich dich in der gleichen Position mit einem anderen Mann erwischt hätte, wären wir noch immer dabei, die Stücke von ihm aufzuklauben. Nein, du kannst verärgert sein, wenn auch nur, weil ich dumm genug war, dieser Frau auf mehr als zehn Schritte nahe zu kommen, jetzt oder vor zehn Jahren. Sie hat mich überrumpelt, damit ich sie zu ihrem Schlafgemach trage, und dann ließ sie mich nicht mehr los. Sie war stärker, als ich dachte. Hing an mir wie eine Klette. Ich rätselte darüber, wie ich sie von mir losmachen konnte, ohne ihr wehzutun, als du hereingekommen bist.«

»Du warst dabei, sie zu küssen, ob das nun widerwillig war oder nicht.« Jolene hielt ihre Bürste fest umklammert, während sie auf seine Antwort wartete.

»Ja, das war ich.«

Er verzog das Gesicht, als sie blass wurde.

»Sie war sehr beharrlich, weigerte sich zu akzeptieren, dass ich ihr gegenüber kalt sein könnte. Ich dachte flüchtig, sie müsse merken, dass diese Kälte nicht gespielt war, wenn ich ihr erlaubte, mich zu küssen.« Er zog ihr die Bürste aus der Hand und nahm ihre beiden Hände in seine. »Sie ließ mich völlig kalt, Jolene.«

»Aber sie ist so schön, hat alles, was sich ein Mann in Bezug auf Gesicht und Gestalt von einer Frau wünschen kann.«

»Sie ist ganz bestimmt eine Augenweide. Ich konnte das sehen, und du würdest mich für einen Lügner halten, wenn ich etwas anderes behaupte. Aber ich konnte auch sehen, dass sich nichts als Hässlichkeit unter dieser zarten Haut befindet. Selbstsucht, Eitelkeit, Habgier und die Unfähigkeit zu verstehen oder sich darum zu sorgen, wie ihre Handlungen andere verletzen. Sie will einen Ehemann haben, und sie glaubt, ich sei noch der gleiche verblendete Narr, der ich vor

Jahren war. Diese Frau ist so eingebildet, dass ich nicht sicher bin, wie ich sie vom Gegenteil überzeugen kann.«

»Warum schickst du sie dann nicht einfach weg?«, fragte Jolene. »Wir wissen beide, dass ihre Verletzungen es nicht wert sind, gesalbt zu werden. Ich glaube nicht, dass ihre Geschichte mit dem Überfall wahr ist.«

»Das glaube ich auch nicht, und Liam und Somerled glauben es auch nicht. Ich würde nichts lieber machen als sie hinauszuwerfen, gleich jetzt, aber ich kann nicht. Sie hat sehr einflussreiche Freunde und Verwandte, zumindest hatte sie sie. Gott allein weiß, was für eine verdrehte Geschichte sie ihnen erzählen würde, wenn ich sie hinauswürfe, deshalb wage ich es nicht. Ich muss hier vorsichtig verfahren. Sie ist die Schwierigkeiten nicht wert, die sie verursachen könnte, wenn sie anfängt loszuheulen von wegen Beleidigungen oder Schändung durch mich.«

Jolene seufzte und nickte. Er hatte Recht. Ihr Verstand hegte keinerlei Zweifel darüber, dass Barbara zwischen Sigimor und ihr Schwierigkeiten verursachen wollte, aber sie konnte nur Erfolg haben, wenn sie sie ließen. Auf der anderen Seite konnte Blut vergossen werden, wenn man ihr nur den kleinsten Grund gab, weinend zu ihren Verbündeten und ihrer Familie zu laufen. Sie musste zugeben, dass die Frau das nicht wert war.

»Was meinst du, wie lange wir ihre Gesellschaft aushalten müssen, um zu vermeiden, dass irgendjemand beleidigt wird?«

»Ein paar Tage, mehr nicht. Wie du bereits sagtest, ihre Verletzungen sind unerheblich, reine blaue Flecke. Wenn ich erfahren sollte, dass sie ihre mächtigen Verbündeten verloren hat, von ihnen vertrieben wurde, wird sie unverzüglich fortgeschickt. Es ist seltsam, aber es könnte etwas Gutes dabei herauskommen.«

Sigimor lächelte über ihren übertrieben ungläubigen Gesichtsausdruck.

»Wirklich. Ich habe dadurch gemerkt, dass wir uns unbedingt besser darüber informieren müssen, wer mit wem verbündet ist, wer sich mit wem befehdet, wer in wessen Gunst steht und wer nicht. All diesen Dingen habe ich bis jetzt keine Beachtung geschenkt, sie als nutzloses Geschwätz und ohne Belang für mich betrachtet.«

Jolene nickte.

»Es kann von Vorteil sein, so viel wie möglich über solche Dinge zu wissen.«

»Ja. Somerled und Liam waren auch dieser Meinung. Ich fürchte, das bedeutet allerdings, dass wir einen der Jungen an den Hof entsenden müssen.«

»Liam«, schlug Jolene vor und lächelte sanft. »Er würde perfekt dorthin passen, wenn er bereit ist, unangenehme Arbeit zu übernehmen. Er ist gebildet, kann äußerst galant sein, und er sieht sehr gut aus. Wenn euer Hof wie unserer ist, wird sein schönes Gesicht höchst willkommen sein.«

»Bei den Frauen«, knurrte er, aber ihr Vorschlag war ausgesprochen wertvoll.

»Ungeachtet all der Nörgeleien und Beschwerden über ihn, hat Liam sehr viele Freunde. Die Männer mögen ihn. Und man sollte die Frauen nicht als Quelle wertvoller Information unterschätzen. Es stimmt zwar, dass manche nur an Mode und anderen weiblichen Themen Anteil zeigen, aber das gilt nicht für alle. Selbst die, die über Nichtigkeiten zu klatschen und zu tratschen scheinen, können höchst interessante Dinge enthüllen.«

Sigimor lächelte sie an. »Dann wird Liam gehen, sofern er einverstanden ist. Und noch ein anderer, wenn Liam sich von all dem erholen will.« Er zog an ihren Händen, bis sie sich in seine Arme stürzte. »Jetzt, wo alles bereinigt ist …«

»Bist du bereit, ins Bett zu gehen?«, beendete sie für ihn den Satz.

»Eigentlich dachte ich an das Fell vor dem Kamin auf Scarglas, das dem hier sehr ähnlich ist.«

»Sigimor«, flüsterte sie entsetzt. Sie wusste, dass er daran dachte, was sie auf jenem Fell getan hatten, aber ihr Entsetzen verwandelte sich schnell in eine ungeduldige Bereitwilligkeit, als er sie küsste.

Jolene rieb selbstvergessen die Wange an Sigimors Brust, schläfrig genoss sie die Reste der Leidenschaft, die sie miteinander auf dem Fell vor dem Feuer geteilt hatten. Sie wusste nicht mehr so recht, wie sie ins Bett gekommen waren, war aber zu glücklich und unbeschwert, um lange darüber zu rätseln.

Von Sigimor war ein leises Grollen zu hören, das nicht wirklich Schnarchen war, und sie lächelte. Der arme Mann war erschöpft. Sie wunderte sich, dass sie nach all dem, was sie in den letzten Tagen durchgemacht hatten, noch wach war. Doch ein paar Dinge beunruhigten sie noch immer und weigerten sich, ihren Verstand zur Ruhe kommen zu lassen.

Lady Barbara MacLean war eine der Sorgen, die sich nicht schnell aus ihrem Kopf verbannen ließen. Auch wenn Jolene nicht bezweifelte, dass diese Frau Sigimor gerne in die Falle gelockt hätte, spürte Jolene, dass mehr dahinter steckte. Mehrere Leute hatten ihr gesagt, diese Frau habe gewusst, dass Sigimor mit einer Engländerin verheiratet sei, dass ihr gut gespieltes Entsetzen genau das war – gut gespielt. Die Mägde sprachen besonders geringschätzig. Nach dem, was sie mitgehört hatte, während diese Frau wie eine Napfschnecke an Sigimor klebte, wusste auch Barbara, dass ihre Ehe leicht zu annullieren war. Die Frage war, woher sie das wusste. Es war der Mangel an einer klaren und eindeutigen Antwort, der Jolene beunruhigte.

Sie beschloss, dass sie dies mit Sigimor besprechen musste, und musste fast lachen, als sie spürte, wie sie sich zu entspannen begann. Eine Minute lang fürchtete sie, sie sei zu schwach, zu bereit, ihm all ihre Probleme in den Schoß zu werfen. Doch Jolene schüttelte diese Angst schnell von sich ab. Obwohl es nie laut ausgesprochen worden war, war sie überzeugt, dass Sigimor und die anderen sich der Tatsache bewusst waren, dass sie sie auch dann befreit hätte, wenn sie sich geweigert hätten, ihr zu helfen. Sie hatten eine eigene Rechnung mit Harold zu begleichen. Es war auch nicht schwächlich, wenn man jemandem seine Bedenken mitteilen oder Hilfe in Anspruch nehmen wollte, um Antworten zu finden. Es war immer besser, wenn zwei Leute sich mit einem Problem auseinander setzten. Als sie schließlich spürte, wie der Schlaf über sie kam, nahm sich Jolene vor, mit Sigimor am Morgen so schnell wie möglich diese beängstigenden Fragen zu erörtern. Sie versprach sich außerdem, dass sie ihr, einflussreiche Verbündete hin oder her, empfindlich wehtun würde, wenn Lady Barbara MacLean ihre niedlichen weißen Hände nicht von Sigimor lassen würde.

# 16

Jolene legte das Hemd sauber zusammen, das sie für Jung-Fergus ausgebessert hatte, und sah sich in der großen Halle um. Sie war fast leer, nur drei junge Frauen aus dem Dorf befanden sich dort, um sauber zu machen. Die Männer hatten ihr Mittagsmahl beendet und waren hinausgeeilt, um Harold zu jagen, genauso, wie sie es früh am Morgen nach dem Frühstück getan hatten. Sie sollte eigentlich froh sein, dass Harold nirgends zu finden war, stattdessen war ihr unbehaglich zumute. Wieso sollte er jetzt aufgeben, wo er schon so weit gegangen war? Es war zwar möglich, dass all der Verdruss, den er auf Scarglas erlitten hatte, ihn veranlasst hatte aufzugeben, und er nun in Richtung Drumwich unterwegs war, um von seinen großen Plänen zu retten, was zu retten war, aber sie konnte sich nicht dazu durchringen, dies wirklich zu glauben. Alles in ihr sagte ihr, dass er da draußen war, Pläne schmiedete und auf seine Chance wartete. Sie zitterte.

»Ist dir kalt, Jolene?«, fragte Fergus.

Aufgeschreckt, weil sie nicht gehört hatte, dass er gekommen war, lächelte Jolene den jungen Mann an. Er würde so groß und gut aussehend werden wie seine Brüder Sigimor und Somerled. Er war zudem der einzige Cameron außer denen, die mit ihr zusammen von Drumwich hergeritten waren, der sie vollkommen anerkannte. Sie sagte sich selbst, es sei noch zu früh, sie war noch nicht einmal zwei ganze Tage in ihrer Gesellschaft. Und an beiden Tagen hatten die Männer wenig Zeit auf Drumwich verbracht, weil die Jagd auf Harold unverzüglich begonnen hatte.

»Nein, mir ist nicht kalt. Ich hatte nur einen düsteren Gedanken, das ist alles«, bekannte sie.

»Wegen der wimmernden Dame da oben?« – »Ach nein, wegen Harold. Ich bin besorgt, weil er verschwunden zu sein scheint.«

»Sie werden ihn finden, und sie werden ihn bluten lassen.«

Knaben waren, entschied sie, besonders blutrünstige Lebewesen. Jolene nahm an, dass Fergus dies sagte, um ihre Stimmung zu heben, also lächelte sie, als sie ihm sein ausgebessertes Hemd reichte.

Er dankte ihr und rannte hinaus. Genau wie alle anderen, dachte sie sich, wies sich aber zurecht.

Sie waren unterwegs, weil sie ihren Feind verfolgten. Es war lächerlich, sich verlassen zu fühlen. Nach so vielen Tagen, die sie immer in der Gesellschaft von anderen verbracht hatte, fiel es ihr schwer, allein zu sein.

Die Unsicherheit ihrer eigenen Zukunft machte es sogar noch problematischer. Hätte sie gewusst, ob sie auf Dubheidland bleiben und weiterhin Sigimors Ehefrau sein konnte, hätte sie anfangen können, sich dort einzurichten. Es gab eine Menge zu tun, zum Beispiel, etwas Behaglichkeit in dem von Männern dominierten Ort zu schaffen. Doch sie wusste, es wäre herzlos, Dubheidland ihre eigene Note aufzudrücken, wenn sie niemals zurückkehren würde. Sigimor würde bestimmt keine Dinge sehen wollen, die ihn an sie erinnerten, nachdem sie ihn verlassen hatte.

Sie wandte ihre Gedanken Barbara zu und blickte grimmig. Das Gespräch, das sie beabsichtigte mit Sigimor zu führen, war bisher nicht zustande gekommen. Wenn sie mit ihm zusammen gewesen war, hatten sie von der Jagd auf Harold gesprochen, sich geliebt oder geschlafen. Dennoch beängstigte Jolene noch immer die Frage, woher diese Frau so viel wissen konnte. Wenn sie schon nicht mit Sigimor sprechen konnte, sollte sie eigentlich mit Barbara sprechen. Es gab eine kleine Chance, dass sie Jolene die Antworten auf ihre Fragen geben würde.

Eine zweite Frage war, warum sich diese Frau noch immer

auf Dubheidland aufhielt. Sigimor wie auch die meisten Angehörigen seiner Familie mieden sie. So ziemlich die einzige Gesellschaft, die diese Frau genoss, waren die beiden Männer, die mit ihr zusammen angekommen waren, und die gelegentliche, mürrisch gewährte Hilfe von Old Nancy, die kein Geheimnis aus ihrer Abneigung ihr gegenüber machte. Barbara hatte es behaglich und ihr wurde höflich alles gegeben, was sie haben wollte, Sigimor ausgenommen, doch nichts darüber hinaus. Wenn sie sich dennoch entschlossen hatte, so lange zu bleiben, lag es nahe, so vermutete Jolene, dass sie keine andere Wahl hatte.

Sie legte ihre Flickarbeit beiseite, die einzige Tätigkeit, bei der sie keine Schuldgefühle hatte, stand auf und ging zur großen Halle hinaus, wo sie eine grollende Old Nancy am Eingang traf.

»Stimmt etwas nicht?«

»Abgesehen davon, diese blonde Hure vorn und hinten bedienen zu müssen?«, fragte Old Nancy.

»Ja, davon abgesehen.« Jolene war froh zu sehen, dass die Wut dieser Frau etwas nachließ. »Lady Barbara *ist* eine Plage, aber ich fürchte, wir haben kaum eine andere Wahl, als sie auszuhalten. Wenigstens noch für eine kurze Zeit.«

»Ja, ich weiß das. Es ist nur, weil sie unablässig etwas verlangt, als ob ich keine andere Arbeit hätte.«

»Was verlangt sie jetzt?«

»Wein, Brot und Käse. Warum, weiß ich nicht, denn sie hatte erst vor wenigen Stunden ein reichliches Mahl. Ich sagte ihr, dass wir sie, falls sie nicht aufhören würde, so viel zu essen, aus Dubheidland hinausrollen würden, wenn die Zeit für ihre Abreise gekommen ist.« Old Nancy schüttelte den Kopf. »Diese Frau hat eine verdorbene, gotteslästerliche Zunge.«

Jolene lachte und umarmte Old Nancy. Nan, wie Jolene sie nannte, war so unverblümt wie die Cameron-Männer. Sie war außerdem die einzige verlässliche Mutterfigur im Leben der Männer, obwohl sie nur zehn Jahre älter war als Sigimor. Wenn sie bei Sigimor blieb, würde Nan, wie Jolene wusste, sowohl Freundin als auch Verbündete sein.

»Arme Nan«, murmelte sie, als sie einen Schritt zurücktrat. »Wenn ich nicht Bedenken hätte, dass diese Frau Sigimor auf den Boden werfen und auf ihn springen würde, würde ich ihm sagen, er soll sich selbst um unseren unwillkommenen Gast kümmern.« Sie lächelte, als Nan lachte. »Wie auch immer. Ich war dabei, nach oben zu gehen, um mit der Dame selbst zu sprechen, also werde ich das Tablett mit Essen und Trinken mitnehmen.«

Sie hakte ihren Arm bei Nan unter und machte sich auf in Richtung der Küchen.

»Sind Sie sicher, Mylady?« Nan fragte noch, als sie in einer der Küchen ein Tablett nahm und die Dinge zusammensuchte, nach denen Barbara geschickt hatte. »Die Frau hat eine vergiftete Zunge, und sie will Ihren Mann haben. Ich denke nicht gerne daran, was sie Ihnen alles sagen könnte, welche Lügen sie Ihnen einflüstern könnte.«

Jolene unterbrach sich dabei, einmal mehr die gewaltige, gut bestellte und äußerst saubere Küche zu bewundern, die sie schrecklich gerne selbst benutzt hätte, und sah Nan an. »Ich habe ein paar Fragen, auf die ich eine Antwort haben muss.«

»Nun, nun, sie war einfach nur die erste sinnliche Erfahrung eines jungen Kerls, oder?«

»Oh, nein, nicht wegen ihr und Sigimor. Ich hatte vor, mit Sigimor darüber zu sprechen, aber er war zu beschäftigt. Auch wenn ich nicht daran zweifle, dass Barbara hoffte, Sigimor einzufangen, habe ich das Gefühl, das hier mehr dahinter steckt.«

»Nun, ich habe das Gefühl, dass sie sich auf einen langen Aufenthalt eingerichtet hat, so, als ob sie keinen anderen Platz hat, wo sie hinkann.«

»Das Gefühl habe ich auch. Doch sie war mit einem sehr

reichen Mann verheiratet. Sigimor hat mir einmal erzählt, sie sei so locker mit seinem Geld umgegangen, dass er arm wie eine Kirchenmaus geendet hätte und deshalb vor ihr seinen Geldbeutel verschlossen hat. Das heißt aber noch nicht, dass er ihr nicht etwas hinterlassen hat, als er starb, und als Mutter seiner Söhne muss sie ein Zuhause haben, nicht wahr?«

»Aber sie ist nicht die Herrin des Besitzes, wenn er die Erziehung der Jungen einem Verwandten übergeben hat.«

»Ach so. Und wenn dieser Verwandte sie nicht leiden kann und ihr Ehemann ihr kein Geld hinterlassen hat …«

»Dann ist sie nicht mehr als eine unerwünschte arme Verwandte. Vielleicht wurde sie sogar verbannt.«

»Das ist etwas, das man in Betracht ziehen könnte. Wenn die Familie ihres Mannes sie verbannt hat und davon keinen Schaden erlitten hat, dann kann man ganz sicher davon ausgehen, dass sie über all die einflussreichen Bande, die Sigimor so beunruhigen, nicht mehr verfügt. Das hieße, wir könnten sie wegschicken.«

»Das ist eine großartige Vorstellung. Aber es ist nicht das, was Sie quält, oder?«

»Nein«, bestätigte Jolene. »Ich bin verwirrt, weil sie wusste, dass Sigimor mit einer Engländerin verheiratet ist. Glaubt man denen, die sie gesehen haben, hat sie sehr gut die Überraschte gespielt, aber es war eben nur ein Schauspiel.«

»Ja, ja, ich habe das Gleiche gehört.«

»Gut, dann bin ich mir sicher. Doch woher hat sie es gewusst?«

»Gerüchte können sich über dieses Land verbreiten wie ein starker Wind«, warf Nan ein, doch sie runzelte die Stirn.

»Möglich.« Jolene schüttelte den Kopf. »Ich glaube aber nicht, dass es so einfach ist. Weißt du, sie weiß auch, dass eine Annullierung dieser Ehe leicht zu erreichen ist, und sie kennt die Gründe dafür.«

»Eine Annullierung? Aber Sie haben sie vollzogen, oder nicht?«

Jolene wurde rot. »Ja, aber das würde in diesem Fall nichts bedeuten. Ich bin die Schwester eines englischen Lords, und Sigimor ist ein Laird aus den Highlands. Außerdem hat keiner meiner Verwandten zugestimmt, und es gibt viele Gründe, warum sie es hätten verweigern können, auch wenn ich dreiundzwanzig bin. Die Frage ist – woher kann sie solche Sachen wissen?«

»Es ist ein Verwirrspiel, aber wenn an Ihren Vermutungen etwas dran ist, dann bin ich mir nicht sicher, ob Sie es erfahren werden.«

»Vermutlich nicht, aber es ist nichts Schlimmes daran, es zu versuchen.«

Jolene nahm das Tablett hoch und ging zur Küche hinaus.

»Ich nehme an, dass sie ihre hübschen Lieblinge bei sich hat.«

»Ja, die beiden Männer sind da. Sind immer da. Dieser Donald ist kein übler Junge, aber ich mag diesen Clyde nicht. Er sieht so gut aus wie Lady Barbara, aber es verbirgt sich etwas unangenehm Glattes unter dieser schönen Fassade.«

Das war ein entmutigender Gedanke, der sich bereits in ihrem Kopf festgesetzt hatte, als Jolene auf Barbaras Schlafgemach zuschritt. Da sie mit Nan übereinstimmte, war es unmöglich, ihn abzuschütteln. Es *gab* etwas Kaltes und Unangenehmes an Clyde. Jolene hatte den Eindruck, er würde alles tun, wonach Barbara verlangte, und berücksichtigte man, welche Sorte Frau sie war, dann war das ziemlich alarmierend.

»Tante Jo«, rief Reynard, als er unmittelbar vor Barbaras Tür auf sie zusprang. »Was machst du?«

»Ich bringe unseren Gästen etwas zu essen und zu trinken«, antwortete sie.

»Ich werde dir helfen.«

Jolene öffnete den Mund, um ihm zu sagen, dass er es nicht tun solle, und um ihn wegzuschicken, aber er klopfte bereits an die Tür. Sie befahl sich, nicht so albern zu sein. Es gab nichts, was diese Leute Reynard oder ihr hier innerhalb von Dubheidland antun konnten, und sollte das Gespräch zu heftig werden, konnte sie den Jungen fortschicken.

In dem Augenblick, in dem Jolene das Schlafgemach betrat, beschloss sie, dass es besser wäre, wenn Reynard gehen würde. Aber das Kind war bereits zu Donald hinübergeeilt, um zu sehen, was er machte. Der Mann saß an einem kleinen Tisch in der Nähe des Feuers und schnitzte etwas, das nach einer Schachfigur aussah.

Er wirkte bestürzt darüber, sowohl sie als auch das Kind zu sehen, aber dieser Gesichtsausdruck verschwand schnell wieder, und er lächelte den Jungen an. Es war das matte Lächeln auf Clydes hübschem, aber finsterem Gesicht, das Jolene wirklich beunruhigte, zumal es zu dem passte, was Barbaras Lippen umspielte.

»So, Sie haben sich schließlich herabgelassen, Ihren Gästen einen Besuch abzustatten«, sagte Barbara, als sie sich im Bett aufsetzte, auf dem sie sich geräkelt hatte, während Clyde ihr vorlas.

»Ich habe ein paar Fragen an Sie«, erwiderte Jolene, während sie das Tablett auf dem Tisch absetzte, es irritierte sie, wie schnell Clyde sich bewegt hatte, um hinter Donald und Reynard zu stehen.

»Über mich und Sigimor? Über das, was wir uns einst bedeutet haben? Was wir uns wieder bedeuten könnten?«

»Ich weiß alles, was ich wissen muss, über euch beide und eure Vergangenheit. Sigimor hat es mir erzählt.«

Barbara gluckste, als sie ihre Schuhe anzog. »Und Sie glauben ihm? Er ist ein Mann, Kind. Er lügt.«

Die letzten Bedenken wegen Barbara und Sigimor verschwanden. Diese Frau kannte ihn nicht einmal. »Sigimor lügt nicht, Mylady. Nicht mir gegenüber und nicht wegen Ihnen.«

»Was wollen Sie mir dann sagen?«

»Ich bin neugierig darauf, woher Sie wussten, dass Sigimor verheiratet war, und zwar mit einer Engländerin. Außerdem, wie Sie erfahren haben, dass diese Ehe so leicht zu annullieren ist?« Sie entschied, dass der kurze Anflug von Überraschung auf dem Gesicht dieser Frau einem Kompliment gleichkam.

»Aber ich wusste es nicht. Haben Sie nicht gesehen, wie sehr ich überrascht war?«

»Nein, aber viele andere habe es gesehen und nannten es ein Schauspiel. Ein sehr gutes, aber eben nur ein Schauspiel. Sie wussten das alles, bevor Sie durch die Tore gingen. Man hat gesagt, Gerüchte verbreiten sich hier sehr schnell, aber ich vermute, nicht so schnell. Also, woher wussten Sie es?«

Barbara lächelte und streckte ihre Hand nach dem mit Fell verbrämten Umhang aus, der über das Ende ihres Bettes drapiert war.

»Nun, Harold hat es mir erzählt, denke ich.«

Jolene starrte die Frau an, all ihre Unruhe, all ihre Zweifel und Ängste verknäulten sich in ihrem Magen zu einem harten, eisigen Knoten. Sie konnte sich nicht über die Bestätigung für ihren Verdacht freuen. Das erklärte auch, warum sich diese Frau nicht weiter darum bemüht hatte, Sigimor und sie auseinander zu bringen. Sie musste es nicht, denn Barbara wusste, dass Jolene bald verschwunden sein würde. Diese Frau hatte nicht aufgegeben, sie hatte einfach darauf gewartet, bis das Hindernis für ihre Pläne beseitigt war. Jolene atmete tief ein und öffnete den Mund.

»Ich würde nicht schreien, wenn ich Sie wäre«, sagte Barbara und deutete auf die Männer und Reynard, während sie die Tür schloss.

Jolene erstickte den Schrei, der ihr entfahren wollte, und sah mit Entsetzen auf die Männer. Clyde hielt Reynard fest an seinen Körper gepresst, ein Messer blitzte auf, das er dem Kind an die Kehle hielt. Donald sah blass aus, seine Augen glänzten gequält, aber er machte keine Anstalten, dem Kind zu helfen. Der arme Reynard wirkte verängstigt, Tränen liefen ihm über die Wangen, doch er zappelte nicht und blieb still.

»Sie sind eine Mutter«, sagte sie zu Lady Barbara, noch während sie Reynards Blick in der Hoffnung erwiderte, ihm Kraft zu geben, damit er tapfer blieb. »Wie können Sie es erlauben, ein kleines Kind so zu bedrohen?«

»Ach ja, ich habe zwei winselnde kleine Kreaturen herausgedrückt«, erwiderte Barbara. »Das war der Preis, den ich für einen reichen Ehemann bezahlen musste.« Einen Augenblick lang sah sie nachdenklich aus. »Wenn ihnen einer ein Messer an die Kehle gehalten hätte, hätte ich vielleicht ein Zwicken verspürt, vielleicht auch zwei, aber das da ist nicht meines, oder? Nein, es ist irgendein sächsisches Balg.«

»Darf ich fragen, was geschehen wird, nachdem Sie uns an Harold ausgeliefert haben?«

»Ich werde hierher zurückkommen und den armen Sigimor, den gedemütigten Ehemann, trösten.«

»Und Sie denken, dass er das glaubt? Dass er glaubt, ich würde Reynards und mein Leben riskieren, indem ich weglaufe, während der Mann, der uns tot sehen möchte, immer noch da draußen wartet?«

»Er wird es, wenn ich ihm erzähle, dass Sie geflohen sind, um sich mit Ihren anderen Verwandten zu treffen, denen, die Harold verfolgen.«

Obwohl sie froh war, dass ihre Familie Harolds Verbrechen aufgedeckt haben könnte und ihn jetzt verfolgte, ließ diese Nachricht eine entsetzliche Angst in ihr aufsteigen. Wenn das stimmte, dann waren Reynard und sie nicht länger von Nutzen für Harold, sondern reine Racheobjekte, an denen er seine Wut auslassen konnte. Sie hatte nichts, was sie eintauschen konnte, ausgenommen die kleine Chance, dass er vielleicht in Erwägung zog, sie beide zu benützen, um sein Leben zu retten. Je nachdem, wie wütend er über seinen Verlust war, würde das vielleicht nicht ausreichen. Schlimmer noch, Sigimor glaubte dieser Frau vielleicht.

Jolene verdrängte den Gedanken schnell. Sigimor würde nach ihr suchen, er würde dieser Frau nicht glauben. Und wenn das nicht der Fall war, dann würde er seine Pflicht erfüllen und sichergehen, dass Reynard und sie ihre Verwandten unbeschadet erreichten. Jolene war klar, dass sie sich an den Glauben klammern musste, Sigimor werde ihr zu Hilfe kommen, oder die Angst, die an ihren Eingeweiden zerrte, würde sie überwältigen.

»Sie setzen zu große Hoffnung darauf, dass Sigimor Ihnen glaubt, besonders wenn Sie ihn an seine Dummheit vor zehn Jahren erinnern«, sagte Jolene, erleichtert darüber, dass sie aus ihrer Stimme keinen Hinweis auf ihre Angst heraushören konnte.

»Selbst jetzt denkt er, dass Sie ihn anlügen.«

»Wenn das so ist, warum hat er uns dann erlaubt hier zu bleiben?«

»Weil Sie eine einflussreiche Familie und mächtige Freunde haben. Er weiß, Sie können ihm eine Menge Ärger verursachen, und das sind Sie ganz einfach nicht wert. Aber langsam glaube ich, dass er irrte. Ich glaube, Sie haben keine mächtigen Freunde oder Verwandten mehr. Wenn Sie diese hätten und Sigimor wirklich haben wollten, hätten Sie immerhin versucht, sie zu benutzen, damit sie Ihnen zu Sigimor verhelfen würden. Oder um jemanden zu bekommen, der wohlhabender ist. Sie wären nicht gezwungen, so erniedrigende Spiele zu spielen, wenn Sie reiche Verwandte hätten, zu denen Sie gehen könnten.«

»Die sind doch nichts als eine Bande frömmelnder Dummköpfe, alle miteinander!«, schnappte Barbara zurück. »Ich habe gemacht, was sie wollten, habe diesen widerlichen alten Mann geheiratet und ihm seinen Erben geschenkt. Und was bekomme ich dafür? Nichts! Der alte Narr hat mir nichts hinterlassen! Ich habe noch nicht mal ein Dach über dem Kopf. Oh, der alte Narr hat mir eine winzige Bruchbude vererbt, ein Mitleid erregender Ort, umgeben von Schafen, und einen Hungerlohn, um zu überleben. Haben mir meine Verwandten geholfen? Nein! Sie haben mich eine Hure genannt, eine Peinlichkeit, einen Schmutzfleck auf ihrem Namen! Sie haben alle ihre Türen vor mir versperrt! Oh, sie werden dafür bezahlen, denken Sie an meine Worte. Sie *werden* dafür bezahlen.«

Jolene zwang sich, ruhig zu bleiben, während sie beobachtete, wie Barbara tobte und danach in düsteres und brütendes Schweigen verfiel. Wenn Barbara es schaffte, einen Dummkopf zu finden, der sie heiratete, würde sie ihn unbestritten benutzen, um sich zu rächen.

In mancher Hinsicht war diese Frau wie Harold. Sie sah offensichtlich nicht ein, dass sie all das selbst herbeigeführt hatte.

»Und das Geld, das mir Harold für euch beide versprochen hat, wird mir ganz sicher dabei helfen«, sagte Barbara plötzlich und lächelte, binnen einer Sekunde waren ihre Verärgerung und düstere Stimmung verschwunden.

»Wenn Sie darauf vertrauen, dass Harold Wort hält, sind Sie eine Närrin«, warf Jolene ein.

»Dieser Mann und ich verstehen uns. Ich gebe ihm, was er will, und ich bekomme, was ich will – Geld und einen freien Weg zu Sigimor. Mit dem, was Harold mir gibt, kann ich ziemlich behaglich leben, bis ich Sigimor vor einen Priester bekomme.«

»Der einzige Weg, wie Sie Sigimor vor den Priester bekommen, ist der Besuch Ihrer Beerdigung. Und wenn Sie Ihr Vertrauen auf Harold setzen, dann stehen die Chancen dafür eindeutig gut.«

»Oh, Sie sind so ermüdend. Harold wird uns nicht betrügen. Wir stehen uns bereits ziemlich nahe. Wenn er kein Engländer wäre, würde ich ihn als gute Wahl für einen Ehemann in Betracht ziehen. Er würde sicher mein Bedürfnis verstehen, die erlittene Beleidigung zu rächen.« Sie schnürte ihren Umhang zu und zog sich die Kapuze über das Haar. »Wir sollten uns auf den Weg machen. Ich möchte zurück sein, wenn Sigimor wiederkommt.«

»Wie wollen Sie von hier wegkommen?«

»Clyde hat einen Geheimgang gefunden. Alle Burgen haben einen, und Clyde ist sehr gut darin, sie auszuschnüffeln. Findet einen, wo immer wir sind. Hat auch für Harold ein gutes Versteck gefunden. Ich denke, es hat ihn amüsiert zu wissen, dass die Camerons ihn überall vergeblich suchen.«

Barbara ging zum Kamin, bewegte eine ungewöhnliche Schnitzerei am anderen Ende des Simses, und langsam tat sich eine Öffnung in der dicken Steinwand auf. Clyde nahm eine Fackel aus dem Halter neben dem Kamin und schubste, mit seinem Messer am schmalen Rücken des Jungen, Reynard vor sich in den dunklen Gang. Da sie wusste, dass sie keine Wahl hatte, ging Jolene zu der Tür, die tief in die Wand eingelassen war. Sie hielt dennoch an der Schwelle an, als Barbara eine Kerze ergriff und dann Donald finster anstarrte, der keinen Schritt gemacht hatte, um sich ihnen anzuschließen.

»Na, komm schon«, befahl sie ihrem Cousin. »Wir verschwenden Zeit.«

»Nein, ich werde hier bleiben«, erwiderte Donald, seine Augen glänzten im Vergleich zu seinem aschfahlen Gesicht.

»Warum?«

»Weil ich in dieser Sache keinen Schritt weiter mache.«

»Wenn du mich verrätst, Donald, werde ich dich dafür zahlen lassen.«

»Oh ja, das weiß ich. Ich weiß nun ganz genau, wozu du fähig bist, Cousine. Davor musst du keine Angst haben.«

»Gut, ich meine es ernst. Wenn Sigimor dich fragt, wohin seine Frau gegangen ist, sagst du am besten gar nichts. Schwörst du es?«

»Ich schwöre es. Wenn Sigimor mich das fragt, werde ich kein Wort sagen. Ich werde das Lügen dir überlassen. Du bist besser darin.«

»Natürlich bin ich das. Du warst nie so gut wie ich.« Barbara drehte sich um und sah Jolene böse an. »Bewegen Sie sich. Ich kann nicht zu lange wegbleiben.«

Jolene warf einen letzten Blick auf Donald, dann schritt sie den Durchgang hinunter. Er war so dunkel und eng wie der, den sie benutzt hatten, um von Drumwich und vor Harold zu fliehen. Es schien ihr wie eine Ironie des Schicksals, dass sie zurück in die Gefahr einen ähnlichen Weg nehmen musste wie auf der Flucht aus der Gefahr.

Donald erhob sich und schloss den Durchgang, dann legte er seine Stirn an den kalten Stein. Einen Augenblick später ging er zurück zu seinem Sitz am Tisch und wandte sich wieder seiner Arbeit zu. Barbara war diesmal entschieden zu weit gegangen.

Er würde warten. Die Camerons würden bald wiederkommen. Er war überzeugt, dass einer von ihnen zufällig seinen Weg kreuzen und ihn so lange ausfragen würde, bis er ihm verraten konnte, was er wusste, ohne dass er sein Versprechen Barbara gegenüber brechen musste.

Er hoffte nur, dass er die Konfrontation überleben würde. Dass Barbara die, auf die sie zuging, nicht überleben würde, dessen war er sich fast sicher.

»Ich glaube, der Mann ist nach England zurückgekehrt«, sagte Somerled, als er das Tuch, das er benützt hatte, um sich abzutrocknen, zur Seite warf und nach seinen sauberen Kleidern langte.

Sigimor seufzte, während er sein Haar trockenrieb, und sah sich unter den Männern um, die heute mit ihm geritten waren. Sie drängten sich alle zusammen in der Badehütte, die er vor ein paar Jahren nur für eben diesen Zweck hatte bauen lassen: die plötzliche Ankunft von fast zwanzig schmutzigen Männern, die alle begierig darauf waren, den Schmutz abzuwaschen. Jeder von ihnen wartete auf seine Antwort auf Somerleds Bemerkung. Die Tatsache, dass sie nach zwei Tagen noch kein Anzeichen von Harold und seinen Männern entdecken konnten, schien zu beweisen, dass sie schließlich doch aufgegeben hatten.

»Nein«, sagte er, »das glaube ich nicht.« Er hängte seine trocknenden Kleider an einen der vielen Haken an der Wand und begann sich anzuziehen. »Er ist untergetaucht.«

»Dann müssten wir ihn finden. Wir kennen das Land besser als er.«

»Schon, aber das muss nicht heißen, dass er nicht über ein gutes Versteck stolpern konnte. Es gibt eine Menge davon.« Er sah zu seinem Zwillingsbruder hinüber und zuckte die Achseln.

»Ich kann es nicht erklären, aber ich bin mir so sicher, dass er da draußen ist, und ganz nah.«

»Hattest eine Erscheinung, oder?«, rief sein Bruder Ranulph.

Sigimor nickte in stillschweigendem Übereinkommen, als Tait und Nanty Ranulph in einen der vielen großen Bottiche warfen, die zum Baden herumstanden. »Ich glaube lediglich, dass ein Mann, der uns so heftig verfolgt hat, der wegritt und damit riskierte, das zu verlieren, um dessen Besitz er bereits getötet hat, nicht bereit ist, seinen Schwanz einzuziehen und nach Hause zu schleichen.«

»Nein, vermutlich nicht.« Somerled stimmte widerwillig zu, als er neben Sigimor die Hütte verließ. »Es ist nur etwas demütigend, dass wir einen Feind, der sich auf unserem eigenen Land versteckt, nicht finden können.«

»Ich verstehe das.« Sigimor spannte sich an, als Fergus aus der Burg gelaufen kam. »Was ist los, Junge?«, fragte er, als der Junge stolpernd vor ihm abbremste. Fergus' Sommersprossen leuchteten aus seinem leichenblassen Gesicht.

»Sie sind weg!« Fergus ergriff Sigimors Arm und zog ihn zur Burg. »Jolene und Reynard sind weg! Sie sind zu der Frau gegangen, um mit ihr zu sprechen, und jetzt sind sie weg.«

Ein Schauder lief durch Sigimors Adern. Einen Moment

lang war er zu nichts anderem fähig, als sich von Fergus weiterziehen zu lassen. Erst als sie im Inneren der Burg waren und er eine ebenso bleiche Old Nancy auf den Stufen stehen sah, konnte er seinen Schock einigermaßen meistern.

»Bist du sicher, dass sie weg sind, Nancy?«

»Ja, Mylaird«, antwortete sie. »Beide, sie und der Junge. Und auch Lady Barbara und einer ihrer hübschen Lieblinge, dieser Mann namens Clyde. Ihr Cousin ist noch immer hier, aber er will unsere Fragen nicht beantworten.«

Sigimor raste die Treppen hinauf und hielt geradewegs auf Barbaras Gemächer zu. Er konnte hören, wie die anderen ihm folgten, aber wartete nicht, bis sie ihn eingeholt hatten. Als er in Barbaras Raum platzte, sah er sich um und spürte, wie seine Angst zunahm. Der Einzige, der sich im Raum befand, war Donald. Er saß an einem Tisch nahe am Feuer und bearbeitete eine kleine Schnitzerei. Dann lächelte ihn der junge Mann zu Sigimors Erstaunen an.

»Es wurde Zeit«, stellte Donald fest. »Sie sind ziemlich spät zurückgekommen.«

»Wo ist meine Frau?«, verlangte Sigimor zu wissen, als Donald sorgfältig das Stück, das er geschnitzt hatte, in die Mitte des Tisches stellte.

»Nun, *diese* Frage kann ich nicht beantworten.«

»Sie werden es aber, wenn Sie hier in einem einzigen Stück herauskommen wollen.«

»Oh ja, das möchte ich sehr gern. Sehr gern. Deshalb sitze ich hier. Ich muss aber darauf warten, dass Sie die richtige Frage stellen.«

Sigimor unterdrückte seine Wut, ebenso die Verzweiflung, die er empfand. Er erkannte, dass Donald ihn nicht wirklich herausforderte. Stattdessen hatte er das deutliche Gefühl, dass der junge Mann hoffte, ihm helfen zu können. Es gab einen Schlüssel zur Wahrheit, aber Sigimor war nicht in der Stimmung, sich den Kopf darüber zu zerbrechen, oder in der Verfassung, einen Plan auszuarbeiten. Als Fergus, Old Nancy und Somerled sich um ihn versammelten, atmete Sigimor ein paar Mal langsam und tief ein und aus, um sich an einen dünnen Faden aus Gelassenheit klammern zu können.

»Wohin ist Lady Barbara verschwunden?«, fragte er. Seine Hand legte sich fester um das Heft seines Schwerts, aber zu seiner Überraschung lächelte der Mann erneut.

»Das ist eine Frage, die ich beantworten *kann*. Ich fürchte, sie hat Lady Jolene und den Jungen zu diesem Mann namens Harold gebracht.« Donald lehnte sich in seinen Sitz zurück, als Sigimor ein paar Schritte auf ihn zu machte. »Ich sagte ihr, dass es falsch sei, warnte sie sogar vor diesem Mann.«

»Aber Sie haben sie nicht davon abgehalten, oder?«

»Nein. Ich dachte bis zu dem Augenblick, bis zu dem Ihre Frau und das Kind den Raum betraten, dass ich sie davon abbringen könnte. Als aber alles anfing, stellte ich plötzlich fest, dass ich Barbara nicht einmal dahingehend vertrauen konnte, dass sie mich am Leben ließ, dass es sehr gut möglich war, dass sie Clyde befahl, mir die Kehle durchzuschneiden, wenn ich versuchte, sie aufzuhalten oder sie zu verraten. Harold hat ihr ein richtiges Vermögen versprochen. Sie glaubt allen Ernstes, er werde sein Wort halten und sie könne dann hier einfach wieder hereinschlüpfen und um Sie werben. Sie sind in die unterirdischen Grabgewölbe verschwunden.«

Sigimor sah auf Somerled, als sein Bruder fluchte. »Ich dachte, sie sind versiegelt.«

»Liam und ich haben sie kürzlich geöffnet.« Somerled zuckte die Achseln. »Neugier. Sie waren versiegelt, seit unser Vater ein Kind war.«

»Aber, wie konnten Lady Barbara und Clyde verschwinden, ohne gesehen zu werden? Die Kirche, unter der sich diese Grüfte befinden, ist mindestens drei Meilen entfernt.«

Sigimor bemerkte plötzlich, dass Donald weiterhin mit der kleinen Figur spielte, die er geschnitzt hatte, und fluchte, als er seinen Blick zu der passenden Figur an der Ecke des Kamins lenkte. »Ich hatte den Geheimgang vergessen.« Er sah auf Donald zurück. »Wann ist Lady Barbara verschwunden?«

»Vor etwa zwei Stunden und zu Fuß, Mylaird!« Donald jammerte auf, als Sigimor sich zum Aufbruch bereitmachte.

Langsam drehte sich Sigimor um, damit er den Mann nochmals ansehen konnte. »Wissen Sie eigentlich, wie gerne ich Sie töten würde?«

»Ja, ich glaube schon.«

»Warum sind Sie dann noch immer hier?«

»Ich warte, um Barbaras Leiche heimzubringen«, erwiderte er sanft.

# 17

Galle brannte im Inneren von Jolenes Kehle, als sie, unfähig sich abzuwenden, auf die Leichen von Clyde und Lady Barbara hinunterstarrte. Sie hatte noch niemals gesehen, wie jemand so schnell und eiskalt getötet wurde. Barbara war hinsichtlich der Gefahr, in der sie geschwebt hatte, bis zum Ende glückselig ahnungslos gewesen. Auf Clydes Gesicht hatte sich ein seltsamer Ausdruck gespiegelt, in jenem Herzschlag an Zeit zwischen der Erkenntnis, dass jemand hinter ihn getreten war, und dem Durchschneiden seiner Kehle. Er hatte Harold einen Blick zugeworfen, den man nur als Bewunderung deuten konnte. In diesem letzten Augenblick seines Lebens hatte dieser Mann immerhin eine gute Tat vollbracht. Er hatte Reynard zu Jolene gestoßen. Sie hatte ihren Neffen aufgefangen und ihn schnell in ihren Röcken eingehüllt, um ihm den Anblick der schnellen Exekution zu ersparen.

Als die beiden Männer, die die Hinrichtung vollzogen hatten, begannen die Leichen wegzuzerren, sah sie endlich Harold an. »Dir werden bald die Verbündeten ausgehen, wenn du sie so behandelst.«

»Sie haben dich und den Jungen an mich verkauft. Als Nächstes hätten sie mich an die Camerons verkauft«, sagte Harold und zuckte die Achseln.

»Du hast sie also eines Verbrechens für schuldig erklärt, bevor sie es überhaupt begangen haben?«

»Die Frau wollte unbedingt die Herrin von dieser abscheulichen Burg werden, deren Name keine zivilisierte Zunge aussprechen kann. Sie hätte alles getan, um Sir Sigimor dazu zu bringen, sie zu heiraten. Sie hat ihn an mich verraten, damit sie dich loswird. Um seine Gunst zu gewinnen, hätte sie mich verraten.« Er schaute grimmig auf die beiden Leichen, die nun in der anderen Ecke des großen Gewölbes aufeinander geworfen dalagen. »Es beunruhigt mich, dass dieser junge Cousin von ihr nicht auch mitgekommen ist.«

Jolene streichelte langsam den Rücken des zitternden Kindes und fragte sich, ob Donald erraten hatte, was geschehen würde, ob er irgendwie die Gefährlichkeit eines Handels mit Harold geahnt hatte. »Wie enttäuschend für dich.«

»Wir werden, sobald es dunkel wird, von hier verschwinden«, sagte er, ohne auf ihren bitteren Hohn einzugehen. »Ich habe mich noch nicht entschieden, was ich mit dir machen werde, aber ich denke, den Jungen kann ich gebrauchen, um mir etwas zu kaufen. Mein Leben für seines. Unsere Verwandten werden versessen darauf sein, ihn unversehrt und lebend zurückzubekommen. Ich fürchte, du wirst nicht so glücklich davonkommen.« Er sah sich um. »Ein hervorragendes Versteck, nicht wahr? Dieser Bursche namens Clyde hat es ausfindig gemacht. Wir saßen hier gemütlich, trocken und sicher, während die Camerons sich und ihre Pferde bei der Jagd auf uns erschöpft haben.«

»Clyde war gehörig beeindruckt von deiner Dankbezeigung, da bin ich mir sicher.« Sie sah sich in dem Raum um, der offensichtlich die Hauptgruft in den sehr alten unterirdischen Grabgewölben war. »Ich frage mich, warum Sigimor nicht daran gedacht hat, hier zu suchen.«

»Martin glaubt, dass sie erst vor kurzem entsiegelt wurden und vorher lange Zeit verschlossen waren.«

»Mylord«, sagte Martin, als er auf Harold zuging, »ich habe eine Nachricht von ihren Verwandten.«

»Wir wollten mit ihnen keinen Kontakt aufnehmen bis zum morgigen Tag.«

»Sie fingen einen Mann ab, den wir ausgesandt haben, um sie zu beobachten, und ließen ihn die Nachricht überbringen.«

»Nun gut, wie lautet sie?«

»Sie verlangen ein Treffen, Mylord. Ihr Verwandter Sir Roger lässt grüßen und fordert Sie auf, dass Sie oder ein von uns ausgewählter Mann sich mit ihm am morgigen Tag trifft.«

»Wo und wann?«

»Etwa zwei Meilen von hier, auf einer Lichtung. Eine Stunde nach der Morgendämmerung. Es ist leicht zu finden. Nur ein paar Meter von hier kann man die Spitze eines alten Wachturms sehen. Halten Sie direkt auf ihn zu, und Sie werden auf die Lichtung stoßen.

»Wie viele Männer hat er bei sich?« Harold fragte, nachdem er einen Moment lang angestrengt nachgedacht hatte.

»Etwa zwanzig«, antwortete Martin, »und zwei Schotten. Ich nehme an, dass es MacFingals sind. Sie haben das Aussehen dieser Bastarde. Es waren die beiden, die unseren Mann erwischt haben.«

Harold fluchte und fuhr sich mit der Hand durchs Haar. »Ich muss darüber nachdenken. Wird um Antwort gebeten?«

»Nein. Ihre Antwort wird gegebenenfalls Ihr Erscheinen zu dem Treffen sein.«

Er nickte und sah plötzlich Jolene ärgerlich an. »Nimm das heulende Balg und setz dich irgendwo hin. Ich muss nachdenken.«

Mehr als froh, von Harold wegzukommen, nahm Jolene Reynard hoch und suchte sich einen Platz. Sie blieb den Leichen von Barbara und ihrem Gehilfen fern, ging auf einen großen Steinsarg zu, der an der entgegengesetzten Wand stand, überlegte einen Augenblick und setzte sich an dessen Ende nieder. Mit dem Rücken an der Steinwand drückte sie Reynard und sich in den Schatten. Jolene beobachtete Harold beim Auf-und-Ab-Wandern, zog Reynald eng an sich und hoffte, dass Harolds Aufmerksamkeit durch das, was ihn so stark beschäftigte, mochte es sein, was es wollte, noch lange beansprucht wurde.

Cousin Roger war nah, dachte sie und ließ sich von der

Freude über diese Neuigkeit überrollen. Jolene war sich sicher, dass das eine Chance für Reynard bedeutete. Wenn er die Gelegenheit, Reynards Leben gegen seines einzutauschen, so nah vor Augen hatte, dann würde er sie ergreifen. Es bestand wenig Hoffnung, dass er sich an irgendeine Zusage, die er machte, auch hielt, aber wenigstens würde Reynard aus den Händen seines Feindes befreit werden. Sie war überzeugt, dass Roger alles unternehmen würde, was notwendig war, damit ihm Harold den Jungen gab.

Sie zwang sich, über ihr eigenes mögliches Schicksal nicht nachzudenken. Denn Jolene wusste, dass sie die sowieso schon dürftige Beherrschung ihrer Angst schnell verlieren würde, wenn sie sich fragte, was Harold mit ihr vorhaben könnte. Sie musste um Reynards willen tapfer bleiben und versuchen, gelassen zu sein, was bedeutete, dass sie ihrer Rolle in Harolds finsteren Plänen keine Beachtung schenken durfte. Sigimor würde bald nach ihr suchen, und sie klammerte sich an diese Hoffnung wie an einen Schild gegen Harold und ihre Ängste.

Um sich vom Nachdenken über das drohende Schicksal abzuhalten, sofern sie nicht von Harold wegkam, verfolgte sie gespannt das Gespräch. Weder Martin noch Harold bemühten sich, leise zu sprechen, und ihre Stimmen wurden in diesem Raum gut weitergetragen. Harold hatte seine Wut, wie sie feststellte, nicht mehr so gut unter Kontrolle.

»Der Junge wird uns unsere Freiheit erkaufen, Mylord«, sagte Martin.

»Ja, ja, aber wenn ich ihn selbst nach Drumwich zurückbringen kann, gibt es noch eine Möglichkeit, die Herrschaft darüber zu behalten. Der Junge ist der Schlüssel zu allem, Martin.« Harold schnauzte Martin an, weil er den Kopf schüttelte.

»Das Einzige, wozu der Junge jetzt noch der Schlüssel ist, ist unsere Freiheit. Sir Roger hat etwa zwanzig Männer bei sich. Da auch zwei MacFingals darunter sind, die nicht etwa versuchen, seine Pferde zu rauben, wird er von den Verbündeten der Camerons unterstützt. Sie haben ihn hierher gebracht, damit er sich mit den Camerons gegen uns zusammentun kann. Das bedeutet meiner Meinung nach, dass Sir Roger alles weiß und vermutlich auch einiges an Macht im Rücken hat. Geben Sie den Jungen frei gegen Ihre Freiheit, gegen unser Leben und, vielleicht, für all das Geld, das der Mann bei sich hat.«

»Und was dann? Wohin werden wir gehen?«

»Frankreich oder ein anderes Land, dem wir unsere Schwerter verdingen.«

»Niemals!«, brüllte Harold. »Sie ist der Grund dafür, dass wir in diesem Dreck stecken! Sie hat alles kaputtgemacht, und ich werde sie dafür bezahlen lassen. Ich werde sie dafür leiden lassen.« Er durchsuchte mit seinen Blicken den Raum, bis er Jolene entdeckte, und sah sie wütend an. »Du hast diesen Schotten geheiratet.«

»Wie hast du das entdeckt?«, fragte sie.

»Der Priester. Wir sind euch dahin gefolgt«, gab Harold zurück, wobei er näher kam und seine Hände zu Fäusten ballte und wieder öffnete. »Er hat es uns erzählt, nachdem etwas Überredungskunst seine Zunge gelockert hat. Ja, er hat bitter für seinen Anteil an dieser Sache bezahlt, so wie du es auch tun wirst.«

»Du hast den Prieser umgebracht?« Jolene war überrascht, dass etwas, das Harold machte, sie noch aus der Fassung bringen konnte, doch dies schaffte es.

»Nein. Zumindest war er nicht tot, als wir ihn verließen, obwohl er sich vermutlich wünschte, es zu sein.«

»Dieser Priester ist ein Cameron, Harold«, teilte sie ihm mit und hörte, wie Martin fluchte. »Ein Cousin. Du hast ihnen damit noch mehr Grund gegeben, dich zur Strecke zu bringen. Du wirst wahrscheinlich Reynard dazu benutzen können, um mit Sir Roger zu handeln, aber die Camerons werden dich den ganzen Weg bis ans Meer jagen.« Ihre Drohung schien Harold nicht zu berühren, aber sie stellte fest, dass sich Martins Augen nachdenklich verengten.

»Warum soll mir das etwas ausmachen? Sie waren bisher keine Drohung. Sie machen nichts anderes, als von uns wegzulaufen und sich zu verstecken.«

»Ja, und sie haben dich geradewegs bis vor ihre Tore gelassen, dich tief in ihr Land geführt, mitten unter ihre Verbündeten und Verwandten.«

Harold stürzte auf sie los, und zu ihrer Überraschung hielt ihn Martin fest. Einige Minuten lang taumelten die beiden Männer durch den Raum, während Harold fluchte und Martin bedrohte, aber trotz der Schläge, die er einstecken musste, ließ Martin ihn nicht los. Schließlich wurde Harold ruhig. Martin gab ihn langsam frei und machte einen Schritt zurück. Harold zog derart schnell sein Schwert und richtete es auf Martin, dass es Jolene den Atem verschlug.

Sie legte ihre Hand an Reynards Kopf und presste sein Gesicht gegen sich, in der Gewissheit, dass es einen Mord geben werde. Entweder hatte Martin mehr Vertrauen als sie in seinen Wert für Harold oder er hatte Gründe für seine Weigerung, das Schwert gegen diesen Mann zu ziehen, denn er stand einfach nur da.

Dann sah sie eine Klinge an seiner Hüfte aufblitzen und erkannte, dass der Mann ein Messer in der Hand hielt. Sie wusste, dass Martin ihm damit eine tödliche Wunde beibringen konnte, bevor Harold sein Schwert zum Einsatz bringen konnte. Alle Männer standen angespannt da, beobachteten nur, und Jolene fühlte, dass ihre Loyalität mehr Martin galt als Harold.

»Du würdest die kleine Hure verteidigen?«, fragte Harold mit vor Wut heiserer Stimme.

»Im Moment schon«, erwiderte Martin. »Wenn schon wegen sonst nichts, dann, weil sie den Jungen hat, und er darf keinen Schaden erleiden.«

Harold zitterte schwach und schloss seine Augen, dann

steckte er langsam das Schwert in die Scheide zurück. »Ich werde mich später mit ihr befassen.«

Martin nickte, und sein Messer verschwand. »Wenn Sie wollen. Sie sollten auch die Möglichkeit in Betracht ziehen, dass wir mit ihrer Hilfe die Camerons davon abhalten können, uns abzuschlachten.« Von den übrigen Männern im Raum war ein zustimmendes Flüstern zu hören.

»Die Camerons? Sie sind keine wirkliche Bedrohung. Sie haben nichts anderes gemacht, als vor uns davonzulaufen, sie haben nie versucht, sich uns gegenüberzustellen oder gegen uns zu kämpfen.«

»Noch nicht.«

Martin beobachtete Harold, bis der die Stirn runzelte und augenscheinlich über Martins Worte nachdachte.

»Sie waren nur zu sechst, und sie hatten sie und den Jungen bei sich. Es hätte manchen als feige erscheinen können, dass sie nichts anderes machten, als uns auszuweichen, aber ich habe es nicht so gesehen. Es war klug und die richtige Taktik. Sie hat Recht. Wir sind nun tief in ihrem Land, umzingelt von seinen Verwandten und seinen Verbündeten. Wir sind nun diejenigen, die zahlenmäßig unterlegen sind, diejenigen, die sich vor den Jägern verstecken.«

Jolene sah sich unter den Männern im Raum um, die Harold sehr scharf beobachteten. Es war offensichtlich, dass sie alle Martin zustimmten und darauf warteten, ob Harold es ihnen gleichtat. Sie verstanden, dass sie in einem Netz gefangen wurden, das sich immer weiter zuzog, und sie wollten daraus fliehen. Jolene hegte den starken Verdacht, dass sich Harold bald ohne helfende Schwerter an seiner Seite finden werde, wenn er nicht Anzeichen dafür zeigte, dass er mehr an der Flucht als an der Rache interessiert war. Jolene erstickte die plötzlich aufkeimende Hoffnung, eine Rebellion in den eigenen Reihen könnte ihr eine Fluchtmöglichkeit bieten, aber sie hielt weiterhin aufmerksam Ausschau nach einer solchen.

»Ich nehme an, du hast einen Plan?«, fragte Harold, jedes seiner Worte höhnisch betonend.

»Den habe ich«, entgegnete Martin, ohne den Spott zu beachten. »Wir benutzen den Jungen, um die englischen Schwerter in die Scheiden zurückzubringen, und wir benutzen sie, um uns sicher aus diesem verdammten Land zu bringen.« Martin seufzte und rieb sich mit der Hand über das Gesicht. »Sie ist Sir Sigimors Frau. Zumindest um der Ehre willen muss er alles, was er tun kann, tun, um sie zu beschützen und sie am Leben zu erhalten. Zwischen dem Freikauf des Jungen durch die Engländer und ihrem Freikauf durch die Schotten können wir vielleicht sogar mit einem schweren Geldbeutel aus diesem Durcheinander davonkommen. Zumindest haben wir die Chance, aus all dem lebend herauszukommen. Denken Sie so eingehend darüber nach wie ich. Die einzige andere Möglichkeit, die ich sehe, ist, dass wir es ihnen etwas schwerer machen, uns abzuschlachten.

Ein schwaches Geräusch beeinträchtigte Jolenes Aufmerksamkeit, aber sie kämpfte darum, es nicht zu beachten. Was zwischen Martin und Harold geschah, war zu wichtig, um es zu verpassen. Hier ging es um ihr Schicksal. Ihr war bewusst, dass Harold sie für alles, was er verloren hatte, bezahlen lassen wollte, für das Misslingen all seiner Anschläge, aber wenn Martin ihn davon überzeugte, dass sie ihnen von Nutzen sein konnte, stiegen ihre Chancen zu überleben. Sie betete im Stillen darum, dass Harold auf Martins Rat hörte, sie als Schutzschild zwischen sich und die Camerons zu halten, bis sie einen Hafen erreichen und nach Frankreich flüchten konnten. Der Gedanke, tagelang Harolds Geisel zu sein, war niederschmetternd, aber sie würde leben, und sie wusste, dass Sigimor ihr folgen würde.

Sigimor ließ behutsam den Körper des Mannes, den er eben getötet hatte, auf den Boden sinken und blickte dann finster zu der alten Kirche. Unter dem langsam zerfallenden Gebäude befand sich seit einer Stunde oder vielleicht sogar noch länger Jolene in Harolds Händen. Bei dem Gedanken daran, was der Mann ihr bereits angetan haben konnte, drehte sich ihm der Magen um. Es hatte all seiner Willenskraft und der zufälligen, aufmerksamen Gegenwart von Liam bedurft, um ihn davor zu bewahren, zu den Bestattungsräumen hinunterzurasen und schreiend Harolds Blut zu fordern.

Seit dem Moment, in dem Fergus ihm gesagt hatte, dass Jolene weg war, war er starr vor Angst, Angst um sie. Sogar mehr noch, Angst sie zu verlieren, sie nicht retten zu können. Er konnte sich kaum davon abhalten, schreckliche Vorstellungen darüber heraufzubeschwören, was Harold ihr angedroht hatte. Noch immer hatte er im Ohr, was der Mann über seine Pläne gesprochen hatte. Die Vernunft sagte ihm, dass Harold in der kurzen Zeit noch nicht sehr viel erreicht haben konnte, aber Sigimor konnte im jetzigen Zustand nicht unbedingt vernünftig denken. Sein Gefühl flüsterte ihm ständig ein, es bedürfe nur eines kurzen Augenblicks, um jemanden zu töten.

»Die Wachen sind alle beseitigt, drinnen wie draußen«, sagte Liam, als er sich neben Sigimor stellte.

»Gut«, erwiderte Somerled, der sich an Sigimors andere Seite begab. »Die zwei Schotten flüchteten in die Berge, sie haben nicht einmal diese Männer hier gewarnt.«

»Es gibt kein Ehrgefühl unter Dieben«, murmelte Tait, der neben der Leiche des Mannes kauerte, den Sigimor getötet hatte, und sie eingehend betrachtete. »Angeworbene Schwerter, vermute ich. Wenn wir die, die unten sind, in die Enge treiben oder umzingeln können, kann es durchaus sein, dass sie aufgeben.«

»Wie kommen wir hinein?«, fragte Sigimor, der wusste, dass die Konzentration auf den Kampf, der vor ihnen lag, das Einzige war, was ihm helfen konnte, nicht den Verstand zu verlieren.

»Es gibt drei Wege«, antwortete Liam. »Nur an den Eingängen von zweien standen Wachen, deshalb können wir mit ziemlicher Sicherheit davon ausgehen, dass sie nichts vom dritten wissen.«

»Vielleicht sollte ihn einer dieser flinken Schotten bewachen.«

»Nein, sie sollten nach uns Ausschau halten und vermutlich Harold warnen, wenn wir ihnen bei unserer Suche zu nah kommen. Als wir direkt auf hier zuhielten, und uns mit einer gewissen Vorsicht bewegten, merkten sie, dass wir nicht länger auf der Suche waren, und hielten das Spiel für verloren. Sie beschlossen, die Sachsen ihrem Schicksal zu überlassen und ihre eigenen Köpfe zu retten. Unser Plan?«

»Sag mir, wo die Eingänge sind und wo du glaubst, dass Harold sein kleines Versteck eingerichtet hat.«

Sigimor schloss seine Augen und hörte aufmerksam zu, als beide, Liam und Somerled, erzählten, dass es da unten nur einen Raum gab, wo Harold und seine Männer ein einigermaßen bequemes Lager aufschlagen konnten. Nach einem Augenblick des Nachdenkens begann er die fast dreißig Männer, die bei ihm waren, zu verteilen. Je sieben verschwanden in jedem Eingang, der Rest blieb oben und sollte dafür sorgen, dass keiner von Harolds Männern fliehen konnte, und als Wache in ihrem Rücken stehen. Sie überlegten sich, wie viel Zeit jede Gruppe brauchen würde, um sich in Position zu begeben, und Sigimor wählte ein Signal, das ihren Angriff einleiten sollte. Nanty blieb mit den Wachen oben, Somerled nahm sechs Männer mit sich zum Haupteingang in der Kirche, Liam nahm sechs weitere zum verborgenen Inneneingang, und Sigimor nahm sechs zum Außeneingang, der nur wenige Schritte von dem Mann entfernt war, den er getötet hatte.

Es war ein langsames Unternehmen, sich durch den Durchgang zu zwängen, und Sigimor verfluchte bei jedem Schritt die Dunkelheit. Dann jedoch drang ein schwaches Licht durch die Finsternis. Er lächelte. Harold war nahe, und er musste seine ganze Beherrschung zusammenraffen, um sich weiterhin langsam zu bewegen. Seine gut ausgebildeten Männer brauchten keinen Wink, um zu wissen, dass sie sich an die Wand pressen mussten, sowie sie Stimmen vernahmen. Schritt für Schritt schob er sich vorwärts, bis er das Ende des Ganges erreicht hatte. Sigimor riskierte einen Blick in das Innere. Er zählte sechs Männer, dazu Harold und den Mann, mit dem er zusammenstand und den Sigimor von Drumwich her als einen Mann namens Martin in Erinnerung hatte.

Gerade als er dabei war, sich wieder völlig in den Schatten zurückzuziehen, hörte Sigimor einen leisen Schluchzer. Er warf einen Blick nach rechts und hätte sich fast durch einen plötzlichen Freudenschrei verraten. Jolene saß kaum einen dreiviertel Meter von ihm entfernt auf dem Boden. Sie drückte sich in eine Ecke, die die Wand der Gruft und ein großer Steinsarg bildeten, hielt Reynard auf ihrem Schoß und beobachtete Harold aufmerksam. Sigimor zog sich schnell in den Schatten zurück und schloss seine Augen, er hatte vor Erleichterung fast weiche Knie. Jolene schien nicht einmal eine Schramme abbekommen zu haben.

»Deine Idee ist nicht schlecht«, sagte Harold, ich muss darüber nachdenken.«

»Was gibt es da noch nachzudenken?«

»Ich muss mir einen Weg überlegen, das zu machen, was du gesagt hast, aber Jolene trotzdem gefangen zu halten.«

Martin fluchte. »Die Frau ist es nicht wert, wegen ihr zu sterben!«

»Ich habe nicht vor, wegen ihr zu sterben.«

Sigimor gab das Signal zum Angriff und lächelte befriedigt, als sein leiser Amselruf zwei schnelle Echos erhielt. Hastig verließ er den Durchgang und stellte sich unverzüglich vor Jolene in Position. Er beobachtete mit Freude und Stolz, wie zwanzig weitere Camerons plötzlich auftauchten und Harold und seine Männer umzingelten. Mit grimmigen Gesichtern und gezogenen Schwertern waren sie seiner Meinung nach ein herrlicher Anblick. So wie Harolds entsetzter Blick auf ihn fiel, lächelte Sigimor den Mann an.

»Ich fürchte, aus Ihren Absichten wird nichts, Harold«, sagte Sigimor. »Sie werden sterben, genau hier, genau jetzt.«

Es befriedigte Sigimor, dass Harold plötzlich voll Zorn aufschrie und sein Schwert zog, denn er hatte gehofft, dass der Mann sich nicht ergeben werde. Während er sich von Jolene entfernte und ein anderer schnell seinen Platz einnahm, um sie zu schützen, schritt Sigimor auf Harold zu, damit er seine Herausforderung annehmen konnte, bevor der Mann sich vielleicht wieder fing und sich zurückzog.

Jolene hielt Reynards Gesicht an sich gedrückt und fuhr zurück, als das Geräusch von aufeinander treffenden Schwertern durch die Steingruft hallte. Sie beobachtete ihren Ehemann und Harold nur einen Moment lang, und schon spürte sie, wie Gelassenheit das eisige Gefühl der Angst verdrängte. Harold kämpfte gut, aber Sigimor war so viel besser. Harold *würde* sterben. Genau hier. Genau jetzt.

Sie sah sich um, um zu sehen, was sonst noch geschah. Martin und zwei der anderen Männer hatten sich sofort ergeben. Sie standen entwaffnet in der Nähe von Liam und beobachteten den Kampf. Vier weitere hatten den Fehler gemacht, ihre Schwerter zu ziehen. Zwei waren bereits tot und, auch wenn sie in Sachen Kampf keine Expertin war, sie war sich sicher, dass es die anderen beiden auch bald sein würden. Die Camerons waren diesen Angriffen Mann für Mann begegnet, aber Harolds Männer waren eindeutig unterlegen.

Gerade als sie ihren Blick wieder auf Sigimor richtete, war der Kampf zu Ende. Harold machte eine ungeschickte Bewegung und öffnete dadurch seine Deckung. Sigimor zog sofort seinen Vorteil daraus und stieß dem Mann sein Schwert tief in die Brust. Die Tatsache, dass Harold so schnell starb und kaum der Klinge gewahr geworden war, die seinen Körper durchdrungen hatte, verriet Jolene, dass es wohl ein sauberer Stich ins Herz war. Das Ende für die anderen beiden Männer kam beinahe genauso plötzlich und leise. Sie beobachtete, wie Sigimor seine Klinge an Harolds reich besticktem Wams abwischte und das Schwert danach in die Scheide zurücksteckte. Sigimor warf ihr einen Blick zu, als sie ihn anlächelte, nickte er und wandte seine Aufmerksamkeit Martin und Harolds übrigen Männern zu.

»Da meiner Frau kein Schaden zugefügt wurde, bin ich ein kleines bisschen gnädig gestimmt«, sagte Sigimor. »Haut ab. Bleibt nicht stehen, um die Toten auszurauben und bleibt nicht einmal stehen, um euren Pferden Wasser zu geben, bis ihr von meinem Land herunter seid. Lauft, bis ihr Schottland verlassen habt. Meine gute Laune könnte verschwinden. Ranulph führ sie hinaus, damit unsere Männer, die draußen Wache stehen, sie nicht umbringen. Tait, Gilbert, ihr folgt ihnen, und wenn sie auch nur einen Ruck machen, tötet ihr sie.«

Das war Sigimor, der Krieger, besann sich Jolene, als sie seiner kalten, harten Stimme zuhörte, die durch den Raum dröhnte. Er sprach selbst das Wort »Gnade« in einer Weise aus, das es nicht nach Gnade klang. Da sie wusste, dass die Männer, die Harold draußen postiert hatte, wohl tot waren, und gesehen hatte, wie leicht und kalt er Harold getötet hatte, hätte sich Jolene ihrer Meinung nach nervös fühlen müssen. In vieler Hinsicht war dieser Sigimor ein Mann, den sie nicht kannte, ein Mann, den sie nie zuvor getroffen hatte. Stattdessen war sie einfach nur stolz, stolz auf ihn und auf sich selbst, da er der Ihre war. Sie lächelte ihn erneut an, als er sich vor sie hinkniete und sanft und zärtlich ihre Wange mit eben der Hand streichelte, die nur einige Augenblicke zuvor ein tödliches Schwert geschwungen hatte. Es war schwer, den heftigen Drang zu unterdrücken, sich in seine Arme zu werfen und ihn zu küssen.

»Du bist nicht verletzt?«, fragte er.

»Nein, Martin versuchte Harold zu überzeugen, dass ich

sehr nützlich sein könnte, um mit dir zu verhandeln. Martin wollte hier lebend herauskommen. Schließlich hat er bekommen, was er wollte.« Sie blickte zu der Wand, wo die Leichen von Barbara und Clyde lagen. »Ich fürchte Lady Barbara und ihr Genosse haben das nicht bekommen.«

Sigimor fuhr beim Anblick der Leichen zusammen und winkte wortlos seinen Männern, sie hinauszutragen. »Donald möchte sie haben, um sie nach Hause zu bringen.«

»Ich hatte das Gefühl, dass er erraten hat, wie ein Handel mit Harold enden könnte.«

»Dennoch hat er nichts getan, um dir zu helfen.«

»Er hat allerdings dir geholfen, oder nicht?«

»Ja, nachdem ich ihm die richtige Frage gestellt hatte. Du kannst darüber lächeln?«

Sie lächelte, während ihr Tait Reynard abnahm und den Jungen wegbrachte. »Nun ja«, entgegnete sie, »ich habe gehört, wie überaus sorgfältig er sein Versprechen gegenüber Barbara formuliert hat, dachte mir aber, dass er es ohne Absicht gemacht hat. Ich werfe ihm nicht vor, dass er uns bei unserer Entführung nicht geholfen hat. Er hat sich wohl selbst in Gefahr befunden.«

Sigimor nickte und half ihr hoch. Er zog sie in seine Arme, hielt sie einen Moment lang fest und atmete einfach nur den Duft ihres Haares ein. Langsam wich der letzte Rest seiner Angst um sie. Er legte einen Arm um ihre Schultern und führte sie aus der Gruft. Dabei griff er nach einer Fackel, um ihren Weg zu beleuchten, und ließ ein paar von seinen Männern zurück, um die Leichen wegzuschaffen und alles, was von Wert war, zusammenzusuchen.

Jolene legte ihren Arm um seine Taille und drängte sich eng an seine Seite, während sie weitergingen. Sie berichtete ihm alles, was geschehen war, seit Reynard und sie Barbaras Schlafgemach betreten hatten. Das Einzige, was sie zurückhielt, war die Neuigkeit, dass ihr Cousin Roger nicht weit von hier war. Seine Gegenwart bedeutete, dass bald eine Entscheidung gefällt werden musste, im Augenblick aber wollte sie einzig und allein das Gefühl genießen, sicher, frei und wieder bei Sigimor zu sein.

»Ach ja, dein Cousin William, der Priester, war derjenige, der Harold von unserer Ehe erzählt hat«, berichtete sie ihm, während sie den Durchgang verließen und anhielten, um einen tiefen Atemzug frischer Luft zu nehmen. »Harold sagte, er habe den Mann überreden müssen, es zu tun, und ihn anschließend fast totgeschlagen. Er ist nicht geblieben, um zu sehen, ob der arme Mann wirklich gestorben ist.«

»Ich werde ein paar Männer zu ihm senden«, sagte Gilbert. »Wenn es nötig ist, können wir ihn auf Scarglas bringen und Fiona und Mab bitten, sich um seine Wunden zu kümmern. Sie werden ihn bald wieder auf die Beine bringen.«

»Guter Junge«, lobte Sigimor und seufzte, als Gilbert davonhastete. »Ich wäre nicht überrascht, wenn es entlang Harolds Reiseweg noch ein paar gäbe, die unter seinen Händen litten, aber dagegen können wir nichts machen.«

»Nein«, stimmte Jolene ihm zu. »Harold hatte eine gewisse Fähigkeit, wohin er auch ging, eine blutige Spur zu hinterlassen. Irgendeiner hätte ihn vor Jahren töten sollen. Es hat aber nie Beweise für seine Untaten gegeben, und er war von so hohem Stand, dass das sehr wichtig gewesen wäre.«

»Ja, der arme Mann konnte nicht einfach auf nichts weiter als einen Verdacht hin an den Galgen gebracht werden. Der Reiche muss mit einer blutigen Hand erwischt werden, und selbst dann braucht er vielleicht nie für sein Verbrechen zu bezahlen.« Er setzte Jolene auf sein Pferd und stieg hinter ihr auf. »Ich fühle mich immer noch etwas gnädig gestimmt, deshalb werde ich Donald diese Nacht dableiben lassen und ihn erst am Morgen hinauswerfen.«

»Du bist ein wahrer Heiliger, Ehemann«, sagte sie und tauschte ein verschmitztes Lächeln mit ihm.

Sie schmiegte sich eng an ihn, als er losritt, und legte ihre

Hände auf seine Arme. Es fiel ihr etwas schwer zu glauben, dass alles vorbei war, dass von Harold nicht länger eine Gefahr ausging. Es war nicht so lange her, seit sie von Drumwich geflohen waren, aber die Schwere dieser Bedrohung hatte die Zeit so viel langsamer verstreichen lassen. Harold war nicht länger ein ständiger Schatten in ihrem Rücken, ein Messer an Reynards Kehle, oder jemand, der sie tatsächlich dazu bringen konnte, sich den Tod herbeizusehnen.

Doch da war ein neuer Schatten. Sie weigerte sich allerdings, gerade jetzt darüber nachzudenken. Roger und die Notwendigkeit, eine Entscheidung zu treffen, lauerten am Rand der Glückseligkeit, die sie gerade jetzt empfand. Sie hatte Zeit bis zur Dämmerung. Für einige weitere Stunden würde sie so tun, als ob alles gut sei.

# 18

Es nützte wenig, den zarten Lavendelduft, der aus ihrem heißen Badewasser aufstieg, tief einzuatmen, um Jolenes Anspannung zu lockern. Sie hatte es so lange wie möglich geschafft, dem keine Beachtung zu schenken, was ihr nun bevorstand. Es hatte fast die ganze Zeit seit ihrer Rückkehr von dem Ort, der nun Harolds Grab war, darauf bestanden, in ihre Vernunft einzudringen, und all ihre Versuche, diese Gedanken wegzuschieben, hatten bewirkt, dass sie zerstreut war. Sie war sich sicher, dass Sigimor es bemerkt hatte, aber er schien anzunehmen, es sei eine Folge der Erlebnisse während ihrer Entführung.

Dies war ihre letzte Nacht mit ihm, grübelte sie, und kämpfte gegen den Wunsch an zu weinen. Reynard war ein Kind, seine Bedürfnisse waren wichtiger als die eines Mannes oder einer Frau. Sie hatte ihrem sterbenden Bruder geschworen, dass sie sich um sein Kind kümmern würde. Es konnte kaum »kümmern« genannt werden, wenn sie ihn einfach jemandem übergab, der ihn an ihrer Stelle nach Drumwich zurückbrachte, und sie sich nie nach ihm umsehen würde.

Etwas in ihr drängte sie, mit Sigimor darüber zu sprechen, ihm von Roger zu erzählen und dem Treffen, aber sie ignorierte das. Sie hatte Angst, dass er sie überreden würde, bei ihm zu bleiben und ihrem Versprechen, ihrer Pflicht und dem kleinen Reynard den Rücken zuzukehren. Noch schlimmer war aber die Angst, dass er es noch nicht einmal versuchen würde.

Sie entstieg ihrem Bad und rieb sich trocken. Als sie das zarte Nachtgewand, das Fiona ihr geschenkt hatte, hochnahm, musste sie erst recht ihre Tränen unterdrücken. Sie würde auch Fiona nie wiedersehen. Niemals mehr Fergus' sommersprossiges Gesicht. Nie mehr erleben, wie Old Nancy einem riesigen Cameron sagte, dass er sich aufführe wie ein Kind. Niemals mehr jemand von den Camerons oder MacFingals sehen.

Und niemals mehr die Freude über Sigimors Küsse empfinden. An all das dachte sie und musste sich auf das Bett setzen. Jolene brauchte einige Minuten, um ihren unerträglichen Kummer niederzuringen. Sigimor würde es sehen, würde es spüren, wenn sie ihn nicht überwand. Später war noch Zeit genug, sich damit auseinander zu setzen. Sie konnte später weinen. In Wirklichkeit würde sie sich von nun an jedes Jahr erlauben können, über all das, was sie verloren hatte, zu weinen.

Als sie sich wieder besser unter Kontrolle hatte, zog sie das Nachtgewand an. Heute Nacht würde sie sich mit Erinnerungen vollsaugen. Sie würde Sigimor und sich völlig erschöpfen, ihn lieben, bis sie sich nicht mehr bewegen konnten. Jolene hatte ein paar Vorstellungen von dem, was sie tun wollte. Sie wurde schon rot, wenn sie nur daran dachte, aber heute Nacht würde sie der Keuschheit nicht erlauben, sie aufzuhalten. Die wilde, sinnliche Frau in ihr, die in die Freiheit ausbrach, wenn Sigimor sie liebte, würde heute Nacht alles beherrschen.

Sie stand vor dem Feuer, bürstete sich ihr Haar trocken und wartete. Das war das Bild, das Sigimor im Gedächtnis behalten sollte, wenn sie weg war. Jolene wusste, dass er verärgert sein würde. Sein Stolz würde verletzt werden, aber irgendwann in der Zukunft würde er vielleicht fähig sein, mit einer gewissen Freundlichkeit an sie zu denken. Und wenn er an sie dachte, sollte er sich daran erinnern, wie sie hier stand und darauf wartete, ihn zu lieben.

Sigimor kam in das Gemach und schloss langsam die Tür hinter sich. Ihm stockte der Atem bei ihrem Anblick. Er hatte gespürt, dass sie seit ihrer Rückkehr aus der Kirche etwas betrübte, aber er hatte nichts gesagt. Er nahm an, sie sei entsetzt über die Ermordung von Barbara und Clyde, und diese eiskalte Grausamkeit habe ihre Spur hinterlassen, aber diese Antwort befriedigte ihn nicht ganz. Es war fast, als würde sie etwas vor ihm verbergen, er konnte sich allerdings nicht denken, was sie zu verheimlichen hätte.

Als sie ihn anlächelte, ging er auf sie zu und beschloss, dass er morgen darüber rätseln konnte. So wie sich sein Blut erhitzte und sein Körper sich anspannte, würde er schon bald seinen eigenen Namen nicht mehr wissen. Er nahm ihr die Bürste aus den Händen, zog sie in seine Arme und küsste sie. Es war ein Hauch von Verzweiflung in diesem Kuss, und er vermutete, dies rühre daher, dass Jolene heute dem Tod ins Angesicht gesehen hatte. So etwas verursachte immer eine Gier nach den Freuden des Lebens.

Als er einen Schritt zurücktrat und anfing sich zu entkleiden, legte sie ihre Hände auf seine und übernahm diese Aufgabe. Sigimor spannte seinen Kiefer an, während er ihre weichen Hände auf seiner Haut spürte. Sie nützte jede Gelegenheit, die sich ihr bot, um ihn zu liebkosen, während sie ihm seine Kleider auszog, und er war sich nicht sicher, wie viel von diesem Spiel er ertragen konnte.

Jolene kniete zu seinen Füßen, um seine Stiefel aufzuschnüren. Als er völlig nackt war, wich sie beim Aufstehen seinem Versuch aus, sie in seine Arme zu nehmen. Sie presste ihre Lippen in die kleine Grube an seiner Kehle, während sie seinen großen, starken Körper streichelte, und versuchte, sich jede Erhöhung und jede Vertiefung einzuprägen. Sehr langsam begann sie, sich einen Weg seinen Körper hinunter zu küssen, wobei sie gelegentlich ihre Zunge benützte, um die kleinen Schmerzen zu lindern, die sie ihm hier und dort mit einem kleinen Liebesbiss zugefügt hatte. Sein zunehmend schwereres Atmen veriet ihr, dass er ihre Aufmerksamkeit genauso genoss, wie sie es genoss, sie ihm zu schenken.

Obwohl er sich verzweifelt wünschte, das Gefühl, das sie in ihm hervorrief, auszukosten, musste Sigimor schließlich Einhalt gebieten. Er war zu nahe an seinem Höhepunkt, und er wollte dabei unbedingt in ihr sein.

Während er sie auf das Fell hinunterzog, streifte er ihr das Nachtgewand ab. Er küsste sie mit all dem Hunger, den er empfand, und ließ seine Hand zwischen ihre Beine gleiten. Zu seiner Überraschung, und zu seiner Erleichterung, war sie bereits heiß und feucht. Die Schmeicheleien, die er ihr ins Ohr flüsterte, hörten sich an wie ein sanftes Grollen, als er ihre beiden Körper vereinigte. So wie ihn ihre Wärme eng umschloss und ihr geschmeidiger Körper sich aufbäumte, um seinem zu begegnen, entschied er sich, dass es keinen Grund gab zu sprechen oder zu denken, sondern nur die Leidenschaft lenken zu lassen.

»Ehefrau«, schaffte er zu sagen, nachdem er sich schließlich von seiner gesättigten Benommenheit aufgerafft hatte, sie zu ihrem Bett getragen hatte und neben ihr zusammengebrochen war, »willst du mich töten?«

»Nur mit Lust«, erwiderte sie. Jolene rollte sich neben ihm zusammen und streichelte seinen Bauch.

»Aha! Ich könnte dafür sorgen, dass du die Augen verdrehst, wenn du es willst.«

»Eine Aufforderung, oder?«

Mit neuer Kraft drückte Sigimor sie auf den Rücken und kauerte sich über sie. »Eine Aufforderung, in der Tat. Ich wette, dass ich dich zu müde mache, um einen Finger heben zu können, bevor du mich in einen solchen Zustand versetzt.«

»Oh nein, das glaube ich nicht.«

»Bist du sicher, dass du diese Aufforderung annehmen willst, Ehefrau?«

»Bist du sicher, dass du mit einer Niederlage umgehen kannst, Ehemann?«

»Ich habe nicht vor zu unterliegen.«

»Ich ebenfalls nicht.«

Sigimor öffnete ein Auge und stellte fest, dass das Feuer heruntergebrannt war, dann seufzte er und schloss seine Augen, als Jolene in seinem Gesicht einen Finger auf und ab wandern ließ. »Ich gebe mich geschlagen«, gestand er.

»Es wird Zeit«, sagte Jolene, die sich an seiner Seite auf ihrem Rücken räkelte, und ließ ihre Hand neben sich sinken.

Es war eine anstrengende Bewegung, aber er legte einen Arm um ihre Schultern und zog sie an sich. »Ich glaube, wir setzen dieser Aufforderung besser eine Grenze, Frau«, sagte er und gähnte.

»Das könnte vernünftig sein.«

»Ich *würde* es vorziehen, bis zum reifen Alter zu leben.« Er lächelte schläfrig, als sie lachte.

Jolene spürte bald, wie sein Körper schlaff wurde. Einen Augenblick später gab er jenes merkwürdige kleine Geräusch von sich, das nicht direkt ein Schnarchen war. Es war etwas Seltsames, dachte sie, das in ihr das Gefühl erweckte, weinen zu müssen, und sie löste sich aus seinen Armen, um an seiner Seite zu sitzen.

Ihr Körper fühlte sich satt und zufrieden, aber ihr Herz schmerzte vor Trauer. Er war alles, was sie sich immer von einem Ehemann erwünscht hatte, und sie musste ihn verlassen. Mit einem Blick auf das Fenster stellte sie fest, dass sie nicht einmal mehr für kurze Zeit hier bleiben und ihn im Schlaf beobachten konnte. Es würde großer Heimlichkeit bedürfen, um ungesehen aus Dubheidland zu verschwinden, und Heimlichkeit konnte sehr viel Zeit beanspruchen. Es lag zudem ein langer Weg vor ihr. Sie sah auf Sigimor zurück und kämpfte gegen das Verlangen an, ihn zu küssen, da sie Angst hatte, ihn aufzuwecken.

Vorsichtig stieg sie aus dem Bett, wobei sie wegen der diversen kleinen Schmerzen in ihrem Körper etwas zusammenzuckte. Ohne ihren Blick von ihm abzuwenden, zog sie sich an und holte ihren kleinen Beutel mit Habseligkeiten unter dem Bett hervor, wo sie ihn schon früher versteckt hatte. Einen Moment lang stand sie da, unfähig dazu, den ersten Schritt zu machen, aber sie zwang sich, an Reynard zu denken und an das Versprechen, das sie gegeben hatte. So leise wie möglich schlich sie sich aus dem Schlafgemach.

Reynard zu holen war ziemlich einfach. Er schlief zusammen mit verschiedenen anderen Jungen, die tief und fest schlummerten, in einem Raum und lag nahe an der Tür. Sie wickelte ihn in seine Decke, ergriff seinen kleinen Beutel mit Kleidern und eilte davon.

In dem Gemach, das Barbara benutzt hatte, legte sie den noch immer schlafenden Reynard auf das Bett und zog ihn an. Er war gerade dabei aufzuwachen, als sie ihn in die aus seiner Decke gefertigte Schlinge setzte, die sie auf ihren Rücken hob und um ihre Taille befestigte. Aus dem Augenwinkel heraus konnte sie seine Augen sehen, die sich leicht weiteten, als er sich umsah und feststellte, wo sie waren.

»Pst, mein Liebes«, flüsterte sie. »Es besteht keine Gefahr. Wir gehen jemanden besuchen.«

»Wen?«

»Cousin Roger.«

»Oh, ich mag Cousin Roger.«

»Er mag dich auch.« Sie nahm die beiden Beutel in eine Hand und ging zum Kamin, um den Geheimgang zu öffnen.

»Warum gehen wir diesen Weg?«

Während sie mit ihrer freien Hand eine Fackel nahm, antwortete sie ihm: »Weil es sehr früh am Morgen ist und ich niemanden stören will. Sie sind alle sehr müde, nachdem sie uns gestern gerettet haben.«

Er wurde still, und sie schlüpfte in den Gang. Die Lüge, die sie eben erzählt hatte, war eine kleine Bürde im Vergleich zu der Schuld, die sie bereits empfand. Sie schob alle Gedanken an Schuld beiseite, an Lügen, an einen friedlich schlafenden Ehemann, der aufwachen und allein sein würde, an ihre Trauer, die mit jedem Schritt auf der Reise, die sie von Dubheidland wegführte, zunahm. Es lag ein langer Weg vor ihr, und sie hatte sich einzig auf die Reise zu konzentrieren, um nicht verloren zu gehen.

Es war etwas mehr als eine Stunde nach Sonnenaufgang, als Jolene auf die Lichtung trat, wo Roger warten sollte. Einen Augenblick lang fürchtete sie, dass er bereits aufgegeben hatte und weggegangen war, aber dann erschien ein Mann unter den anderen umliegenden Bäumen. Sie hielt nach Roger Ausschau und lächelte, als sie ihn sah. Er wirkte vollkommen betäubt, aber unmittelbar darauf umarmte er sie.

Mit bewundernswerter Schnelligkeit wurde ein Feuer angezündet, man kümmerte sich um Reynard, und Jolene fand sich auf einer zusammengefalteten Decke vor dem Feuer wieder und nippte am Wein. Sie erzählte Roger alles über Harolds Tod, und er erzählte ihr alles, was er unternommen hatte, seit er von Peters Ermordung erfahren hatte. Als er ihr sagte, dass er als Reynards Vormund eingesetzt worden war und seine Frau bereits auf Drumwich war und auf den Jungen wartete, war sie überwältigt. Sie trank ihren Wein aus, stand auf und starrte Richtung Dubheidland.

»Ich hoffe, du freust dich«, sagte Roger, als er sich neben sie stellte.

»Sehr«, erwiderte sie. »Es ist alles genauso, wie ich es mir wünschte.«

»Ich habe von dem Ehemann gehört, den du jetzt hast. Es wird möglich sein, eine Annullierung zu erhalten, das weißt du.« Er runzelte die Stirn, als sie ihren Kopf schüttelte.

»Ich gehe zurück«, sagte sie und, ungeachtet der Tatsache, dass sie Reynard verlassen musste, fühlte sie, wie der harte Knoten des Kummers, an dem sie seit gestern litt, sich zu lösen begann.

»Zurück zu Sir Sigimor? Aber Jolene, er ist ein Schotte.«

»Ja, ein großer, ungehobelter, rothaariger Schotte. Er ist mein Ehemann.« Sie lächelte plötzlich vor Freude und über ihre eigene Dummheit. »Und ich liebe ihn.«

»Aha, nun gut«, Roger fuhr sich mit einer Hand durch die Haare, »nach allem, was du durchgemacht hast, könntest du dich in deinen Gefühlen täuschen. Wenn du erst wieder einige Zeit auf Drumwich bist, wirst du feststellen, dass das nicht die richtige Ehe für dich ist.« Er fluchte leicht, als sie ihren Kopf erneut schüttelte. »Liebt er dich?«

»Vielleicht. Er wird eifersüchtig und ist sehr besitzergreifend.«

»Das sind die meisten Männer, aber das bedeutet nicht viel.«

»Er macht alles, was er kann, um mir das Leben zu erleichtern, und wird bei jeder Beleidigung mir gegenüber für mich eintreten.«

»Was jeder Gentleman tun sollte.«

»Oh, Sigimor hat nicht wirklich viel von einem Gentleman.«

»Da hast du es, eine Frau deines Standes sollte einen wahren Gentleman zum Ehemann haben.«

»Er spricht mit mir über viele Dinge, und er hört auf das, was ich zu sagen habe.«

»Jolene –«

»Er erklärt sich, wenn ich ihn darum bitte. Er versucht, meine Stimmungen zu verstehen und fragt nach deren Ursachen.«

»Er ist ein Schotte!«

»Er ist in meiner Gegenwart so entspannt wie mit seinen Brüdern und lacht mit mir.«

»Das klingt nach einem guten Freund, aber ...«

Jolene schaute ihren Cousin an, und obwohl sie rot wurde, flüsterte sie: »Und die Leidenschaft ist feurig und heftig, und er hält mich während der ganzen Nacht in seinen Armen.« Sie war etwas überrascht, als auch Roger rot wurde.

»Du hast wirklich vor zurückzugehen?«

»Ja, ich muss zu ihm zurückgehen. Ich liebe ihn, auch wenn es vielleicht eine Weile dauern könnte, bis ich es ihm sage. Ich denke, er könnte mich lieben lernen, vielleicht tut er es schon in mancher Hinsicht. Es spielt keine Rolle. Ich muss zu ihm zurück. Auch wenn er mich jetzt noch nicht liebt, er ist dennoch der einzige Ehemann, den ich will.«

»Aber was wird aus Reynard?«

Jolene sah auf ihren kleinen Neffen, während er zu ihnen kam.

»Reynard, du musst nun ein tapferer kleiner Mann sein. Ich werde nach Dubheidland zurückgehen, um mit Sigimor zusammenzuleben, und du gehst nach Hause mit Cousin Roger und Cousine Emma.«

»Nein, das mag ich nicht.«

Sie kauerte sich vor ihn hin und küsste seine Wange. »Ich möchte dich nicht verlassen, mein lieber Junge, aber ich muss. Ich habe jetzt einen Ehemann. Ich muss bei ihm sein, aber du musst in England sein.«

»Ist das so, weil ich ein Erbe bin?« – »Ja, du bist ein Erbe, du bist ein Graf und ein Baron, und es gibt eine Menge Leute, die sich darauf verlassen, dass du da bist, dass du erwachsen wirst und ihr Herr sein wirst. Sigimor ist ein solcher Herr, und er braucht mich, damit ich auf ihn Acht gebe. Das ist die Aufgabe einer Frau.«

Sie zog ihn in seine Arme, als er weinte. Es war schwer, nicht mit ihm zu weinen, aber sie wusste, dass sie gelassen bleiben musste, deshalb fuhr sie fort, das zu wiederholen, was sie bereits gesagt hatte. Nach ein paar Minuten schluchzte er auf und ging hinüber, um bei den anderen Männern zu sein. Sie stand auf und sah zu Roger.

»Das wird wehtun«, flüsterte sie.

»Natürlich wird es das«, sagte er, als er sie in seine Arme nahm.

»Ich wünschte, ich könnte aus zwei Menschen bestehen, dann könnte ich sowohl mit ihm als auch mit Sigimor zusammen sein.«

»Das wünschen wir uns alle manchmal.«

»Ich muss ein klein wenig weinen, aber sag mir, wenn Reynard näher kommt, damit ich aufhöre.«

Roger lachte sanft und hielt sie in seinen Armen, während sie leise weinte. Er rieb ihren Rücken und starrte in die Richtung, in die sie gesehen hatte, während sie von ihrem Ehemann gesprochen hatte. Langsam weiteten sich seine Augen, als aus dem Schatten des Waldes Männer auftauchten. Ein kurzer Blick in die Runde verriet ihm, dass seine Männer angespannt und kampfbereit waren, falls es nötig werden sollte. Reynard sah auf die Männer, die sie nun umstellten, lächelte und winkte einem zu, aber dieses Zeichen des Erkennens führte noch nicht dazu, dass sich Roger entspannte. Einer dieser großen rothaarigen Männer war zweifelsohne Jolenes Ehemann, aber keiner der Männer sah besonders freundlich aus.

# 19

»Jolene!«

Zu der Zeit, zu der Sigimors wütender Schrei aufgehört hatte durch die Hallen zu tönen, war er aus dem Bett und fast vollständig angezogen. Liam und Nanty stolperten in den Raum, halb angekleidet, halb schlafend und mit gezogenen Schwertern, während Sigimor nach seinen Stiefeln langte. Die Art und Weise, wie sie sich nach der Bedrohung umsahen und ihn dann grimmig anstarrten, hätte ihn zu jedem anderen Zeitpunkt amüsiert, ebenso der Anblick der immer größer werdenden Zahl seiner Angehörigen, ähnlich zerzaust, schläfrig und bewaffnet, die hinter den beiden Männern die Halle bevölkerte. In diesem Augenblick aber konnte ihn gar nichts zum Lachen bringen.

»Was fehlt dir, Mann?«, schnauzte Liam ihn an. »Hast du das Alarmgeschrei wegen nichts angestimmt?«

»Jolene ist weg«, antwortete Sigimor, als er damit fertig war, seine Stiefel zuzuschnüren, und nach seinem Schwert griff.

»Was hast du gesagt, das sie vertrieben hat?«

»Warum glaubst du, dass ich sie dazu gebracht habe zu gehen? Vielleicht hat sie jemand entführt.«

Liam schüttelte seinen Kopf. »Nein, das war nicht der Fall.«

»Wie kannst du dir da so sicher sein?«

»Weil du noch lebst.«

Ein überzeugendes Argument, grübelte Sigimor, auch wenn er lieber nackt durch Glasscherben gelaufen wäre, als das zuzugeben. »Ich glaube, sie ist auf dem Weg zurück nach England, um den kleinen Jungen nach Drumwich zu bringen.«

»Allein? Ich dachte, sie hätte mehr Verstand?« Den hatte sie, aber Sigimor blieb bei seiner Überzeugung, dass sie nach Drumwich unterwegs war. Er war inzwischen überzeugt, dass all ihre liebevollen Schmeicheleien und ihre gierige Leidenschaft der vergangenen Nacht nicht, wie er gedacht hatte, der Hinweis darauf waren, dass sie sich daran gewöhnt hatte, seine Frau zu sein. Nein, sie hatte Lebewohl gesagt. Wenn sie glaubte, er werde das so hinnehmen, dann hatte sie sich getäuscht. Er hatte endlich die Richtige gefunden, und er weigerte sich zu glauben, dass Jolene dieser Vorsehung nicht zustimmte.

Darüber hinaus wollte er nicht glauben, dass sie ohne einen konkreten Plan gegangen war. Obwohl sie kluge Entschuldigungen anbrachte, wenn sie den falschen Weg nahm, wusste Jolene, dass sie keinen Orientierungssinn besaß. Sie hatte niemanden mitgenommen, der ihr den Weg zeigte, also wusste sie, dass jemand in der Nähe war und an einem Ort, denn sie finden *konnte*. Jolene traf jemanden, mit dem sie nach England zurückkehrte.

Einen kurzen Moment brannte heftige Eifersucht in ihm, dann beruhigte er sich. Wenn Jolene in England einen Mann gekannt hätte, den sie heiraten wollte, dann hätte sie nie und nimmer ihn geheiratet. Dessen war er sich sicher. Es konnte dagegen sehr gut möglich sein, dass sie sich mit irgendeinem englischen Verbündeten, den Harold erwähnt hatte, traf. Dies würde erklären, warum er nach ihrer Rettung das Gefühl hatte, sie sei zerstreut und halte etwas vor ihm geheim. Der Gedanke, dass Jolene die Leidenschaft, die sie miteinander teilten, nur zu diesem Zweck benutzt hatte, ärgerte und verletzte ihn mehr, als er zugeben wollte. Er schüttelte diesen Gedanken ab und ging zum Tor hinaus, erfreut darüber, wie eilig ihm jeder Platz machte.

»Was hast du vor?«, fragte Liam.

»Ich hole mir meine Frau zurück«, antwortete Sigimor.

»Nein, allein machst du das nicht.«

Sigimor beobachtete, wie seine große Familie auseinander fuhr, zu ihren Räumen hastete und sich fertig machte, um mit ihm zu reiten. Er beschloss, sie nicht weiter zu beachten und sich sofort auf den Weg zu machen, doch dann zuckte er innerlich die Achseln. Es würde ein imposanter Anblick sein, wenn er bei Jolenes Stelldichein mit einer netten Streitmacht erschien. Wenn ein Verbündeter oder Verwandter von ihr auf der Jagd nach Harold gewesen war, dann hatte er zweifellos kampferprobte Männer mit sich. Sigimor ging in die Halle, um zu frühstücken, während er auf die anderen wartete. Allerdings würde er nicht lange warten. Er war bereit, seine Frau den ganzen Weg bis zu den Toren von Drumwich zu verfolgen, aber das hieß nicht, dass er es wollte.

Als Sigimor schließlich von Dubheidland wegritt, musste er sich fragen, ob überhaupt jemand zur Bewachung der Burg zurückgeblieben war. Ein besorgter Blick über die Männer hinweg verriet ihm, dass sein Zwillingsbruder und Ranulph dageblieben waren, aber die übrigen zehn Brüder, die auf Dubheidland lebten, waren bei ihm, einschließlich Fergus, dem Jüngsten. Nach einer schnellen Schätzung hatte er den Eindruck, dass etwa ein Dutzend seiner Cousins ebenfalls dabei war und natürlich Nanty. Sigimor stellte fest, dass er seine Frau kaum unter vier Augen sprechen könnte, wenn sie sie eingeholt hatten. Was immer zu sagen war, musste warten, bis sie wieder auf Dubheidland waren. Er hatte mit seiner kleinen Frau eine Rechnung zu begleichen, und er würde sich das nicht im Angesicht seiner halben Verwandtschaft erlauben.

Der Schmerz in seiner Brust verhärtete sich zu einem festen Knoten, was seine Wut noch verstärkte. Er war so eifrig darauf bedacht gewesen, dass sich Jolene ihm mit Körper, Kopf und Herz hingab, dass er nicht wirklich erkannt hatte, wie voll und ganz er sich ihr hingegeben hatte. All seine gut durchdachten Pläne, den Takt anzugeben, waren jämmerlich gescheitert. Um die Demütigung wenigstens etwas abzuwenden, konnte er nur hoffen, Jolene befände sich mit Kopf und Herz in einem ebenso verwirrten Zustand aus Glückseligkeit und Qual. Jemand hätte ihn vor der Liebe warnen sollen, dachte er gereizt.

Sigimor schreckte sich mit diesem letzten Gedanken selbst so sehr auf, dass er hart an den Zügeln riss, wodurch sich sein Pferd leicht aufbäumte, bevor es seitlich auswich. Er beruhigte es schnell und schenkte den überraschten und neugierigen Blicken seiner Verwandten keine Beachtung. Einen Moment lang versuchte er, den Gedanken, der ihm eben durch den Kopf geschossen war, höhnisch abzutun, aber dieser ließ sich nicht beiseite schieben, sondern setzte sich so unnachgiebig durch, wie es die Wahrheit für gewöhnlich immer tat.

Er liebte Jolene. Irgendwie hatte sie ihre kleinen Finger um sein Herz gelegt, während er damit abgelenkt war, eine angenehme Gefährtin zu finden und sie zu beschützen. Während er danach gestrebt hatte, sie mit Leidenschaft an sich zu binden, hatte sie ihn auf eine viel schwierigere und vollständigere Weise eingefangen. Er hatte sich so in der Vorstellung verstrickt, sie sei seine Gefährtin, sie sei *die Richtige*, dass er nicht wirklich darüber nachgedacht hatte, warum das so war. Genauso wenig hatte er viele Gedanken daran verschwendet, warum Jolene ihn, einen erfahrenen Mann von zweiunddreißig Jahren, dazu bringen konnte, dass er zitterte und schwitzte wie ein ungeübter Junge. Jetzt, wo sich *dieses* Wort in seinem Kopf einquartiert hatte, verstand er alles. Er liebte Jolene. Er liebte eine kleine, dunkelhaarige Engländerin, die vor seiner Wut nicht zitterte, die ihm nie blind gehorchte, vermutlich noch nicht einmal unter der Androhung von schrecklicher Folter, und die so unverschämt war wie seine Schwester Ilsa. Sigimor wäre nicht überrascht gewesen, wenn Gott und alle Heiligen sich in ihrem himmlischen Reich vor Lachen geschüttelt hätten.

Es gab selbstverständlich nur eine einzige Lösung für sein

Problem. Sie musste ihn ebenfalls lieben. Es war die ganze Zeit über sein Ziel gewesen, sie dazu zu bringen, ihn zu lieben, aber dieses Ziel basierte hauptsächlich auf seiner Meinung, eine Frau *solle* ihren Ehemann lieben. Er hatte es für eine nette Zugabe gehalten, die sein Leben vereinfacht hätte. Jetzt aber war es ein Muss, etwas, das für ihn so lebensnotwendig war wie Wasser.

Sie hatte, sagte er sich, Interesse an ihm. Sigimor glaubte nicht, dass Stolz oder Eitelkeit seine Überzeugung hervorriefen. Er konnte einfach nicht glauben, dass eine Frau so frei und wild ihre Leidenschaft schenken konnte, wenn sie kein wirkliches Interesse an dem Mann hatte, mit dem sie zusammen war.

Sicher konnte er dieses Interesse hegen und pflegen, bis Liebe daraus entstand. Er konnte fortfahren, ihre Leidenschaft heiß und heftig brennen zu lassen, aber das war bis jetzt offensichtlich nicht erfolgreich genug gewesen, um ihr Herz vollständig zu gewinnen. Süße Worte, Artigkeiten und Geschenke als Zeichen seiner Zuneigung mochten hilfreich sein, aber er hatte wenig Erfahrung hinsichtlich einer geziemenden Werbung. Während er sich dies überlegte, heftete er seinen Blick auf Liam. Es würde seinen Stolz dämpfen, danach um Rat zu fragen, aber Sigimor kannte keinen anderen, der so erfahren im Werben war wie Liam.

»Warum siehst du mich so an?«, wollte Liam wissen, als er Sigimors unablässigen Blick bemerkte.

»Nun, wir alle folgen dir, oder?« Sigimor zuckte die Achseln. »Frage mich nur, ob du wirklich weißt, wohin du uns führst.«

»Es ist eine sehr deutliche Spur, der ich folge. Jolene hat offensichtlich dem Jungen Brot zum Knabbern gegeben, und er scheint fast so viel hinunterzuwerfen, wie er isst.«

Sigimor sah auf das Stück Brot, auf das Liam hinwies, und brummte. »Ich nehme an, das Jungchen möchte sehen, wie die Vögel darauf aus sind«, sagte er und zeigte nickend auf eine Stelle, die sich wenige Meter vor ihnen befand und wo mehrere Amseln etwas vom Boden aufpickten.

»Aha, das interessiert den Jungen.« Liam lächelte Sigimor an. »Ich glaube aber nicht, dass das der Grund war, warum du mich so angestarrt hast. Du hast bisher noch nie danach gefragt, wie ich eine Spur verfolge.«

»Ich habe noch nie zuvor die Spur meiner Frau verfolgt.«

»Natürlich, außer das eine Mal, wo sie von Harold gefangen wurde«, murmelte Liam. Er hielt sein Pferd zu einem etwas schnelleren Tempo an und verdrehte seine Augen, als Sigimor dicht an seiner Seite blieb. »Ich habe Nanty vorausgeschickt, ob er das vermeintliche Treffen ausspionieren kann.«

»Gut.« Sigimor fluchte innerlich und war verärgert, weil er so in seiner Gedankenwelt verfangen gewesen war, dass er das nicht bemerkt oder selbst vorgeschlagen hatte.

»Wenn du etwas sagen oder fragen möchtest, dann tu es einfach. Es ist klar, dass etwas an dir nagt.«

»Könnte es sein, dass meine Frau weggelaufen ist?«

Liam grinste. »Ich glaube nicht, dass sie *weggelaufen* ist, nicht so, wie du es meinst. Ich denke, wir alle haben den Platz des Jungchen vergessen in diesem Spiel. Er ist der Lord of Drumwich, der einzige Erbe ihres verstorbenen Bruders. Der Mann, der den Jungen tot sehen wollte, der all das rauben wollte, was von Rechts wegen Reynard gehört, ist tot. Es gibt jetzt keine Notwendigkeit mehr für den Jungen, sich in Schottland zu verbergen, oder? Genau genommen könnte ihn das teuer zu stehen kommen.«

Sigimor murmelte einen Fluch. In mancher Hinsicht hatte Liam Recht. Auch wenn er nie wirklich vergessen hatte, wer und was Reynard war, hatte er kaum einen Gedanken daran verschwendet, was geschehen musste, wenn Harold geschlagen worden war. Es war zu einfach, Reynard nur als Kind zu sehen, nicht als Herrn eines englischen Schlosses. Ein- oder zweimal hatte er darüber nachgedacht, was vielleicht getan werden müsse, sobald die Gefahr für den Jungen vorbei war, aber nur verschwommen und flüchtig. Er hatte keine Pläne für die Zukunft. Noch schlimmer, er hatte diese Zukunft nicht mit Jolene besprochen. Er war so besetzt damit, sie zu der Seinen zu machen, dass er ihre Verantwortung für den Jungen und ihr Versprechen gegenüber ihrem sterbenden Bruder, sich um seinen Sohn zu kümmern, nicht beachtet hatte. Das war ein schwerwiegender Fehler, und er wusste nicht, wie er ihn wieder gutmachen konnte.

Dummerweise hatte er übersehen, dass Jolene eine harte Entscheidung erwartete, sobald Harold geschlagen war. Sie hatte Reynard seit seiner Geburt umsorgt, und das Band, das die beiden verband, war deutlich erkennbar. Obwohl sie nicht zu seinem Vormund bestellt werden konnte, weil sie eine Frau war, bedeutete das nicht, dass sie einfach von ihm weggehen konnte. In seinem Herzen wusste Sigimor, dass er all das gemerkt haben sollte. Es hätte das unbändige Bedürfnis erklären können, aus dem heraus er versucht hatte, sie auf jede ihm erdenkliche und mögliche Art an ihn zu binden. Er hatte versucht, die Waage zu seinen Gunsten zu beeinflussen, wenn die Zeit für ihre Entscheidung da war. Sigimor fürchtete nun, dass sie ihre Wahl getroffen hatte und sie nicht auf ihn gefallen war.

Er schloss seine Augen, als ein brennender Schmerz ihn übermannte. Seine Zukunft stand als eine trostlose, einsame Spanne von Jahren vor ihm. Trotz der Horde von Verwandten, die ihn immer umgeben würde, musste er, das war ihm jetzt bewusst, für den Rest seines Lebens gegen dieses Gefühl kalter Leere kämpfen.

»Sigimor?«

»Ja?« Sigimor starrte blicklos auf die Bäume, an denen sie vorbeiritten. »Sie muss bei dem Kind bleiben.«

»Möglicherweise. Sie hat sicher schwere Entscheidungen zu treffen.«

»Sie hat sie bereits getroffen.«

»Dessen kannst du dir nicht sicher sein.« – »Nein? Wenn sie bei mir bleiben wollte, warum ist sie dann weggeschlichen? Warum hat sie mir nicht gesagt, dass sie jemanden treffen wollte, warum hat sie mich nicht gebeten, mit ihr zu gehen, um die Zukunft des Kindes zu regeln?«

Liam fluchte leise. »Ich weiß nicht. Vielleicht wollte sie dich nicht dabeihaben, weil du sie in Versuchung führen würdest zu bleiben. Wer kann sagen, was in ihrem Kopf und ihrem Herzen vorging, als sie erkannte, dass es Zeit war, sich zu entscheiden? Sie liebte ihren Bruder geradezu schmerzhaft, musste sehen, wie er grausam ermordet wurde und gab ihm ein Versprechen, während er von Schmerzen gequält im Sterben lag. Sie liebt diesen kleinen Jungen, hatte die meiste Zeit seine Pflege in Händen und war bereit, alles zu tun, um ihn in Sicherheit zu bringen. Sie hat einen Ehemann, einen Mann, der in Schottland bleiben muss, während sich alles, was Reynard gehört, in England befindet.«

»Und sie liebt mich nicht.« Sigimor hoffte, dass er nicht zu Mitleid erregend geklungen hatte, als er diese bittere Wahrheit ausgesprochen hatte.

»Na ja, wer kann das schon sagen? Sie ist an dir interessiert.« Liam hielt seine Hand hoch, um Sigimors Protest zu unterbinden. »Ein Mädchen wie sie hätte sich nicht von dir zur Ehe und zum Beischlaf verführen lassen, wenn sie nicht etwas für dich empfinden würde. Und sie wäre auch nicht auf diese Weise weggeschlichen. Sie hätte dir in die Augen gesehen und gesagt, es würde an der Zeit sein für Reynard und sie, auf Drumwich zurückzukehren. Wenn sie nicht in irgendeiner Weise an dir interessiert wäre, hätte sie sich nicht einer Konfrontation mit dir entzogen. Nein, sie machte es so, weil sie fürchtete, du könntest ihr Festhalten an ihrer Pflicht ins Wanken bringen, der Erfüllung eines am Sterbebett ihres geliebten Bruders gegebenen Versprechens.«

Beide zügelten ihre Pferde und blieben stehen, da sie sahen, wie Nanty auf sie zuhielt. Sigimor dachte darüber nach, was Liam gesagt hatte. Jolene war kein Feigling, dennoch hatte diese heimliche Flucht einen Beigeschmack von Feigheit. Da war außerdem die Nacht voller Leidenschaft, die bedacht sein wollte. In allem war ein Zug von gieriger Verzweiflung gewesen. Er hatte gedacht, dass komme davon, dass sie dem Tod ins Angesicht geschaut hatte, doch nun überlegte er, ob das alles aus der Notwendigkeit geboren worden war, eine Erinnerung zu schaffen.

Wozu bräuchte sie aber eine Erinnerung, wenn sie sich nichts aus ihm machte, wenn sie nur ihr Pflichtgefühl gezwungen hätte, von seiner Seite zu weichen? Es war ein tröstlicher Gedanke, aber er half ihm nicht dabei, sein Problem zu lösen.

Sie hatte sich für den Jungen entschieden, und Sigimor war nicht sehr zuversichtlich, dass nun eine Begegnung mit ihm etwas daran ändern würde. Sie konnte genauso gut nur seinen und vielleicht auch ihren Schmerz noch verstärken.

Es musste einen besseren Weg geben, dachte er verzweifelt. Irgendwie musste es eine Lösung geben, die ihr Pflichtgefühl gegenüber dem Jungen befriedigte und sie dennoch an seiner Seite ließ. Als Nanty sein Pferd vor ihnen zügelte, wusste Sigimor allerdings, dass er nicht die Möglichkeit hatte, darüber nachzudenken. Die Begegnung stand ihm unmittelbar bevor.

»Sie hat sich gleich da am Waldrand mit ein paar Sachsen getroffen«, verkündete Nanty.

»Wie viele?«, fragte Sigimor, der mehr als bereit war zu kämpfen, um seine Frau zurückzubekommen, aber sich nicht sicher war, ob er die Möglichkeit dazu haben würde. Selbst er wusste, dass es keine allzu gute Idee war, ihre Verwandten abzuschlachten, um um seine Frau zu werben.

»Etwa zwanzig oder so. Alle gut bewaffnet, aber keine Gefahr für Jolene und den Jungen.«

»Also Verbündete oder Angehörige?«

»Angehörige. Zumindest ein paar davon sind es. Zwischen einigen gibt es Ähnlichkeiten im Aussehen. Dieses schwarze Haar.«

»Das muss sie von Harold erfahren haben, während er sie gefangen hielt. Es würde auch seine verzweifelte Reaktion erklären. Er wusste, dass seine Verwandten schließlich doch erfahren hatten, was auf Drumwich geschehen war, und Jolene zu Hilfe eilten. Harolds Aussichten darauf, seinen Griff zu festigen, waren ihm entglitten.«

Nanty nickte. »Er hatte keine Zeit mehr, sie zu seiner Frau zu machen und ihnen einen stärkeren Knoten zum Entwirren zu geben. Alles, was ihm geblieben war, war ein Lösegeld, ihr und Reynards Leben gegen seines, oder die einzige Zeugin seiner Verbrechen, der andere vielleicht zugehört hätten, zum Schweigen zu bringen.«

»Können wir ungesehen an sie herankommen?«

»Ja, wenn wir vorsichtig sind. Wir könnten sie auch umzingeln. Sie befinden sich auf einer Lichtung, die rundum von Bäumen eingesäumt wird. Ich glaube, sie haben zwei deiner Verwandten aus Scarglas bei sich. Allerdings konnte ich nicht nahe genug herankommen, um zu sehen wen.«

»Zum Geleitschutz, oder?«

»Genau, dadurch kannst du sie nicht angreifen.«

»So verlockend das sein mag, ich glaube es könnte meiner Frau missfallen«, erwiderte Sigimor gedehnt und brachte sowohl Liam als auch Nanty zum Grinsen. »Machen sie sich bereit zum Aufbruch?«

»Nein«, berichtete Nanty. »Sie scheinen zu rasten und sich zu unterhalten.«

Sigimor konnte sehen, das jeder auf seine Befehle für das weitere Vorgehen wartete, aber er war plötzlich unsicher. Es konnte sein, dass Jolene ihre Wahl getroffen hatte und ihr Pflichtgefühl und ihre Liebe gegenüber Reynard und Drumwich über das Zusammensein mit ihm gestellt hatte. War es anständig und richtig, wenn er sich einmischte? Schlimmer noch, wenn er sich einmischte, konnte es dann sein, dass er sich selbst nur einer noch größeren und noch schmerzhafteren Demütigung aussetzte, als er in Barbaras sanften Händen erlitten hatte? Nicht viele seiner Verwandten wussten von dieser Verlegenheit, die wenigen, denen er es erzählen musste, hatten es für sich behalten, aber es würden fast zwei Dutzend sein, die diese beobachteten.

Sein Stolz sagte ihm, dass Jolene ihre Wahl getroffen habe und er nach Hause gehen und sie vergessen solle. Alles andere in ihm sagte ihm, dass es kaum wahrscheinlich war, dass er sie jemals vergessen werde. Da er ihren Zwiespalt verstand, war ihm klar, dass er nicht fähig wäre, seinen Schmerz in eine reinigende Wut umzuwandeln. Doch plötzlich wusste er, dass er sich, wenn er jetzt umkehrte, immer fragen würde, ob er eine Chance vertan hatte und er die Möglichkeit gehabt hätte, sie zu überreden und nach Dubheidland zurückzubringen. Auch wenn die Gefahr einer gut bezeugten Zurückweisung drohte, war er überzeugt, dass er nicht mit diesem Zweifel leben konnte.

Mit einem tiefen Atemzug, der seinen Entschluss bestärken sollte, begann er, seinen Männern Befehle zu erteilen. Mit Nantys Hilfe schickte er sie in verschiedene Richtungen, sodass sie in einem Kreis sehr nahe an den Treffpunkt herankommen konnten. Er gab ihnen strikte Anweisung, nicht anzugreifen und niemandem zu schaden, sofern er nicht gezwungen war, die eigenen Reihen zu schützen. Sigimor hatte nicht vor, seine Frau mittels der Leichen ihrer Verwandten zurückzugewinnen. Bald war er allein mit Liam, mit dem er zu der Stelle ritt, wo sich nach Ansicht Sigimors der Kreis aus Camerons fest um Jolene und ihre Verbündeten schließen würde.

»Sie hatte vielleicht vor zurückzukommen«, warf Liam ein.

»Nein, sie wäre nicht so heimlich und verschwiegen gegangen, wenn sie nicht geplant hätte, mit diesen Männern nach England zurückzukehren«, antwortete Sigimor. »Wenn sie

Reynard nur deren Obhut hätte übergeben wollen, hätte sie mir davon erzählt. Sie hätte sogar gefragt, ob sie nach Dubheidland kommen könnten.«

»Du scheinst darüber nicht mehr sehr verärgert zu sein.«

»Oh, ich bin verärgert, aber ich weiß, dass beides nutzlos und ungerecht ist. Ich hatte meine Augen verschlossen, dachte nicht darüber nach, was geschehen würde – was geschehen müsste –, sobald Harold erledigt sein würde. Wir hätten Pläne schmieden müssen, darüber reden und alles in Ordnung bringen müssen. Ja, sie hätte mit mir sprechen müssen, aber durch mein Schweigen habe ich sie möglicherweise glauben lassen, dass ich es nicht hören will. Und sie hatte Recht damit. Ich wollte es nicht. Wie du schon sagtest, es ist eine ziemlich schwere Entscheidung, die das Mädchen treffen muss.«

»Allerdings. Es ist für jedes Mädchen schwer, seine Familie zu verlassen, wenn sie sich so nahe stehen. Jolene muss auch ihr Land verlassen. Es gegen einen Ort eintauschen, an dem sie nicht allzu willkommen ist.«

»Und den kleinen Jungen verlassen, den sie seit seiner Geburt aufgezogen hat. Reynard ist in vieler Hinsicht wie ein Sohn für sie. Sie hat zwar versucht, ihn davon abzuhalten, sie als Mutter zu betrachten, ob das aber funktioniert hat? Hat sie ihr eigenes Herz davon überzeugt? Er ist nur ein kleines Kind, das gerade eben seinen Vater verloren hat. Kann sie ihn jetzt auch verlassen? Kann sie gegebenenfalls seinen dringlichen Bitten widerstehen? Nein, es ist nicht einfach eine Wahl zwischen Kind und Ehemann. Und ich bin mir gar nicht sicher, ob ich möchte, dass sie mit mir kommt, wenn sie sich nur von ihrem Pflichtgefühl und aus Achtung vor dem abgelegten Ehegelöbnis lenken lässt.«

»Ich vermute, dass es mehr als nur das ist, wenn sie das Kind verlassen würde.«

»Vielleicht, aber würde es ausreichen, damit sie es später nicht bereut? Ist es genug, um den Trennungsschmerz nicht an ihr nagen zu lassen, bis er sich zu einer heftigen Wut oder Verstimmung gegen mich auswächst?«

»Allerdings, das muss mitbedacht werden. Du solltest ihr einfach sagen, dass du sie liebst.«

»Warum sollte ich ihr das sagen?«

»Warum solltest du? Es ist die Wahrheit.«

»Das habe ich nie gesagt.« Sigimor war nicht klar, was ihn dazu veranlasste, es zu leugnen, außer weil es ihn etwas durcheinander brachte, dass Liam ein Gefühl in ihm entdecken konnte, welches er selbst gerade erst wahrgenommen hatte. Zudem fragte er sich, wie solch ein geradezu schöner Mann so geschickt einen so frechen und höhnischen Ton anschlagen konnte. »Sie ist meine Frau. Das ist das Einzige, was zählt.«

»Es zählt, wenn du sie eng an deiner Seite halten möchtest und möchtest, dass sie froh ist, da zu sein.«

»Sie *war* froh, da zu sein. Ich habe sie und den Jungen in Sicherheit gebracht, habe mich um ihre weltlichen Bedürfnisse gekümmert und habe mit ihr geschlafen, bis sie ihre Augen verdrehte.«

»Tja, was kann ein Mädchen mehr verlangen? Ihre Augen verdreht, he? Das ist eine ungewöhnliche Vorstellung, die beunruhigen sollte und dennoch seltsam fesselnd ist. Aber nochmals, bist du sicher, dass du es richtig anpackst? Vielleicht ...«

»Vielleicht hörst du jetzt besser auf, diesen Kübel voll Hohn und Spott über meinem Kopf auszuschütten. Zumindest, wenn du deinen nächsten Namenstag erleben willst. Natürlich werde ich es richtig machen. Ich mag vielleicht nicht die Hälfte der Mädchen in diesem Land umworben und mit Geilheit beehrt haben, aber ich habe auch gewisse Fähigkeiten. Das Mädchen ist verrückt nach mir.«

»Ich werde dir nicht widersprechen. Das war deutlich zu sehen. Dennoch, du kannst ein Mädchen nicht allein damit an dich binden, Cousin. Jedes Mädchen mit Verstand – und wir beide wissen, dass Jolene mehr davon hat, als ihr zusteht –, weiß, dass die Leidenschaft eines Mannes ein flüchtiges Ding sein kann, ohne Tiefe und ohne wahre Gefühle. Du musst sie wissen lassen, dass sie einen Platz in deinem Herzen hat, in deinem Leben, nicht nur in deinem Bett.«

Sigimor wusste, dass Liam Recht hatte, aber er hatte immer noch das dringende Bedürfnis, sich zu verteidigen. »Sie hat nichts gesagt.«

»Sie war eine hochgestellte englische Jungfrau, die dich, einen Schotten, genommen hat«, sagte Liam. »Das sagt eine ganze Menge. Und du bist nicht derjenige, der etwas aufgeben muss. Jolene muss Reynard aufgeben, ihr Zuhause und das Land, in dem sie geboren wurde. Es braucht mehr als die Freuden des Schlafgemachs, um sie dazu zu veranlassen. Du musst um sie werben.«

»Jetzt ist es ein bisschen zu spät dafür«, flüsterte Sigimor, während sie sich der Lichtung näherten, auf der sich Jolene mit den Engländern befand.

»Es ist nie zu spät. Sie ist noch immer in Reichweite. Schenk dem Mädchen ein paar süße Worte.«

»Vor zwei Dutzend oder noch mehr Männern?«

»Sie haben noch mehr Gewicht, wenn sie so öffentlich und vor so vielen Zeugen gesprochen werden.«

Es lag viel Wahrheit darin, aber Sigimor wusste, dass er schwer genötigt werden musste, um diesen guten Rat zu befolgen. Er war nicht der Mann, der die Kunst beherrschte, schöne Worte zu machen oder offen über das zu sprechen, was er empfand. Jolene sollte das verstehen. Sigimor fühlte, wie sich der Knoten in seiner Brust zusammenzog, als er und Liam ihre Plätze in dem Kreis der Camerons einnahmen, der sich nun um Jolene und die Engländer schloss. Er hatte eine letzte Chance, seine Frau zu behalten, aber nur, wenn er sie mit zärtlichen, süßen Worten der Liebe umwarb – eine Fähigkeit, die er nie ausgebildet hatte.

Er sah Jolene an, und alle Gedanken daran, sie zu umwerben, flohen aus seinem Gedächtnis. Sie lag in den Armen eines anderen Mannes, eines großen, gut aussehenden Mannes. Der Mann hatte schwarzes Haar, was hieß, dass er ein Cousin sein konnte, aber Harold war auch ein Cousin und diese Blutsbande hatten ihn nicht davon abgehalten, nach ihr zu gieren. Sie hatten sich auch nicht als wirkliches Hindernis für eine Ehe erwiesen. Sigimor spürte, wie sich die Eifersucht aufbäumte und ihn blind machte für alles außer dem Bedürfnis, sie aus seinen Armen zu reißen.

»Sanfte Worte, Cousin«, murmelte Liam, als er beobachtete, wie Sigimor abstieg.

»Ich werde sie nicht anschreien.«

Liam seufzte. »Du sagtest, wir sollen keinen Sachsen töten.«

»Ich werde ihn nicht töten. Ich werde ihm nur die Arme brechen.«

## 20

»Wir haben Gesellschaft bekommen, Jolene.«

Jolene machte sich von Rogers angespanntem Körper los und blickte sich um. Ihre Augen weiteten sich, als sie sah, wie sie vollständig von den Camerons umkreist waren. Sie warfen alle finstere Blicke auf sie, selbst Jung-Fergus. Gerade als ihr einfiel, dass sie nicht wissen konnten, dass Roger ihr Cousin war und die Umarmung vollkommen unschuldig war, erkannte sie Sigimor. Ungeachtet des grimmigen Ausdrucks auf seinem Gesicht machte ihr Herz einen Sprung in ihrer Brust und zeigte ihr ihre Freude bei seinem bloßen Anblick.

»Ist dieser Mann dein Ehemann?«, fragte Roger, als er beobachtete, wie Sigimor abstieg und auf sie zukam.

»Ja, das ist Sir Sigimor Cameron, Laird of Dubheidland.«

»Er sieht eher wie ein wütender Stier aus.«

Sie beobachtete, wie er sich ihnen näherte, und musste ihrem Cousin zustimmen. Sigimor hielt seinen Kopf leicht gebeugt, seine breiten Schultern waren nach oben gezogen und er stampfte mit zu Fäusten geballten Händen auf sie zu. Ein schneller Blick auf die Camerons und die beiden MacFingals enthüllte, dass sie offensichtlich einen Kampf erwarteten. Sie stellte sich hastig so hin, dass sie Sigimor ansehen konnte und sich ihr Körper genau zwischen ihm und Roger befand.

»Geh weg, Ehefrau«, befahl Sigimor, als er vor ihr stand.

»Nein, du kannst Roger nicht schlagen. Er ist mein Cousin.«

»Ich fange an zu glauben, dass deine Cousins über die Maßen freundschaftlich zu dir stehen.«

Jolene erkannte, dass Sigimor eifersüchtig war, und ihr verschlug es fast den Atem. Sie verbarg schnell ihre Überraschung, und ihre Freude, weil sie wusste, dass er ihre Erkenntnis nicht gewürdigt hätte. Es ließ sie aber hoffen, dass sie die richtige Entscheidung getroffen hatte.

»Roger hat mich getröstet, weiter nichts. Er ist ein verheirateter Mann.« Sie beachtete nicht Sigimors hochgezogene Augenbraue, die andeutete, dies sei für ihn nicht Grund genug, einem Mann zu vertrauen. »Harold wusste, dass Roger und seine Männer ihn verfolgten«, fing sie an.

»Etwas, das du mir verschwiegen hast. Hättest du letzte Nacht nicht eine kleine Pause in deiner Begierde nach mir einlegen können, um zu erwähnen, dass noch mehr Verwandte von dir in der Gegend herumschleichen?«

»Sigimor!« Jolene spürte, wie sich die Hitze ihres Errötens über ihr ganzes Gesicht verbreitete. Sie sah die MacFingals, die vor Lachen johlten, böse an, aber es zeigte keine Wirkung. Deshalb wandte sie ihren wütenden Blick Sigimor zu. »Es gibt keinen Grund, so ... so *unverschämt* zu sein!«

»Unverschämt? Scheint mir unverschämt zu sein, einen Mann zu lieben, bis er sich nicht mehr bewegen kann, um sich dann vor Sonnenaufgang aus seinem Bett wegzuschleichen und sich mit einem Dutzend Männern in den Wäldern zu treffen.«

»Wenn du nicht aufhörst, solche Sachen zu sagen, werde ich Roger bitten, dich zu schlagen.«

»Dann geh weg. Ich war entschlossen, ihm die Arme zu brechen, als ich sah, wie er dich festhielt, aber ich könnte ein kleines Vergnügen darin finden, ihn einfach nur in den Schlamm zu stoßen. Ich bin noch immer in der Stimmung, jemanden grün und blau zu schlagen.«

Jolene staunte ihren Mann mit offenem Mund an, dann sah sie zu ihrem Cousin. »Willst du nichts dazu sagen?«

Roger zuckte die Achseln. »Da ich jetzt weiß, was du getan hast, Jolene, fürchte ich, dass ich seinen Standpunkt genauso verstehe. Wenn meine Emma das mit mir gemacht hätte, wäre ich auch nicht bester Laune.«

»Männer! Ihr seid alle gleich. Du …« Jolene hielt vor Schreck die Luft an, als Reynard plötzlich auftauchte und Sigimor ans Schienbein trat. »Reynard! Warum hast du das gemacht?«

»Weil er ein böser Mann ist!«, stellte Reynard fest. Er zappelte ein wenig in Rogers Griff und sah mit Tränen in den Augen grimmig auf Sigimor, der sich sein misshandeltes Schienbein rieb. »Er will dich mir wegstehlen. Ich möchte ihn in den Hintern treten!«

Sigimor sah das Kind durchdringend an, bemerkte gedankenverloren die Tränen und die Wut. Dann sah er Jolene an. Es war solch ein Ausdruck von Schmerz und Kummer in ihren Augen, dass er das Bedürfnis unterdrücken musste, sie zu trösten.

Entweder hatte er die Situation falsch eingeschätzt, und sie dazu, oder sie hatte zwischen dem Verlassen seines Bettes und dem Treffen mit ihrem Cousin ihre Absichten geändert. Er fühlte sich etwas schuldig, weil er sich angesichts dieser Möglichkeit so gut fühlte, als er Reynard wieder ansah.

Der Junge war kaum mehr als ein Baby und musste schon so viel Verlust und Veränderung hinnehmen. Doch ein schneller Blick auf Rogers Gesichtsausdruck verriet Sigimor, dass das Kind gut getröstet werden würde.

»Ich denke, wir drei müssen miteinander reden«, sagte Sigimor, dann wandte er sich seinen Männern zu. »Ihr macht es euch besser bequem«, riet er ihnen, »da dies einige Zeit dauern kann. Kein Kampf mit den Sachsen.« Ihm fiel auf, wie die beiden MacFingals Nanty und Liam anblickten, und er fügte hinzu: »… oder mit diesen beiden Dummköpfen.« Er beugte sich zu Reynard. »Nun, mein Junge, hast du die Möglichkeit, deinen Freunden, bevor du weggehst, noch ein herzliches Lebewohl zu sagen. Ich meine, du solltest das Beste daraus machen.«

»Nanty auch?«, fragte Reynard mit zitternder Stimme.

»Ja, mein kleiner Mann, auch Nanty.«

»Ich will meine Freunde behalten.«

»Das wirst du. Du kannst gute Freunde nie verlieren, Jungchen. Sie sind vielleicht nicht in deiner Nähe, aber du kannst sie nicht verlieren. Wenn du sie je brauchen solltest, dann sind sie für dich da. Nun geh, und sag ihnen deine Abschiedsworte.« Er stand auf, als der Junge zu Nanty rannte und sah Jolene an. »Komm, wir werden sprechen.« Er hielt auf die andere Seite der Lichtung zu.

»Er ist so überheblich«, grollte Jolene.

Roger blickte sich um, als er Jolene am Arm nahm und Sigimor folgte. »Nach allem, was du mir von seinem Leben erzählt hast, muss er das sein. Es war bestimmt nicht einfach, sich in so jungen Jahren als Herr über diesen Haufen wiederzufinden, von dem die meisten fast noch Jungen waren. Man kann so eine Horde nicht am straffen Zügel führen, indem man sanft und süß ist oder sich mit ihnen zu einem angenehmen Gespräch hinsetzt.« Er nickte dahin, wo Nanty und Liam mit den MacFingals spöttische Bemerkungen austauschten. »Es ist ein wilder Lebensgeist in diesen Camerons. Gute Männer alle, da bin ich mir sicher, aber wohl nicht ganz gezähmt.«

Ihr Cousin war durchaus ein scharfsichtiger Mann, entschied Jolene. »Nein, nicht ganz gezähmt, aber es stimmt, es sind alles sehr gute Männer.« Sie sah Sigimor, der mit über der Brust gekreuzten Armen dastand und sie beobachtete, stirnrunzelnd an. »Natürlich könnten vielleicht ein paar von ihnen mit einigen harten Schlägen gegen den Kopf zivilisiert werden.« Jolene ignorierte Rogers sanftes Lachen, als sie Sigimor ihrerseits mit über der Brust gekreuzten Armen und einem Stirnrunzeln, welches seinem in nichts nachstand, gegenübertrat.

»Fang mit dem an, was du von dem verstorbenen und unbeweinten Harold erfahren hast«, befahl Sigimor.

»Er wusste, dass Roger ihm hart auf den Fersen war und vermutete, dass seine Verbrechen nicht länger unentdeckt waren«, antwortete Jolene. »Während er mich gefangen hielt, kam einer von seinen Männern an, um ihm zu sagen, dass sich Roger mit ihm treffen wollte, sowie wann und wo.«

»Mit ihm treffen?« Sigimor sah auf Roger. »Hatten Sie Zweifel an seiner Schuld?«

»Nein«, entgegnete Roger, »aber er war mein Blutsverwandter. Ich hielt es für richtig, dass er die Anschuldigungen gegen sich erfuhr und sich verteidigen könnte.«

»Seine Antwort wäre der Versuch gewesen, Sie und all Ihre Männer zu ermorden.«

Roger nickte. »Ich habe ihm nie getraut und war auf Verrat vorbereitet. Sobald ich mit ihm fertig gewesen wäre, hätte ich versucht Sie zu finden, denn Old Thomas hat mir erzählt, mit wem Jolene und Reynard geflohen sind.«

»Sie hatten keine Angst vor all den mächtigen Verbündeten, auf die Harold sich berief?«

»Nein, weil ich mächtigere habe. Harold hat mich nie für mehr als einen relativ unbedeutenden Baron gehalten und meine Frau nur für die Frau eines Ritters. Er sah niemals weiter, und das war eine Dummheit. Der Familienzweig meiner Frau windet sich den gesamten Weg bis zum König entlang, und sie wird von fast allen Angehörigen sehr geliebt. Der Familienzweig meiner Mutter ist von seinem Stand und seiner Macht her fast genauso reich. Ich habe unverzüglich vom König selbst das Recht bekommen, Reynards Vormund zu werden. So wie einer von Peters Bediensteten angekommen ist, um zu berichten, was nur wenige Stunden zuvor auf Drumwich passiert ist, reichte ich schon mein Gesuch ein. Ich kam nur einen Tag, nachdem Harold Drumwich verlassen hat, um dir nachzujagen, dort an.«

»So bald. Doch hätten wir gewartet, wären meine Männer und ich bereits am Galgen vermodert, als Sie einritten.« Sigimor sah, wie Jolene blass wurde, und nickte. Insgeheim war er über ihre Reaktion auf diese Vorstellung erfreut. »Harold hat nicht gewusst, dass Sie zum Vormund ernannt worden waren, oder?«

»Nein, deshalb wollte ich mit ihm sprechen. Ich hatte das Gefühl, er müsse wissen, dass er bereits jede Möglichkeit verloren hatte, an Drumwich festzuhalten, dass es ihm nichts einbringen würde, wenn er Jolene oder Reynard verletzte. In diesem Fall hätte ich ihn vor den König zur Rechtsprechung gebracht.«

»Wird es Schwierigkeiten geben, wenn Ihr König hört, dass Harold hier sein Urteil erfahren hat?«

Roger schüttelte den Kopf. »Nein. Obwohl wenige an seiner Schuld zweifelten, klebte kein Blut an seinem Schwert, um es so zu sagen. Er wäre verurteilt worden, aber es wäre eine verwickelte Angelegenheit geworden. Harolds Verbündete mögen meinen nicht ebenbürtig sein, aber sie sind so mächtig, dass der König einen sehr heiklen Weg hätte beschreiten müssen. Er wird erleichtert sein, dass er von diesem Tanz befreit ist. Wenige werden Ihr Recht bestreiten, den Mann getötet zu haben. Er hat Sie bedroht und die Ihrigen, und er hat Ihre Frau entführt. Als Reynards Vormund bin ich der Einzige, der sagen kann, warum Reynard hier war und, selbst noch als ich aufgebrochen bin, habe ich das Gerücht unter die Leute bringen lassen, dass mein Aufbruch ohne Folgen sei. Nein, diese Schwierigkeiten haben hier ein Ende gefunden.«

Sigimor nickte, dann sah er Jolene an.

»Du bist nicht nur hergekommen, um den Jungen in seine Obhut zu übergeben, nicht wahr? Du hast gar nicht gewusst, dass er zum Vormund bestellt wurde. Also bist du von deinem rechtmäßigen Ehemann wie ein feiger Dieb weggeschlichen. Du hast nicht daran gedacht, dass ich vielleicht gerne vom bevorstehenden Verlust meiner Frau gewusst hätte?«

Jolene verzog innerlich ihr Gesicht. Die Bemerkung über Feigheit hatte gesessen, aber sie nahm sie als ihren gerechten Lohn an, weil sie tatsächlich genau das gewesen war. Sie hatte ihm nicht von Angesicht zu Angesicht gegenübertreten wollen, um ihm von ihren Plänen zu erzählen. Sie hatte befürchtet, dass er sie überreden würde zu bleiben, wo doch die Pflicht sie zwang zu gehen, und zugleich hatte sie gefürchtet, dass er nicht versuchen würde, sie zum Bleiben zu überreden. Etwas in ihr hatte gehofft, er werde ihr nachjagen, wie er es ja auch getan hat, aber sie hatte nicht geglaubt, dass es etwas an ihrem Verhalten ändern würde. Stattdessen hatte sie selbst ihre Meinung geändert, hatte erkannt, dass sie ihn nicht verlassen konnte. Es war etwas, was sie jetzt, vor so vielen Männern, nicht diskutieren wollte.

»Ich hatte vor, dir eine Nachricht zukommen zu lassen, sobald wir Drumwich erreicht hätten«, sagte sie.

»Ach, wie nett von dir.« Er brummte vor Befriedigung, als sie zusammenzuckte. »Was hattest du mit mir vor, mit unserer Ehe? Unserer richtig vollzogenen, kirchlich gesegneten Ehe?«

»Nun, da ich die Tochter eines englischen Grafen und du ein schottischer Laird bist, und wir keine Erlaubnis von Seiten meiner Verwandten hatten, oder von meinem König …«

»Hättest du unsere Ehe annullieren lassen. Ja, ich habe gehört, dass das schon oft funktioniert hat. Hast du nie in Erwägung gezogen, dass du, sogar jetzt schon, ein Kind von mir erwarten könntest? Dass eine Annullierung dieses Kind zum Bastard gemacht hätte?«

Nicht, bevor Sigimor es erwähnte, aber Jolene war nicht bereit, das zuzugeben.

»Ich hätte gewartet, bis ich sicher gewesen wäre, dass da kein Kind ist, bevor ich gehandelt hätte.«

Sie wunderte sich, warum er bei ihren Worten so missvergnügt aussah.

Sigimor hätte sie gerne geschüttelt, bis ihre Knochen rasselten, auch wenn er wusste, dass er nie so weit gehen würde, ihr irgendeinen Schaden zuzufügen. Jedes Wort von ihr traf ihn wie eine Geißel das nackte Fleisch. Er war sich nicht ganz sicher, was er eigentlich von ihr hören wollte, aber es war ganz bestimmt nicht diese gelassene Darlegung der Pläne, mit denen sie ihn wegwerfen wollte. Sie hatte ihm noch nicht einmal einen richtigen Anhaltspunkt dafür gegeben, dass sie ihre Meinung geändert hatte. Jolene und er mussten ein ernsthaftes Gespräch führen, vielleicht brauchte es sogar einen oder zwei aufgeregte Wortwechsel, um zwischen ihnen alles zu bereinigen.

Doch, er sah die Männer auf der Lichtung, seine und Rogers, und wusste, dass das nicht der richtige Ort für solch ein Gespräch war. Das Problem war, dass er wissen musste, wie sie sich entschieden hatte. Er rieb sich das Kinn, als er darüber nachdachte, wie er sie fragen konnte, ob sie vorhatte zu bleiben, ohne seine eigenen verwirrten und tiefen Gefühle zu verraten.

»Jolene war gerade dabei, uns Lebewohl zu sagen, als Sie ankamen«, sagte Roger, der den scharfen Stoß mit ihrem Ellbogen überging. »Der König wird nicht erfreut sein, eine englische Erbin an einen schottischen Laird verloren zu haben, aber ich werde beschwören, es sei von ihrem Bruder anerkannt worden, wobei ich glaube, dass es so gewesen wäre. Immerhin haben Sie seiner Schwester und seinem einzigen Kind, seinem Erben, das Leben gerettet. Ich werde ihre Ländereien treuhänderisch verwalten, ausgenommen eine kleine Burg samt Ländereien in Schottland, die ihr von einer Tante mütterlicherseits vererbt wurde. Die können Sie öffentlich beanspruchen.«

Er lächelte kurz über die Verwunderung, die Sigimor nicht verbergen konnte.

»Bevor der König einen Weg findet, ihr Vermögen zu beschlagnahmen, werde ich ihre Sachen und ihre Aussteuer auf der gleichen Route zu Ihnen bringen lassen, wie ich selbst hergekommen bin – sicher weitergereicht von einem unserer Freunde, Verwandten oder anderen. Oder, wenn Sie das bevorzugen, kann ich es auf ihr schottisches Gut bringen lassen, und sie können Männer schicken, um es dort abzuholen.«

Obwohl Sigimor wusste, dass Jolene eine große Mitgift besaß, hatte er nicht erwartet, etwas davon zu erhalten. Dies war eine große Zugabe, und er wäre ein Dummkopf gewesen, sie auszuschlagen. Er sah auch, dass ein Gespräch mit Roger bezüglich ihrer Mitgift eine günstige Gelegenheit war, eine Diskussion mit ihr zu vermeiden. Sie kehrte mit ihm nach Dubheidland zurück. Das war für den Augenblick ausreichend.

»Ich denke, wir müssen miteinander sprechen, bevor Sie uns verlassen«, sagte er zu Roger und winkte Liam zu sich. »Wenn wir überhaupt etwas zum Schreiben finden, dann ist dieser Knabe ein ausgezeichneter Schreiber mit einer sauberen und leserlichen Schrift.« Als Roger nickte, sah Sigimor Jolene an. »Wir werden miteinander reden, wenn wir nach Dubheidland zurückkehren, es sei denn, du wünschst, dass wir all unsere Gedanken vor diesem Haufen an die große Glocke hängen.« Als sie den Kopf schüttelte, nickte er und ging, um sich Liam und Roger anzuschließen.

Jolene beobachtete, wie die drei Männer etwas zum Schreiben zusammensuchten und sich danach auf der anderen Seite der Lichtung gemeinsam auf ein paar große Steine setzten. Kurzzeitig brütete sie darüber, wie stark ihre Mitgift die Aufmerksamkeit ihres Mannes gefangen genommen hatte, doch dann schimpfte sie sich selbst für diese Dummheit aus. Sigimors Überraschung war aufrichtig. Er mochte sie nicht aus Liebe geheiratet haben, aber er hatte sie ganz sicher nicht wegen des Gewinns geheiratet. Sie wusste außerdem, dass er sorgsam Gebrauch von den Reichtümern machen würde, die sie ihm mitgebracht hatte. Bei so vielen Verwandten, die zu versorgen waren, konnte er viel Gutes damit stiften. Jolene war sich außerdem sicher, dass jedes Kind, mit dem sie vielleicht gesegnet sein würden, sorgfältig bedacht würde. Man konnte sich keine bessere Verwendung für ihre Mitgift denken. Harold und viele andere Männer hätten nur sich selbst bereichert.

Sie wandte ihre Gedanken dem zu, was Sigimor wohl mit ihr besprechen wollte, sobald sie auf Dubheidland zurückkehrten. Sie hatte vermutlich eine Belehrung über sich ergehen zu lassen. Betrachtete man seinen Hang, sich auf ihre leidenschaftlichen, vertraulichen Momente zu beziehen, dann hoffte sie, dass die Belehrung auch vertraulich sein werde. Es war schrecklich genug, dass Roger sie jetzt vermutlich für einen rasenden, buhlenden Teufel in weiblicher Gestalt hielt, wie es auch die meisten der Männer taten, und jeder, der sich in Hörweite befunden hatte, als Sigimor Roger und sie das erste Mal angesprochen hatte. Jolene konnte sich einfach nicht vorstellen, was er wohl mit ihr zu besprechen hatte, und sie wollte es auch nicht. Es wäre leicht, sich der Hoffnung hinzugeben, oder sogar töricht, es zu erwarten, dass es Worte der Liebe sein würden. Es würde ihr aber das Herz brechen, wenn es keine wären, und sie hätte sich selbst die Schuld zu geben.

Ein tiefer Seufzer entfuhr ihr, als sie beobachtete, wie Fergus und Reynard auf sie zukamen.

Fergus blickte immer noch wütend auf sie, ein Ausdruck, der ihn Sigimor noch ähnlicher machte.

Reynard sah verloren und verletzt aus, was ihre eigene Trauer aufleben ließ. Als er auf sie zurannte, fing sie ihn mit den Armen auf und hielt ihn einen Augenblick lang fest umschlossen. Wenn er mit Roger wegritt, würde sie ihn nur selten sehen, wenn überhaupt, und der Trennungsschmerz zerriss ihr das Herz.

Es war eine so schwierige Entscheidung, dennoch wusste sie, dass sie die richtige Wahl getroffen hatte. Roger und Emma würden Reynard all die Liebe und Lenkung geben, die er brauchte. Sie hatten zudem die nötige Macht, um ihm und seinem Erbe Sicherheit zu bieten, bis er alt genug war, die Zügel an sich zu nehmen. Auch wenn es ihr bitter aufstieß, sie musste doch zugeben, dass Reynard und Drumwich einen Mann brauchten, der sich um sie kümmerte, und der Einzige, den sie sich dafür wünschte, könnte niemals über eine englische Grafschaft herrschen, noch würde er es wollen.

»Du musst mit mir nach Hause gehen«, quengelte Reynard, als sich Jolene auf den Boden setzte und er auf ihren Schoß kletterte.

»Das kann sie nicht«, sagte Fergus, der sich ihnen gegenübersetzte. »Sie ist jetzt eine Ehefrau. Sigimors Frau. Ehefrauen müssen bei ihren Männern bleiben.« Er sah sie böse an. »Sie hat dieses Gesetz nur für kurze Zeit vergessen.«

»Vielleicht könnte ich auch bleiben«, entgegnete Reynard.

»Wir hätten nichts dagegen, aber du kannst nicht. Du bist ein Lord. Du musst nach Drumwich gehen und ein Graf sein.«

»Will kein Graf sein.«

»Du hast keine große Wahl. Das ist es, wozu du geboren wurdest. Das hat sich dein Vater für dich gewünscht. Du bist ein Erbe. Es ist eine große Verpflichtung. Die meisten von uns werden niemals Erbe sein. Es ist etwas, worauf man stolz ist.«

Als Reynard sie ansah, nickte Jolene. »Dein Vater würde erwarten, dass du dein Bestes gibst und dich um sein Land und seine Leute kümmerst. Es sind nun deine Ländereien und deine Leute. Roger und Emma werden nach Drumwich kommen, um bei dir zu bleiben. Sie werden dich lieb haben und dich darin unterweisen, ein guter Graf zu sein, einer, der seinen Vater stolz macht.«

»Du kannst mich nicht mehr lieb haben?«

Sie küsste seine Wange und streichelte sein Haar. »Ich werde dich immer lieb haben. Ich kann nur nicht bei dir bleiben. Trotzdem, vergiss nie, dass deine Tante dich sehr, sehr liebt und dich immer in ihrem Herzen behalten wird.«

»Ich kann deine Liebe nicht verlieren, so wie Sigimor gesagt hat, ich kann einen guten Freund nicht verlieren.«

»Genauso ist es. Und wenn du mich einmal brauchst, dann werde ich für dich da sein. Immer.«

Jolene hielt ihren Neffen fest, als er seufzte und versuchte, sich die Tränen abzuwischen. Es war fast schmerzhaft, ihre eigenen Tränen zurückzuhalten, aber sie kämpfte dagegen an. Sie wusste nicht, wie viel Reynard verstand, aber sie wusste, es war das Beste ruhig zu bleiben, während sie versuchte, ihm alles zu erklären. Sie warf einen Blick auf Liam, Roger und Sigimor in der Hoffnung, dass sie bald fertig sein würden. Es würde ihr das Herz brechen, von Reynard wegzureiten, aber sie wusste, dass die Trennung unmittelbar bevorstand. Sie konnte ihre Trauer und ihre Tränen nicht mehr viel länger zurückhalten.

»Sie werden sich gut um den Jungen kümmern, nicht wahr?« Sigimor fragte Roger, während er einen der Eheverträge, die sie beide unterzeichnet hatten, zusammenrollte und Liam übergab.

»Ja«, antwortete Roger. »Emma und ich sind nicht mit Kindern gesegnet, obwohl wir uns sehnlichst ein Kind wünschten. Reynard wird unser Kind sein. Meine Frau ist bereits auf Drumwich und wartet auf ihn. Und als ein Gerard habe ich die Pflicht, dafür zu sorgen, dass der Junge so aufwächst, dass er unserem Namen Ehre einbringt, und mich gut um den Familiensitz zu kümmern.«

»Und dass er seine Tante nicht hassen wird, weil sie ihn verlassen hat?« Sigimor fragte ruhig und beobachtete dabei, wie Jolene Reynard umarmte.

»Niemals. Ihm wird nie erlaubt werden, all das zu vergessen, was sie für ihn getan hat, all das, was sie riskiert hat, oder wie sehr sie ihn liebt. Oder was die Camerons für ihn getan haben. Es wird eine englische Grenzfestung geben, die nicht wild auf schottisches Blut ist.

»Und wenn Sie ein eigenes Kind bekommen?«

»Wir sind seit zehn Jahren verheiratet, seit sie gerade einmal fünfzehn war und ich siebzehn, und meine Saat hat nie Wurzeln geschlagen. Wir sind zufrieden, aber ich weiß, dass meine Frau ganz versessen darauf ist, diesem kleinen Jungen eine Mutter zu sein.«

»Ihr seid beide noch immer jung. Ihr könntet vielleicht doch ein Kind haben. Manchmal glaube ich, es ist nur, weil die Saat zu schwach ist oder weil das Mädchen nur ein oder zwei Kinder in sich hat. Die Eltern dieses hübschen Dummkopfs«, er nickte in Liams Richtung, »waren fast zwanzig Jahre verheiratet, bevor sie ihn bekamen, während mein Vater fünfzehn von uns in die Welt setzte. Der alte Narr MacFingal ist mein Onkel, und er hat eine Armee gezeugt. Liams Mutter war die Schwester von beiden Männern, aber sie hatte erst spät im Leben zwei Kinder.« Sigimor stand ebenso wie Roger auf und klopfte dem Mann auf die Schulter. »Wir kennen Gottes Wege nicht.«

»Wie wahr. Trotzdem glaube ich nicht, dass ich meiner Frau von Ihrer Auffassung berichten werde. Es könnte grausam sein, ihre Hoffnung zu schüren.«

»Stimmt. Es ist besser, wenn sie alles so hinnimmt. Liams Mutter brauchte sehr lange, um die Kinderlosigkeit zu akzeptieren. Sehr lange.«

Roger lächelte matt, als er fragte: »Wie lange?«

»Sie brauchte fast zwanzig Jahre, bevor sie aufhörte, es zu versuchen.« Er nickte, als sich Rogers Augen weiteten. »Das Schicksal ist ein launisches Ding.«

»Es scheint so. Aber sorgen Sie sich nicht wegen Reynard. Ich liebte Peter wie einen Bruder.«

Roger sah zu Reynard.

»Es wird in der Tat sehr einfach sein, sein Kind zu lieben. Und meine Frau hat ein sehr großes Herz.«

Sigimor seufzte tief, als er zu Jolene sah. »Das hat auch das Mädchen, und es wird bei dieser Trennung ganz bestimmt brechen. Zumal sie wissen muss, dass sie den Jungen kaum wiedersehen wird.«

»Vielleicht nicht. Denn der Besitz, der nun Ihnen gehört, ist nicht weit von der Grenze weg. Wenn wir uns nicht im

Krieg befinden, könnte wohl ein gelegentlicher Besuch arrangiert werden. Darüber können wir beide nachdenken.«

»Tatsächlich. Allerdings werde ich ihr das nicht versprechen, bis wir nicht einen soliden Plan haben. Es ist auch besser, wenn sich jeder von ihnen an diese Trennung gewöhnt, oder diese Trauer wird nach jedem Besuch erneuert.«

Er sah Roger an.

»Sie sagen, sie hatte sich bereits entschieden, nach Dubheidland zurückzukehren?«

»In der Tat. Diese Entscheidung fiel nicht lange, nachdem sie mich hier getroffen hat. Um ehrlich zu sein, versuchte ich aufs Heftigste, sie umzustimmen.« Roger begegnete Sigimors wütendem Blick mit einem Grinsen. »Sie ist ein reicher Gewinn, und der König wird nicht darüber erfreut sein, dass er die Möglichkeit verloren hat, eine Heirat für sie zu arrangieren. Ich habe die Vormundschaft über Reynard erhalten, aber mein König zögerte, Jolene unter meine Obhut zu stellen. Er liebt es, loyale Männer mit verwaisten Erbinnen als Bräuten zu belohnen, und es gibt nicht so sehr viele davon.«

»Sind Sie *sicher*, dass Ihr König nicht bis zur Unflätigkeit schreien wird und auch nicht versuchen wird, sie zurückzubekommen?«

»Ziemlich sicher. Wenn es scheint, dass er darüber auch nur nachdenkt, werde ich ihm sagen, dass ihr Highlandlord erfolgreich mit ihr geschlafen hat und sie bereits ein Kind erwartet.« Roger lächelte Sigimor entschuldigend an. »Kein Engländer würde sie dann noch wollen.«

»Na ja, sie wissen eben, dass sie bei den Vergleichen, die bestimmt gezogen würden, nicht gut aussehen.« Er überging Rogers gestotterten Widerspruch und machte sich auf den Weg zu Jolene. »Am besten bringe ich das Mädchen nach Hause und beginne mit der Arbeit an diesem Kind. Möchte nicht, dass Sie von jemandem als Lügner bezeichnet werden.«

»Wie nett von Ihnen«, knurrte Roger, als er einen grinsenden Liam böse anblickte und dann Sigimor folgte.

Jolene sah Sigimor und Roger über die Lichtung auf Reynard und sie zukommen. Sie stellte Reynard hin und stand auf. Es überraschte sie etwas, dass Fergus sofort dicht neben sie trat. Sie fragte sich, ob er sich zwischen sie und Sigimors Wut stellen oder Roger deutlich an den Anspruch der Camerons auf sie erinnern wollte. Schließlich entschied sie, dass es von allem etwas war.

Ein schneller Blick über die Lichtung verriet ihr, dass die übrigen Camerons bereits auf den Pferden saßen und sich hinter ihr sammelten, alle hatten ein wachsames Auge auf Roger und seine Männer. Als sie ihren Blick auffingen, lachten und winkten ihr mehrere von Sigimors Verwandten zu. Sie alle betrachteten sie, wie Jolene erkannte, inzwischen als eine von ihnen. Die vereinigte Zurschaustellung von Besitzansprüchen tröstete sie in mancher Hinsicht. Sie war sich nicht sicher, ob sie wirklich gebraucht wurde, und sie hatte genau genommen keine Vorstellung davon, was ihr Ehemann für sie empfand, aber sie wurde jetzt offensichtlich als ein Mitglied des Clans angesehen, als Teil ihrer Familie.

Sigimor las den Beutel mit ihren Habseligkeiten auf und besorgte ihr ein Pferd, während sie ein paar Worte mit Roger wechselte. Er ließ sie einige Papiere unterzeichnen, darunter eines, das besagte, sie habe aus eigenem Willen den Ehemann akzeptiert, den ihr Bruders für sie gewählt hatte. Es war eine Lüge, aber sie zögerte nicht, ihren Namen darunter zu setzen. Es würde die Dinge nicht nur für Roger viel einfacher machen, vor allem wenn der König über ihre Heirat verärgert war, sondern Jolene hatte das Gefühl, dass ihr Bruder tatsächlich zugestimmt hätte.

Dann sagte sie Lebewohl zu Reynard. Seine Lippen zitterten, und in seinen Augen schimmerten Tränen, aber weder weinte noch quengelte er. Sie war so stolz auf ihn. Peter wäre es auch gewesen, dachte sie und musste das plötzliche Aufwallen eines noch frischen Schmerzes unterdrücken. Sie küsste ihren Neffen ein letztes Mal und gab ihn Roger in die

Arme. Aus den Augen ihres Cousins sprach Mitgefühl, aber in der Art, wie er Reynard hielt, zeigte sich eine Spur von Besitzergreifen. Er würde den Jungen lieben und zu einem vornehmen und achtbaren Mann erziehen. Jolene fand darin etwas Trost.

Nachdem sich Sigimor von Roger und dem Jungen verabschiedet hatte, half er ihr in den Sattel und führte sie dann alle auf den Weg zurück nach Dubheidland. Jolene blickte nur einmal über die Schulter und sah, wie Roger Reynard tröstete. Schnell heftete sie ihren Blick wieder Richtung Dubheidland und bekämpfte das Bedürfnis, an die Seite des Kindes zu eilen und es selbst zu trösten. Sie würde diese Trennung mit einer Würde annehmen, die ihre Vorfahren stolz gemacht hätte. Die Gerards waren stark, tapfer mit Herz und Verstand und fähig, die Schläge, die Leben und Schicksal ihnen erteilten, mit Fassung zu tragen.

# 21

Sie hatte auf dem gesamten Nachhauseweg geweint, geschrien, geschluchzt und gejammert wie ein Baby. Sigimor musste sie schließlich vor sich auf das Pferd setzen, weil er fürchtete, dass sie aus dem Sattel fallen und sich den Kopf aufschlagen werde. Als sie Dubheidland erreichten, war sie fast betäubt vor lauter Weinen und musste wie ein Kind zu Bett gebracht werden. Jolene schüttelte ihren Kopf, und war restlos über sich empört. So viel in Sachen Würde und Fassung.

Sie nahm das kühle, feuchte Tuch, das sie sich über die Augen gelegt hatte, ab und betrachtete sich im Spiegel. Sie waren nicht mehr ganz so rot und geschwollen wie beim ersten Mal, als sie aufgewacht war.

Das Lavendelwasser hatte geholfen und die Spuren verwischt, was ein paar Stunden Schlaf nicht geschafft hatten. Ihr tiefer Schmerz war geradezu körperlich spürbar.

Das einzig Gute, das sie an diesem völligen Verlust der Selbstbeherrschung erkennen konnte, war die Tatsache, dass sie dadurch eine Konfrontation mit Sigimor vermieden hatte.

Während sie einen letzten Blick in den Spiegel warf, um sicherzugehen, dass ihr Gewand richtig fiel und überall geschnürt war, überlegte sie, dass diese Konfrontation noch immer vor ihr liegen konnte. Es hing alles davon ab, wie wütend Sigimor über das war, was sie getan hatte. Ganz kurz erwog sie, Kopfschmerzen oder Ähnliches vorzuschieben, um das Abendessen in der großen Halle zu umgehen.

»Nein«, sagte sie sich, als sie ihr Schlafgemach verließ, »es ist keine Zeit für Feigheit.«

Als Jolene zur großen Halle ging, straffte sie ihren Rücken und erinnerte sich daran, dass sie diesen Mann gewählt hatte. Sie hatte sich von ihrer Familie, ihrem Zuhause und ihrem Land abgewendet, ohne die Gewissheit zu besitzen, jemals wieder etwas davon zu sehen. Sicherlich war das genug, um jede Beleidigung oder jeden verletzten Stolz, den sie ihm durch ihre Art ihn zu verlassen, zugefügt hatte, zu mildern. Er mochte das Recht haben, darüber verärgert zu sein, welches Risiko sie eingegangen war, indem sie allein losging, aber das war auch alles.

Jolene blieb vor dem Eingang zur großen Halle stehen und gestand sich, dass es nicht seine Wut über ihr Weggehen war, weswegen sie Sigimor ungern begegnete. Sie fürchtete, dass er nicht verstand, was ihre Wahl bedeutete, oder, falls er es doch tat, es nicht zugab.

Zudem zögerte sie vor der Begegnung, weil vielleicht alles so sein würde wie zuvor, und sie weiterhin eine Ehe führen würde, in der er sie mit Respekt und Freundlichkeit behandelte und ihr Leidenschaft entgegenbrachte.

Doch sie brauchte so viel mehr von diesem Mann. Die Chance, die blinde Hoffnung, dieses *Mehr* zu bekommen, hatte zu ihrem Entschluss geführt, bei ihm zu bleiben. Wenn er ihre Wahl nicht als das ansah oder ansehen wollte, was sie war, fürchtete sie, dass sie anfangen würde zu glauben, ihre Wahl sei sehr schlecht gewesen.

Die Berührung einer Hand auf ihrem Arm riss sie aus ihren Gedanken, und sie sah, dass Fergus neben ihr stand. In seinen Augen war eine wachsame Unruhe zu lesen, und sein Griff um ihren Arm war fest. Offensichtlich fragte er sich, ob sie wohl wieder zu entschlüpfen versuchte, und Jolene wurde bewusst, dass Sigimor möglicherweise durch ihr Verschwinden ebenfalls diesen Argwohn entwickelt hatte. Wenn es so war, dann würde sein Stolz jedes Mal einen heftigen Schlag erhalten, wenn er diesen Zweifel verspürte. Dies war etwas, was sie nicht in Betracht gezogen hatte.

»Du siehst noch immer ein kleines bisschen bleich und verletzt aus«, stellte Fergus fest.

»Ich fühle mich ein kleines bisschen bleich und verletzt, aber ich werde mich erholen«, antwortete sie und erlaubte ihm, sie zu ihrem Sitz an Sigimors Seite zu führen.

»Dein Cousin wird sich sehr gut um Reynard kümmern. Er wird eine Familie haben und zurück in dem Haus sein, in dem er geboren wurde.«

»Schon wahr, und wenn ich wüsste, dass ich ihn dort sehen könnte, wann immer ich es möchte, würde ich nicht so traurig sein, doch es wird vorübergehen. Es ist besser, dass ich ihn aus meinem eigenen freien Willen heraus einem Mann gegeben habe, dem ich zutraue, ihn zu lieben, und der sich um ihn kümmert, als dass er mir vom König und dem Hof genommen und jemandem ihrer Wahl gegeben worden wäre. Es ist ein großes Glück, dass Roger sowohl meine als auch die Wahl des Königs war.«

Sigimor beobachtete, wie sein jüngster Bruder Jolene an seine Seite brachte. Sie sah zerbrechlicher aus als je zuvor. Er hatte den Verdacht, dass ihr beunruhigendes Versinken in blinder Trauer nicht nur durch den Verlust des Jungen, sondern auch durch den Verlust ihres Bruders ausgelöst worden war. Es konnte gut sein, dass sie niemals wirklich gründlich um Peter getrauert hatte, da sie sofort in den Kampf mit Harold und die Notwendigkeit, Reynard zu schützen, verwickelt worden war.

Sobald er sich sicher gewesen war, dass sie nicht dadurch krank wurde, hatte er sie ihrem Schmerz überlassen, aber das hieß, dass er keine Möglichkeit gehabt hatte, seine Wut zu beschwichtigen. Sie saß noch immer als fester Knoten in seiner Brust.

Als er sah, wie bleich sie war, war er sich nicht sicher, ob sie es jetzt ertragen würde, wenn er seinem Ärger Luft machte, und so fühlte er, wie sich der Knoten in seiner Brust weiter verhärtete.

Ein schneller Blick über seine Verwandten, während Jolene ihren Platz einnahm, verriet Sigimor, dass er von ihnen keine Zustimmung zu erwarten hatte, wenn er seine Wut an ihr ausließ. Sie alle hatten besorgte und mitfühlende Gesichter, als sie sie ansahen. Die Blicke, die sie ihm zukommen ließen, waren Warnungen. Jolene hatte sich offensichtlich an irgendeinem Punkt in den vergangenen Tagen einen Platz in ihren Herzen erobert. Obwohl das sehr gut war, war es die Tatsache, dass sie glaubten, sie hätten ein Mitspracherecht dabei, wie er seine Frau behandelte, nicht. Ihr Interesse an Jolenes Wohlergehen und die Verwicklung an ihrer Verfolgung bedeuteten auch, dass alles, was zwischen ihm und seiner Frau geschah, vermutlich nicht die vertrauliche Angelegenheit war, als die er es so gerne behandelt hätte.

Er nippte an seinem Bier und beobachtete sie aufmerksam beim Essen. Es freute ihn zu sehen, dass ihr Appetit nicht verloren gegangen war, aber die besorgten Blicke, die sie dann und wann auf ihn richtete, sagten ihm, dass sein Ärger vermutlich leicht zu erkennen war.

Sigimor hoffte, dass seine Unsicherheit nicht so offenkundig war. Als er aber feststellte, wie sich in ihrem Ausdruck Verstimmung zu zeigen begann, war er erleichtert. Ihre wachsende Verärgerung brachte zudem etwas Farbe auf ihre Wangen, was sie weniger zerbrechlich aussehen ließ.

»Bist du gerade dabei, über etwas zu brüten?«, fragte Jolene schließlich.

»Ich brüte nicht«, antwortete er mit einer Ruhe, die sie, wie er sehen konnte, nur noch mehr verärgerte.

»Du sitzt nur da, vollkommen still, und starrst mich an. Wenn es kein Brüten ist, dann ist es Trotzen.«

»Vielleicht frage ich mich nur, ob du wieder versuchen wirst, dich wegzuschleichen. Ach, aber nein«, fügte er schnell hinzu und brachte damit alles, was sie eben hatte sagen wollen, zum Schweigen, »du hebst dir solches Wegschleichen ja lieber für später auf, nachdem du den Körper deines armen

Mannes ausgewrungen und ihn in einem blinden, glückseligen Dämmerzustand zurückgelassen hast.«

Sigimor musste fast lächeln über die tiefe Röte, die ihre Wangen überzog. Sie war so wütend, dass sie stotterte und sich etwas von ihrem Sitz erhob. Das war gut, darauf konnte er leicht reagieren, selbst vor seinen Verwandten, von denen manche aussahen, als würden sie daran denken, ihn zu knebeln. Er war nicht bereit, jetzt aufzuhören, nicht, wenn sie dabei war, sich selbst in eine so nette Wut zu manövrieren. Nun bestand eine Chance, alles zu bereinigen, und er hatte vor, davon vollen Gebrauch zu machen.

Er nahm sich eine weitere Schüssel von dem dicken Haseneintopf. »Wenn du irgendwelche versteckten Absichten in deinem Kopf herumwälzt, werde ich diese Nacht all meine Stärke brauchen. Vielleicht bin ich dann wenigstens fähig, mich von deiner gierigen Verwendung meiner Person zu erholen, bevor du zu weit weg bist. Oder dich völlig verirrt hast.«

Seine Augen weiteten sich leicht angesichts des Fluchs, den sie ausspuckte, während sie aufsprang, und er überlegte sich, dass er ein Wort mit seinen Verwandten sprechen müsse, damit sie auf ihre eigene Sprache Acht gaben.

»Willst du schon so bald die Tafel verlassen? Findest du nicht, dass du mehr essen solltest? Es erfordert nämlich Stärke, darüber nachzudenken, wie man einen Mann davon abhält, dass er errät, welche List du gerade anwendest.«

»Du bist der unmöglichste Mann, den ich je kennen gelernt habe. Überheblich, unverschämt ...«

»Wenn ich so viele Fehler habe, warum bist du dann zurückgekommen?«

»Weil ich verrückt bin, vom Mond geküsst und alle Vernunft, mit der ich je gesegnet war, verloren habe. Es gibt keine andere Erklärung dafür, warum ich einen so verbohrten, einfältigen Tölpel liebe!« Als sie erkannte, was sie gerade gesagt hatte, schrie Jolene insgeheim auf, sie ergriff die

Schüssel mit Eintopf, die Sigimor gerade vor sich hingestellt hatte, und goss sie ihm über den Kopf. »Oh Gott! Verdammt seist du! Schau, was du aus mir gemacht hast! Ich besaß früher vornehme Manieren!«

Sigimor blinzelte den tropfenden Eintopf von seinen Augenlidern und sah zu, wie seine Frau aus der Halle floh. Er war beruhigt, als sie sich den Treppen zum Schlafgemach zuwandte und nicht den Toren, die aus der Burg führten. Natürlich würde er die Tür zu seinem Schlafgemach fest verschlossen vorfinden, überlegte er, während Old Nancy und Fergus versuchten, den Eintopf aus seinem Haar und seinem Gesicht zu entfernen. Ein schnelles Stirnrunzeln gegen Old Nancy und Fergus half nicht, ihr Grinsen abzuschwächen. Er musste entscheiden, was als Nächstes zu tun war.

»Hast du wirklich vor, einfach nur dazusitzen?«, fragte Somerled, in dessen Stimme ein nur mühselig unterdrücktes Lachen zitterte.

»Es könnte vernünftiger und sogar sicherer sein«, erwiderte Sigimor und winkte Old Nancy und Fergus beiseite. »In meinem Schlafgemach gibt es eine Menge scharfer Waffen.« Er musste plötzlich lachen, da sich ihre Worte fest in seinem Herzen und seinem Kopf einnisteten.

»Sie liebt mich.«

»Ja, und sie hatte wohl Recht, deswegen ihren gesunden Menschenverstand in Frage zu stellen. Sie hat dich einen verbohrten, einfältigen Tölpel genannt, und viele von uns könnten geneigt sein, ihr zuzustimmen, wenn du ihr nicht nachgehst. Und zwar schnell.«

»Du hast deine Meinung über sie geändert, oder? Du warst vor gar nicht so langer Zeit über meine Heirat nicht sonderlich erfreut.«

»Ich hege keine Sympathie für die Engländer, und es regte mich auf, dass du eine geheiratet hast, auch wenn sie ein gutes Mädchen zu sein schien. Ich mochte auch nicht die Gründe, aus denen du sie geheiratet hast – wegen ihres Schutzes und der Lust, die du empfunden hast. Es ist nicht lange her, dass ich dachte, es sei mehr zwischen euch, aber ihr beide schient unfähig oder unwillig zu sein, es euch selbst einzugestehen. Nun wurde ich bestätigt. Herrje! Ich bin mir ganz sicher, seit sie mit dir zurückkehrte. Sie hat eine Menge aufgegeben, um bei dir zu bleiben.«

»Ja, das hat sie.«

Sigimor stand auf und seufzte leicht, als er hörte, wie Stücke des Eintopfs zu Boden fielen.

»Ich muss mich erst waschen und umziehen. Ich möchte nicht auf meiner Frau und meinen Betttüchern Haseneintopf verteilen.« Er überging das Seufzen seiner Familie, als er zum Tor schritt.

»Du solltest um das Mädchen werben«, schrie Somerled.

»Sage ihr ein paar süße Worte«, rief Liam.

»Ja, ja«, sagte Sigimor, winkte ihnen mit einer Hand lässig zu und verließ die große Halle. »Und was glaubt ihr, wohin uns das führt, he? Ich werde mir etwas von deinen Kleidern ausleihen, Somerled«, rief er über die Schulter zurück. Dann, als er vor den Blicken der anderen sicher war, raste er die Stufen hinauf, wobei er immer zwei gleichzeitig nahm.

Jolene starrte Sigimor an, als er ihr gemeinsames Schlafgemach betrat, und fragte sich, warum sie nicht die Tür abgesperrt hatte. Einen Moment war sie darüber verletzt, wie lange er gebraucht hatte, um zu ihr zu kommen, aber dann bemerkte sie, dass er seine Kleider gewechselt hatte und sein Haar feucht war. Als sie sich daran erinnerte, warum er sich waschen musste, starrte sie wieder aus dem Fenster, in der Hoffnung, dass sie die Röte, die ihre Wangen überzog, verbergen konnte.

Sie fühlte, wie er hinter sie trat und spannte sich an. In einem Augenblick der Wut hatte sie ihre Seele entblößt, nicht nur ihm gegenüber, sondern gegenüber jedem Einzelnen, der zusammengepfercht mit allen anderen in der großen Halle saß. War das der Augenblick voller Zärtlichkeit, den sie sich immer erträumt hatte? Der sanfte Austausch von Worten der Liebe und von Treueversprechen? Nein, sie hatte ihm Schimpfnamen gegeben und Eintopf über seinem Kopf entleert. Jolene überlegte sich, wie lange sie sich wohl in ihrem Schlafgemach verbergen musste, bis dieser demütigende Vorfall vergessen war.

Sie schnitt innerlich eine Grimasse, denn sie nahm an, dass sie es immer noch zu hören bekommen würde, wenn sie schon alt und grau war. Akzeptiere es, Jolene, dachte sie bekümmert, es wird wahrscheinlich die erste Geschichte sein, die auf deiner Beerdigung erzählt wird.

Als Sigimor hinter ihr stehend seine Hände auf ihre legte, die auf dem Steinsims des Fensters ruhten, runzelte sie die Stirn. Sie konnte ihren ganzen Rücken hinunter seine Wärme spüren. Hitze durchflutete ihren Körper und fast hätte sie geflucht. Er konnte ihre Leidenschaft selbst dann erregen, wenn sie in Verlegenheit versunken war, und am liebsten hätte sie ihn deswegen mit einem Knüppel geschlagen. Jolene konnte nur hoffen, dass er trotz ihrer Liebeserklärung nicht wusste, wie sehr sie in seiner Schlinge saß.

Sigimor drückte ihr einen Kuss auf das Haar und dachte angestrengt darüber nach, wie er sich äußern sollte. Zu seiner Bestürzung hörte er sich laut und deutlich sagen: »So, du liebst mich, ja?« Er konnte fast hören, wie seine gesamte Familie vor Entrüstung ächzen würde.

Jolene erwog ernsthaft, sich umzudrehen und ihren geliebten Ehemann geradewegs auf seine hübsche Nase zu schlagen. Dann seufzte sie. Sie hatte es ja gesagt. Laut und deutlich. Es hatte keinen Sinn, es zu verleugnen. Immerhin, dachte sie gereizt, gab es eine Fülle von Zeugen, die er zur Bestätigung fragen konnte.

»Ja, das habe ich gesagt«, antwortete sie. »Deshalb bin ich hier, anstatt mit Reynard und Roger nach Drumwich zurückzureiten.«

Es überraschte ihn, dass sie es so offen zugab und nicht versuchte, die Worte zurückzunehmen, wo sie doch so wütend auf ihn war. Ihre Stimme klang aber traurig, so, als ob sie wünschte, dass es nicht wahr sei. Sigimor glaubte, das zu verstehen. Ihre Liebe für ihn hatte sie viel gekostet, und er hatte ihr im Gegenzug außer Leidenschaft wenig gegeben. Wenn man das bedachte, hatte Liam Recht.

Jolene besaß den Verstand, um zu wissen, dass die Leidenschaft eines Mannes etwas sehr Oberflächliches war, auf nicht mehr aufgebaut als dem Bedürfnis zu buhlen. Zugleich war sie aber zu unschuldig, um den Unterschied zwischen einem bedeutungslosen Buhlen und der Leidenschaft, die sie miteinander teilten, wahrzunehmen. Es war etwas, das er ihr auch nicht erklären konnte.

Er mochte nicht der Süßholz raspelnde galante Ritter sein, der Liam war, aber selbst er wusste, wie unklug es war, seiner Frau zu gestehen, dass er den Unterschied zwischen wahrer Leidenschaft und leerer Buhlerei kannte, weil er Letzterer ein gutes Stück weit gefrönt hatte. Schon gar nicht, wo sie ihm gerade ihre Liebe gestanden hatte.

Doch er war sich klar, dass er etwas sagen musste. Er konnte nicht einfach weiter wie ein Idiot dastehen und darin schwelgen, dass sie ihn liebte. Süße Worte, sagte er sich, und schnitt eine Grimasse. Die Suche in seinem Gedächtnis, die Sigimor unternahm, ergab nichts weiter als unbeholfene, abgedroschene Schmeicheleien. Er musste mit ihr schlafen, entschied er. Wenn Leidenschaft sein Blut erhitzte, dann konnte er sicher auch ein paar von diesen schönen Worten finden, die sie hören musste. Er glitt mit seinen Händen ihre Arme hinauf, bis er ihre Schultern ergreifen konnte, dann drehte er sie herum, bis sie ihn ansah.

»Wenn du mich liebst, warum bist du dann weggegangen?«, fragte er sie, während er begann, ihr Nachtgewand aufzuschnüren, wobei er froh war, dass sie mit Ausnahme eines Stirnrunzelns keinen Widerstand zeigte.

Jolene beobachtete, wie er ihr die Kleider auszog. Ein Dutzend ausweichender Antworten drängten sich in ihrem Kopf, aber sie verwarf alle. Sie hatte wegen diesem Mann ihrer Familie gerade den Rücken gekehrt, ihrem Zuhause und ihrem Land. Möglicherweise würde er ihr einen Hinweis darauf liefern, was in seinem Verstand und seinem Herzen vorging, wenn er genau wusste, was in ihr vorging. Zumindest konnte sie vielleicht entdecken, wie hart sie daran zu arbeiten hatte, um das zu erhalten, was sie so verzweifelt brauchte – seine Liebe.

»Ich dachte, ich könnte es tun, könnte mein Versprechen gegenüber Peter, mich um Reynard zu kümmern, erfüllen. Ich *wollte* nicht gehen, aber erst als ich unmittelbar vor der Entscheidung stand, erkannte ich, dass ich nicht gehen *konnte.* Ich nehme an, du hast nun vor, mit mir ins Bett zu gehen«, sagte sie, als er das letzte ihrer Kleidungsstücke zur Seite warf.

»Ja, das habe ich«, erwiderte er und begann, auch sich auszuziehen.

Sie beobachtete ihn, fühlte ihr Verlangen mit jedem Stück, das er ablegte, stärker aufflackern. Er war ein so gut aussehender Mann, groß, stark und sehr, sehr männlich, überlegte sie, als er das letzte Kleidungsstück wegwarf und enthüllte, dass er mehr als nur bereit war, der Leidenschaft, die sie miteinander teilten, nachzugeben. Jolene nahm an, dass sie sich eigentlich geschmeichelt fühlen sollte, weil sie sein Verlangen derart wecken konnte, und sie war es auch, aber das reichte ihr nicht mehr. Sie war sich nicht sicher, ob es ihr jemals gereicht hatte. Sie wusste, dass sie sich niemals davon abwenden konnte, aber sie sehnte sich danach, sein Herz zu besitzen. In Wahrheit hatte sie Angst, dass selbst diese großartige Leidenschaft nachlassen würde, wenn sie sich nicht auf andere, tiefere Weise aneinander binden konnten. Allein schon der Gedanke führte dazu, dass sie sich an ihn klammerte, während er sie zu ihrem Bett trug.

»Frau, du bist so wunderschön«, murmelte er an ihrem Mund, und dann küsste er sie.

Jolene schlang ihre Arme um seinen Nacken und gab sich seinem Kuss hin sowie seinem Körper, der fest an ihren gepresst war. Sie würde ihre Gefühle für ihn nicht mehr verstecken. Sie würde ihn so gut lieben, dass er eines Tages aufwachen und feststellen würde, dass er sie auch liebte. Vielleicht war es der Traum einer Närrin, aber sie würde sich im Moment daran klammern.

»Ich war nicht erfreut darüber aufzuwachen und festzustellen, dass du mich verlassen hast«, sagte Sigimor, als er sich zu ihren Brüsten abwärts küsste. »Ich hatte vor, dich den ganzen Weg bis zu den Toren von Drumwich zu verfolgen, um das zurückzubekommen, was du mir gestohlen hast.«

Während sie um Atem rang, als er ihre hart werdenden Brustspitzen leckte, bemühte sich Jolene, deutlich zu sprechen. »Ich habe dir nichts gestohlen.«

»Doch du hast.« Gelassen saugte er an jeder Brust, dann hob er seinen Kopf, um sich zufrieden das Ergebnis anzusehen. »Du hast mir diese blassen Schönheiten genommen, bist mit diesen süßen, rosigen Brustwarzen weggelaufen, die mir so viel Freude bereiteten.«

»Es tut mir sehr Leid, dass ich sie nicht auf deinem Kissen zurücklassen konnte, damit du sie in deiner freien Zeit genießen kannst.«

Jolene hatte den Verdacht, dass die atemlose Heiserkeit ihrer Stimme den beabsichtigten scharfen Sarkasmus ihrer Worte abschwächte.

Sigimor schenkte ihrer Haut ein kurzes, verschmitztes Lächeln, bevor er sich seinen Weg weiter hinunter zu ihrem flachen, straffen Bauch küsste. Ihre scharfe Zunge war etwas von den Dingen, die er an ihr liebte, aber er glaubte nicht, dass er ihr zustimmen würde. Er legte seine Hand über ihren Bauch und stellte sich vor, wie er sich durch sein Kind wölben würde.

»Und dieser makellose, weiße Unterleib, in dem meine Saat vielleicht schon Wurzeln geschlagen hat.« Er küsste ihre Bauchdecke und fühlte ein schwaches Zittern durch Jolene hindurchgehen. »Ich werde wahrscheinlich noch lang nächtliche Schweißausbrüche haben, wenn ich nur daran denke, wie nahe ein Cameron daran war, in England geboren zu werden.« Sigimor setzte sich auf und streichelte ihre Beine. »Und du hättest mich der Freude an diesen hübschen Beinen beraubt. Glatt und kräftig wie die eines Jungen, aber ganz Frau in Form und Weichheit.«

Er verbrachte mehrere Minuten damit, ihre schlanken Schenkel mit Küssen zu beehren und mit seiner Zunge zu streicheln. Die leisen Geräusche der Lust, die Jolene äußerte, liebkosten seine Ohren wie die süßeste Musik. Sie gab ihm jedes Mal das Gefühl, er sei der beste Liebhaber, der jemals geboren worden war. Als ihre Hüften sich auf dem Bett mit einer verborgenen Einladung hin und her schoben, ließ er eine Hand zwischen ihre Schenkel gleiten und beobachtete sie, während er sie an ihrer intimsten Stelle streichelte. Sie war heiß und feucht, und sie zu fühlen, spannte seine Selbstbeherrschung aufs Äußerste an. Er würde dieses Spiel nicht länger spielen können.

Als sie sich der Erlösung nahe fühlte, schrie sie nach ihm. Jolene zitterte noch immer, als er sich seinen Weg ihren Körper zurück freiküsste. Sie spürte, wie sich ihr Begehren wieder verstärkte, so wie er ihre Körper vereinigte, und sie schloss ihre Augen vor der Süße, die darin lag. Wie konnte er sie so empfinden lassen, wie konnte er sie so zärtlich körperlich lieben, fragte sie sich, wenn er sie nicht überhaupt liebte? Das waren Fragen, denen sie nicht zu lange nachzuhängen wagte, aus Angst sich einem falschen Glauben hinzugeben.

Sie spürte, dass er sich nicht bewegte, und öffnete ihre Augen. Er hob sich etwas von ihrem Körper ab, indem er sein Gewicht auf seine Unterarme verlagerte, und sah sie an. In der Art, wie er sie betrachtete, lag etwas, das ein derart starkes Gefühl über sie hinwegrollen ließ, dass sie bebte.

»Sigimor?«, flüsterte sie und ließ ihre Händen seitlich an ihm hinabgleiten, bis sie seine schlanken Hüften ergreifen konnte.

»Du warst dabei, auch das von mir zu rauben«, sagte er, als er begann, sich in ihr zu bewegen, langsam, fast träge. »Du hast keinen Gedanken darauf verschwendet, wie sehr ich diese seidene Hitze vermissen würde.« Er berührte mit seiner Stirn die ihre, verzaubert von der Art, wie sich ihre Augenfarbe zu der Farbe eines heftigen Highlandsturms wandelte, während ihre Leidenschaft stärker und stärker wurde. »Oder dass du diesen armen Mann kalt, einsam, verdammt zu endloser Sehnsucht nach seinem süßen Himmelreich zurückgelassen hättest. Ja, der Folter preisgegeben, in der Nacht zitternd vor Verlangen danach, von diesem Feuer eng umschlossen zu werden, und zugleich dem Wissen, dass er nie wieder einen solchen Genuss erleben werde.«

»Aber ich bin zurückgekommen …«

»Ja, das bist du.« Da er merkte, wie seine Beherrschung rasch von ihm abfiel, und er spürte, wie sich Jolenes Leidenschaft steigerte, beschleunigte Sigimor sein Tempo. »Das ist auch gut so, denn als ich erwachte und feststellte, dass du mich verlassen hast, wurde mir bewusst, dass du mir zusammen mit all den Schätzen, derer du mich beraubt hast, etwas genommen hast, ohne das kein Mann leben kann.«

»Was?« Sie wunderte sich, wie er weitersprechen konnte, betete aber, dass er jetzt nicht stocken würde.

»Sein Herz und seine Seele, meine Schöne. Ja, du bist mit meinem ganzen Herzen und meiner ganzen Seele entflohen.« Er strich mit seinen Lippen über ihre und flüsterte. »Ja, denn ich liebe dich, meine Jo, meine Ehefrau, meine Seelengefährtin.«

Jolene fühlte, wie sie sich auflöste. Sie schlang ihren Körper noch stärker um seinen, als er sie bewunderte und schließlich ihren Namen stöhnte, während er zu seinem eigenen Höhepunkt kam. Es dauerte lange, bis sie sich aus dem Dämmerzustand befreien konnte, den die Intensität ihres Liebesspiels verursacht hatte, eine Intensität, die gleichermaßen von seinen Worten wie von seinen geschickten Berührungen hervorgerufen worden war. Nachdem er sie beide rasch mit einem feuchten Tuch gewaschen hatte und ins Bett zurückgekommen war, fühlte sie sich wieder fähig zu sprechen. Als er nach ihr die Hand ausstreckte, legte sie sich eilig auf ihn und wand sich leicht vor Freude über seinen großen, starken Körper. Sie küsste seine stolze Nase und lächelte ihn an.

»So, du liebst mich, nicht wahr?« Sie musste fast lachen über sein Seufzen und Augenrollen.

»Ich habe den Verdacht, du willst nun darüber sprechen, ja?«

»Nur ein bisschen. Seit wann? Seit wann weißt du es?«

»Seit wann weißt du es?«, konterte er.

»Na ja, ich habe es kurz nach unserer Hochzeit gemerkt, aber ich wollte es nicht wahrhaben.«

»Wegen Reynard und deinem Versprechen gegenüber deinem Bruder.«

Jolene nickte und verfolgte selbstvergessen mit einem Finger das Muster, das seine starken Arme umspannte. »Es war sehr wichtig für mich, dieses Versprechen zu halten. Und ich spürte, dass Reynards Bedürfnisse Vorrang vor allem anderen haben mussten, denn er ist nichts weiter als ein kleines Kind. Ich schlich mich deshalb so fort, weil ich Angst hatte, dass du mich zu leicht von dem abhalten konntest, was ich als meine heilige Pflicht ansah. Erst als ich Roger sah, wurde ich mit all dem, was dieses Verlassen bedeuten würde, konfrontiert, und da erkannte ich, dass ich es nicht konnte, obwohl ich mir noch immer so schmerzvoll unsicher darüber war, was du für mich empfinden mochtest. Ich konnte erkennen, dass ich meine Pflicht bereits erfüllt und mein Versprechen gehalten hatte, indem ich Reynard in Rogers hervorragende Obhut gegeben hatte. Dich zu verlassen, wäre nicht länger eine Sache der Ehre gewesen, sondern ein Akt der Feigheit, eine Flucht vor der Möglichkeit, verletzt zu werden, weil ich dein Herz vielleicht nicht gewinnen könnte.«

»Du hast es in dem Moment gewonnen, in dem du zu den Gittern meines Verlieses auf Drumwich gekommen bist. Ich habe es nur nicht klar erkannt. Liste du mal deine Fehler auf, so wie ich meine«, er überging ihr wütendes Luftholen, »ich konnte die Stimme in meinem Kopf, die ständig ›*Mein*‹ sagte, nicht zum Schweigen bringen. Du bist Engländerin, hast dunkles Haar und bist so klein, dass ich fürchtete, ich könnte dich zerquetschen, wenn ich versuchte, dich zu lieben. Aber nichts von alldem konnte mich von dem Gefühl abbringen, du seist, ja, die Richtige, die, auf die ich gewartet habe. Meine Gefährtin.«

Sie musste ihn dafür küssen, bevor sie versuchte, ihn mit ihrem ganzen Körper zu umfassen. »Ich wünsche, du hättest etwas gesagt. Es hätte uns beiden Schmerzen ersparen können.«

»Es klang so närrisch. Ich habe dir meine Liebe nicht gestanden, weil ich nicht dachte, dass es das war, was mir wehtat. Nicht, bis ich glaubte, du hättest mich verlassen. Es ist wirklich so, ich meine, es fing erst an, mir bewusst zu werden, als Harold dich gefangen hielt und ich dich fast an ihn verloren hätte, aber du bist entwischt, bevor ich es akzeptierte.« Er ließ seine Hände über ihren schmalen Rücken gleiten und liebkoste versonnen ihren festen kleinen Po. »Aber jetzt habe ich dir die süßen Worte geschenkt, von denen jeder behauptet, dass ein Mädchen sie hören muss, und du hast mir welche geschenkt, und damit ist alles in Ordnung, oder?«

Er sah so erleichtert aus, dass sie fast lachen musste. Dies war kein Mann, der sie beständig mit Schmeicheleien und Liebesworten beeindrucken würde, aber es machte ihr nichts aus. Jetzt, wo er ihr gesagt hatte, dass er sie liebte, würde sie es an jeder seiner Handlungen sehen und in jedem seiner

Küsse spüren können. Es war von Anfang an da, aber ohne diese Worte war sie nicht fähig gewesen, ihrem eigenen Urteil zu trauen. Es würden wahrscheinlich lange Pausen zwischen solchen Geständnissen liegen, aber nun wusste sie, dass sie die Worte jedes Mal hören konnte, wenn er sie zurechtwies, weil sie nicht auf sich geachtet hatte, oder jedes Mal, wenn er mit ihr schlief. Natürlich, überlegte sich Jolene, bestand kein Grund, ihm dies zu erzählen.

»Schon, aber ein Mädchen kann sich von Zeit zu Zeit unsicher fühlen, könnte eine Rückversicherung brauchen«, murmelte sie.

Sigimor hielt ihr Gesicht zwischen seinen Händen, küsste sie auf die Nase, dann hielt er ihren Blick fest. »Hör mir zu, meine schlaue sächsische Ehefrau. Du bist meine Gefährtin. Ich liebe dich. So. Ich habe es jetzt zweimal gesagt. Du bist meine bessere Hälfte. Du bist mein Trost, meine Freude, mein Stolz, mein Grund, jedem Tag ins Angesicht zu sehen und mit dem alltäglichen Leben fortzufahren. Zweifle nie an deiner Bedeutung für mich, oder ich werde ein paar kräftige Schläge auf deinem hübschen Hintern platzieren.«

»O Sigimor, ich liebe dich so, du Süßholz raspelnder Teufel.«

»Für immer«, sagte er mit weicher, ernster Stimme. »Du hast vergessen, ›für immer‹ zu sagen.«

»Ja, mein tapferer Junge, für immer. Immer und ewig. Bis die Sonne vergisst, am Morgen aufzugehen«, flüsterte sie, und der Kuss, den er ihr gab, verriet ihr alles, was sie als Antwort hören wollte.

# Epilog

*Schottische Grenze – 3 Jahre später*

Mit einem Lächeln über das Baby auf ihrem Schoß sah Jolene ihren Cousin Roger an. »Er ist ein wundervolles Kind, Roger. Pausbäckig, gesund und zufrieden.« Sie warf einen Blick auf Emma, die auf dem Boden vor dem Kamin saß, und über die Streiche von Reynard, seinen Halbgeschwistern und deren Cousins lachte. »Emma scheint vor Freude richtig zu strahlen.«

Roger nahm sofort seinen Sohn hoch, als der Junge die Arme nach ihm ausstreckte. »Wir sehen Klein-Peter als so etwas wie ein Wunder an. Fast so erstaunlich, wie die Tatsache, dass du Sigimor Zwillingsmädchen geschenkt hast.« Er zwinkerte ihr zu. »Noch dazu schwarzhaarige Töchter.«

»Es gab um uns herum einiges Erstaunen, als sie ankamen. Bei so vielen Onkeln, natürlichen und ehrenhalber dazu ernannten, fürchte ich, sie sind der Gefahr ausgesetzt, verwöhnt zu werden.« Jolene strich mit ihrer Hand über ihren leicht gewölbten Bauch. »Dies wird ein Junge sein.«

»Denkst du, dein Mann war enttäuscht darüber, keinen Erben bekommen zu haben?«

Sie sah zu Sigimor, der in der Nähe des Feuers saß und seiner Tochter Bridie erlaubte, überall auf ihm herumzuklettern. »Sieht er enttäuscht aus?«, fragte sie und lächelte, als Roger lachte. »Nein. Wie er schon sagte, er hat bereits mehr Erben, als ein Mann braucht. Ich weiß, dass *du* erfreut warst, einen Erben zu bekommen, aber vermutlich hättest du dich über eine Tochter genauso gefreut.«

»Stimmt.« Roger küsste seinen schläfrigen Sohn auf den

Kopf. »Dein Ehemann prophezeite das ja, weißt du.« Er nickte über ihre Verwunderung und erzählte ihr alles, was Sigimor damals vor fast drei Jahren auf der Lichtung gesagt hatte. Nun war er derjenige, der über ihr Lachen lächelte. »Ich hielt das alles für baren Unsinn. Doch als ich Reynard zu Emma brachte, nahm sie ihn in seine Arme und wurde zufrieden. Und noch mehr, als wir Peters andere Kinder zu uns nahmen. Dann starben ihre Schwester und deren Ehemann, und deren beide Kinder leben seitdem auch bei uns. Emma hatte ein Haus voller Kinder und wurde in der Tat sehr zufrieden.«

»Sie hatte Kinder, die sie lieben und um die sie sich kümmern konnte.«

»Ja, und die Traurigkeit, die ich manchmal an ihr wahrnahm, verschwand. Sie hatte die Familie, die sie immer haben wollte.«

»Und dann kam Klein-Peter.«

»Und dann kam dieses wunderbare Geschenk Gottes.«

Jolene sah zu Reynard, der nun fast sechs Jahre alt war. Es hatte so lange gedauert, um diese Zusammenkunft mit dem Jungen auf ihren schottischen Ländereien zu ermöglichen, Ländereien, die nun fast vollständig von Somerled verwaltet wurden. Ihre Schwangerschaft und dann Emmas hatten einige Verzögerungen verursacht. Sie begann zu glauben, dass das zum Besten gewesen war. Reynard war darüber glücklich, sie zu sehen, aber mehr nicht. Sie hatte nur wenige Augenblicke gebraucht, um festzustellen, dass Emma sowohl in seinem Herzen als auch in seinem Kopf seine Mutter geworden war und Roger sein Vater. Und es waren Kinder hinzugekommen, mit denen er spielen konnte. Auch wenn es sie etwas traurig stimmte, dass sie für Reynard weniger wichtig geworden war und Peter nur eine angenehme, aber inzwischen verblassende Erinnerung war, sah Jolene ein, dass es so das Beste war.

»Emma liebt ihn«, sagte Roger leise, »wie auch ich.«

»Ich weiß. Das ist unschwer festzustellen. Er ist so glücklich, wie nur ein Kind sein kann, das weiß, es wird geliebt. Habe ich dir schon dafür gedankt, dass ihr euer Kind nach meinem Bruder genannt habt? Es war schön von euch, ihn auf diese Weise zu ehren.«

»Emma bestand darauf. Als wir uns sicher waren, dass sie ein Kind erwartete, habe ich ihr erzählt, was dein Mann prophezeit hat. Emma war von seiner Urteilskraft äußerst beeindruckt.« Roger und Jolene wechselten rasch ein verschmitztes Lächeln. »Sie glaubte daran. Dann entschied sie, dass der Tod Peters, so schmerzlich und tragisch er auch war, uns auf den Weg geführt hat, der uns diese Freude brachte. Emma wollte ihn auf diese Weise ehren. Oh, jemand hat sich wehgetan.«

Jolene sah zu ihrer Tochter Allason, die fest in den Armen ihres Vaters gehalten wurde, als er sich neben sie setzte. Allasons große grüne Augen sahen kummervoll aus, und sie schmollte leicht. Sigimor bemühte sich sehr, nicht belustigt auszusehen. Er war ein wundervoller Vater, der es liebte, standhaft zu bleiben, wenn es sein musste, aber sie meinte, dass ihm ihre gelegentliche Unartigkeit zu viel Vergnügen bereitete.

»Mama, ich habe ein Aua«, sagte Allason und streckte ihren Arm aus, um auf einen sehr schwachen roten Fleck zu zeigen.

Nachdem sie dem Fleck einen Kuss gegeben hatte, fragte Jolene: »Wie ist das passiert, mein Liebling?«

»Ich bin hingefallen, als ich den Stuhl hochgehoben habe. Er war schwer.«

»Warum hast du denn den Stuhl hochgehoben?«

»Um ihn Reynard auf den Kopf zu hauen, weil er mir nicht zugehört hat.«

Jolene überhörte das nur schwer zu unterdrückende Lachen von Roger und hielt ihrer hübschen Tochter eine Strafpredigt über die Beherrschung ihres Temperaments und darüber, dass man andere nicht einfach schlug. Danach kam es mit Allason zu einem kurzen Wortwechsel wegen einer Entschuldigung gegenüber Reynard, da Allason der Meinung war, dass es nicht nötig war, weil sie ihn ja nicht geschlagen habe. Als Allason nach einem gequälten Seufzer doch zu Reynard ging, um sich zu entschuldigen, sah Jolene Roger und Sigimor, die viel zu belustigt aussahen, stirnrunzelnd an. Sie wollte gerade auch den beiden Männern eine Strafpredigt halten, als sie bemerkte, wie sie nun die Kinder beobachteten. Ein einziger Blick verriet Jolene, dass es noch mehr Schwierigkeiten gab. Reynard sah sehr gebieterisch aus, Allason wütend, Bridie stand neben ihrer Schwester und sah ähnlich wütend aus, und Emma schien Angst zu haben loszulachen. Jolene konnte ihr das nachfühlen, denn an der falschen Stelle zu lachen, war eine Gefahr, der Eltern ständig ausgesetzt waren.

»Ich habe diesen Gesichtsausdruck schon früher gesehen«, murmelte Roger mit einem Lächeln zu Sigimor. »Er gleicht sehr dem, den du hattest, als du vor drei Jahren zu meinem Lager gekommen bist, um deine Frau zurückzubekommen. Du hast einem wütenden Stier ziemlich ähnlich gesehen. Er sieht an deinen zerbrechlichen, wunderhübschen kleinen Mädchen recht eigenartig aus, aber es ist derselbe Blick.«

Sigimor grinste, küsste Jolene auf die Wange und machte sich auf den Weg zurück zu seinen Kindern. »Entspanne dich, Frau. Ich werde mich darum kümmern.«

Jolene sah zu, wie sich Sigimor zu seinen Töchtern bückte und um jedes Mädchen einen Arm legte. Beide begannen, wie es ihre Angewohnheit war, mit ihm zu sprechen, und es erstaunte sie einmal mehr, wie er sich scheinbar durch ihr Geplapper irgendwie durchfinden konnte. Es wurde Jolene schon beim Anblick Sigimors und ihrer Töchter warm ums Herz, und sie war so glücklich, dass sie fast weinte. Sie wandte ihre Aufmerksamkeit wieder Roger zu und ertappte ihn dabei, wie er über sie lächelte.

»Du bist augenscheinlich glücklich und sehr verliebt«, stellte er fest.

»Oh ja, sehr.«

»Und dein Ehemann liebt dich sehr und eure engelsgesichtigen kleinen Teufel.«

»Stimmt, und auch wenn er etwas ungehobelt ist und nie die Fähigkeiten eines galanten Ritters besitzen wird, schöne Worte zu machen, weiß ich, dass ich geliebt werde. Du erinnerst dich bestimmt, wie schwer es mir gefallen ist, diese Wahl zwischen den beiden Leben zu treffen, zwischen Kind und Ehemann, aber ich bereue nichts. Es waren nur Bedenken übrig geblieben, wie sich meine Wahl auf Reynard ausgewirkt hat, aber alle diese Bedenken sind nun beseitigt. Wir stehen beide genau da, wo wir stehen sollen.«

Roger nickte. »Nun. Ich werde am besten diesen Jungen seiner Amme übergeben.«

Kurze Zeit nachdem Roger sie verlassen hatte, kehrte Sigimor an ihre Seite zurück. Er setzte sich neben sie auf die Bank mit der hohen Rückenlehne und schlang seinen Arm um ihre Schultern. Mit einem leichten Lächeln schmiegte sie sich näher an ihn.

»Es herrscht Friede«, sagte er, während er unbewusst ihren Arm streichelte. »Allason hatte nicht den Eindruck, dass Reynard ihre widerwillige Entschuldigung mit der gebührenden Hochachtung entgegengenommen habe, und Bridie pflichtete ihr bei.« Er grinste kurz, als sie kicherte, dann legte er seine Hand auf ihren Bauch. »Fühlst du dich gut?«

»Sehr gut. Ich hätte diesen Besuch nicht mehr länger aufschieben können. Trotz des Briefwechsels hatte ich noch immer Sorgen um Reynard. Ich musste ihn sehen, seine Zufriedenheit erleben. Meine Wahl an jenem Tag war für ihn genauso bedeutsam wie für mich.«

»Und glaubst du noch immer, dass du die richtige Wahl getroffen hast?«, fragte er leise.

Jolene lächelte ihn an und streichelte sanft seine Wange.

»Ich spreche von Wahl, aber an jenem Tag, an dem ich dich verließ, gab es keine andere Wahl für mich. Ich musste bei dir bleiben. Es hat sehr weh getan, sich von Reynard zu trennen, doch dieser Besuch hat die Wunde endgültig geheilt. Ich musste nur wissen, ob ich auch für ihn die richtige Entscheidung getroffen habe, und nun weiß ich, dass sie richtig war.«

Er drückte ihr einen Kuss auf die Stirn. »Und die richtige Wahl für dich war ich.«

»Ja, Ehemann, die richtige Wahl für mich warst du, und du wirst es immer bleiben. So wie ich für dich die richtige Wahl bin.«

»Ach ja, Mädchen. Du warst es, bist es und wirst es immer bleiben. Ich wusste das von dem Augenblick an, in dem ich dich sah. Um ehrlich zu sein, hatte ich geplant, dich gründlich zu erobern.«

»Das hast du getan, Ehemann. Ausgesprochen gründlich, in der Tat.«

Er nickte. »Gut, ich gewinne gern.«

Sigimor lächelte und freute sich über ihr Lachen. Er hatte seine Gefährtin. Er hatte zwei Töchter, die ihm vermutlich graue Haare wachsen lassen würden, und ein weiteres Kind war unterwegs. Das Leben war schön. Es bedurfte nur noch einer Kleinigkeit, um diesen Augenblick vollkommen zu machen, und so zog er seine Frau enger an sich, die Richtige, die, auf die er so lange gewartet hatte.

»Für immer, Ehefrau«, sagte er und wartete.

»Für immer, Ehemann.«

Er nickte. Das Leben war in der Tat sehr schön.